商周國學叢刊

人間詞話·蕙風詞話·白雨齋詞話

【編輯人語】

站在巨人的肩膀上閱讀

從文學史的角度往上追溯，詞的起源可能在南北朝時期，至唐代成形，至宋成熟，入元而衰，到了清代卻有中興之勢，詞家輩出，更顯風華燦爛。

我們經常把「詩」與「詞」連說，彷彿一物，但二者有所不同。詞本是寫來配樂吟唱的歌詞，具有音樂性和節奏感，必須按照詞牌規定的韻律和曲調來填寫，因此無論在句法、對仗、押韻規則都與詩截然不同。內容上也有極大差異。傳統來說：「詩言志，詞言情。」詞的內容經常是抒發個人感受，如描寫情愛、離別、相思之情為主，相比於偏重國家興亡、社會民生、襟懷抱負的詩來說，詞更貼近於一般人的生活情感，更生活，也更纖細輕巧。

而在浩瀚如海一般的歷代詞作中，身為今日讀者的我們，究竟該如何讀閱讀、感受、領會呢？透過「詞話」，我們得到了參考與指引。

「詞話」就像是閱讀手札或筆記，將閱讀的所知所感，用精簡的筆法紀錄下來，篇幅不拘，信手拈來，其中有評論、有比較、有分析、有闡述、有補佚、有感觸，雖然文字簡潔精要，但浸潤了作者在該領域多年的知識涵養，其豐富度可想而知。

雖然就文學評論觀點，覺得詞話一路不過小道，但晚清的詞話作品卻出現棄舊圖新的變革，從傳統思想中提出新觀點，不僅可用於詞作，更能廣泛適用於今日我們的閱讀鑑賞與創作標準中。透過詞話，我們彷彿站在巨人的肩膀上閱讀，感受更深、領悟更多。

王國維先生為近代國學大師，出身書香世家，在文學、史學、哲學與考古、甲骨文、傳統戲曲研究方面皆成就卓越。在《人間詞話》中，他將西方美學與傳統詞學結合，提出「境界論」，以是否表現出境界，作為評判作品優劣的標準。其中並摘取古人三段詞作，藉以表現人生所經歷的三重境界闡釋最為膾炙人口，至今仍有許多人能夠朗朗上口。

撰寫《蕙風詞話》的況周頤為光緒十四年舉人，工於作詞五十餘年，被稱為「晚清四大詞家」之一。他提出作詞的三要點，必須「重」、「拙」、「大」，認為詞的創作必須講求「真」，唯有情真、景真，從心底醞釀而出，才能顯現真情實感。

《白雨齋詞話》是三大詞話中篇幅最多的一部。作者陳廷焯，晚清江蘇人，著名詞家。陳氏提出「沉鬱」之說，認為詞作必須反應現實與生活，並要於詞中寄慨，具有真情實感，講求感情深厚，避免吟風賞月。陳氏早亡，生前雖然五易書稿，但並未出版，於亡故後由其父為之審定出版。陳氏於自序中自稱「詞話十卷」，但坊間常見流通版本皆為八卷，直至一九八〇年，於陳氏嫡系子孫間，尋覓到原書十卷手稿本，才算得以補全。本書收錄十卷全本，關使讀者能夠觀其全文風貌。

清代可說是詩詞創作的尾聲，但並非江河日下的結尾，而是輝煌燦爛的終曲。本書將晚清三大詞話《人間詞話》、《蕙風詞話》、《白雨齋詞話》合為一冊，除了企圖讓讀者們能夠從三位大家的詞作評論，感受中國傳統文學創作中的美學思想，也期望能搭起一道閱讀的橋梁，帶領讀者從閱讀詞話，走進詞人、創作者的作品中，開啟性靈，涵養靈魂。

陳名珉（商周出版編輯）

目錄

人間詞話

人間詞話

一

詞以境界為最上。有境界則自成高格，自有名句。五代、北宋之詞所以獨絕者在此。

二

有造境，有寫境，此理想與寫實二派之所由分。然二者頗難分別。因大詩人所造之境，必合乎自然，所寫之境，亦必鄰於理想故也。

三

有有我之境，有無我之境。「淚眼問花花不語，亂紅飛過秋千去。」①「可堪孤館閉春寒，杜鵑聲裏斜陽暮。」②有我之境也。「采菊東籬下，悠然見南山。」③「寒波澹澹起，白鳥悠悠下。」④無我之境也。有我之境，以我觀物，故物皆著我之色彩。無我之境，以物觀物，故不知何者為我，何者為物。古人為詞，寫有我之境者為多，然未始不能寫無我之境，此在豪傑之士能自樹立耳。

①馮延巳〈鵲踏枝〉：「庭院深深深幾許？楊柳堆煙，簾幙無重數。玉勒琱鞍遊冶處，樓高不見章臺路。雨橫風狂三月暮。門掩黃昏，無計留春住。淚眼問花花不語，亂紅飛入（**別作『過』**）秋千去。」（**據四印齋本《陽春集》**）

②秦觀〈踏莎行〉：「霧失樓臺，月迷津渡。桃源望斷無尋處。可堪孤館閉春寒，杜鵑聲裏斜陽暮。　驛寄梅花，魚傳尺素。砌成此恨無重數。郴江幸自遶郴山，為誰流下瀟湘去！」（據番禺葉氏宋本兩種合印《淮海長短句．卷中》）

③陶潛〈飲酒詩〉第五首：「結廬在人境，而無車馬喧。問君何能爾，心遠地自偏。采菊東籬下，悠然見南山。山氣日夕佳，飛鳥相與還。此中有真意，欲辨已忘言。」（據陶澍集注本《陶靖節集．卷三》）

④元好問〈潁亭留別〉：「故人重分攜，臨流駐歸駕。乾坤展清眺，萬景若相借。北風三日雪，太素秉元化。九山鬱崢嶸，了不受陵跨。寒波澹澹起，白鳥悠悠下。懷歸人自急，物態本閒暇。壺觴負吟嘯，塵土足悲吒。回首亭中人，平林澹如畫。」（據《四部備要》本《遺山詩集箋注．卷一》）

四

無我之境，人惟於靜中得之。有我之境，於由動之靜時得之。故一優美，一宏壯也。

五

自然中之物，互相關係，互相限制。然其寫之於文學及美術中也，必遺其關係、限制之處。故雖寫實家，亦理想家也。又雖如何虛構之境，其材料必求之於自然，而其構造，亦必從自然之法則。故雖理想家，亦寫實家也。

六

境非獨謂景物也。喜怒哀樂，亦人心中之一境界。故能寫真景物、真感情者，謂之有境界。否則謂之無境界。

七

「紅杏枝頭春意鬧」[1]，著一「鬧」字，而境界全出。「雲破月來花弄影」[2]，著一「弄」字，而境界全出矣。

①宋祁〈玉樓春・春景〉：「東城漸覺風光好。縠皺波紋迎客棹。綠楊煙外曉寒輕，紅杏枝頭春意鬧。浮生長恨歡娛少。肯愛千金輕一笑。為君持酒勸斜陽，且向花間留晚照。」**（據趙萬里輯本《宋景文公長短句》）**

②張先〈天仙子・時為嘉禾小倅，以病眠，不赴府會〉：「水調數聲持酒聽，午醉醒來愁未醒。送春春去幾時回？臨晚鏡，傷流景，往事後期空記省。　沙上竝禽池上暝，雲破月來花弄影。重重簾幕密遮燈，風不定，人初靜，明日落紅應滿徑。」**（據《彊村叢書》本《張子野詞・卷二》）**

八

境界有大小，不以是而分優劣。「細雨魚兒出，微風燕子斜。」[1]何遽不若「落日照大旗，馬鳴風蕭蕭。」[2]「寶簾閒挂小銀鉤」[3]，何遽不若「霧失樓臺，月迷津渡」[4]也。

①杜甫〈水檻遣心二首〉之一：「去郭軒楹敞，無村眺望賒。澄江平少岸，幽樹晚多花。細雨魚兒出，微風燕子斜。城中十萬戶，此地兩三家。」**（據仇兆鰲《杜詩詳注・卷十》）**

②杜甫〈後出塞五首〉之二：「朝進東門營，暮上河陽橋。落日照大旗，馬鳴風蕭蕭。平沙列萬幕，部伍各見招。中天懸明月，令嚴夜寂寥。悲笳數聲動，壯士慘不驕。借問大將誰？恐是霍嫖姚。」**（據《杜詩詳注・卷四》）**

③秦觀〈浣溪沙〉：「漠漠輕寒上小樓。曉陰無賴似窮秋。澹煙流水畫屏幽。　自在飛花輕似夢，無邊絲

雨細如愁。寶簾閒挂小銀鉤。」（**據《淮海長短句・卷中》**）

④此為秦觀〈踏莎行〉句，已見三注。

九

《嚴滄浪詩話》謂：「盛唐諸公（**詩話『公』作『人』**），唯在興趣。羚羊挂角，無跡可求。故其妙處，透澈（**『澈』作『徹』**）玲瓏，不可湊拍（**『拍』作『泊』**）。如空中之音、相中之色、水中之影（**『影』作『月』**）、鏡中之象，言有盡而意無窮。」余謂：北宋以前之詞，亦復如是。然滄浪所謂興趣，阮亭所謂神韻，猶不過道其面目；不若鄙人拈出「境界」二字，為探其本也。

一〇

太白純以氣象勝。「西風殘照，漢家陵闕。」①寥寥八字，遂關千古登臨之口。後世唯范文正之〈漁家傲〉②，夏英公之〈喜遷鶯〉③，差足繼武，然氣象已不逮矣。

①李白〈憶秦娥〉：「簫聲咽，秦娥夢斷秦樓月。秦樓月，年年柳色，霸陵傷別。　樂游原上清秋節，咸陽古道音塵絕。音塵絕，西風殘照，漢家陵闕。」（**據《四部叢刊》本《唐宋諸賢絕妙詞選・卷一》**）

②范仲淹〈漁家傲・秋思〉：「塞下秋來風景異，衡陽雁去無留意。四面邊聲連角起。千嶂裏，長煙落日孤城閉。　濁酒一杯家萬里，燕然未勒歸無計。羌管悠悠霜滿地。人不寐，將軍白髮征夫淚。」（**據《彊村叢書》本《范文正公詩餘》**）

③夏竦〈喜遷鶯令〉：「霞散綺，月垂鉤。簾捲未央樓。夜涼銀漢截天流，宮闕鎖清秋。　瑤臺樹，金莖露。鳳髓香盤煙霧。三千珠翠擁宸遊，水殿按〈涼州〉。」（**據《絕妙詞選・卷二》**）

一一

張皋文謂：「飛卿之詞，深美閎約。」[1]余謂：此四字唯馮正中足以當之。劉融齋謂：「飛卿精豔（**當作『妙』**）絕人。」[2]差近之耳。

①張惠言〈詞選序〉：「唐之詞人，溫庭筠最高，其言深美閎約。」

②劉熙載《藝概・卷四・詞曲概》：「溫飛卿詞精妙絕人，然類不出乎綺怨。」

一二

「畫屏金鷓鴣」，飛卿語也[1]，其詞品似之。「絃上黃鶯語」，端己語也[2]，其詞品亦似之。正中詞品，若欲於其詞句中求之，則「和淚試嚴妝」[3]，殆近之歟?

①溫庭筠〈更漏子〉：「柳絲長，春雨細。花外漏聲迢遞。驚塞雁，起城烏。畫屏金鷓鴣。　香霧薄，透簾幕。惆悵謝家池閣。紅燭背，繡簾垂。夢長君不知。」**（據觀堂自輯本《金荃詞》）（按：觀堂自輯本，文字未經校訂，不足據，應以《花間集》為據，後同）**

②韋莊〈菩薩蠻〉：「紅樓別夜堪惆悵，香燈半捲流蘇帳。殘月出門時，美人和淚辭。　琵琶金翠羽，絃上黃鶯語。勸我早歸家，綠窗人似花。」**（據觀堂自輯本《浣花詞》）**

③馮延巳〈菩薩蠻〉：「嬌鬟堆枕釵橫鳳，溶溶春水楊花夢。紅燭淚闌干，翠屏煙浪寒。　錦壺催畫箭，玉佩天涯遠。和淚試嚴妝，落梅飛曉霜。」**（據《陽春集》）**

一三

南唐中主詞：「菡萏香銷翠葉殘，西風愁起綠波閒。」[1]大有眾芳蕪穢，美人遲暮之感。乃古今獨賞其「細雨夢回雞塞遠，小樓吹徹玉笙寒。」[2]故知解人正不易得。

①中主〈浣溪沙〉：「菡萏香銷翠葉殘，西風愁起綠波間。還與韶光共顦顇，不堪看。　細雨夢回雞塞遠，小樓吹徹玉笙寒。多少淚珠何限恨，倚闌干。」（**據戴景素校注本《李後主詞》附錄《中主詞》**）

②馬令《南唐書．卷二十一．馮延巳傳》：「元宗樂府詞云：『小樓吹徹玉笙寒。』延巳有『風乍起，吹皺一池春水』之句，皆為警策。元宗嘗戲延巳曰：『吹皺一池春水，干卿何事？』延巳曰：『未如陛下小樓吹徹玉笙寒。』元宗悅。」又胡仔《苕溪漁隱叢話．前集．卷五十九》引《雪浪齋日記》：「荊公問山谷云：『作小詞曾看李後主詞否？』云：『曾看。』荊公云：『何處最好？』山谷以『一江春水向東流』為對。荊公云：『未若細雨夢回雞塞遠，小樓吹徹玉笙寒。』」（**按：荊公誤元宗為後主**）

一四

溫飛卿之詞，句秀也。韋端己之詞，骨秀也。李重光之詞，神秀也。

一五

詞至李後主而眼界始大，感慨遂深，遂變伶工之詞而為士大夫之詞。周介存置諸溫、韋之下[1]，可謂顛倒黑白矣。「自是人生長恨水長東。」[2]「流水落花春去也，天上人間。」[3]《金荃》、《浣花》，能有此氣象耶？

①周濟《介存齋論詞雜著》：「毛嬙、西施，天下美婦人也。嚴妝佳，淡妝亦佳，麤服亂頭，不掩國色。飛卿，嚴妝也。端己，淡妝也。後主則麤服亂頭矣。」

②後主〈烏夜啼〉：「林花謝了春紅，太匆匆。無奈朝來寒雨晚來風。　胭脂淚，留人醉。幾時重？自是

人生長恨水長東。」（據《李後主詞》）

③後主〈浪淘沙令〉：「簾外雨潺潺，春意闌珊。羅衾不耐五更寒。夢裏不知身是客，一晌貪歡。 獨自莫憑闌，無限江山，別時容易見時難。流水落花春去也，天上人間。」（據《李後主詞》）

一六

詞人者，不失其赤子之心者也。故生於深宮之中，長於婦人之手，是後主為人君所短處，亦即為詞人所長處。

一七

客觀之詩人，不可不多閱世。閱世愈深，則材料愈豐富，愈變化，《水滸傳》、《紅樓夢》之作者是也。主觀之詩人，不必多閱世。閱世愈淺，則性情愈真，李後主是也。

一八

尼采謂：「一切文學，余愛以血書者。」後主之詞，真所謂以血書者也。宋道君皇帝〈燕山亭〉詞[①]亦略似之。然道君不過自道身世之戚，後主則儼有釋迦、基督擔荷人類罪惡之意，其大小固不同矣。

①宋徽宗〈燕山亭・北行見杏花〉：「裁翦冰綃，輕疊數重，淡著燕脂勻注。新樣靚妝，豔溢香融，羞殺蕊珠宮女。易得凋零，更多少無情風雨。愁苦。閑院落淒涼，幾番春暮。 憑寄離恨重重，這雙燕何曾，會人言語。天遙地遠，萬水千山，知他故宮何處？怎不思量？除夢裏有時曾去。無據。和夢也、新

來不做。」（據《彊村叢書》本《宋徽宗詞》）

一九

馮正中詞雖不失五代風格，而堂廡特大，開北宋一代風氣。與中、後二主詞皆在《花間》範圍之外，宜《花間集》中不登其隻字也。[1]

①龍沐勛《唐宋名家詞選》：「案：《花間集》多西蜀詞人，不采二主及正中詞，當由道里隔絕，又年歲不相及有以致然。非因流派不同，遂爾遺置也。王說非是。」

二〇

正中詞除〈鵲踏枝〉、〈菩薩蠻〉十數闋[1]最煊赫外，如〈醉花間〉之「高樹鵲銜巢，斜月明寒草。」[2]余謂：韋蘇州之「流螢渡高閣」[3]，孟襄陽之「疏雨滴梧桐」[4]，不能過也。

①《陽春集》載〈鵲踏枝〉十四闋、〈菩薩蠻〉九闋，辭繁不具錄。

②馮延巳〈醉花間〉：「晴雪小園春未到，池邊梅自早。高樹鵲銜巢，斜月明寒草。　山川風景好。自古金陵道。少年看卻老。相逢莫厭醉金杯，別離多、懽【音同歡】會少。」（據《陽春集》）（按：他本《陽春集》，「巢」俱作「窠」）

③韋應物〈寺居獨夜寄崔主簿〉：「幽人寂無寐，木葉紛紛落。寒雨暗深更，流螢渡高閣。坐使青燈曉，還傷夏衣薄。寧知歲方晏，離居更蕭索。」（據《四部備要》本《韋蘇州集．卷二》）

④《全唐詩．卷六》：孟浩然句：「微雲淡河漢，疏雨滴梧桐。」注：王士源云：「浩然嘗閒游秘省，秋月新霽，諸英聯詩。次當浩然云云，舉座嗟其清絕，不復為綴。」（按：此事出唐王士源〈孟浩然集序〉，原

文云：浩然「嘗閒游秘省，秋月新霽，諸英華賦詩作會。浩然句云：『微雲淡河漢，疏雨滴梧桐。』舉座嗟其清絕，咸閣筆不復為繼。」」

二一

歐九〈浣溪沙〉詞：「綠楊樓外出秋千。」晁補之謂：只一「出」字，便後人所不能道。①余謂：此本於正中〈上行杯〉詞「柳外秋千出畫牆」②，但歐語尤工耳。

①歐陽修〈浣溪沙〉：「堤上游人逐畫船，拍堤春水四垂天。綠楊樓外出鞦韆。白髮戴花君莫笑，六么催拍琖**【音同盞】**頻傳。人生何處似尊前。」**（據林大椿校本《歐陽文忠公近體樂府・卷三》）**吳曾《能改齋漫錄・卷十六》：晁無咎評本朝樂章云：「歐陽永叔〈浣溪沙〉云：『堤上游人逐畫船，拍堤春水四垂天。綠楊樓外出秋千。』要皆絕妙。然只一『出』字，自是後人道不到處。」

②馮延巳〈上行杯〉：「落梅著雨消殘粉，雲重煙輕寒食近。羅幙**【音同幕】**遮香，柳外秋千出畫牆。春山顛倒釵橫鳳，飛絮入簾春睡重。夢裏佳期，祗許庭花與月知。」**（據《陽春集》）**

二二

梅聖**（原誤作「舜」）**俞〈蘇幕遮〉詞：「落盡梨花春事**（當作『又』）**了。滿地斜**（當作『殘』）**陽，翠色和煙老。」①劉融齋謂：少游一生似專學此種②。余謂：馮正中〈玉樓春〉詞：「芳菲次第長相續，自是情多無處足。尊前百計得春歸，莫為傷春眉黛促。」③永叔一生似專學此種。

①梅堯臣〈蘇幕遮・草〉：「露隄平，煙墅杳。亂碧萋萋，雨後江天曉。獨有庾郎年最少。窣地春袍，嫩

色宜相照。　接長亭，迷遠道。堪怨王孫，不記歸期早。落盡梨花春又了。滿地殘陽，翠色和煙老。」

（據《四部備要》本《詞綜．卷四》）

②劉熙載《藝概．卷四．詞曲概》引此詞云：「此一種似為少游開先。」

③歐陽修〈玉樓春〉：「雪雲乍變春雲簇，漸覺年華堪送目。北枝梅蕊犯寒開，南蒲波紋如酒綠。　芳菲次第還相續，不奈情多無處足。尊前百計得春歸，莫為傷春歌黛蹙。」**（據《歐陽文忠公近體樂府．卷二》按：此詞未見《陽春集》。《尊前集》作馮延巳詞，不知何據。《陽春集》既不載，自難徵信，當為歐作無疑。觀堂謂永叔一生似專學此種，不知此詞原為永叔作也。又所引係據《尊前》，故與《歐集》有異文）（按：宋羅泌校《歐陽文忠公近體樂府》，祇云：「此篇《尊前集》作馮延巳，而《陽春錄》不載。」宋朱翌《猗覺寮雜記．卷上》引「北枝梅蕊犯寒開」句，作馮延巳詞。朱翌，南宋初人，早於羅泌，所言當有據。明董逢元未見《尊前集》，而所輯《唐詞紀》以此首為馮詞，亦必有據。尚未能斷定為「歐作無疑」也）**

二三

人知和靖〈點絳脣〉①、聖**（原誤作「舜」）**俞〈蘇幕遮〉②、永叔〈少年游〉**（原脫「游」）**三闋為詠春草絕調③。不知先有正中「細雨溼流光」五字④，皆能攝春草之魂者也。

①林逋〈點絳脣．草〉：「金谷年年，亂生春色誰為主。餘花落處，滿地和煙雨。　又是離愁**（按：『愁』《苕溪漁隱叢話．後集．卷二十一》引楊元素〈本事曲〉作『歌』，文義較長）**一闋長亭暮。王孫去。萋萋無數，南北東西路。」**（據《絕妙詞選．卷二》）**

②梅堯臣〈蘇幕遮〉，已見二二注。

③吳曾《能改齋漫錄・卷十七》：「梅聖俞在歐陽公坐，有以林逋〈草〉詞『金谷年年，亂生青草（按：《絕妙詞選》、《草堂詩餘》等書「青草」均作「春色」）誰為主』為美者。梅聖俞別為〈蘇幕遮〉一闋，歐公擊節賞之。又自為一詞云：『闌干十二獨凭春，晴碧遠連雲。千里萬里，二月三月，行色苦愁人。謝家池上，江淹浦畔，吟魄與離魂。那堪疏雨滴黃昏，更特地憶王孫。』蓋〈少年游〉令也。不惟前二公所不及，雖求諸唐人溫李集中，殆與之為一矣。今集不載此一篇，惜哉！」

④馮延巳〈南鄉子〉：「細雨溼流光，芳草年年與恨長。煙鎖鳳樓無限事，茫茫。鸞鏡鴛衾兩斷腸。魂夢任悠揚，睡起楊花滿繡床。薄倖不來門半掩，斜陽。負你殘春淚幾行。」（據《陽春集》）

二四

《詩・蒹葭》[1]一篇，最得風人深致。晏同叔之「昨夜西風凋碧樹。獨上高樓，望盡天涯路。」[2]意頗近之。但一灑落，一悲壯耳。

①《詩・秦風・蒹葭》：「蒹葭蒼蒼，白露為霜。所謂伊人，在水一方。遡洄從之，道阻且長。遡游從之，宛在水中央。　蒹葭淒淒，白露未晞。所謂伊人，在水之湄。遡洄從之，道阻且躋。遡游從之，宛在水中坻。　蒹葭采采，白露未已。所謂伊人，在水之涘。遡洄從之，道阻且右。遡游從之，宛在水中沚。」（據《四部叢刊》本《毛詩・卷第六》）

②晏殊〈蝶戀花〉：「檻菊愁煙蘭泣露。羅幕輕寒，燕子雙飛去。明月不諳離恨苦，斜光到曉穿朱戶。昨夜西風凋碧樹。獨上高樓，望盡天涯路。欲寄彩箋無尺素，山長水闊知何處。」（據林大椿校本《珠玉詞》）（按：晏詞調名，原作〈鵲踏枝〉（據明抄本《珠玉詞》）。「無尺素」應作「兼尺素」（據同上），《張子野詞》同，較可據。林大椿校本未善）

二五

「我瞻四方，蹙蹙靡所騁。」[①]詩人之憂生也。「昨夜西風凋碧樹。獨上高樓，望盡天涯路」似之。「終日馳車走，不見所問津。」[②]詩人之憂世也。「百草千花寒食路。香車繫在誰家樹」[③]似之。

①《詩．小雅．節南山》第七章：「駕彼四牡，四牡項領。我瞻四方，蹙蹙靡所騁。」（據《毛詩．卷第十二》）

②陶潛〈飲酒〉第二十首：「羲農去我久，舉世少復真。汲汲魯中叟，彌縫使其淳。鳳鳥雖不至，禮樂暫得新。洙泗輟微響，漂流逮狂秦。詩書復何罪，一朝成灰塵。區區諸老翁，為事誠殷勤。如何絕世下，六籍無一親。終日馳車走，不見所問津。若復不快飲，空負頭上巾。但恨多謬誤，君當恕醉人。」（據《陶靖節集．卷三》）

③馮延巳〈鵲踏枝〉：「幾日行雲何處去？忘卻歸來，不道春將暮。百草千花寒食路。香車繫在誰家樹？淚眼倚樓頻獨語。雙燕飛來，陌上相逢否？撩亂春愁如柳絮，悠悠夢裏無尋處。」（據《陽春集》）

二六

古今之成大事業、大學問者，必經過三種之境界：「昨夜西風凋碧樹。獨上高樓，望盡天涯路。」此第一境也。「衣帶漸寬終不悔，為伊消得人憔悴。」[①]此第二境也。「眾裏尋他千百度，回頭驀見（當作『驀然回首』），那人正（當作『卻』）在，燈火闌珊處。」[②]此第三境也。此等語皆非大詞人不能道。然遽以此意解釋諸詞，恐為晏歐諸公所不許也。

①柳永〈鳳棲梧〉：「竚倚危樓風細細。望極春愁，黯黯生天際。草色煙光殘照裏。無言誰會凭闌意。　擬把疏狂圖一醉。對酒當歌，強樂還無味。衣帶漸寬終不悔，為伊消得人憔悴。」（據《彊村叢書》本《樂章集・中卷》）〔按：原稿自注：歐陽永叔。觀堂先生《靜庵文集續編・文學小言・五》與此則相同，亦云：歐陽永叔〈蝶戀花〉。蓋據宋本《歐陽文忠公近體樂府》〕

②辛棄疾〈青玉案・元夕〉：「東風夜放花千樹。更吹落、星如雨。寶馬雕車香滿路。鳳簫聲動，玉壺光轉，一夜魚龍舞。　蛾兒雪柳黃金縷。笑語盈盈暗香去。眾裏尋它千百度。驀然回首，那人卻在，燈火闌珊處。」（據林大椿校本《稼軒長短句・卷七》。觀堂引此有異文，與其它各本亦均不同，疑誤）

二七

永叔「人間（當作『生』）自是有情癡，此恨不關風與月。」「直須看盡洛城花，始與（當作『共』）東（當作『春』）風容易別。」①於豪放之中有沉著之致，所以尤高。

①歐陽修〈玉樓春〉：「尊前擬把歸期說，未語春容先慘咽。人生自是有情癡，此恨不關風與月。　離歌且莫翻新闋，一曲能教腸寸結。直須看盡洛城花，始共春風容易別。」（據《歐陽文忠公近體樂府・卷二》。觀堂引此，亦有異文，疑誤）

二八

馮夢華〈宋六十一家詞選序例〉謂：「淮海、小山，古之傷心人也。其淡語皆有味，淺語皆有致。」余謂此唯淮海足以當之。小山矜貴有餘，但可方駕子野、方回，未足抗衡淮海也。

二九

少游詞境最為淒婉。至「可堪孤館閉春寒，杜鵑聲裏斜陽暮」，則變而淒厲矣。東坡賞其後二語①，猶為皮相。

①胡仔《苕溪漁隱叢話．前集．卷五十》引惠洪《冷齋夜話》：「少游到郴州，作長短句（**按即〈踏莎行〉詞，已見三注**）。東坡絕愛其尾兩句，自書於扇曰：『少游已矣，雖萬人何贖。』」

三〇

「風雨如晦，雞鳴不已。」①「山峻高以蔽日兮，下幽晦以多雨。霰雪紛其無垠兮，雲霏霏而承宇。」②「樹樹皆秋色，山山盡（**當作『唯』**）落暉。」③「可堪孤館閉春寒，杜鵑聲裏斜陽暮。」氣象皆相似。

①《詩．鄭風．風雨》：「風雨淒淒，雞鳴喈喈。既見君子，云胡不夷。　風雨瀟瀟，雞鳴膠膠。既見君子，云胡不瘳。　風雨如晦，雞鳴不已。既見君子，云胡不喜。」（**據《毛詩．卷第四》**）

②見《楚辭．九章．涉江》，辭長不備錄。

③王績〈野望〉：「東皋薄暮望，徙倚欲何依。樹樹皆秋色，山山唯落暉。牧人驅犢返，獵馬帶禽歸。相顧無相識，長歌懷采薇。」（**據《岱南閣叢書》本《王無功集．卷中》**）

三一

昭明太子稱：陶淵明詩「跌宕昭彰，獨超眾類。抑揚爽朗，莫之與京①」。王無功稱：薛收賦「韻趣高奇，詞義晦遠。嵯峨蕭瑟，真不可言②」。詞中惜少此二種氣象，前者唯東坡，後者唯白石，略得一二耳。

①見蕭統〈陶淵明集序〉。
②見《王無功集・卷下・答馮子華處士書》。所稱薛收賦，謂係〈白牛谿賦〉。

三二

詞之雅鄭，在神不在貌。永叔、少游雖作豔語，終有品格。方之美成，便有淑女與倡伎之別。

三三

美成深遠之致不及歐、秦。唯言情體物，窮極工巧，故不失為第一流之作者。但恨創調之才多，創意之才少耳。

三四

詞忌用替代字。美成〈解語花〉之「桂華流瓦」[①]，境界極妙。惜以「桂華」二字代「月」耳。夢窗以下，則用代字更多。其所以然者，非意不足，則語不妙也。蓋意足則不暇代，語妙則不必代。此少游之「小樓連苑」、「繡轂雕鞍」[②]，所以為東坡所譏也[③]。

①周邦彥〈解語花・元宵〉：「風銷燄蠟，露浥烘爐，花市光相射。桂華流瓦。纖雲散，耿耿素娥欲下。衣裳淡雅。看楚女、纖腰一把。簫鼓喧、人影參差，滿路飄香麝。 因念都城放夜。望千門如畫，嬉笑

游冶。鈿車羅帕。相逢處、自有暗塵隨馬。年光是也。唯只見、舊情衰謝。清漏移、飛蓋歸來，從舞休歌罷。」（據林大椿校本《清真集．卷下》）

②秦觀〈水龍吟〉：「小樓連遠（汲古閣本『遠』作『苑』）橫空，下窺繡轂雕鞍驟。朱簾半捲，單衣初試，清明時候。破暖輕風，弄晴微雨，欲無還有。賣花聲過盡，斜陽院落，紅成陣、飛鴛甃。　玉佩丁東別後。悵佳期、參差難又。名韁利鎖，天還知道，和天也瘦。花下重門，柳邊深巷，不堪回首。念多情，但有當時皓月，向人依舊。」（據《淮海長短句．卷上》）（按：《花庵唐宋詞選》「遠」亦作「苑」）

③《歷代詩餘．卷五》引曾慥《高齋詞話》：「少游自會稽入都見東坡。東坡問作何詞，少游舉『小樓連苑橫空，下窺繡轂雕鞍驟。』東坡曰：『十三個字只說得一個人騎馬樓前過。』」（按：此出黃昇《唐宋諸賢絕妙詞選．卷二》，文字稍異。宋曾慥有《高齋詩話》，無《高齋詞話》。《歷代詩餘》所引殊不足據）

三五

沈伯時《樂府指迷》云：「說桃不可直說破（原無『破』字，據《花草粹編》附刊本《樂府指迷》加）桃，須用『紅雨』、『劉郎』等字。詠（原作『說』）柳不可直說破柳，須用『章臺』、『灞岸』等字。」若惟恐人不用代字者。果以是為工，則古今類書具在，又安用詞為耶？宜其為《提要》所譏也[1]。

①《四庫提要》集部詞曲類二沈氏《樂府指迷》條：「又謂說桃須用『紅雨』、『劉郎』等字，說柳須用『章臺』、『灞岸』等字，說書須用『銀鉤』等字，說淚須用『玉筯』等字，說髮須用『綠雲』等字，說簟須用『湘竹』等字，不可直說破。其意欲避鄙俗，而不知轉成塗飾，亦非確論。」

三六

美成〈青玉案〉（當作〈蘇幕遮〉）詞：「葉上初陽乾宿雨。水面清圓，一一風荷舉。」①此真能得荷之神理者。覺白石〈念奴嬌〉、〈惜紅衣〉二詞②，猶有隔霧看花之恨。

①周邦彥〈蘇幕遮〉：「燎沉香，消溽暑。鳥雀呼晴，侵曉窺簷語。葉上初陽乾宿雨。水面清圓，一一風荷舉。　故鄉遙，何日去？家住吳門，久作長安旅。五月漁郎相憶否？小楫輕舟，夢入芙蓉浦。」（據《清真集·卷上》）

②姜夔〈念奴嬌·予客武陵，湖北憲治在焉。古城野水，喬木參天。予與二三友日蕩舟其間，薄荷花而飲。意象幽閒，不類人境。秋水且涸，荷葉出地尋丈，因列坐其下，上不見日。清風徐來，綠雲自動，間與疏處窺見游人畫船，亦一樂也。揭來吳興，數得相羊荷花中。又夜泛西湖，光景奇絕。故以此句寫之〉：「鬧紅一舸，記來時，嘗與鴛鴦為侶。三十六陂人未到，水佩風裳無數。翠葉吹涼，玉容銷酒，更灑菰蒲雨。嫣然搖動，冷香飛上詩句。　日暮。青蓋亭亭，情人不見，爭忍淩波去。只恐舞衣寒易落，愁入西風南浦。高柳垂陰，老魚吹浪，留我花間住。田田多少？幾回沙際歸路。」（據《彊村叢書》本《白石道人歌曲·卷四》）

又〈惜紅衣·吳興號水晶宮，荷花盛麗。陳簡齋云：「今年何以報君恩？一路荷花，相送到青墩。」亦可見矣。丁未之夏，予游千巖，數往來紅香中，自度此曲，以無射宮歌之〉：「簟枕邀涼，琴書換日，睡餘無力。細灑冰泉，并刀破甘碧。牆頭喚酒，誰問訊城南詩客？岑寂。高柳晚蟬，說西風消息。　虹梁水陌，魚浪吹香，紅衣半狼藉。維舟試望故國。眇天北。可惜渚邊沙外，不共美人游歷。問甚時同賦，三十六陂秋色？」（據《白石道人歌曲·卷五》）

三七

東坡〈水龍吟〉詠楊花①，和均而似元唱。章質夫詞③，原唱而似和均。才之不可強也如是！

①蘇軾〈水龍吟・次韻章質夫楊花詞〉：「似花還似非花，也無人惜從教墜。拋家傍路，思量卻是，無情有思。縈損柔腸，困酣嬌眼，欲開還閉。夢隨風萬里，尋郎去處，又還被、鶯呼起。　不恨此花飛盡，恨西園、落紅難綴。曉來雨過，遺蹤何在，一池萍碎。春色三分，二分塵土，一分流水。細看來不是楊花，點點是離人淚。」（**據龍沐勛《東坡樂府箋・卷二》**）

②章楶〈水龍吟・楊花〉：「燕忙鶯懶芳殘，正堤上、柳花飄墜。輕飛亂舞，點畫青林，全無才思。閒趁游絲，靜臨深院，日長門閉。傍珠簾散漫，垂垂欲下，依前被、風扶起。　蘭帳玉人睡覺，怪春衣、雪霑瓊綴。繡牀漸滿，香毬無數，才圓卻碎。時見蜂兒，仰黏輕粉，魚吞池水。望章臺路杳，金鞍游蕩，有盈盈淚。」（**據四印齋本《草堂詩餘・卷下》**）

三八

詠物之詞，自以東坡〈水龍吟〉最工，邦卿〈雙雙燕〉①次之。白石〈暗香〉、〈疏影〉②，格調雖高，然無一語道著，視古人「江邊一樹垂垂發」③等句何如耶？

①史達祖〈雙雙燕・詠燕〉：「過春社了，度簾幕中間，去年塵冷。差池欲住，試入舊巢相並。還相雕梁藻井。又軟語、商量不定。飄然快拂花梢，翠尾分開紅影。　芳徑。芹泥雨潤。愛貼地爭飛，競誇輕俊。紅樓歸晚，看足柳昏花暝。應自棲香正穩。便忘了、天涯芳信。愁損翠黛雙娥，日日畫欄獨凭。」

（**據四印齋本《梅溪詞》**）

②姜夔〈暗香・辛亥之冬，予載雪詣石湖。止既月，授簡索句，且徵新聲。作此兩曲。石湖把玩不已，使

工妓隸習之，音節諧婉。乃名之曰暗香、疏影〉：「舊時月色。算幾番照我，梅邊吹笛。喚起玉人，不管清寒與攀摘。何遜而今漸老，都忘卻、春風詞筆。但怪得、竹外疏花，香冷入瑤席。　江國。正寂寂。歎寄與路遙，夜雪初積。翠尊易泣。紅萼無言耿相憶。長記曾攜手處，千樹壓、西湖寒碧。又片片、吹盡也，幾時見得？」（**據《白石道人歌曲．卷五》，下同**）

又〈疏影〉：「苔枝綴玉。有翠禽小小，枝上同宿。客裏相逢，籬角黃昏，無言自倚修竹。昭君不慣胡沙遠，但暗憶、江南江北。想佩環、月夜歸來，化作此花幽獨。　猶記深宮舊事，那人正睡裏，飛近蛾綠。莫似春風，不管盈盈，早與安排金屋。還教一片隨波去，又卻怨、玉龍哀曲。等恁時、重覓幽香，已入小窗橫幅。」

③杜甫〈和裴迪登蜀州東亭送客逢早梅相憶見寄〉：「東閣官梅動詩興，還如何遜在揚州。此時對雪遙相憶，送客逢春可自由。幸不折來傷歲暮，若為看去亂鄉愁。江邊一樹垂垂發，朝夕催人自白頭。」（**據《杜詩詳注．卷九》**）

三九

白石寫景之作，如「二十四橋仍在，波心蕩、冷月無聲。」[1]「數峰清苦，商略黃昏雨。」[2]「高樹晚蟬，說西風消息。」[3]雖格韻高絕，然如霧裏看花，終隔一層。梅溪、夢窗諸家寫景之病，皆在一「隔」字。北宋風流，渡江遂絕。抑真有運會存乎其間耶？

①姜夔〈揚州慢．淳熙丙申至日，予過維揚。夜雪初霽，薺麥彌望。入其城，則四顧蕭條，寒水自碧。暮色漸起，戍角悲吟。予懷愴然，感慨今昔，因自度此曲。千　老人以為有黍離之悲也〉：「淮左名都，竹西佳處，解鞍少駐初程。過春風十里，盡薺麥青青。自胡馬、窺江去後，廢池喬木，猶厭言兵。漸黃

昏清角，吹寒都在空城。　杜郎俊賞，算而今、重到須驚。縱豆蔻詞工，青樓夢好，難賦深情。二十四橋仍在，波心蕩、冷月無聲。念橋邊紅藥，年年知為誰生？」（據《白石道人歌曲．卷五》）

②姜夔〈點絳脣〉（丁未冬過吳松作）：「燕雁無心，太湖西畔隨雲去。數峰清苦。商略黃昏雨。　第四橋邊，擬共天隨住。今何許？凭欄懷古，殘柳參差舞。」（據《白石道人歌曲．卷三》）

③姜夔〈惜紅衣〉詞，已見三六注。「高柳」，汲古閣本、四印齋本、榆園本均作「高樹」。觀堂所引本此。（按：《花庵詞選》亦作「高樹」）

四〇

問「隔」與「不隔」之別，曰：陶、謝之詩不隔，延年則稍隔矣。東坡之詩不隔，山谷則稍隔矣。「池塘生春草」[1]、「空梁落燕泥」[2]等二句，妙處唯在不隔。詞亦如是。即以一人一詞論，如歐陽公〈少年游．詠春草〉上半闋云：「闌干十二獨凭春，晴碧遠連雲。千里萬里，二月三月（**此兩句原倒置**），行色苦愁人。」語語都在目前，便是不隔。至云：「謝家池上，江淹浦畔。」[3]則隔矣。白石〈翠樓吟〉：「此地。宜有詞仙，擁素雲黃鶴，與君游戲。玉梯凝望久，歎芳草、萋萋千里。」便是不隔。至「酒祓清愁，花消英氣。」[4]則隔矣。然南宋詞雖不隔處，比之前人，自有淺深厚薄之別。

①謝靈運〈登池上樓〉：「潛虯媚幽姿，飛鴻響遠音。薄霄愧雲浮，棲川怍淵沉。進德智所拙，退耕力不任。徇祿反窮海，臥痾對空林。衾枕昧節候，褰開暫窺臨。傾耳聆波瀾，舉目眺嶇嶔。初景革緒風，新陽改故陰。池塘生春草，園柳變鳴禽。祁祁傷豳歌，萋萋感楚吟。索居易永久，離群難處心。持操豈獨古，無悶徵在今。」（據胡刻《文選．卷二十二》）

②薛道衡〈昔昔鹽〉：「垂柳覆金堤，蘼蕪葉復齊。水溢芙蓉沼，花飛桃李蹊。采桑秦氏女，織錦竇家妻。關山別蕩子，風月守空閨。恒斂千金笑，長垂雙玉啼。盤龍隨鏡隱，彩鳳逐帷低。飛魂同夜鵲，倦寢憶晨雞。暗牖懸蛛網，空梁落燕泥。前年過代北，今歲往遼西。一去無消息，那能惜馬蹄。」（**據《四部叢刊》本《樂府詩集・第七十九卷》**）

③歐陽修〈少年游〉詞，已見二三注。

④姜夔〈翠樓吟・淳熙丙午冬，武昌安遠樓成，與劉去非諸友落之，度曲見志。予去武昌十年，故人有泊舟鸚鵡洲者，聞小姬歌此詞。問之，頗能道其事。還吳，為予言之。興懷昔遊，且傷今之離索也〉：「月冷龍沙，塵清虎落，今年漢酺初賜。新翻胡部曲，聽氈幕、元戎歌吹。層樓高峙。看檻曲縈紅，簷牙飛翠。人姝麗。粉香吹下，夜寒風細。　此地。宜有詞仙，擁素雲黃鶴，與君游戲。玉梯凝望久，歎芳草、萋萋千里。天涯情味。仗酒祓清愁，花銷英氣。西山外。晚來還捲，一簾秋霽。」（**據《白石道人歌曲・卷六》**）

四一

「生年不滿百，常懷千歲憂。晝短苦夜長，何不秉燭遊？」①「服食求神仙，多為藥所誤。不如飲美酒，被服紈與素。」②寫情如此，方為不隔。「采菊東籬下，悠然見南山。山氣日夕佳，飛鳥相與還。」③「天似穹廬，籠蓋四野。天蒼蒼，野茫茫，風吹草低見牛羊。」④寫景如此，方為不隔。

①《古詩十九首》第十五：「生年不滿百，常懷千歲憂。晝短苦夜長，何不秉燭遊？為樂當及時，何能待來茲。愚者愛惜費，但為後世嗤。仙人王子喬，難可與等期。」（**據《文選・卷二十九》**）

②《古詩十九首》第十三：「驅車上東門，遙望郭北墓。白楊何蕭蕭，松柏夾廣路。下有陳死人，杳杳即長暮。潛寐黃泉下，千載永不寤。浩浩陰陽移，年命如朝露。人生忽如寄，壽無金石固。萬歲更相送，聖賢莫能度。服食求神仙，多為藥所誤。不如飲美酒，被服紈與素。」（據《文選．卷二十九》）

③陶潛〈飲酒詩〉，已見三注。

④斛律金〈敕勒歌〉：「敕勒川，陰山下。天似穹廬，籠蓋四野。天蒼蒼。野茫茫。風吹草低見牛羊。」（據《樂府詩集．第八十六卷》）

四二

古今詞人格調之高，無如白石。惜不於意境上用力，故覺無言外之味，絃外之響，終不能與於第一流之作者也。

四三

南宋詞人，白石有格而無情，劍南有氣而乏韻。其堪與北宋人頡頏者，唯一幼安耳。近人祖南宋而祧北宋，以南宋之詞可學，北宋不可學也。學南宋者，不祖白石，則祖夢窗，以白石、夢窗可學，幼安不可學也。學幼安者率祖其粗獷、滑稽，以其粗獷、滑稽處可學，佳處不可學也。幼安之佳處，在有性情，有境界。即以氣象論，亦有「橫素波、干青雲」[1]之概，寧後世齷齪小生所可擬耶？

①蕭統〈陶淵明集序〉：其文章「橫素波而傍流，干青雲而直上」。

四四

東坡之詞曠，稼軒之詞豪。無二人之胸襟而學其詞，猶東施之效捧心也。

四五

讀東坡、稼軒詞，須觀其雅量高致，有伯夷、柳下惠之風。白石雖似蟬蛻塵埃，然終不免局促轅下。

四六

蘇、辛，詞中之狂。白石猶不失為狷。若夢窗、梅溪、玉田、草窗、中（當作「西」，刪稿三五可證）麓輩，面目不同，同歸於鄉愿而已。

四七

稼軒〈中秋飲酒達旦，用天問體作木蘭花慢[1]以送月〉，曰：「可憐今夕月，向何處、去悠悠？是別有人間，那邊才見，光景東頭。」詞人想像，直悟月輪遶地之理，與科學家密合，可謂神悟。

①辛棄疾〈木蘭花慢・中秋飲酒將旦，客謂：前人詩詞，有賦待月，無送月者。因用《天問》體賦〉：「可憐今夕月，向何處、去悠悠？是別有人間，那邊才見，光景東頭。是天外空汗漫，但長風、浩浩送中秋。飛鏡無根誰繫？姮娥不嫁誰留？　謂經海底問無由。恍惚使人愁。怕萬里長鯨，從橫觸破，玉殿瓊樓。蝦蟆故堪浴水，問云何、玉兔解沉浮？若道都齊無恙，云何漸漸如鉤？」（據《稼軒長短句・卷四》）

四八

周介存謂：「梅溪詞中，喜用『偷』字，足以定出其品格。」[1]劉融齋謂：「周旨蕩而史意貪」[2]此二語令人解頤。

①見周濟《介存齋論詞雜著》。

②劉熙載《藝概．卷四．詞曲概》：「周美成律最精審。史邦卿句最警鍊。然未得為君子之詞者，周旨蕩而史意貪也。」

四九

介存謂：夢窗詞之佳者，如「水光雲影，搖蕩綠波，撫玩無極，追尋已遠。」余覽《夢窗甲乙丙丁稿》中，實無足當此者。有之，其「隔江人在雨聲中，晚風菰葉生秋怨」[1]二語乎？

①吳文英〈踏莎行〉：「潤玉籠綃，檀櫻倚扇。繡圈猶帶脂香淺。榴心空壘舞裙紅，艾枝應壓愁鬟亂。午夢千山，窗陰一箭。香瘢新褪紅絲腕。隔江人在雨聲中，晚風菰葉生秋怨。」（**據《彊村叢書》本《夢窗詞集補》**）

五〇

夢窗之詞，吾得取其詞中一語以評之，曰：「映夢窗淩（**當作『零』**）亂碧。」[1]玉田之詞，余得取其詞中之一語以評之，曰：「玉老田荒。」[2]

①吳文英〈秋思．荷塘為括蒼名姝求賦其聽雨小閣〉：「堆枕香鬟側。驟夜聲，偏稱畫屏秋色。風碎串

珠，潤侵歌板，愁壓眉窄。動羅箑清商，寸心低訴敘怨抑。映夢窗零亂碧。待漲綠春深，落花香泛，料有斷紅流處，暗題相憶。歡酌。簷花細滴。送故人、粉黛重飾。漏侵瓊瑟，丁東敲斷，弄晴月白。怕一曲〈霓裳〉未終，催去驂鳳翼。歎謝客猶未識。漫瘦卻東陽，鐙前無夢到得。路隔重雲雁北。」（據《彊村遺書》本《夢窗詞集》）

②張炎〈祝英臺近・與周草窗話舊〉：「水痕深，花信足，寂寞漢南樹。轉首青陰，芳事頓如許。不知多少消魂，夜來風雨。猶夢到、斷紅流處。最無據。長年息影空山。愁入庾郎句。玉老田荒，心事已遲暮。幾回聽得啼鵑，不如歸去。終不似、舊時鸚鵡。」（據《彊村叢書》本《山中白雲・卷二》）

五一

「明月照積雪」[①]、「大江流日夜」[②]、「中天懸明月」[③]、「黃（當作『長』）河落日圓」[④]，此種境界，可謂千古壯觀。求之於詞，唯納蘭容若塞上之作，如〈長相思〉之「夜深千帳燈」，〈如夢令〉之「萬帳穹廬人醉，星影搖搖欲墜」[⑤]差近之。

①謝靈運〈歲暮〉：「殷憂不能寐，苦此夜難頹。明月照積雪，朔風勁且哀。運往無淹物，年逝覺已催。」（據《百三名家集》本《謝康樂集・卷二》）

②謝朓〈暫使下都夜發新林至京邑贈西府同僚〉：「大江流日夜，客心悲未央。徒念關山近，終知反路長。秋河曙耿耿，寒渚夜蒼蒼。引顧見京室，宮雉正相望。金波麗鳷鵲，玉繩低建章。驅車鼎門外，思見昭丘陽。馳暉不可接，何況隔兩鄉？風雲有鳥路，江漢限無梁，常恐鷹隼擊，時菊委嚴霜。寄言罻羅者，寥廓已高翔。」（據《文選・卷二十六》）

③杜甫〈後出塞〉，已見八注。

④王維〈使至塞上〉：「單車欲問邊，屬國過居延。征蓬出漢塞，歸雁入胡天。大漠孤煙直，長河落日圓。蕭關逢候騎，都護在燕然。」（據《四部備要》本《王右丞集．卷九》）

⑤納蘭性德〈長相思〉：「山一程，水一程。身向榆關那畔行，夜深千帳燈。　風一更，雪一更。聒碎鄉心夢不成，故園無此聲。」（據《清名家詞》本《通志堂詞》）

又〈如夢令〉：「萬帳穹廬人醉，星影搖搖欲墜。歸夢隔狼河，又被河聲攪碎。還睡，還睡。解道醒來無味。」（據《通志堂詞．集外詞》）

五二

納蘭容若以自然之眼觀物，以自然之舌言情。此由初入中原，未染漢人風氣，故能真切如此。北宋以來，一人而已。

五三

陸放翁跋《花間集》，謂：「唐季、五代，詩愈卑，而倚聲者輒簡古可愛。能此不能彼，未可（當作『易』）以理推也。」《提要》駁之，謂：「猶能舉七十斤者，舉百斤則蹶，舉五十斤則運掉自如。」[1]其言甚辨。然謂詞必易於詩，余未敢信。善乎陳臥子之言曰：「宋人不知詩而強作詩，故終宋之世無詩。然其歡愉愁苦（當作『怨』）之致，動於中而不能抑者，類發於詩餘，故其所造獨工。」[2]五代詞之所以獨勝，亦以此也。

①《四庫提要》集部詞曲類一《花間集》：「後有陸游二跋。……其二稱：『唐季、五代，詩愈卑，而倚聲者輒簡古可愛。能此不能彼，未易以理推也。』不知文之體格有高卑，人之學力有強弱。學力不足副

其體格，則舉之不足。學力足以副其體格，則舉之有餘。律詩降於古詩，故中晚唐古詩多不工，而律詩則時有佳作。詞又降於律詩，故五季人詩不及唐，詞乃獨勝。此猶能舉七十斤者，舉百斤則蹶，舉五十則運掉自如，有何不可理推乎？」

②陳子龍〈王介人詩餘序〉：「宋人不知詩而強作詩。其為詩也，言理而不言情，故終宋之世無詩焉。然宋人亦不免於有情也。故凡其歡愉愁怨之致，動於中而不能抑者，類發於詩餘，故其所造獨工，非後世可及。蓋以沉至之思而出之必淺近，使讀之者驟遇如在耳目之表，久誦而得沉永之趣，則用意難也。以儇利之詞，而製之實工鍊，使篇無累句，句無累字，圓潤明密，言如貫珠，則鑄詞難也。其為體也纖弱，所謂明珠翠羽，尚嫌其重，何況龍鸞？必有鮮妍之姿，而不藉粉澤，則設色難也。其為境也婉媚，雖以警露取妍，實貴含蓄，有餘不盡，時在低徊唱歎之際，則命篇難也。惟宋人專力事之，篇什既多，觸景皆會。天機所啟，若出自然。雖高談大雅，而亦覺其不可廢。何則？物有獨至，小道可觀也。」

五四

四言敝而有《楚辭》，《楚辭》敝而有五言，五言敝而有七言，古詩敝而有律絕，律絕敝而有詞。蓋文體通行既久，染指遂多，自成習套。豪傑之士，亦難於其中自出新意，故遁而作他體，以自解脫。一切文體所以始盛終衰者，皆由於此。故謂文學後不如前，余未敢信。但就一體論，則此說固無以易也。

五五

詩之《三百篇》、《十九首》，詞之五代、北宋，皆無題也。非無題也，詩詞中之意，不能以題盡之也。自《花庵》、《草堂》每調立題，並古人無題之詞亦為之作題。如觀一幅佳山水，而即曰此某山某河，可乎？詩有題而詩亡，詞有題而詞亡。然中材之士，鮮能知此而自振拔者矣。

五六

大家之作，其言情也必沁人心脾，其寫景也必豁人耳目。其辭脫口而出，無矯揉妝束之態。以其所見者真，所知者深也。詩詞皆然。持此以衡古今之作者，可無大誤也。

五七

人能於詩詞中不為美刺投贈之篇，不使隸事之句，不用粉飾之字，則於此道已過半矣。

五八

以〈長恨歌〉之壯采，而所隸之事，只「小玉雙成」四字，才有餘也。梅村歌行，則非隸事不辦[①]。白、吳優劣，即於此見。不獨作詩為然，填詞家亦不可不知也。

①白居易〈長恨歌〉有「轉教小玉報雙成」句為隸事。至吳偉業之〈圓圓曲〉，則入手即用「鼎湖」事，以下隸事句不勝指數。

五九

近體詩體制，以五七言絕句為最尊，律詩次之，排律最下。蓋此體於寄興言情，兩無所當，殆有均之駢體文耳。詞中小令如絕句，長調似律詩，若長調之〈百字令〉、〈沁園春〉等，則近於排律矣。

六〇

詩人對宇宙人生，須入乎其內，又須出乎其外。入乎其內，故能寫之。出乎其外，故能觀之。入乎其內，故有生氣。出乎其外，故有高致。美成能入而不出。白石以降，於此二事皆未夢見。

六一

詩人必有輕視外物之意，故能以奴僕命風月。又必有重視外物之意，故能與花鳥共憂樂。

六二

「昔為倡家女，今為蕩子婦。蕩子行不歸，空牀難獨守。」[1]「何不策高足，先據要路津？無為久貧（當作『守窮』）賤，轗軻長苦辛。」[2]可為淫鄙之尤。然無視為淫詞、鄙詞者，以其真也。五代、北宋之大詞人亦然。非無淫詞，讀之但覺其親切動人。非無鄙詞，但覺其精力彌滿。可知淫詞與鄙詞之病，非淫與鄙之病，而游詞[3]之病也。「豈不爾思，室是遠而。」而子曰：「未之思也，夫何遠之有？[4]」惡其游也。

①《古詩十九首》第二：「青青河畔草，鬱鬱園中柳。盈盈樓上女，皎皎當窗牖。娥娥紅粉妝，纖纖出素手。昔為倡家女，今為蕩子婦。蕩子行不歸，空牀難獨守。」（據《文選．卷二十九》）

②《古詩十九首》第四：「今日良宴會，歡樂難具陳。彈箏奮逸響，新聲妙入神。令德唱高言，識曲聽其真。齊心同所願，含意俱未申。人生寄一世，奄忽若飆塵。何不策高足，先據要路津？無為守窮賤，轗軻長苦辛。」（據《文選．卷二十九》）

③金應珪〈詞選後序〉：「規模物類，依託歌舞。哀樂不衷其性，慮歎無與乎情。連章累篇，義不出乎花鳥。感物指事，理不外乎酬應。雖既雅而不豔，斯有句而無章。是謂游詞。」

④《論語．子罕》：「唐棣之華，偏其反而。豈不爾思，室是遠而。子曰：未之思也，夫何遠之有？」

六三

「枯藤老樹昏鴉，小橋流水平沙①，古道西風瘦馬。夕陽西下斷腸人在天涯。」此元人馬東籬〈天淨沙〉小令也。寥寥數語，深得唐人絕句妙境。有元一代詞家，皆不能辦此也。

①按此曲見諸元刊本《樂府新聲．卷中》、元刊本周德清《中原音韻定格》、明刊本蔣仲舒《堯山堂外紀．卷六十八》、明刊本張祿《詞林摘豔》及《知不足齋叢書》本盛如梓《庶齋老學叢談》等書者，「平沙」均作「人家」，即觀堂《宋元戲曲考》所引亦同。惟《歷代詩餘》則作「平沙」，又「西風」作「淒風」，蓋欲避去複字耳。觀堂此處所引，殆即本《詩餘》也。

六四

白仁甫《秋夜梧桐雨》劇，沉雄悲壯，為元曲冠冕。然所作《天籟詞》，粗淺之甚，不足為稼軒奴隸。豈創者易工，而因者難巧歟？抑人各有能有不能也？讀者觀歐、秦之詩遠不如詞，足透此中消息。

宣統庚戌九月脫稿於京師定武城南寓廬

人間詞話刪稿

一

白石之詞，余所最愛者，亦僅二語，曰：「淮南皓月冷千山，冥冥歸去無人管。」①

①姜夔〈踏莎行·自沔東來，丁未元日至金陵，江上感夢而作〉：「燕燕輕盈，鶯鶯嬌軟，分明又向華胥見。夜長爭得薄情知，春初早被相思染。　別後書辭，別時針線，離魂暗逐郎行遠。淮南皓月冷千山，冥冥歸去無人管。」**（據《白石道人歌曲·卷三》）〔按：此則原稿在前詩話第四十九則之後，故云「亦僅二語。」〕**

二

雙聲、疊韻之論，盛於六朝，唐人猶多用之。至宋以後，則漸不講，並不知二者為何物。乾嘉間，吾鄉周松靄先生（春）著《杜詩雙聲疊韻譜括略》，正千餘年之誤，可謂有功文苑者矣。其言曰：「兩字同母謂之雙聲，兩字同韻謂之疊韻。」余按用今日各國文法通用之語表之，則兩字同一子音者謂之雙聲。如《南史·羊元保傳》之「官家恨狹，更廣八分」，「官家更廣」四字，皆從k得聲。《洛陽伽藍記》之「獰奴慢罵」，「獰奴」二字，皆從n得聲。「慢罵」二字，皆從m得聲也。兩字同一母音者，謂之疊韻。如梁武帝「後牖有朽柳」，「後牖有」三字，雙聲而兼疊韻。「有朽柳」三字，其母音皆為u。劉孝綽之「梁皇長康強」，「梁長強」三字，其母音皆為 ian 也①。自李淑《詩苑》偽造沈約之說，以雙聲疊韻為詩中八病之二②，後世詩家多廢而不講，亦不復用之於詞。余謂苟於詞之蕩漾處多用疊韻，促節處用雙聲，則其鏗鏘可誦，必有過於前人者。惜世之專講音律者，尚未悟此也！**〔按：此則在原稿內已刪去〕**

①葛立方《韻語陽秋．卷四》引陸龜蒙詩序：「疊韻起自梁武帝，云：『後牖有朽柳。』當時侍從之臣皆倡和。劉孝綽云：『梁王長康強。』沈休文云：『偏眠船舷邊。』庾肩吾云：『載碓**【音同對】**每礙埭**【音同待】**。』自後用此體作為小詩者多矣。」

②周春《杜詩雙聲疊韻譜括略》七引李淑《詩苑》：「梁沈約云：詩病有八，七曰旁紐，八曰正紐。」**（謂十字內兩字雙聲為「正紐」，若不共一字而有雙聲為「旁紐」，如「流六」為正紐，「流柳」為「旁紐」）**周春案：「正紐、旁紐，皆指雙聲而言。觀神珙之圖，自可悟入。若此注所云，則旁紐即疊韻矣，非。」

三

世人但知雙聲之不拘四聲，不知疊韻亦不拘平、上、去三聲。凡字之同母者，雖平仄有殊，皆疊韻也。**〔按：原稿此則已刪去。今補〕**

四

詩之唐中葉以後，殆為羔雁之具矣。故五代、北宋之詩，佳者絕少，而詞則為其極盛時代。即詩詞兼擅如永叔、少游者，詞勝於詩遠甚。以其寫之於詩者，不若寫之於詞者之真也。至南宋以後，詞亦為羔雁之具，而詞亦替矣。（**《文學小言．十三》此下有「除稼軒一人外」六字注**）此亦文學升降之一關鍵也。

五

曾純甫中秋應制，作〈壺中天慢〉詞①，自注云：「是夜，西興亦聞天樂。」謂宮中樂聲，聞於隔岸也。毛子晉謂：「天神亦不以人廢言②」。近馮夢華復辨其誣③。不解「天樂」兩字文義，殊笑人也。**〔按：曾覿此詞，原為《海野詞》所未載，殆毛晉據《武林舊事・卷七・補錄》。調名下小字注，亦出自《武林舊事》，實非曾覿自注〕**

①曾覿〈壺中天慢・此進御月詞也。上皇大喜曰：「從來月詞，不曾用『金甌』事，可謂新奇。」賜金束帶、紫番羅、水晶盌。上亦賜寶盞。至一更五點還宮。是夜，西興亦聞天樂焉〉：「素飆漾碧，看天衢穩送，一輪明月。翠水瀛壺人不到，比似世間秋別。玉手瑤笙，一時同色，小按〈霓裳〉疊。天津橋上，有人偷記新闋。　當日誰幻銀橋？阿瞞兒戲，一笑成癡絕。肯信群仙高宴處，移下水晶宮闕。雲海塵清，山河影滿，桂冷吹香雪。何勞玉斧，金甌千古無缺。」**（據汲古閣本《海野詞》）**

②《宋六十名家詞》。毛晉跋《海野詞》：「進月詞，一夕西興，共聞天樂，豈天神亦不以人廢言耶？」

③馮煦〈宋六十一家詞選例言〉：「曾純甫賦進御月詞，其自記云：『是夜，西興亦聞天樂。』子晉遂謂天神亦不以人廢言。不知宋人每好自神其說。白石道人尚欲以巢湖風駛歸功於〈平調滿江紅〉，於海野何譏焉？」

六

北宋名家以方回為最次。其詞如歷下、新城之詩，非不華瞻**【音同善】**，惜少真味。

七

散文易學而難工，駢文難學而易工。近體詩易學而難工，古體詩難學而易工。小令易學而難工，長調難學而易工。

八

古詩云：「誰能思不歌？誰能飢不食？」①詩詞者，物之不得其平而鳴者也。故歡愉之辭難工，愁苦之言易巧。

①晉宋齊辭〈子夜歌〉：「誰能思不歌？誰能飢不食？日冥當戶倚，惆悵底不憶？」（據《樂府詩集．第四十四卷》）

九

社會上之習慣，殺許多之善人。文學上之習慣，殺許多之天才。

一〇

昔人論詩詞，有景語、情語之別。不知一切景語，皆情語也。〔按：原稿此則已刪去〕

一一

詞家多以景寓情。其專作情語而絕妙者，如牛嶠【音同較】之「甘（當作『須』）作一生拚，盡君今日歡」①，顧夐之「換我心為你心，始知相憶深」②，歐陽修之「衣帶漸寬終不悔，為伊消得人憔悴」③，美成之「許多煩惱，只為當時，一餉留情」④，此等詞求之古今人詞中，曾不多見。

①牛嶠〈菩薩蠻〉：「玉爐冰簟鴛鴦錦，粉融香汗流山枕。簾外轆轤聲，斂眉含笑驚。 柳陰煙漠漠，低鬟蟬釵落。須作一生拚，盡君今日歡。」（**據觀堂自輯本《牛給事詞》**）

②顧敻〈訴衷情〉：「永夜拋人何處去？絕來音。香閣掩，眉斂，月將沉。爭忍不相尋？怨孤衾。換我心為你心，始知相憶深。」（**據觀堂自輯本《顧太尉詞》**）

③柳永〈鳳棲梧〉詞，已見前二三注。此詞又誤入《歐陽文忠公近體樂府》及《醉翁琴趣外編》（**俱雙照樓景宋本**）。惟汲古閣本《六一詞》已刪去（**按：參閱下第四十二則**）。

④周邦彥〈慶宮春〉：「雲接平岡，山圍寒野，路回漸轉孤城。衰柳啼鴉，驚風驅雁，動人一片秋聲。倦途休駕，澹煙裏，微茫見星。塵埃顦顇，牛怕黃昏，離思牽縈。 華堂舊日逢迎。花豔參差，香霧飄零。絃管當頭，偏憐嬌鳳，夜深簧暖笙清。眼波傳意，恨密約匆匆未成。許多煩惱，只為當時，一餉留情。」（**據《清真集・卷下》**）

一二

詞之為體，要眇【**音同渺**】宜修。能言詩之所不能言，而不能盡言詩之所能言。詩之境闊，詞之言長。

一三

言氣質，言神韻，不如言境界。有境界，本也。氣質、神韻，末也。有境界而二者隨之矣。

一四

「西（當作『秋』）風吹渭水，落日（當作『葉』）滿長安。」[1]美成以之入詞[2]，白仁甫以之入曲[3]，此借古人之境界為我之境界者也。然非自有境界，古人亦不為我用。

[1]賈島〈憶江上吳處士〉：「閩國揚帆去，蟾蜍虧復圓。秋風吹渭水，落葉滿長安。此夜聚會夕，當時雷雨寒。蘭橈殊未返，消息海雲端。」（據《畿輔叢書》本《長江集．卷五》）

[2]周邦彥〈齊天樂．秋思〉：「綠蕪彫盡臺城路，殊鄉又逢秋晚。暮雨生寒，鳴蛩勸織，深閣時聞裁翦。雲窗靜掩。歎重拂羅裀，頓疏花簟。尚有練囊，露螢清夜照書卷。　荊江留滯最久，故人相望處，離思何限？渭水西風，長安亂葉，空憶詩情宛轉。凭高眺遠。正玉液新篘，蟹螯初薦。醉倒山翁，但愁斜照斂。」（據《清真集．卷下》）

[3]白樸〈雙調德勝樂．秋〉：「玉露冷，蛩吟砌。聽落葉西風渭水。寒雁兒長空嘹唳。陶元亮醉在東籬。」（據《散曲叢刊》本《陽春白雪補集》）又《梧桐雨》雜劇第二折〈普天樂〉：「恨無窮，愁無限。爭奈倉卒之際，避不得驀嶺登山。鑾駕遷。成都盼。更那堪瀽水西飛雁，一聲聲送上雕鞍。傷心故園，西風渭水，落日長安。」（據《元明雜劇》本）

一五

長調自以周、柳、蘇、辛為最工。美成〈浪淘沙慢〉二詞[1]，精壯頓挫，已開北曲之先聲。若屯田之〈八聲甘州〉[2]，東坡之〈水調歌頭〉[3]，則佇興之作，格高千古，不能以常調論也。

[1]周邦彥〈浪淘沙慢〉：「晝陰重，霜凋岸草，霧隱城堞。南陌脂車待發，東門帳飲乍闋。正拂面、垂楊堪攬結。掩紅淚，玉手親折。念漢浦離鴻去何許，經時信音絕。　情切。望中地遠天闊。向露冷風清、

無人處，耿耿寒漏咽。嗟萬事難忘，唯是輕別。翠罇未竭。憑斷雲留取，西樓殘月。　羅帶光銷紋衾疊。連環解，舊香頓歇。怨歌永，瓊壺敲盡缺。恨春去，不與人期，弄夜色，空餘滿地梨花雪。」（據**《清真集．卷上》**）

又一闋：「萬葉戰，秋聲露結，雁度砂磧。細草和煙尚綠，遙山向晚更碧。見隱隱、雲邊新月白。映落照、簾幕千家，聽數聲、何處倚樓笛。裝點盡秋色。　脈脈。旅情暗自消釋。念珠玉、臨水猶悲感，何況天涯客？憶少年歌酒，當時蹤跡。歲華易老，衣帶寬，懊惱心腸終窄。　飛散後、風流人阻。藍橋約、悵恨路隔。馬蹄過，猶嘶舊巷陌。歎往事，一一堪傷，曠望極。凝思又把闌干拍。」（**據《清真集補遺》**）

②柳永〈八聲甘州〉：「對瀟瀟、暮雨灑江天，一番洗清秋。漸霜風淒慘，關河冷落，殘照當樓。是處紅衰翠減，苒苒物華休。惟有長江水，無語東流。　不忍登高臨遠，望故鄉渺邈，歸思難收。歎年來蹤跡，何事苦淹留。想佳人、妝樓顒望，誤幾回、天際識歸舟。爭知我、倚闌干處，正恁凝愁。」（**據《彊村叢書》本《樂章集．下卷》**）

③蘇軾〈水調歌頭．丙辰中秋，歡飲達旦，大醉。作此篇，兼懷子由〉：「明月幾時有？把酒問青天。不知天上宮闕，今夕是何年？我欲乘風歸去，惟恐瓊樓玉宇，高處不勝寒。起舞弄清影，何似在人間。　轉朱閣，低綺戶，照無眠。不應有恨，何事長向別時圓？人有悲歡離合，月有陰晴圓缺，此事古難全。但願人長久，千里共嬋娟。」（**據《東坡樂府箋．卷二》**）

一六

稼軒〈賀新郎〉詞〈送茂嘉十二弟〉[1]，章法絕妙。且語語有境界，此能品而幾於神者。然非有意為之，故後人不能學也。

①辛棄疾〈賀新郎．別茂嘉十二弟〉：「綠樹聽鵜鴂。更那堪鷓鴣聲住，杜鵑聲切！啼到春歸無尋處，苦恨芳菲都歇。算未抵人間離別。馬上琵琶關塞黑，更長門翠輦辭金闕。看燕燕，送歸妾。　將軍百戰身名烈。向河梁、回頭萬里，故人長絕。易水蕭蕭西風冷，滿座衣冠似雪。正壯士悲歌未徹。啼鳥還知如許恨，料不啼清淚長啼血。誰共我，醉明月？」（據《稼軒長短句．卷一》）（按：元大德本「身名烈」作「身名裂」，較是）

一七

稼軒〈賀新郎〉詞：「柳暗淩波路。送春歸猛風暴雨，一番新綠。」①又〈定風波〉詞：「從此酒酣明月夜。耳熱。」②「綠」、「熱」二字，皆作上去用。與韓玉〈東浦詞〉、〈賀新郎〉③以「玉」、「曲」叶「注」、「女」，〈卜算子〉以「夜」、「謝」叶「食」、「月」（「食」當作「節」，「食」在詞中既非韻，在詞韻中與「月」又非同部，想係筆誤），已開北曲四聲通押之祖。

①辛棄疾〈賀新郎〉：「柳暗淩波路。送春歸猛風暴雨，一番新綠。千里瀟湘葡萄漲，人解扁舟欲去。又檣燕留人相語。艇子飛來生塵步，唾花寒唱我新番句。波似箭，催鳴櫓。　黃陵祠下山無數。聽湘娥、泠泠曲罷，為誰情苦？行到東吳春已暮，正江闊潮平穩渡。望金雀觚稜翔舞。前度劉郎今重到，問玄都千樹花存否？愁為倩，么絃訴。」（據《稼軒長短句．卷一》）

②辛棄疾〈定風波．自和〉：「金印纍纍佩陸離，河梁更賦斷腸詩。莫擁旌旗真箇去。何處。玉堂元自要論思。　且約風流三學士，同醉。春風看試幾槍旗。從此酒酣明月夜。耳熱。那邊應是說儂時。」（據

《稼軒長短句・卷八》）

③韓玉〈賀新郎・詠水仙〉：「綽約人如玉。試新妝嬌黃半綠，漢宮勻注。倚傍小欄閑凝竚，翠帶風前似舞。記洛浦當年儔侶。羅襪塵生香冉冉，料征鴻微步淩波女。驚夢斷，楚江曲。　春工若見應為主。忍教都、閑亭笛館，冷風淒雨。待把此花都折取，和淚連香寄與。須信道離情如許。煙水茫茫斜照裏，是騷人《九辨》招魂處。千古恨，與誰語？」（據汲古閣本《東浦詞》）

④韓玉〈卜算子〉：「楊柳綠成陰，初過寒食節。門掩金鋪獨自眠，哪更□寒夜。　強起立東風，慘慘梨花謝。何事王孫不早歸？寂寞秋千月。」（據《東浦詞》）（按：據汲古閣抄本《東浦詞》，上片第四句方空乃「逢」字）

一八

譚復堂《篋中詞選》謂：「蔣鹿潭《水雲樓詞》與成容若、項蓮生，二（原作「三」，依《篋中詞・卷五》改）百年間，分鼎三足。」然《水雲樓詞》小令頗有境界，長調惟存氣格。《憶雲詞》精實有餘，超逸不足，皆不足與容若比。然視皋文、止菴輩，則倜乎遠矣。

一九

詞家時代之說，盛於國初。竹垞謂：詞至北宋而大，至南宋而深[1]。後此詞人，群奉其說。然其中亦非無具眼者。周保緒曰：「南宋下不犯北宋拙率之病，高不到北宋渾涵之詣。」又曰：「北宋詞多就景敘情，故珠圓玉潤，四照玲瓏。至稼軒、白石，一變而為即事敘景，使深者反淺，曲者反直。」[2]潘四農（德輿）曰：「詞濫觴於唐，暢於五代，而意格之閎深曲摯，則莫盛於北宋。詞之有北宋，猶詩之有盛唐。至南宋則稍衰矣。」[3]劉融齋（熙載）曰：「北宋詞用密亦疏、用隱亦亮、用沉亦快、用細亦闊、用精亦渾。南宋只是掉轉過來。」[4]可知此事自有公論。雖止弇詞頗淺薄，潘、劉尤甚。然其推尊北宋，則與明季雲間諸公，同一卓識也。

①朱彝尊〈詞綜發凡〉：「世人言詞，必稱北宋。然詞至南宋始極其工，至宋季而始極其變。」
②見周濟《介存齋論詞雜著》。
③見潘德輿《養一齋集・卷二十二・與葉生名灃書》。
④見劉熙載《藝概・卷四・詞曲概》。

二〇

唐、五代、北宋詞，可謂生香真色。若雲間諸公，則綵花耳。湘真且然，況其次也者乎？

二一

《衍波詞》之佳者，頗似賀方回。雖不及容若，要在浙中諸子（**按：據原稿「浙中諸子」四字作「錫鬯、其年」**）之上。

二二

近人詞如《復堂詞》之深婉，《彊村詞》之隱秀，皆在半塘老人上。彊村學夢窗而情味較夢窗反勝。蓋有臨川、廬陵之高華，而濟以白石之疎越者。學人之詞，斯為極則。然古人自然神妙處，尚未見及。

二三

宋直方（原作「尚木」，誤。案「徵輿」字「直方」，「尚木」乃「徵璧」字，因據改）〈蝶戀花〉：「新樣羅衣渾棄卻，猶尋舊日春衫著。」① 譚復堂〈蝶戀花〉：「連理枝頭儂與汝，千花百草從渠許。」② 可謂寄興深微。

①宋徵輿〈蝶戀花〉：「寶枕輕風秋夢薄。紅斂雙蛾，顛倒垂金雀。新樣羅衣渾棄卻，猶尋舊日春衫著。偏是斷腸花不落。人苦傷心，鏡裏顏非昨。曾誤當初青女約，祇今霜夜思量着。」（據《半厂叢書》本《篋中詞今集・卷二》）

②譚獻〈蝶戀花〉：「帳裏迷離香似霧。不燼鑪灰，酒醒聞餘語。連理枝頭儂與汝，千花百草從渠許。蓮子青青心獨苦。一唱將離，日日風兼雨。豆蔻香殘楊柳暮，當時人面無尋處。」（據《半厂叢書》本《復堂詞》）

二四

《半塘丁稿》中和馮正中〈鵲踏枝〉十闋，乃《鶩翁詞》之最精者。「望遠愁多休縱目」等闋，鬱伊惝怳，令人不能為懷。《定稿》只存六闋，殊為未允也。①

①王鵬運〈鵲踏枝〉（馮正中〈鵲踏枝〉十四闋，鬱伊惝怳，義兼比興，蒙耆誦焉。春日端居，依次屬和。就均成詞，無關寄託，而章句尤為淩雜。憶雲生云：「不為無益之事，何以遣有涯之生？」三復前言，我懷如揭矣。時光緒丙申三月二十八日。錄十）：「落蕊殘陽紅片片。懊恨比鄰，盡日流鶯轉。似雪楊花吹又散，東風無力將春限。　慵把香羅裁便面。換到輕衫，歡意垂垂淺。襟上淚痕猶隱見，笛聲催按〈梁州遍〉。」其一。「斜日危闌凝佇久。問訊花枝，可是年時舊？濃睡朝朝如中酒，誰憐夢裏人

消瘦。 香閣簾櫳煙閣柳。片霎氤氳，不信尋常有。休遣歌筵回舞袖，好壞珍重春三後。」其二。「譜到陽關聲欲裂。亭短亭長，楊柳那堪折。挑菜湔【音同尖】帬【音同群】春事歇，帶羅羞指同心結。 千里孤光同皓月。畫角吹殘，風外還嗚咽。有限墜歡真忍說，傷生第一生離別。」其三。「風蕩春雲羅樣薄。難得輕陰，芳事休閒卻。幾日啼鵑花又落，綠牋莫忘深深約。 老去吟情渾寂寞。細雨簷花，空憶燈前酌。隔院玉簫聲乍作。眼前何物供哀樂。」其四。「漫說目成心便許。無據楊花，風裏頻來去。悵望朱樓難寄語，傷春誰念司勳誤？ 枉把游絲牽弱縷。幾片閒雲，迷卻相思路。錦帳珠簾歌舞處，舊歡新恨思量否？」其五。「晝日懨懨驚夜短。片霎歡娛，那惜千金換。燕睨鶯顰春不管，敢辭絃索為君斷。 隱隱輕雷聞隔岸。暮雨朝霞，咫尺迷銀漢。獨對舞衣思舊伴，龍山極目煙塵滿。」其六。「望遠愁多休縱目。步繞珍叢，看筍將成竹。曉露暗垂珠簌簌，芳林一帶如新浴。 簷外春山森碧玉。夢裏驂鸞，記過清湘曲。自定新絃移雁足，絃聲未抵歸心促。」其七。「誰遣春韶隨水去。醉倒芳尊，望卻朝和暮。換盡大隄芳草路，倡條都是相思樹。 蠟燭有心燈解語。淚盡脣焦，此恨消沉否。坐對東風憐弱絮，萍飄後日知何處？」其八。「對酒肯教歡意盡。醉醒懨懨，無那忺春困。錦字雙行牋別恨，淚珠界破殘妝粉。 輕燕受風飛遠近。消息誰傳？盼斷烏衣信。曲几無憀閒自隱，鏡奩心事孤鸞鬢。」其九。「幾見花飛能上樹。難繫流光，枉費垂楊縷。箏雁斜飛排錦柱，只伊不解將春去。 漫詡心情黏地絮。容易飄颺，那不驚風雨。倚徧闌干誰與語？思量有恨無人處。」其十。（**據原刻本《半唐丁稿．鶩翁集》**）按今《半唐定稿．鶩翁集》中存〈鵲踏枝〉六闋，計刪第三、第六、第七、第九四闋。

二五

固哉，皋文之為詞也！飛卿〈菩薩蠻〉、永叔〈蝶戀花〉、子瞻〈卜算子〉，皆興到之作，有何命意？皆被皋文深文羅織[①]。阮亭《花草蒙拾》謂：「坡公命宮磨蝎，生前為王珪、舒亶輩所苦，身後又硬受此差排。」[②]由今觀之，受差排者，獨一坡公已耶？

①溫庭筠〈菩薩蠻〉：「小山重疊金明滅，鬢雲欲度香腮雪。嬾起畫蛾眉，弄妝梳洗遲。　照花前後鏡，花面交相映。新貼繡羅襦，雙雙金鷓鴣。」**（據《金荃詞》）**張惠言《詞選》評：「此感士不遇也，篇法彷彿〈長門賦〉。『照花』四句，〈離騷〉初服之意。」

歐陽修〈蝶戀花〉，即馮延巳之〈鵲踏枝〉**（已見前三注）**。據唐圭璋先生考證，此詞為馮作。後亦收於歐陽集中，實誤。《詞選》評：「庭院深深，閨中既以邃遠也。樓高不見，哲王又不寤也。章臺游冶，小人之徑。雨橫風狂，政令暴急也。亂紅飛去，斥逐者非一人而已，殆為韓、范作乎？」

蘇軾〈卜算子．黃州定慧院寓居作〉：「缺月掛疏桐，漏斷人初靜。誰見幽人獨往來？縹緲孤鴻影。驚起卻回頭，有恨無人省。揀盡寒枝不肯棲，寂寞沙洲冷。」**（據《東坡樂府箋．卷二》）**《詞選》評：「此東坡在黃州作。鮦陽居士云：缺月，刺明微也。漏斷，暗時也。幽人，不得志也。獨往來，無助也。驚鴻，賢人不安也。回頭，愛君不忘也。無人省，君不察也。揀盡寒枝不肯棲，不偷安於高位也。寂寞沙洲冷，非所安也。此詞與〈考槃〉詩極相似。」**（按：鮦陽居士語見《唐宋諸賢絕妙好詞選．卷二》）**

②王士禎《花草蒙拾》：「僕嘗戲謂：坡公命宮磨蝎，湖州詩案，生前為王珪、舒亶輩所苦，身後又硬受此差排耶？」

二六

賀黃公謂：「姜論史詞，不稱其『軟語商量』，而賞**（原作『稱』，依《詞筌》改）**其『柳昏花暝』，固知不免項羽學兵法之恨。」[①]然「柳昏花暝」自是歐、秦輩句法，前後有畫工化工之殊。吾從白石，不能附和黃公矣。

①賀黃公語：見賀裳《皺水軒詞筌》。姜論史詞，見《中興以來絕妙詞選．卷七》所引。「軟語商量」、「柳昏花暝」，係史達祖〈雙雙燕．詠燕〉句，已見前三十八注。

二七

「池塘春草謝家春，萬古千秋五字新。傳語閉門陳正字，可憐無補費精神。」此遺山〈論詩絕句〉也。夢窗、玉田輩，當不樂聞此語。

二八

朱子《清邃閣論詩》謂：「古人詩中（原無「詩中」兩字，依《朱子大全》增）有句，今人詩更無句，只是一直說將去。這般詩（原無「詩」字）一日作百首也得。」余謂北宋之詞有句，南宋以後便無句。玉田、草窗之詞，所謂「一日作百首也得」者也。

二九

朱子謂：「梅聖俞詩，不是平淡，乃是枯槁。」[①]余謂草窗、玉田之詞亦然。

①朱子語見《清邃閣論詩》。

三〇

「自憐詩酒瘦，難應接，許夛春色。」[①]「能幾番游？看花又是明年。」[②]此等語亦算警句耶？乃值如許筆力！

①史達祖〈喜遷鶯〉：「月波疑滴，望玉壺天近，了無塵隔。翠眼圈花，冰絲織練，黃道寶光相直。自憐詩酒瘦，難應接，許多春色。最無賴，是隨香趁燭，曾伴狂客。　蹤跡。謾記憶。老了杜郎，忍聽東風笛。柳院燈疏，梅廳雪在，誰與細傾春碧。舊情拘未定，猶自學、當年游歷。怕萬一，誤玉人夜寒簾隙。」（據《梅溪詞》）

②張炎〈高陽臺・西湖春感〉：「接葉巢鶯，平波卷絮，斷橋斜日歸船。能幾番游？看花又是明年。東風且伴薔薇住，到薔薇春已堪憐。更淒然。萬綠西泠，一抹荒煙。　當年燕子知何處？但苔深韋曲，草暗斜川。見說新愁，如今也到鷗邊。無心再續笙歌夢，掩重門、淺醉閒眠。莫開簾。怕見飛花，怕聽啼鵑。」（據《山中白雲・卷二》）

三一

文文山詞，風骨甚高，亦有境界，遠在聖與、叔夏、公謹諸公之上。亦如明初誠意伯詞，非季迪、孟載諸人所敢望也。

三二

和凝〈長命女〉詞：「天欲曉。宮漏穿花聲繚繞，窗裏星光少。　冷霞寒侵帳額，殘月光沉樹杪。夢斷錦闈空悄悄。強起愁眉小。」此詞前半，不減夏英公〈喜遷鶯〉[1]也。

①夏竦〈喜遷鶯〉詞，見前一〇注。

三三

宋《李希聲詩話》曰：「唐（當作『古』）人作詩，正以風調高古為主。雖意遠語疏，皆為佳作。後人有切近的當、氣格凡下者，終使人可憎。」[1] 余謂北宋詞亦不妨疏遠。若梅溪以降，正所謂切近的當、氣格凡下者也。

①見魏慶之《詩人玉屑．卷十》引。

三四

自竹垞痛貶《草堂詩餘》而推《絕妙好詞》[1]，後人羣附和之。不知《草堂》雖有褻諢之作，然佳詞恒得十之六七。《絕妙好詞》則除張、范、辛、劉諸家外，十之八九，皆極無聊賴之詞。古人云：小好小慚，大好大慚[2]，洵非虛語。〔案：「古人云」以下共十五字，原稿已改作「甚矣，人之貴耳賤目也！」〕

①朱彝尊〈書絕妙好詞後〉：「詞人之作，自《草堂詩餘》盛行，屏去〈激楚〉、〈陽阿〉，而〈巴人〉之唱齊進矣。周公謹《絕妙好詞》選本雖未盡醇，然中多俊語，方諸《草堂》所錄，雅俗殊分。」

②韓愈《與馮宿論文書》：「時時應事作俗下文字，下筆令人慚。及示人，則以為好。小慚者亦蒙謂之小好，大慚者即必以為大好矣。」

三五

梅溪、夢窗、玉田、草窗、西麓諸家，詞雖不同，然同失之膚淺。雖時代使然，亦其才分有限也。近人棄周鼎而寶康瓠，實難索解。

三六

余友沈昕伯（紘）自巴黎寄余〈蝶戀花〉一闋云：「簾外東風隨燕到。春色東來，循我來時道。一霎園場生綠草，歸遲卻怨春來早。　錦繡一城春水繞。庭院笙歌，行樂多年少。著意來開孤客抱，不知名字閒花鳥。」此詞當在晏氏父子間，南宋人不能道也。

三七

「君王枉把平陳業，換得雷塘數畝田。」[1]政治家之言也。「長陵亦是閒丘隴，異日誰知與仲多？」[2]詩人之言也。政治家之眼，域於一人一事。詩人之眼，則通古今而觀之。詞人觀物，須用詩人之眼，不可用政治家之眼。故感事、懷古等作，當與壽詞同為詞家所禁也。

①羅隱〈煬帝陵〉：「入郭登橋出郭船，紅樓日日柳年年。君王忍把平陳業，只換雷塘數畝田。」（據《四部叢刊》本《甲乙集・卷三》）

②唐彥謙〈仲山・高祖兄仲山隱居之所〉：「千載遺蹤寄薜蘿，沛中鄉里漢山河。長陵亦是閒丘隴，異日誰知與仲多？」（據《晨風閣叢書》本《鹿門集拾遺》）

三八

宋人小說，多不足信。如《雪舟脞語》謂：台州知府唐仲友眷官妓嚴蕊奴。朱晦庵繫治之。及晦庵移去，提刑岳霖行部至台，蕊乞自便。岳問曰：去將安歸？蕊賦〈卜算子〉詞云：「住也如何住」云云[1]。案此詞系仲友戚高宣教作，使蕊歌以侑觴者，見朱子《糾唐仲友奏牘》[2]。則《齊東野語》所紀朱、唐公案[3]，恐亦未可信也。

①陶宗儀《說郛・卷五十七》引《雪舟脞語》：「唐悅齋仲友字與正，知台州。朱晦庵為浙東提舉，數不相得，至於互申。壽皇問宰執二人曲直。對曰：秀才爭閒氣耳。悅齋眷官妓嚴蕊奴，晦庵捕送囹圄。提刑岳商卿霖行部疏決，蕊奴乞自便。憲使問去將安歸？蕊奴賦〈卜算子〉，末云：『住也如何住，去也終須去。若得山花插滿頭，莫問奴歸處。』憲笑而釋之。」

②朱熹《朱子大全・卷十九・按唐仲友第四狀》：「五月十六日筵會，仲友親戚高宣教撰曲一首，名〈卜算子〉。後一段云：『去又如何去？住又如何住。但得山花插滿頭，休問奴歸處。』」

③周密《齊東野語・卷十七・朱唐交奏本末》：「朱晦庵按唐仲友事，或云呂伯恭嘗與仲友同書會有隙，朱主呂，故抑唐，是不然也。蓋唐平時恃才輕晦庵，而陳同父頗為朱所進，與唐每不相下。同父遊台，嘗狎籍妓，囑唐為脫籍，許之。偶郡集，唐語妓云：『汝果欲從陳官人耶？』妓謝。唐云：『汝須能忍飢受凍乃可。』妓聞大恚。自是陳至妓家，無復前之奉承矣。陳知為唐所賣，亟往見朱。朱問：『近日小唐云何？』答曰：『唐謂公尚不識字，如何作監司？』朱銜之，遂以部內有冤獄，乞再巡按。既至台，適唐出迎少稽，朱益以陳言為信。立索郡印，付以次官。乃摭唐罪具奏，而唐亦作奏馳上。時唐鄉相王淮當軸。既進呈，上問王。王奏：『此秀才爭閒氣耳。』遂兩平其事。詳見周平園、王季海日記。而朱門諸賢所作《年譜道統錄》，乃以季海右唐而並斥之，非公論也。其說聞之陳伯玉式卿，蓋親得之婺之諸呂云。」

三九

〈滄浪〉[1]、〈鳳兮〉[2]二歌，已開《楚辭》體格。然《楚辭》之最工者，推屈原、宋玉，而後此之王褒、劉向之詞不與焉。五古之最工者，實推阮嗣宗、左太沖、郭景純、陶淵明，而前此曹、劉，後此陳子昂、李太白不與焉。詞之最工者，實推後主、正中、永叔、少游、美成，而後此南宋諸公不與焉。**〔案：末句原稿作「前此溫、韋，後此姜、吳，皆不與焉。」〕**

①《孟子・離婁上》有〈孺子歌〉曰：「滄浪之水清兮，可以濯我纓。滄浪之水濁兮，可以濯我足。」

②《論語・微子》：「楚狂接輿歌而過孔子曰：『鳳兮鳳兮，何德之衰？往者不可諫，來者猶可追。已而已而，今之從政者殆而！』」

四〇

唐、五代之詞，有句而無篇。南宋名家之詞，有篇而無句。有篇有句，唯李後主降宋後之作，及永叔、子瞻、少游、美成、稼軒數人而已。

四一

唐、五代、北宋之詞家，倡優也。南宋後之詞家，俗子也。二者其失相等。但詞人之詞，寧失之倡優，不失之俗子。以俗子之可厭，較倡優為甚故也。

四二

《蝶戀花》「獨倚危樓」一闋，見《六一詞》，亦見《樂章集》。余謂：屯田輕薄子，只能道「奶奶蘭心蕙性」[1]耳。**〔原注：此等語固非歐公不能道也〕〔按：以上二則，據原稿補〕**

①柳永〈玉女搖仙佩〉：「飛瓊伴侶，偶別珠宮，未返神仙行綴。取次梳妝，尋常言語，有得許多姝麗。擬把名花比。恐旁人笑我，談何容易。細思算，奇葩豔卉，惟是深紅淺白而已。爭如這多情，占得人

間，千嬌百媚。　須信畫堂繡閣，皓月清風，忍把光陰輕棄。自古及今，佳人才子，少得當年雙美。且恁相偎倚。未消得憐我，多才多藝。願奶奶蘭心蕙性，枕前言下，表余深意。為盟誓。今生斷不孤鴛被。」（據《樂章集．卷上》）

四三

讀《會真記》者，惡張生之薄倖，而恕其姦非。讀《水滸傳》者，恕宋江之橫暴，而責其深險。此人人之所同也。故豔詞可作，唯萬不可作儇薄語。龔定庵詩云：「偶賦淩雲偶倦飛。偶然閒慕遂初衣。偶逢錦瑟佳人問，便說尋春為汝歸。」[1]其人之涼薄無行，躍然紙墨間。余輩讀耆卿、伯可詞，亦有此感。視永叔、希文小詞何如耶？

①此為龔自珍《乙亥雜詩》三百十五首之一，見《定盦續集》。

四四

詞人之忠實，不獨對人事宜然。即對一草一木，亦須有忠實之意，否則所謂游詞也。

四五

讀《花間》、《尊前集》，令人回想徐陵《玉臺新詠》。讀《草堂詩餘》，令人回想韋穀《才調集》。讀朱竹垞《詞綜》，張皋文、董子遠（原誤作「晉卿」）《詞選》，令人回想沈德潛《三朝詩別裁集》。

四六

明季、國初諸老之論詞，大似袁簡齋之論詩，其失也，纖小而輕薄。竹垞以降之論詞者，大似沈歸愚，其失也，枯槁而庸陋。

四七

東坡之曠在神，白石之曠在貌。白石如王衍口不言阿堵物，而暗中為營三窟之計，此其所以可鄙也。

四八

「紛吾既有此內美兮，又重之以修能。」[1]文學之事，於此二者，不能缺一。然詞乃抒情之作，故尤重內美。無內美而但有修能，則白石耳。

①此二句出屈原〈離騷〉。

四九

詩人視一切外物，皆游戲之材料也。然其游戲，則以熱心為之，故詼諧與嚴重二性質，亦不可缺一也〔**按：此二則通行本未載，從原稿補**〕。

人間詞話附錄

一

蕙風詞小令似叔原，長調亦在清真、梅溪間，而沉痛過之。彊村雖富麗精工，猶遜其真摯也。天以百凶成就一詞人，果何為哉！

二

蕙風〈洞仙歌．秋日遊某氏園〉①及〈蘇武慢．寒夜聞角〉②二闋，境似清真，集中他作，不能過之。

①況周頤〈洞仙歌．秋日獨遊某氏園〉：「一鼎閒緣借。便意行散緩，消愁聊且。有花迎徑曲，鳥呼林罅。秋光取次披圖畫。恣遠眺、登臨臺與榭。堪瀟灑。奈眽斷征鴻，幽恨翻縈惹。　忍把。鬢絲影裏，袖淚寒邊，露草煙蕪，付與杜牧狂吟，誤作少年游冶。殘蟬肯共傷心話。問幾見，斜陽疏柳挂？誰慰藉？到重陽，插菊攜萸事真假。酒更貰。更有約東籬下。怕蹉跎霜訊，夢沉人悄西風乍。」（據《惜陰堂叢書》本《蕙風詞．卷下》）

②況周頤〈蘇武慢．寒夜聞角〉：「愁入雲遙，寒禁霜重，紅燭淚深人倦。情高轉抑，思往難回，淒咽不成清變。風際斷時，迢遞大街，但聞更點。枉教人回首，少年絲竹，玉容歌管。　憑作出、百緒淒涼，淒涼惟有，花冷月閒庭院。珠簾繡幕，可有人聽？聽也可曾腸斷？除卻塞鴻，遮莫城烏，替人驚慣。料南枝明日，應減紅香一半。」（據《蕙風詞．卷上》）

——以上趙萬里錄自《蕙風琴趣》評語

三　彊村詞，余最賞其〈浣溪沙〉「獨鳥沖波去意閒」二闋①，筆力峭拔，非他詞可能過之。

①朱祖謀〈浣溪沙〉：「獨鳥沖波去意閒，瓌霞如赭水如牋。為誰無盡寫江天。　並舫風絃彈月上，當窗山髻挽雲還。獨經行地未荒寒。」其一。「翠阜紅厓夾岸迎，阻風滋味暫時生。水窗官燭淚縱橫。　禪悅新耽如有會，酒悲突起總無名。長川孤月向誰明？」其二。（據《彊村遺書》本《彊村語業．卷二》）

四　蕙風〈聽歌〉諸作，自以〈滿路花〉為最佳①。至〈題香南雅集圖〉諸詞②，殊覺泛泛，無一言道著。

①況周頤〈滿路花．彊村有聽歌之約，詞以堅之〉：「蟲邊安枕簟，雁外夢山河。不成雙淚落，為聞歌。浮生何益，儘意付消磨。見說寰中秀，曼睩修蛾。舊家風度無過。　鳳城絲管，回首惜銅駝。看花餘老眼，重摩挲。香塵人海，唱徹〈定風波〉。點鬢霜如雨，未必愁多。問天還問嫦娥。」（梅郎蘭芳以《嫦娥奔月》一劇蜚聲日下）（據《蕙風詞．卷下》）

②按〈題香南雅集圖〉諸詞，無從查考。據《蕙風詞史》，知《蕙風詞．卷下》之〈戚氏〉屬之，因錄如下。〈戚氏．漚尹為畹華索賦此調，走筆應之〉：「佇飛鸞。蕚綠仙子綵雲端。影月娉婷，浣霞明豔，好誰看？華鬘。夢尋難。當歌掩淚十年閒。文園鬢雪如許，鏡裏長葆幾朱顏？縞袂重認，紅簾初捲，怕春暖也猶寒。乍維摩病榻，花雨催起，著意清歡。　絲管。賺出嬋娟。珠翠照映，老眼太辛酸。春宵短。繫驄難穩，栩蝶須還。近尊前。暫許對影，香南笛語，徧寫烏蘭。番（去）風漸急，省識將離，已忍目斷關山（畹華將別去，道人先期作虎山之遊避之）。　念我滄江晚。消何遜筆，舊恨吟邊。未解〈清平調〉

苦，道苔枝、翠羽信纏綿。劇憐畫罨瑤臺、醉扶紙帳，爭遣愁千萬。算更無、月地雲階見。誰與訴、鶴守緣慳。甚素娥、暫缺能圓。更芳節、後約是今番。耐清寒慣，梅花賦也，好好紉蘭。」

——以上趙萬里自《丙寅日記》所記《觀堂論學》語中摘出

五

〔皇甫松〕詞，黃叔暘稱其〈摘得新〉二首①，為有達觀之見②。余謂不若〈憶江南〉二闋③，情味深長，在樂天、夢得〔補注〕上也。

①皇甫松〈摘得新〉：「酌一卮。須教玉笛吹。錦筵紅蠟燭，莫來遲。繁紅一夜經風雨，是空枝。」其一。「摘得新。枝枝葉葉春。管絃兼美酒，最關人。平生都得幾十度，展香茵。」其二。（**據觀堂自輯本《檀欒子詞》**）

②黃昇語見《歷代詩餘．卷一百十三》引。（**按：實出沈雄《古今詞話詞評》卷上，不知所本**）

③皇甫松〈憶江南〉：「蘭燼落，屏上暗紅蕉。閒夢江南梅熟日，夜船吹笛雨瀟瀟。人語驛邊橋。」其一。「樓上寢，殘月下簾旌。夢見秣陵惆悵事，桃花柳絮滿江城。雙髻坐吹笙。」其二。（**據《檀欒子詞》**）

〔**補注**〕白居易〈憶江南〉三首，見宋本《白氏文集．卷三十四》。劉禹錫二首，見宋本《劉夢得文集外集．卷四》及宋本《樂府詩集．卷八十二》，各錄一首於此：白居易詞：「江南好，風景舊曾諳。日出江花紅勝火，春來江水綠如藍。能不憶江南。」劉禹錫詞：「春去也，多謝洛城人。弱柳從風疑舉袂，叢蘭裛露似沾巾。獨坐亦含顰。」

六

端己詞情深語秀，雖規模不及後主、正中，要在飛卿之上。觀昔人顏、謝優劣論[1]可知矣。

①《南史・顏延之傳》：「延之嘗問鮑照：己與謝靈運優劣？照曰：『謝五言詩如初發芙蓉，自然可愛。君詩如鋪錦列繡，亦雕繢滿眼。』延年終身病之。」又鍾嶸《詩品》：「湯沐休曰：『謝詩如芙蓉出水，顏如錯采鏤金。』顏終身病之。」

七

（**毛文錫**）詞比牛、薛諸人，殊為不及。葉夢得謂：「文錫詞以質直為情致，殊不知流於率露。諸人評庸陋詞者，必曰：此仿毛文錫之〈贊成功〉[1]而不及者。」〔**補注**〕其言是也。

①毛文錫〈贊成功〉：「海棠未坼，萬點深紅。香包緘結一重重。似含羞態，邀勒春風。蜂來蝶去，任遶芳叢。　昨夜微雨，飄灑庭中，忽聞聲滴井邊桐。美人驚起，坐聽晨鐘。快教折取，戴玉瓏璁。」（**據觀堂自輯本《毛司徒詞》**）

〔**補注**〕葉夢得語，見沈雄《古今詞話詞評・卷上》，不知所從出。

八

（**魏承班**）詞遜於薛昭蘊、牛嶠，而高於毛文錫，然皆不如王衍。五代詞以帝王為最工，豈不以無意於求工歟。

九

（顧）敻詞在牛給事、毛司徒間。〈浣溪沙〉「春色迷人」一闋[①]，亦見《陽春錄》。與〈河傳〉、〈訴衷情〉數闋[②]，當為敻最佳之作矣。

①顧敻〈浣溪沙〉：「春色迷人恨正賒，可堪蕩子不還家。細風輕露著梨花。　簾外有情雙燕颺，檻前無力綠楊斜，小屏狂夢極天涯。」（據《顧太尉詞》）

②顧敻〈河傳〉：「燕颺。晴景。小窗屏暖，鴛鴦交頸。菱花掩卻翠鬟欹，慵整。海棠簾外影。　繡幃香斷金鸂鶒。無消息。心事空相憶。倚東風。春正濃。愁紅。淚痕衣上重。」其一。「曲檻。春晚。碧流紋細，綠楊絲軟。露花鮮□杏枝繁。鶯囀。野蕪平似翦。　直是人間到天上。堪游賞。醉眼疑屏障。對池塘。惜韶光。斷腸。為花須盡狂。」其二。「棹舉。舟去。波光渺渺，不知何處。岸花汀草共依依。雨微。鷓鴣相逐飛。　天涯離恨江聲咽。啼猿切。此意向誰說。艤蘭橈。獨無憀。魂銷。小爐香欲焦。」其三。

又集中〈訴衷情〉凡兩闋，其一已見刪稿一一注，其另一如下：「香滅簾垂春漏永，整鴛衾。羅帶重。雙鳳。縷黃金。窗外月光臨。□沉沉。□斷腸無處尋。□□負春心。」（據《顧太尉詞》）〔按：《花間集》此數首俱無空格，宜從。〕

一〇

（毛熙震）周密《齊東野語》稱其詞新警而不為儇薄[①]。余尤愛其〈後庭花〉[②]，不獨意勝，即以調論，亦有雋上清越之致，視文錫蔑如也。

①周密語見《歷代詩餘．卷一百十三》引，今傳各本均闕〔按：實出沈雄《古今詞話詞評．卷上》。疑非周密語。沈雄書所引多無稽〕。

②毛熙震〈後庭花〉：「鶯啼燕語芳菲節。瑞庭花發。昔時歡宴歌聲揭。管絃清越。　自從陵谷追遊歇。畫梁塵黦。傷心一片如珪月。閒鎖宮闕。」其一。「輕盈舞伎含芳豔。競妝新臉。步搖珠翠修蛾斂。膩鬟雲染。　歌聲慢發開檀點。繡衫斜掩。時將纖手勻紅臉。笑拈金靨。」其二。「越羅小袖新香蒨。薄籠金釧。倚欄無語搖金扇。半遮勻面。　春殘日暖鶯嬌嬾。滿庭花片。爭不教人長相見。畫堂深院。」其三。**（據觀堂自輯本《毛秘書詞》）**

一一

（閻選）詞唯〈臨江仙〉第二首①有軒翥之意，餘尚未足與於作者也。

①閻選〈臨江仙〉：「十二高峰天外寒。竹梢輕拂仙壇。寶衣行雨在雲端。畫簾深殿，香霧冷風殘。　欲問楚王何處去？翠屏猶掩金鸞。猿啼明月照空灘。孤舟行客，驚夢亦艱難。」**（據觀堂自輯本《閻處士詞》）**

一二

昔沈文愨深賞**（張）**泌「綠楊花撲一溪煙」①為晚唐名句②。然其詞如「露濃香泛小庭花」③，較前語似更幽豔。

①張泌〈洞庭阻風〉：「空江浩蕩景蕭然，盡日菰蒲泊釣船。青草浪高三月渡，綠楊花撲一溪煙。情多莫舉傷春目，愁極兼無買酒錢。猶有漁人數家住，不成村落夕陽邊。」**（據《全唐詩・卷二十七》）**

②沈文愨語見《唐詩別裁・卷十六》張蠙〈夏口題老將林亭〉一詩後評語。

③張泌〈浣溪沙〉：「獨立寒階望月華，露濃香泛小庭花。繡屏愁背一燈斜。　雲雨自從分散後，人間無

路到仙家。但憑魂夢訪天涯。」（據觀堂自輯本《張宮人詞》）

一三

（**孫光憲詞**）昔黃玉林賞其「一庭花（當作『**疎**』）雨溼春愁」[1]為古今佳句[2]。余以為不若「片帆煙際閃孤光」[3]，尤有境界也。

①孫光憲〈浣溪沙〉：「攬鏡無言淚欲流，凝情半日懶梳頭。一庭疎雨溼春愁。楊柳只知傷怨別，杏花應信損嬌羞。淚沾魂斷軫離憂。」（據觀堂自輯本《孫中丞詞》）

②黃昇語見《歷代詩餘．卷一百十三》引。（按：亦出沈雄《古今詞話詞評．卷上》）

③孫光憲〈浣溪沙〉：「蓼岸風多橘柚香，江邊一望楚天長。片帆煙際閃孤光。目送征鴻飛杳杳，思隨流水去茫茫。蘭紅波碧憶瀟湘。」（據《孫中丞詞》）

——以上錄自《唐五代二十一家詞集》諸跋

一四

（**周清真**）先生於詩文無所不工，然尚未盡脫古人蹊逕。平生著述，自以樂府為第一。詞人甲乙，宋人早有定論[1]。惟張叔夏病其意趣不高遠[2]。然北宋人如歐、蘇、秦、黃，高則高矣，至精工博大，殊不逮先生。故以宋詞比唐詩，則東坡似太白，歐、秦似摩詰，耆卿似樂天，方回、叔原則大曆十才子之流。南宋惟一稼軒可比昌黎。而詞中老杜，則非先生不可。昔人以耆卿比少陵[3]，猶為未當也。

①陳振孫《直齋書錄解題》集部歌詞類《清真詞》二卷、《續詞》一卷，下云：「周美成邦彥撰，多用唐

人詩語，檃栝入律，渾然天成。長調尤善鋪敘，富豔精工，詞人之甲乙也。」

②張炎《詞源・卷下》：「美成詞只當看他渾成處，於軟媚中有氣魄。採唐詩融化如自己者，乃其所長。惜乎意趣卻不高遠。」

③張端義《貴耳集》卷上：項平齋訓：「學詩當學杜詩，學詞當學柳詞。杜詩、柳詞皆無表德，只是實說。」

一五

（清真）先生之詞，陳直齋謂其多用唐人詩句檃栝入律，渾然天成。張玉田謂其善於融化詩句，然此不過一端。不如強煥云：「模寫物態，曲盡其妙。」[①]為知言也。

①見汲古閣本《片玉詞》強煥題《周美成詞》。

一六

山谷云：「天下清景，不擇賢愚而與之，然吾特疑端為我輩設。」[①]誠哉是言！抑豈獨清景而已，一切境界，無不為詩人設。世無詩人，即無此種境界。夫境界之呈於吾心而見於外物者，皆須臾之物。惟詩人能以此須臾之物，鐫諸不朽之文字，使讀者自得之。遂覺詩人之言，字字為我心中所欲言，而又非我之所能自言，此大詩人之祕妙也。境界有二：有詩人之境界，有常人之境界。詩人之境界，惟詩人能感之而能寫之，故讀其詩者，亦高舉遠慕，有遺世之意。而亦有得有不得，且得之者亦各有深淺焉，若夫悲歡離合、羈旅行役之感，常人皆能感之，而惟詩人能寫之。故其入於人者至深，而行於世也尤廣。（清真）先生之詞，屬於第二種為多。故宋時別本之多，他無與匹②。又和者三家③，注者二家④（強煥本亦有注，見毛跋）。自士大夫以至婦人女子，莫不知有清真，而種種無稽之言，亦由此以起⑤。然非入人之深，烏能如是耶？

①此數語見釋惠洪《冷齋夜話．卷三》。

②觀堂先生《清真先生遺事．箸述二》：「案先生詞集，其古本則見於《景定嚴州續志》、《花庵詞選》者曰《清真詩餘》。見於《詞源》者曰《圈法美成詞》。見於《直齋書錄》者曰《清真詞》，曰《曹杓注清真詞》。又與方千里、楊澤民《和清真詞》合刻者曰《三英集》（見毛晉《方千里和清真詞跋》）。子晉所藏《清真集》，其源亦出宋本，加以溧水本，是宋時已有七本。別本之多，為古今詞家所未有。」

③宋人之和清真全詞者有方千里《和清真詞》（汲古閣刻《宋六十名家詞》本）楊澤民《和清真詞》（江標刻《宋元名家詞》本）及陳允平《西麓繼周集》（朱祖謀刻《彊村叢書》本）三家。

④宋人注《清真詞》者，有曹杓、陳元龍兩家。曹注已逸，陳注即《彊村叢書》本《片玉集》。

⑤宋人筆記之記清真軼事者甚多，若張端義《貴耳集》、周密《浩然齋雅談》、王明清《揮麈餘話》、王灼《碧雞漫志》等書均有，類多無稽之言。觀堂先生於《清真先生遺事．事蹟一》中一一辨之，斥為好事者為之也。

一七

樓忠簡謂（清真）先生妙解音律①，惟王晦叔《碧雞漫志》謂：「江南某氏者，解音律，時時度曲。周美成與有瓜葛。每得一解，即為製詞。故周集中多新聲。」②則集中新曲，非盡自度。然顧曲名堂，不能自已，固非不知音者。故先生之詞，文字之外，須兼味其音律。惟詞中所注宮調，不出教坊十八調之外。則其音非大晟樂府之新聲，而為隋、唐以來之燕樂，固可知也。今其聲雖亡，讀其詞者，猶覺拗怒之中，自饒和婉。曼聲促節，繁會相宣；清濁抑揚，轆轤交往。兩宋之間，一人而已。

①樓鑰〈清真先生文集序〉：「公性好音律，如古之妙解，顧曲名堂，不能自已。」

②見《碧雞漫志．卷第二》。

——以上錄自《清真先生遺事．尚論三》

一八

（《云謠集雜曲子》）〈天仙子〉詞①特深峭隱秀，堪與飛卿、端己抗行。

①在《云謠集雜曲子》內有〈天仙子〉二首，但觀堂先生寫此文時，猶僅見其一，惟不知為何首耳。茲將兩首一併錄之。「燕語啼時三月半。煙蘸柳條金線亂。五陵原上有仙娥，攜歌扇。香爛漫。留住九華雲一片。　犀玉滿頭花滿面。負妾一雙偷淚眼。淚珠若得似珍珠，拈不散。知何限？串向紅絲應百萬。」其一。「燕語鶯啼驚覺夢。羞見鸞臺雙舞鳳。天仙別後信難通，無人問，花滿洞。休把同心千偏弄。叵耐不知何處去？正是花開誰是主？滿樓明月應三更，無人語。淚如雨。便是思君腸斷處。」其二。

〔按：觀堂後已見此二首，見集中此文自注〕

——以上錄自《觀堂集林．唐寫本云謠集雜曲子跋》

一九

（王）以凝詞句法精壯，如和虞彥恭寄錢遜升（當作「叔」）〈驀山溪〉一闋①、重午登霞樓〈滿庭芳〉一闋②、艤舟洪江步下〈浣溪沙〉一闋③，絕無南宋浮豔虛薄之習。其他作亦多類是也

〔按，此則乃觀堂所錄阮元《四庫未收書目．王周士詞提要》，實非觀堂論詞之語〕

①王周士〈驀山溪．和虞彥恭寄錢遜叔〉：「平山堂上，側琖歌南浦。醉望五州山，渺千里、銀濤東注。錢郎英遠，滿腹貯精神。窺素壁，墨棲鴉，歷歷題詩處。　風裘雪帽，踢徧荊湘路。回首古揚州，沁天外、殘霞一縷。德星光次，何日照長沙。〈漁夫曲〉，〈竹枝詞〉，萬古歌來暮。」（據《彊村叢書》本《王周士詞》）

②王周士〈滿庭芳．重午登霞樓〉：「千古黃州，雪堂奇勝，名與赤壁齊高。竹樓千字，筆勢壓江濤。笑問江頭皓月，應曾照、今古英豪。菖蒲酒，窊尊無恙，聊共訪臨皋。　陶陶。誰晤對，粲花吐論，宮錦紉袍。借銀濤雪浪，一洗塵勞。好在江山如畫，人易老、雙鬢難茠。昇平代，憑高望遠，當賦〈反離騷〉。」（據《王周士詞》）

③王周士〈浣溪沙．艤舟洪汀步下〉：「起看船頭蜀錦張，沙汀紅葉舞斜陽。杖挐驚起睡鴛鴦。　木落群山琱玉□，霜和冷月浸澄江。疏篷今夜夢瀟湘。」（據《王周士詞》）

二〇

有明一代，樂府道衰。〈寫情〉、〈扣舷〉，尚有宋、元遺響。仁、宣以後，茲事幾絕。獨文愍（夏言）以魁碩之才，起而振之。豪壯典麗，與于湖、劍南為近。

——以上錄自《觀堂外集．桂翁詞跋》

二一

王君靜安將刊其所為《人間詞》，詒書告余曰：「知我詞者莫如子，敘之亦莫如子宜。」

余與君處十年矣，比年以來，君頗以詞自娛。余雖不能詞，然喜讀詞。每夜漏始下，一燈熒然，玩古人之作，未嘗不與君共。君成一闋，易一字，未嘗不以訊余。既而睽離，苟有所作，未嘗不郵以示余也。然則余於君之詞，又烏可以無言乎？夫自南宋以後，斯道之不振久矣！元、明及國初諸老，非無警句也。然不免乎局促者，氣困於彫琢也。嘉、道以後之詞，非不諧美也。然無救於淺薄者，意竭於摹擬也。君之於詞，於五代喜李後主、馮正中，於北宋喜永叔、子瞻、少游、美成，於南宋除稼軒、白石外，所嗜蓋鮮矣。尤痛詆夢窗、玉田。謂夢窗砌字，玉田壘句。一彫琢，一敷衍。其病不同，而同歸於淺薄。六百年來詞之不振，實自此始。其持論如此。及讀君自所為詞，則誠往復幽咽，動搖人心。快而沉，直而能曲。不屑屑於言詞之末，而名句閒出，殆往往度越前人。至其言近而指遠，意決而辭婉，自永叔以後，殆未有工如君者也。君始為詞時，亦不自意其至此，而卒至此者，天也，非人之所能為也。若夫觀物之微，託興之深，則又君詩詞之特色。求之古代作者，罕有倫比。嗚呼！不勝古人，不足以與古人並，君其知之矣。世有疑余言者乎，則何不取古人之詞，與君詞比類而觀之也？光緒丙午三月，山陰樊志厚敘。

二二

去歲夏，王君靜安集其所為詞，得六十餘闋，名曰《人間詞甲稿》，余既敘而行之矣。今冬，復彙所作詞為《乙稿》，丐余為之敘。余其敢辭。乃稱曰：文學之事，其內足以攄己，而外足以感人者，意與境二者而已。上焉者意與境渾，其次或以境勝，或以意勝。苟缺其一，不足以言文學。原夫文學之所以有意境者，以其能觀也。出於觀我者，意餘於境。而出於觀物者，境多於意。然非物無以見我，而觀我之時，又自有我在。故二者常互相錯綜，能有所偏重，而不能有所偏廢也。文學之工不工，亦視其意境之有無，與其深淺而已。自夫人本能觀古人之所觀，而徒學古人之所作，於是始有偽文學。學者便之，相尚以辭，相習以模擬，遂不復知意境之為何物，豈不悲哉！苟持此以觀古今人之詞，則其得失，可得而言焉。溫、韋之精豔，所以不如正中者，意境有深淺也。《珠玉》所以遜《六一》，《小山》所以愧《淮海》者，意境異也。美成晚出，始以辭采擅長，然終不失為北宋人之詞者，有意境也。南宋詞人之有意境者，惟一稼軒，然亦不欲以意境勝。白石之詞，氣體雅健耳。至於意境，則去北宋人遠甚。及夢窗、玉田出，並不求諸氣體，而惟文字之是務，於是詞之道熄矣。自元迄明，益以不振。至於國朝，而納蘭侍衛以天賦之才，崛起於方興之族。其所為詞，悲涼頑豔，獨有得於意境之深，可謂豪傑之士，奮乎百世之下者矣。同時朱、陳，既非勁敵，後世項、蔣，尤難鼎足。至乾嘉以降，審乎體格韻律之間者愈微，而意味之溢於字句之表者愈淺。豈非拘泥文字，而不求諸意境之失歟？抑觀我觀物主事自有天在，固難期諸流俗歟？余與靜安，均夙持此論。靜安之為詞，真能以意境勝。夫古今人詞之以意勝者，莫若歐陽公。以境勝者，莫若秦少游。至意境兩渾，則惟太白、後主、正中數人足以當之。靜安之詞，大抵意深於歐，而境次於秦。至其合作，如《甲稿．浣溪沙》之「天末同雲」①、〈蝶戀花〉之「昨夜夢中」②、《乙稿．蝶戀花》之「百尺朱樓」③等闋，皆意境兩忘，物我一體。高蹈乎八荒之表，而抗心乎千秋之間。駸駸乎兩漢之疆域，廣於三代，貞觀之政治，隆於武德矣。方之侍衛，豈徒伯仲。此固君所得於天者獨深，抑豈非致力於意境之效也。至君詞之體裁，亦與五代、北宋為近。然君詞之所以為五代、北宋之詞者，以其有意境在。若以其體裁故，而至遽指為五代、北宋，此又君之不任受。固當與夢窗、玉田之徒，專事摹擬者，同類而笑之也。　光緒三十三年十月，山陰樊志厚敘。**〔按：此二序雖為觀堂手筆，而命意實出自樊氏。觀堂廢稿中曾引樊氏之語，而樊氏所賞諸詞，《觀堂集林》亦不盡入選，可證也〕**

①〈浣溪沙〉：「天末同雲黯四垂，失行孤雁逆風飛。江湖寥落爾安歸？　陌上金丸看落羽，閨中素手試調醯。今宵歡宴勝平時。」

②〈蝶戀花〉：「昨夜夢中多少恨。細馬香車，兩兩行相近。對面似憐人瘦損，眾中不惜搴帷問。　陌上輕雷聽隱轔。夢裏難從，覺後那堪訊？蠟淚窗前堆一寸，人間只有相思分。」

③〈蝶戀花〉：「百尺朱樓臨大道。樓外輕雷，不問昏和曉。獨倚闌干人窈窕，閒中數盡行人小。　一霎車塵生樹杪。陌上樓頭，都向塵中老。薄晚西風吹雨到，明朝又是傷流潦。」

——以上錄自《觀堂外集》

二三

歐公〈蝶戀花〉「面旋落花」云云①，字字沉響，殊不可及。

①歐陽修〈蝶戀花〉：「面旋落花風蕩漾。柳重煙深，雪絮飛來往。雨後輕寒猶未放，春愁酒病成惆悵。　枕畔屏山圍碧浪。翠被華燈，夜夜空相向。寂寞起來褰繡幌，月明正在梨花上。」**（據《歐陽文忠公近體樂府・卷二》）**

——以上陳乃乾錄自觀堂舊藏《六一詞》眉間批語

二四

《片玉詞》「良夜燈光簇如豆」[①]一首，乃改山谷〈憶帝京〉詞[②]為之者，似屯田最下之作，非美成所宜有也[③]。

①周邦彥〈青玉案〉：「良夜燈光簇如豆。占好事，今宵有。酒罷歌闌人散後。琵琶輕放，語聲低顫，滅燭來相就。　玉體偎人情何厚。輕惜輕憐轉唧嚠。雨散雲收眉兒皺。只愁彰露，那人知後。把我來僝僽。」（據《清真集補遺》）

②黃庭堅〈憶帝京・私情〉：「銀燭生花如紅豆。占好事，而今有。人醉曲屏深，借寶瑟輕招手。一陣白蘋風，故滅燭教相就。　花帶雨冰肌香透。恨啼鳥轆轤聲曉。岸柳微涼吹殘酒。斷腸時至今依舊。鏡中消瘦。那人知後。怕夯你來僝僽。」（據《彊村叢書》本《山谷琴趣外編・卷之二》）

③楊易霖《周詞訂律補遺》上本詞後注云：「王靜安先生云：『此詞乃改山谷〈憶帝京〉詞為之者，決非美成作。』案：《綠窗新話》引《古今詞話》淮海〈御街行〉詞與美成此詞亦多相合，未知孰是。」似楊氏亦曾悉先生有此語，惟不知所見之處耳。（按：觀堂《清真先生遺事》云：「偽詞最多，強煥本所增，強半皆是。如《片玉詞》上〈青玉案〉『良夜燈光簇紅豆』一闋，乃改山谷〈憶帝京〉詞為之者，決非先生作。不獨〈送傅國華〉、〈寄李伯紀〉二首，歲月不合也。」楊氏所云本此）

——以上陳乃乾錄自觀堂舊藏《片玉詞》眉間批語

二五

溫飛卿〈菩薩蠻〉「雨後卻斜陽，杏花零落香」[①]、少游之「雨餘芳草斜陽。杏花零落（當作『亂』）燕泥香」[②]，雖自此脫胎，而實有出藍之妙。

①溫庭筠〈菩薩蠻〉：「南園滿地堆輕絮，愁聞一霎清明雨。雨後卻斜陽，杏花零落香。　無言勻睡臉，枕上屏山掩。時節欲黃昏，無聊獨倚門。」（據《金荃詞》）〔按：末句《花間集》作「無憀獨倚門」，宜從〕

②秦觀〈畫堂春・或刻山谷年十六作〉：「東風吹柳日初長。雨餘芳草斜陽。杏花零亂燕泥香。睡損紅妝。　寶篆煙消龍鳳，畫屏雲鎖瀟湘。夜寒微透薄羅裳，無限思量。」（宋本《淮海長短句》不載，據汲古閣本《淮海詞》）〔按：《花庵詞選》、《草堂詩餘》俱作「杏花零落燕泥香」，較毛本《淮海詞》為可據，觀堂所引非誤也。又其他文字，亦多異同，亦較可據〕

二六

白石尚有骨，玉田則一乞人耳。

二七

美成詞多作態，故不是大家氣象。若同叔、永叔雖不作態，而一笑百媚生矣。此天才與人力之別也。

二八

周介存謂白石以詩法入詞，門徑淺狹，如孫過庭書，但便後人模仿。予謂近人所以崇拜玉田，亦由於此。

二九

予於詞，五代喜李後主、馮正中而不喜《花間》。宋喜同叔、永叔、子瞻、少游而不喜美成。南宋只愛稼軒一人，而最惡夢窗、玉田。介存《詞辨》所選詞，頗多不當人意。而其論詞則多獨到之語。始知天下固有具眼人，非予一人之私見也。

——以上陳乃乾錄白觀堂舊藏《詞辨》眉間批語

蕙風詞話

蕙風詞話　卷一

一

沈約《宋書》曰：「吳歌雜曲，始皆徒歌。既而被之絃管。又有因絃管金石作歌以被之。」按前一法即虞廷依永之遺，後一法當起於周末宋玉《對楚王問》。首言客有歌於郢中者，下云其為〈陽阿〉、〈薤露〉，其為〈陽春〉、〈白雪〉，皆曲名。是先有曲而後有歌也。填詞家自度曲，率意為長短句，而後協之以律，此前一法也。前人本有此調，後人按腔填詞，此後一法也。沿流溯源，與休文之說相應。歌曲之作，若枝葉始敷。乃至於詞，則芳華益茂。詞之為道，智者之事。酌劑乎陰陽，陶寫乎性情。自有元音，上通雅樂。別黑白而定一尊，亙古今而不敝矣。唐宋已還，大雅鴻達，篤好而專精之，謂之詞學。獨造之詣，非有所附麗，若為駢枝也。曲士以詩餘名詞，豈通論哉？

二

詩餘之「餘」，作「贏餘」之「餘」解。唐人朝成一詩，夕付管絃，往往聲希節促，則加入和聲。凡和聲皆以實字填之，遂成為詞。詞之情文節奏，並皆有餘於詩，故曰「詩餘」。世俗之說，若以詞為詩之賸義，則誤解此「餘」字矣。

三

作詞有三要，曰重、拙、大。南渡諸賢不可及處在是。

四

重者，沉著之謂。在氣格，不在字句。

五

半塘云：「宋人拙處不可及，國初諸老拙處亦不可及。」

六

詞中求詞，不如詞外求詞。詞外求詞之道，一曰多讀書，二曰謹避俗。俗者，詞之賊也。

七

填詞要天資，要學力。平日之閱歷，目前之境界，亦與有關係。無詞境，即無詞心。矯揉而轤為之，非合作也。境之窮達，天也，無可如何者也。雅俗，人也，可擇而處者也。

八

詞筆固不宜直率，尤切忌刻意為曲折。以曲折藥直率，即已落下乘。昔賢樸厚醇至之作，由性情學養中出，何至蹈直率之失。若錯認真率為直率，則尤大不可耳。

九

詞能直，固大佳。顧所謂直，誠至不易。不能直，分也。當於無字處為曲折，切忌有字處為曲折。

一〇

詞中轉折宜圓。筆圓，下乘也。意圓，中乘也。神圓，上乘也。

一一

詞不嫌方。能圓，見學力。能方，見天分。但須一落筆圓，通首皆圓。一落筆方，通首皆方。圓中不見方，易。方中不見圓，難。

一二

詞過經意，其蔽也斧琢。過不經意，其蔽也褦襶。不經意而經意，易。經意而不經意，難。

一三

「恰到好處，恰夠消息。毋不及，毋太過。」半塘老人論詞之言也。

一四

詞太做，嫌琢。太不做，嫌率。欲求恰如分際，此中消息，正復難言。但看夢窗何嘗琢，稼軒何嘗率，可以悟矣。

一五

真字是詞骨。情真、景真，所作為佳，且易脫稿。

一六

詞人愁而愈工。真正作手，不愁亦工，不俗故也。不俗之道，第一不纖。

一七

作詞最忌一「矜」字。「矜」之在迹者，吾庶幾免矣。其在神者，容猶在所難免。茲事未遽自足也。

一八

凡人學詞，功候有淺深，即淺亦非疵，功力未到而已。不安於淺而致飾焉，不恤顰眉、齲齒，楚楚作態，乃是大疵，最宜切忌。

【音同取】

一九

填詞先求凝重。凝重中有神韻，去成就不遠矣。所謂神韻，即事外遠致也。即神韻未佳而過存之，其足為疵病者亦僅，蓋氣格較勝矣。若從輕倩入手，至於有神韻，亦自成就，特降於出自凝重者一格。若並無神韻而過存之，則不為疵病者亦僅矣。或中年以後，讀書多，學力日進，所作漸近凝重，猶不免時露輕倩本色，則凡輕倩處，即是傷格處，即為疵病矣。天分聰明人最宜學凝重一路，卻最易趨輕倩一路。苦於不自知，又無師友指導之耳。

二〇

詞學程序，先求妥帖、停勻，再求和雅、深〔**此「深」字只是「不淺」之謂**〕秀，乃至精穩、沉著。精穩則能品矣。沉著更進於能品矣。精穩之「穩」，與妥帖迥乎不同。沉著尤難於精穩。平昔求詞詞外，於性情得所養，於書卷觀其通。優而游之，饜而飫之，積而流焉。所謂滿心而發，肆口而成，擲地作金石聲矣。情真理足，筆力能包舉之。純任自然，不假錘鍊，則「沉著」二字之詮釋也。

二一

初學作詞，只能道第一義，後漸深入。意不晦，語不琢，始稱合作。至不求深而自深，信手拈來，令人神味俱厚。槼【**音同規**】橅【**音同摩**】兩宋，庶乎近焉。

二二

寒酸語不可作，即愁苦之音，亦以華貴書之。飲水詞人所以為重光後身也。

二三

填詞之難，造句要自然，又要未經前人說過。自唐、五代已還，名作如林，那有天然好語。留待我輩驅遣。必欲得之，其道有二。曰性靈流露，曰書卷醞釀。性靈關天分，書卷關學力。學力果充，雖天分少遜，必有資深逢源之一日。書卷不負人也。中年以後天分便不可恃。苟無學力，日見其衰退而已。江淹才盡，豈真萝中人索還囊錦耶？

二四

讀前人雅詞數百闋，令充積吾胸臆，先入而為主。吾性情為詞所陶冶，與無情世事，日背道而馳。其蔽也，不能諧俗，與物忤。自知受病之源，不能改也。

二五

讀詞之法，取前人名句意境絕佳者，將此意境締構於吾想望中。然後澄思渺慮，以吾身入乎其中而涵泳玩索之。吾性靈與相浹而俱化，乃真實為吾有而外物不能奪。三十年前，以此法為日課，養成不入時之性情，不遑恤也。

二六

人靜簾垂。燈昏香直。窗外芙蓉殘葉颯颯作秋聲，與砌蟲相和答。據梧暝坐，湛懷息機。每一念起，輒設理想排遣之。乃至萬緣俱寂，吾心忽瑩然開朗如滿月，肌骨清涼，不知斯世何世也。斯時若有無端哀怨棖觸於萬不得已；即而察之，一切境象全失，唯有小窗虛幌、筆牀硯匣，一一在吾目前。此詞境也。三十年前，或月一至焉。今不可復得矣。

二七

吾聽風雨，吾覽江山，常覺風雨江山外有萬不得已者在。此萬不得已者，即詞心也。而能以吾言寫吾心，即吾詞也。此萬不得已者，由吾心醞釀而出，即吾詞之真也，非可彊為，亦無庸彊求。視吾心之醞釀何如耳。吾心為主。吾心為主，而書卷其輔也。書卷多，吾言尤易出耳。

二八

吾蒼茫獨立於寂寞無人之區，忽有匪夷所思之一念，自沉冥杳靄中來，吾於是乎有詞，洎吾詞成，則於頃者之一念若相屬若不相屬也。而此一念，方緜邈引演於吾詞之外，而吾詞不能殫陳，斯為不盡之妙。非有意為是不盡，如書家所云無垂不縮，無往不復也。

二九

問：填詞如何乃有風度？答：由養出，非由學出。問：如何乃為有養？答：自善葆吾本有之清氣始。問：清氣如何善葆？答：花中疏梅、文杏，亦復託根塵世，甚且斷井、頹垣，乃至摧殘為紅雨，猶香。

三〇

作詞至於成就，良非易言。即成就之中，亦猶有辨。其或絕少襟抱，無當高格，而又自滿足，不善變。不知門徑之非，何論堂奧？然而從事於斯，歷年多，功候到，成就其所成就，不得謂非專家。凡成就者，非必較優於未成就者。若納蘭容若，未成就者也，年齡限之矣。若厲太鴻，何止成就而已，且浙派之先河矣。

三一

吾詞中之意，唯恐人不知，於是乎勾勒。夫其人必待吾勾勒而後能知吾詞之意，即亦何妨任其不知矣。曩余詞成，於每句下注所用典。半塘輒曰：「無庸。」余曰：「奈人不知何？」半塘曰：「儻注矣，而人仍不知，又將奈何？矧【音同審】填詞固以可解不可解，所謂煙水迷離之致，為無上乘耶。」

三二

作詞須知「暗」字訣。凡暗轉、暗接、暗提、暗頓，必須有大氣真力，斡運其間，非時流小惠之筆能勝任也。駢體文亦有暗轉法，稍可通於詞。

三三

名手作詞，題中應有之義，不妨三數語說盡。自餘悉以發抒襟抱，所寄託往往委曲而難明。

長言之不足，至乃零亂拉雜，胡天胡帝。其言中之意，讀者不能知，作者亦不蘄【音同期】其知。以謂流於跌宕怪神、怨懟激發，而不可以為訓，則亦左徒之「騷」「些」云爾。夫使其所作，大都眾所共知，無甚關係之言，寧非浪費楮【音同楚】墨耶？

三四

畏守律之難，輒自放於律外，或託前人不專家、未盡善之作以自解，此詞家大病也。守律誠至苦，然亦有至樂之一境。常有一詞作成，自己亦既愜心，似乎不必再改。唯據律細勘，僅有某某數字，於四聲未合，即姑置而過存之，亦孰為責備求全者。乃精益求精，不肯放鬆一字，循聲以求，忽然得至雋之字。或因一字改一句，因此句改彼句，忽然得絕警之句。此時曼聲微吟，拍案而起，其樂何如！雖剝珉【音同民】出璞，選蕙得珠，不逮也。彼窮於一字者，皆苟完苟美之一念誤之耳。

三五

上去聲字，近人往往誤讀。如「動靜」之「靜」，上聲，誤讀去聲。「暝色」之「暝」，去聲，誤讀上聲。作詞既守四聲，則於宋人用「靜」字者用上聲，用「暝」字者用去聲，斯為不誤矣。顧審之聲調，或反蹈聱牙盭喉之失。意者宋人亦誤讀誤用耶？遇此等處，唯有檢本人它詞及它人詞證之，庶幾決定所從。特非精揅【音同研】宮律者之作，不足為據耳。

三六

宋人名作，於字之應用入聲者，間用上聲，用去聲者絕少。檢《夢窗詞》知之。

三七

入聲字於填詞最為適用。付之歌喉，上去不可通作，唯入聲可融入上去聲。凡句中去聲字能遵用去聲固佳，若誤用上聲，不如用入聲之為得也。上聲字亦然。入聲字用得好，尤覺峭勁娟雋。

三八

初學作詞，最宜聯句、和韻。始作，取辦而已，毋存藏拙嗜勝之見。久之，靈源日濬，機括日熟，名章俊語紛交，衡有進益於不自覺者矣。手生重理舊彈者亦然。離群索居，日對古人，研精覃思，甯無心得，未若取徑乎此之捷而適也。

三九

學填詞，先學讀詞。抑揚頓挫，心領神會。日久，胸次鬱勃，信手拈來，自然丰神諧鬯【音同暢】矣。

四〇

詞貴意多。一句之中，意亦忌複。如七字一句，上四是形容月，下三勿再說月。或另作推宕，或旁面襯托，或轉進一層，皆可。若帶寫它景，僅免犯複，尤為易易。

四一

佳詞作成，便不可改。但可改便是未佳。改詞之法，如一句之中有兩字未協，試改兩字，仍不愜意，便須換意，通改全句。牽連上下，常有改至四五句者。不可守住元來句意，愈改愈滯也。

四二

改詞須知挪移法。常有一兩句語意未協，或嫌淺率，試將上下互易，便有韻致。或兩意縮成一意，再添一意，更顯厚。此等倚聲淺訣，若名手意筆兼到，愈平易，愈渾成，無庸臨時掉弄也。

四三

詞中對偶，實字不求甚工。草木可對禽蟲也，服用可對飲饌也。實勿對虛，生勿對熟，平舉字勿對側串字。深深淺淺濃濃澹、大小重輕之間，務要侔【音同牟】色揣稱。昔賢未有不如是精整也。

四四

近人作詞，起處多用景語虛引，往往第二韻方約略到題，此非法也。起處不宜泛寫景，宜實不宜虛，便當籠罩全闋，它題便挪移不得。唐李程作〈日五色賦〉，首云：「德動天鑒，祥開日華。」雖篇幅較長於詞，亦以二句隱括之，尤有弁冕端凝氣象。此旨可通於詞矣。

四五

作詞不拘說何物事，但能句中有意即佳。意必己出，出之太易或太難，皆非妙造。難易之中，消息存焉矣。唯易之一境，由於情景真，書卷足，所謂滿心而發、肆口而成者，不在此例。

四六

作詠物詠事詞，須先選韻。選韻未審，雖有絕佳之意，恰合之典，欲用而不能。用其不必用，不甚合者以就韻，乃至涉尖新、近牽彊、損風格，其弊與彊和人韻者同。

四七

詞用虛字叶韻最難。稍欠斟酌，非近滑，即近佻。憶二十歲時作〈綺羅香〉，過拍云：「東風吹盡柳緜矣。」端木子疇前輩（埰）見之，甚不謂然，申誡至再。余詞至今不復敢叶虛字。又如「賺」字、「偷」字之類，亦宜慎用，並易涉纖。「兒」字尤難用之至（如「船兒」、「葉兒」、「風兒」、「月兒」云云）。此字天然近俚，用之得，如閨人口吻，即亦何當風格。乃至邨【音同村】夫子口吻，不尤不可嚮邇耶？若於此等難用之字，筆健能扶之使豎，意精能鍊之使穩，庶極專家能事矣。斯境未易臻，仍以不用為是。

四八

兩宋人詞宜多讀、多看，潛心體會。某家某某等處，或當學，或不當學，默識吾心目中。尤必印證於良師友，庶收取精用閎之益。洎乎功力既深，漸近成就，自視所作於宋詞近誰氏，取其全帙【音同治】研貫而折衷之，如臨鏡然。一肌一容、宜淡宜濃，一經侔色揣稱，灼然於彼之所長、吾之所短安在，因而知變化之所當亟。善變化者，非必墨守一家之言。思游乎其中，精鶩乎其外，得其助而不為所囿，斯為得之。當其致力之初，門徑誠不可誤。然必擇定一家，奉為金科玉律，亦步亦趨，不敢稍有踰越。填詞智者之事，而顧認筌執象若是乎？吾有吾之性情，吾有吾之襟抱，與夫聰明才力。欲得人之似，先失己之真。得其似矣，即已落斯人後，吾詞格不稍降乎？並世操觚【音同孤】之士，輒詢余以倚聲初步何者當學？此余無詞以對者也。

四九

情性少，勿學稼軒。非絕頂聰明，勿學夢窗。

五〇

唐、五代詞並不易學，五代詞尤不必學，何也？五代詞人丁運會，遷流至極，燕酣成風，藻麗相尚。其所為詞，即能沉至，祇在詞中。豔而有骨，祇是豔骨。學之能造其域，未為斯道增重。矧徒得其似乎？其錚錚佼佼者，如李重光之性靈，韋端己之風度，馮正中之堂廡，豈操觚之士能方其萬一？自餘風雲月露之作，本自華而不實。吾復皮相求之，則嬴秦氏所云甚無謂矣。

晚近某詞派，其地與時，並距常州派近。為之倡者，揭櫫【音同諸】《花間》，自堋【音同付】高格，塗飾金粉，絕無內心。與評文家所云「浮煙漲墨」曷以異。雖無本之文，不足以自行。歷年垂百，衍派未廣，一編之傳，亦足貽誤初學。嘗求其故，蓋天事絀、性情少者所為，曷如不為之為愈也。

五一

余嘗謂北宋人手高眼低。其自為詞誠夐乎弗可及。其於它人詞，凡所盛稱，率非其至者。直是口惠，不甚愛惜云爾。後人習聞其說，奉為金科玉律，絕無獨具隻眼，得其真正佳勝者。流弊所極，不特埋沒昔賢精誼，抑且貽誤後人師法。北宋詞人聲華藉甚者，十九鉅公大僚。鉅公大僚之所賞識，至不足恃，詞其小焉者。

五二

兩宋人填詞，往往用唐人詩句。金元人製曲，往往用宋人詞句。尤多排演詞事為曲。關漢卿、王實甫《西廂記》出於趙德麟〈商調蝶戀花〉，其尤著者。檢《曲錄・雜劇部》，有《陶秀實醉寫風光好》、《晏叔原風月鷓鴣天》、《張於湖誤宿女貞觀》、《蔡蕭閑醉寫石州慢》、《蕭淑蘭情寄菩薩蠻》，皆詞事也。就一劇一事而審諦之，填詞者之用筆用字何若？製曲者又何若？曲由詞出，其淵源在是。曲與詞分，其徑塗亦在是。曲與詞體格迥殊，而能得其並皆佳妙之故，則於用筆用字之法，思過半矣。

五三

曲有煞尾，有度尾。煞尾如戰馬收韁，度尾如水窮雲起（見董解元《西廂記》眉評）。煞尾猶詞之歇拍也。度尾猶詞之過折也。如水窮雲起，帶起下意也。填詞則不然，過拍衹須結束上段，筆宜沉著。換頭另意另起，筆宜挺勁。稍涉曲法，即嫌傷格。此詞與曲之不同也。

五四

明以後詞，纖庸少骨。二三作者，亦閒有精到處。但初學抉擇未精，切忌看之。一中其病，便不可醫也。東坡、稼軒，其秀在骨，其厚在神。初學看之，但得其麤【音同粗】率而已。其實二公不經意處，是真率，非麤率也。余至今未敢學蘇、辛也。

五五

《織餘瑣述》云：「蕙風嘗讀梁元帝〈蕩婦思秋賦〉，至『登樓一望，唯見遠樹含煙。平原如此，不知道路幾千』。呼娛而詔之曰：『此至佳之詞境也。看似平淡無奇，卻情深而意真。求詞詞外，當於此等處得之。』」

五六

又云：「元白朴《天籟集．滿庭芳》小序：『屢欲作茶詞，未暇也。近選宋名公樂府，黃、賀、陳三集中，凡載〈滿庭芳〉四首，大概相類，互有得失。復雜用元、寒、刪、先韻，而語意苦不倫，云云。近人詞此四韻多通叶，昔賢不謂然也。夫詞雖慢調，韻不逾十。即如寒、刪兩韻，本韻之字即獨用不患不敷，矧已通叶，何必再闌入元、先部乎。』其為取便，亦已甚矣。」

五七

晏同叔賦性剛峻，而詞語特婉麗。蔣竹山詞極穠麗，其人則抱節終身。何文縝少時會飲貴戚家，侍兒惠柔，慕公丰豐標，解帊【音同帕】為贈，約牡丹時再集。何賦〈虞美人〉詞有「重來約在牡丹時，只恐花枝相妒，故開遲」之句，後為靖康中盡節名臣。國朝彭羨門孫遹《延露詞》，吐屬香豔，多涉閨襜。與夫人伉儷綦篤，生平無姬侍。詞固不可概人也。

五八

余癖詞垂五十年，唯校詞絕少。竊嘗謂昔人填詞，大都陶寫性情，流連光景之作。行間句裏，一二字之不同，安在執是為得失？乃若詞以人重，則意內為先，言外為後，尤毋庸以小疵累大醇。士生今日，載籍極博。經史古子，體大用閎，有志校勘之學，何如擇其尤要，致力一二。詞吾所好，多讀多作可耳。校律猶無容心，矧校字乎？開茲縹【音同瞟】帙，鉛槧【音同欠】隨之。昔人有校讎之說，而詞以和雅溫文為主旨。心目中有讐【音同仇】之見存，雖甚佳勝，非吾意所專注。彼昔賢曷能詔餘而牖之。則亦終於無所得而已。曩錫山侯氏刻《十名家詞》，顧梁汾為之序，有云：「讀書而必欲避譌與混之失，即披閱吟諷，且不能以終卷，又安望其暢然拔去抑塞，任為流通也。」斯語淺明，可資印證。蓋心為校役，訂疑思誤，丁一確二之不暇，恐讀詞之樂不可得，即作詞之機亦滯矣。如云校畢更讀，則掃葉之喻，校之不已，終亦紛其心而弗克相入也。

五九

《御選歷代詩餘》，每調臚列如干首。每填一調，就諸家名作參互比勘。一聲一字，務求合乎古人。毋託一二不合者以自恕。則不特聲韻無誤，即宮律之微，亦可由此研入。

六〇

〈玉梅後詞．玲瓏四犯〉云：「衰桃不是相思血，斷紅泣、垂楊金縷。」自注：「桃花泣柳，柳固漠然，而桃花不悔也。」斯旨可以語大。所謂盡其在我而已。千古忠臣孝子，何嘗求諒於君父哉？

六一

吳縣戈順卿載《翠微花館詞》，褎【音同幼】袖然鉅帙，以備調守律為主旨，似乎工拙所弗計也。惟所輯《詞林正韻》，則最為善本。曩王氏四印齋依戈氏自刻本，刻坿《所刻詞》後。倚聲家圭臬奉之。順卿夫人金婉，字玉卿，有《宜春舫詩詞》。〈為外錄詞林正韻畢書後〉云：「羅襦甲帳愧非仙，寫韻何妨手一編。從此詞林增善本，四聲堪證宋名賢。」

蕙風詞話　卷二

一

詞有穆之一境，靜而兼厚、重、大也。淡而穆不易，濃而穆更難。知此，可以讀《花間集》。

二

《花間》至不易學。其蔽也，襲其貌似，其中空空如也。所謂麒麟楦【音同炫】也。或取前人句中意境而紆折變化之，而雕琢、句勒等弊出焉。以尖為新、以纖為豔，詞之風格日靡，真意盡漓，反不如國初名家本色語，或猶近於沉著、濃厚也。庸詎知《花間》高絕，即或詞學甚深，頗能窺兩宋堂奧，對於《花間》，猶為望塵卻步耶。

三

唐賢為詞，往往麗而不流，與其詩不甚相遠。劉夢得〈憶江南〉云：「春去也，多謝洛城人。弱柳從風疑舉袂，叢蘭裛【音同毅】露似沾巾。獨坐亦含顰。」流麗之筆，下開北宋子野、少游一派。唯其出自唐音，故能流而不靡。所謂「風流高格調」，其在斯乎。前調云：「猶有桃花流水上。無辭竹葉醉尊前。」〈抛毬【音同球】樂〉云：「春早見花枝，朝朝恨發遲。及看花落後，卻憶未開時。」亦皆流麗之句。

四

段柯古詞僅見〈閒中好〉，寥寥十許字，殊未饜人意。《海山記》中隋煬帝〈望江南〉八闋，或云柯古所託，亦無碻【音同確】據。余喜其〈折楊柳〉詩：「公子驊【音同華】騮【音同留】往何處？綠陰堪繫紫游韁。」此等意境，入詞絕佳。晚唐人詩集中往往而有。蓋詞學浸昌，其機鬱勃，弗可遏矣。

五

李德潤〈臨江仙〉云：「彊整嬌姿臨寶鏡，小池一朵芙蓉。」是人是花，一而二，二而一。句中絕無曲折，卻極形容之妙。昔人名作，此等佳處，讀者每易忽之。

六

《花閒集》歐陽炯〈浣溪沙〉云：「蘭麝細香聞喘息，綺羅纖縷見肌膚。此時還恨薄情無？」自有豔詞以來，殆莫豔於此矣。半塘僧鶩曰：「奚翅豔而已，直是大且重。」苟無《花閒》詞筆，孰敢為斯語者？

七

徐鼎臣〈夢游〉詩：「繡幌銀屏杳靄間，若非魂夢到應難。」寘【音同置】之詞中，是絕好意境。又云：「蘸甲遞觴纖似玉，含詞忍笑膩於檀。」則直是《花閒》麗句。當時風會所趨，不期然而自致此耳。

八

詞境以深靜為至。韓持國〈胡擣練令〉過拍云：「燕子漸歸春悄，簾幙【音同幕】垂清曉。」境至靜矣，而此中有人，如隔蓬山。思之思之，遂由淺而見深。蓋寫景與言情，非二事也。善言情者，但寫景而情在其中。此等境界，唯北宋人詞往往有之。持國此二句，尤妙在一「漸」字。

九

晏叔原詞自序曰：「始時沈十二廉叔、陳十君龍（或作寵）家有蓮、鴻、蘋、雲，清謳娛客。」廉叔、君龍殆亦風雅之士，竟無篇闋流傳，並其名亦不可攷【音同考】。宋興百年已還，凡著名之詞人，十九《宋史》有傳，或坿見父若兄傳。大都黃閣鉅公，烏衣華胄。即名位稍遜者，亦不獲二三焉。當時詞稱極盛，乃至青樓之妙姬，秋墳之靈鬼，亦有名章俊語，載之曩籍，流為美談。萬不至章甫縫掖之士，尺板斗食者流，獨無含咀宮商、規橅秦柳者。矧天子右文，群公操雅，提倡甚非無人，而卒無補於湮沒不彰，何耶？國初顧梁汾有言：「熯涼之態，浸淫而入於風雅。」良可浩歎。即北宋詞人以觀，蓋此風由來舊矣。即如叔原，其才庶幾跨竈，其名殆猶恃父以傳。夫傳不傳亦何足輕重之有，唯是自古迄今，不知埋沒幾許好詞。而其傳者，或反不如不傳者之可傳。是則重可惜耳！

一〇

《小山詞．阮郎歸》云：「天邊金掌露成霜，雲隨雁字長。綠杯紅袖趁重陽。人情似故鄉。蘭佩紫，菊簪黃。殷勤理舊狂。欲將沉醉換悲涼。清歌莫斷腸。」「綠杯」二句，意已厚矣。「殷勤理舊狂」，五字三層意。「狂」者，所謂一肚皮不合時宜，發見於外者也。狂已舊矣，而理之，而殷勤理之，其狂若有甚不得已者。「欲將沉醉換悲涼」，是上句注腳。「清歌莫斷腸」，仍含不盡之意。此詞沉著厚重，得此結句，便覺竟體空靈。小晏神仙中人，重以名父之貽，賢師友相與沆【音同杭】瀣【音同謝】，其獨造處，豈凡夫肉眼所能見及。「夢魂慣得無拘管，又逐揚花過謝橋。」以是為至，烏足與論《小山詞》耶？

一一

《東坡詞．青玉案．用賀方回韻，送伯固歸吳中》，歇拍云：「作箇歸期天應許。春衫猶是，小蠻鍼綫，曾溼西湖雨。」上三句未為甚豔。「曾濕西湖雨」是清語，非豔語。與上三句相連屬，遂成奇豔、絕豔，令人愛不忍釋。坡公天仙化人，此等詞猶為非其至者，後學已未易橅仿其萬一。

一二

有宋熙豐閒，詞學稱極盛。蘇長公提倡風雅，為一代山斗。黃山谷、秦少游、晁无咎，皆長公之客也。山谷、无咎皆工倚聲，體格於長公為近。唯少游自闢蹊徑，卓然名家。蓋其天分高，故能抽祕騁妍於尋常擩染之外。而其所以契合長公者獨深。張文潛〈贈李德載〉詩有云：「秦文倩麗舒桃李。」彼所謂文，固指一切文字而言。若以其詞論，直是初日芙蓉，曉風楊柳，倩麗之桃李，容猶當之有愧色焉。王晦叔《碧雞漫志》云：黃、晁二家詞，皆學坡公，得其七八。而於少游獨稱其俊逸精妙，與張子野並論，不言其學坡公，可謂知少游者矣。

一三

李方叔〈虞美人〉過拍云：「好風如扇雨如簾。時見岸花汀草、漲痕添。」春夏之交，近水樓臺，碻有此景。「好風」句絕新，似乎未經人道。歇拍云：「碧蕪千里思悠悠。唯有霎時涼夢、到南州。」尤極淡遠清疏之致。

一四

《東山詞》：「歸臥文園猶帶酒，柳花飛度畫堂陰。只憑雙燕話春心。」「柳花」句融景入情，丰神獨絕。近來纖佻一派，誤認輕靈，此等處何曾夢見。

一五

《竹友詞．留董之南過七夕——蝶戀花》後段云：「君似庾郎愁幾許？萬斛愁生，更作征人去。留定征鞍君且住。人間豈有無愁處。」循環無端，含意無盡，小謝可謂善言愁。

一六

元人製曲，幾於每句皆有襯字。取其能達句中之意，而付之歌喉，又抑揚頓挫，悅人聽聞。所謂遲其聲以媚之也。兩宋人詞閒亦有用襯字者。王晉卿云：「燭影搖紅向夜闌，乍酒醒、心情嬾【音同懶】。」「向」字、「乍」字是襯字。據《詞譜》：〈燭影搖紅〉第二句七字，應仄平仄仄平平仄。周美成云：「黛眉巧畫宮妝淺。」不用襯字，與換頭第二句同。

一七

元人沈伯時作《樂府指迷》，於《清真詞》推許甚至。唯以「天便教人，霎時廝見何妨」、「夢魂凝想鴛侶」等句為不可學，則非真能知詞者也。清真又有句云：「多少暗愁密意，唯有天知歐。」「最苦夢魂，今宵不到伊行。」「拌今生、對花對酒，為伊淚落。」此等語愈樸愈厚，愈厚愈雅，至真之情，由性靈肺腑中流出，不妨說盡而愈無盡。南宋人詞如姜白石云：「酒醒波遠，政凝想、明璫素韈【音同襪】。」庶幾近似。然已微嫌刷色。誠如清真等句，唯有學之不能到耳。如曰不可學也，詎必顰眉搔首，作態幾許，然後出之，乃為可學耶？明已來詞纖豔少骨，致斯道為之不尊，未始非伯時之言階之厲矣。竊嘗以刻印比之：自六代作者以縈紆拗折為工，而兩漢方正平直之風蕩然無復存者。救敝起衰，欲求一丁敬身、黃大易，而未易遽得。乃至倚聲小道，即亦將成絕學，良可慨夫！

一八

《清真詞・望江南》云：「惺忪言語勝聞歌。」謝希深〈夜行船〉云：「尊前和笑不成歌。」皆熨帖入微之筆。

一九

李蕭遠〈點絳脣〉後段云：「碧水黃沙，夢到尋梅處。花無數。問花無語，明月隨人去。」意境不求甚深，讀者悅其輕倩。竹垞《詞綜》首錄此闋。此等詞固浙西派之初祖也。其〈鵲橋仙〉云：「小舟誰在落梅邨？正夢繞、清溪煙雨。」〈西江月〉云：「瓊璈【音同敖】珠珥下秋空，一笑滿天鸞鳳。」皆驚句，可誦。

二〇

廖世美〈燭影搖紅〉過拍云：「塞鴻難問，岸柳何窮，別愁紛絮。」神來之筆，即已佳矣。換頭云：「催促年光，舊來流水知何處。斷腸何必更殘陽，極目傷平楚。晚霽波聲帶雨，悄無人、舟橫古渡。」語淡而情深。令子野、太虛輩為之，容或未必能到。此等詞一再吟誦，輒沁入心脾，畢生不能忘。《花庵絕妙詞選》中，真能不愧「絕妙」二字，如世美之作，殊不多覯【音同苟】。

二一

何搢之〈小重山〉「玉船風動酒鱗紅」之句，見稱於時。此特麗句云爾。臨邛高恥庵云：（見《詞品》）「譬如雲錦月鉤，造化之巧，非人琢也。此等句在天壤閒有限。」似乎獎許太過。余喜其換頭「車馬去悤悤【音同匆】，路隨芳草遠」十字，其淡入情，其麗在神。

二二

梅宛陵詩：「不上樓來今幾日，滿城多少柳絲黃。」《晁氏客語》記歐公云：「非聖俞不能到。」（宋無名氏《愛日齋叢鈔》）按李易安詞：「幾日不來樓上望，粉紅香白已爭妍。」由此脫胎，卻自是詞筆。〔按：此二句乃清人詞〕

二三

趙忠簡詞，王氏四印齋刻入《南宋四名臣詞》。清剛沉至，卓然名家，故君故國之思，流溢行間句裏。如〈鷓鴣天・建康上元作〉云：「客路那知歲序移，忽驚春到小桃枝。天涯海角悲涼地，記得當年全盛時。　花弄影，月流輝。水精宮殿五雲飛。分明一覺華胥夢。回首東風淚【音同淚】滿衣。」〈洞仙歌〉後段云：「可憐窗外竹，不怕西風，一夜瀟瀟弄疏響。奈此九回腸，萬斛清愁、人何處，邈如天樣。縱隴水秦雲、阻歸音，便不許時閒、夢中尋訪。」其它斷句，尤多促節哀音，不堪卒讀。而卷端〈蝶戀花〉乃有句云：「年少淒涼天付與，更堪春思縈離緒。」閑情綺語，安在為盛德之累耶？

二四

填詞第一要襟抱。唯此事不可彊，並非學力所能到。向伯恭〈虞美人〉過拍云：「人憐貧病不堪憂。誰識此心如月正涵秋。」宋人詞中，此等語未易多覯。

二五

竹齋詞句：「桂樹深邨狹巷通。」頗能撫寫邨居幽邃之趣。若換用它樹，意境便遜。

二六

曾宏父〈浣溪沙〉云：「紫禁正須紅藥句，清江莫與白鷗盟。」尋常稱美語，出以雅令之筆，閱之便不生厭。此酬贈詞之別開生面者。

二七

大卿榮諲**【音同音】**〈詠梅・南鄉子〉云：「江上野梅芳，粉色盈盈照路旁。閑折一枝和雪嗅，思量。似箇人人玉體香。特此起愁腸，此恨誰人與寄將？山館寂寥天欲暮，淒涼。人轉迢迢路轉長。」**（見《梅苑》）**「似箇」句豔而質，猶是宋初風格，《花間》之遺。諲，字仲思，《宋史》有傳。

二八

《吹劍錄》云：「古今詩人間出，極有佳句。無人收拾，盡成遺珠。陳秋塘詩：『不知筋力衰多少？但覺新來嬾上樓。』」按此二句乃稼軒詞〈鷓鴣天〉歇拍。稼軒倚聲大家，行輩在秋塘稍前，何至取材秋塘詩句。秋塘平昔以才氣自豪，亦豈肯沿襲近人所作。或者俞文蔚氏誤記辛詞為陳詩耶？此二句入詞則佳，入詩便稍覺未合。詞與詩體格不同處，其消息即此可參。**（按：陳秋塘即陳善。略早於稼軒）**

二九

《東浦詞・且坐令》云：「但冤家、何處貪歡樂。引得我心兒惡。」毛子晉刻入《六十家詞》，以「冤家」字涉俚，跋語譏之。按宋蔣津《葦航紀談》：「作詞者流，多用冤家為事。初未知何等語，亦不知所出。後閱《煙花記》，有云：冤家之說有六，情深意濃，彼此牽繫，甯有死耳，不懷異心，所謂冤家者一。兩情相繫，阻隔萬端，心想魂飛，寢食俱廢，所謂冤家者二。長亭短亭，臨歧分袂，黯然銷魂，悲泣良苦，所謂冤家者三。山遙水遠，魚雁無憑，夢寢相思，柔腸寸斷，所謂冤家者四。憐新棄舊，孤恩負義，恨切惆悵，怨深刻骨，所謂冤家者五。一生一死，觸景悲傷，抱恨成疾，迨與俱逝，所謂冤家者六。此語雖鄙俚，亦余之樂聞耳。」云云。樸質為宋詞之一格，此等字不足為疵病。唯是宋人可用，吾人斷不敢用。若用之而亦不足為疵病，則駸駸乎入宋人之室矣。

三〇

詞亦文之一體。昔人名作，亦有理脈可尋，所謂蛇灰蚓**【音同引】**綫之妙。如范石湖〈眼兒媚・萍鄉道中〉云：「酣酣日腳紫煙浮，妍暖試輕裘。困人天氣，醉人花底，午夢扶頭。　春慵**【音同庸】**恰似春塘水，一片縠**【音同胡】**紋愁。溶溶洩洩，東風無力，欲皺還休。」「春慵」緊接「困」字、「醉」字來，細極。

三一

陳夢弼和石湖〈鷓鴣天〉云：「指剝春蔥去採蘋，衣絲秋藕不沾塵。眼波明處偏宜笑。眉黛愁來也解顰。　巫峽路，憶行雲。幾番曾夢曲江春。相逢細把銀釭【音同缸】照，猶恐今宵夢似真。」歇拍用晏叔原「今宵賸把銀釭照，猶恐相逢是夢中」句，恐夢似真，翻新入妙，不特不嫌沿襲，幾於青勝於藍。

三二

韓南澗〈霜天曉角〉起調云：「幾聲殘角。月照梅花薄。」歇拍云：「莫把玉肌相映，愁花見、也羞落。」花羞玉肌，其海棠、芍藥之流亞乎？對於梅花，殊未易言。人世幾曾見此玉肌也。

三三

宋王質〈西江月・借江梅蠟梅為意壽董守〉云：「試將花蘂【音同蕊】數層層，猶比長年不盡。」元李庭〈水調歌頭・史侯生朝〉云：「側聽稱觴新語，一滴願增一歲，門外酒如川。」並巧語不涉纖。

三四

王質〈江城子〉句云：「得到釵梁容略住，無分做、小蜻蜓。」未經人道。

三五

仲彌性〈浪淘沙〉過拍云：「看盡風光花不語，卻是多情。」語淡而深。〈憶秦娥・詠木犀〉後段云：「佳人斂笑貪先折，重新為翦斜斜葉。斜斜葉。釵頭常帶，一秋風月。」末二句，賦物上乘，可藥纖滯之失。

三六

程文簡大昌〈臨江仙・和正卿弟生日〉云：「紫荊同本但殊枝。直須投老日，常似有親時。」〈感皇恩・淑人生日〉云：「人人戴白，獨我青青常保。只將平易處，為蓬島。」此等句非性情厚、閱歷深，未易道得。元劉靜脩《樵庵詞・王利夫壽》云：「吾鄉先友今誰健？西鄰王老時相見。每見憶先公。音容在眼中。　今朝故人子。為壽無多事。唯願歲長豐。年年社酒同。」余極喜誦之，與文簡詞庶幾近似。

三七

《織餘瑣述》：宋洪文惠《盤洲詞》，余最喜其〈生查子〉歇拍云：「春色似行人，無意花閒住。」〈漁家傲引〉後段云：「半夜繫船橋北岸，三杯睡著無人喚。睡覺只疑橋不見。風已變，纜繩吹斷船頭轉。」意境亦空靈可喜。蕙風云：余所喜異於是。〈漁家傲引〉云：「子月水寒風又烈，巨魚漏網成虛設。圉圉【音同雨】從它歸丙穴，謀自拙，空歸不管旁人說。　昨夜醉眠西浦月，今宵獨釣南溪雪。妻子一船衣百結，長歡悅，不知人世多離別。」委心任運，不失其為我。知足長樂，不願乎其外。詞境有高於此者乎？是則非娛所能識矣。

三八

宋曹冠《燕喜詞．鳳棲梧》云：「飛絮撩人花照眼。天闊風微，燕外晴絲卷。」狀春情景色絕佳。每值香南研北，展卷微吟，便覺日麗風暄，淑氣撲人眉宇。全帙中似此佳句，竟不可再得。

三九

姚進道《簫台公餘詞．浣溪沙．青田趙宰席閒作》云：「醉眼斜拖春水綠，黛眉低拂遠山濃。此情都在酒杯中。」〈鷓鴣天〉：「縣有花名日日紅。」高仲堅〈席閒作〉云：「夜深莫放西風入，頻遣司花許錦裀【音同因】。」〈瑞鷓鴣．賞海棠〉云：「一抹霞紅勻醉臉，惱人情處不須香。」〈如夢令．水仙用雪堂韻〉云：「鉤月襯凌波，仿佛湘江煙路。」〈行香子．抹利花〉云：「香風輕度，翠葉柔枝。與玉郎摘，美人戴、總相宜。」〈好事近．重午前三日〉云：「梅子欲黃時，霖雨晚來初歇。誰在綠窗深處，把綵絲雙結。　淺斟低唱笑相偎，映一團香雪。笑指牆頭榴花，倩玉郎輕折。」進道名述堯，錢塘人。南宋理學家張子韶詩云：「環顧天下間，四海唯三友。」三友者，施彥執、姚進道、葉先覺，其見重於時如此。顧亦能為綺語、情語。可知《蘭畹》、《金荃》，何損於言坊行表也。

四〇

兩宋鉅公大僚，能詞者多，往往不脫簪紱【音同孚】氣。魏文節杞〈虞美人．詠梅〉云：「只應明月最相思。曾見幽香一點未開時。」輕清婉麗，詞人之詞。專對抗節之臣，顧亦能此。宋廣平鐵石心腸，不辭為梅花作賦也。

四一

劉潛夫〈風入松．福清道中作〉云：「多情唯是燈前影，伴此翁同去同來。逆旅主人相問，今回老似前回。」語真質可喜。

四二

後邨〈玉樓春〉云：「男兒西北有神州，莫滴水西橋畔淚。」楊升庵謂其壯語足以立懦，此類是已。

四三

陳藏一《話腴》：「趙昂總管始肄業臨安府學，困躓【音同至】無聊賴，遂脫儒冠，從禁弁【音同變】，升御前應對。一日侍阜陵蹕之德壽宮，高廟宴席間，問今應制之臣，張掄之後為誰？阜陵以昂對。高廟俯睞久之。知其嘗為諸生，命賦〈拒霜詞〉。昂奏所用腔，令綴〈婆羅門引〉。又奏所用意，詔自述其梗概。即賦就進呈云：『暮霞照水。水邊無數木芙蓉。曉來露溼輕紅。十里錦絲步障，日轉影重重。向楚天空迴，人立西風。 夕陽道中。歎秋色、與愁濃。寂寞三秋粉黛，臨鑑妝慵。施朱太赤，空惆悵、教妾若為容。花易老、煙水無窮。』高廟喜之。賜銀絹加等。仍俾皐陵與之轉官。我朝之獎勵文人也如此。」此事它書未載。淳熙間，太學生俞國寶以題斷橋酒肆屏風上〈風入松〉詞「一春常費買花錢」云云，為高宗所稱賞，即日予釋褐。此則屢經記載，稍涉倚聲者知之。其實趙詞近沉著，俞第流美而已。以體格論，俞殊不逮趙。顧當時盛稱，以其句麗可喜，又諧適便口誦，故稱述者多。文字以投時為宜，詞雖小道，可以窺顯晦之故。古今同揆，感慨系之矣。

四四

姜白石〈鷓鴣天〉云：「籠紗未出馬先嘶。」七字寫出華貴氣象，卻淡雋不涉俗。

四五

羅子遠〈清平樂〉「兩槳能吳語」，五字甚新。楊柳渡頭，荷花蕩口，暖風十里，翦水咿啞，聲愈柔而景愈深。嘗讀《飲水詞．望江南》云：「江南好，虎阜晚秋天。山水總歸詩格秀，笙簫恰稱語音圓，人在木蘭船。」「笙簫」句與此「兩槳」句，同一妙於領會。

四六

劉改之詞格本與辛幼安不同。其《龍洲詞》中，如〈賀新郎．贈張彥功〉云：「誰念天涯牢落況，輕負暖煙濃雨。記酒醒香銷時語。客裏歸韉【音同兼】須早發。怕天寒風急相思苦。」前調云：「衣袂京塵曾染處，空有香紅尚輭。料彼此、魂銷腸斷。」又云：「但託意、焦琴紈扇。莫鼓琵琶江上曲，怕荻花楓葉俱淒怨。」〈祝英臺近・游東園〉云：「晚來約住青驄，踏花歸去，亂紅碎、一庭風月。」〈唐多令・八月五日安遠樓小集〉云：「柳下繫船猶未穩，能幾日、又中秋。」〈醉太平〉云：「翠綃【音同消】香暖雲屏。更那堪酒醒。」此等句是其當行本色。蔣竹山伯仲閒耳，其激昂慨慷諸作，乃刻意橅擬幼安。至如〈沁園春〉「斗酒彘肩」云云，則尤橅擬而失之太過者矣。《詞苑叢談》云：「劉改之一妾，愛甚。淳熙甲午赴省試，在道賦〈天仙子〉詞。到建昌游麻姑山，使小童歌之，至於墮淚。二更後，有美人執拍板來，願唱曲勸酒。即賡前韻『別酒未斟心已醉』云云。劉喜，與之偕東。其後臨江道士熊若水為劉作法，則並枕人乃一琴耳。攜至麻姑山焚之。」〔按：此事出宋洪邁《夷堅志》〕改之忍乎哉！是可忍也，孰不可忍也！此物良不俗。雖曰靈怪，即亦何負於改之。世間萬事萬物，形形色色，孰為非幻。改之得唱曲美人，輒忘甚愛之妾，則其所賦之詞，所墮之淚，舉不得謂真。非真即幻，於琴何責焉。焚琴鬻【音同裕】鶴，傖父所為，不圖出之改之，吾為斯琴悲，遇人之不淑。何物臨江道士，尤當深惡痛絕者也。龍洲詞變易體格，迎合稼軒，與琴精幻形求合何以異。吾謂改之宜先自焚其稿。

四七

「離恨做成春夜雨。添得春江，刬【音同晝】地東流去，弱柳繫船都不住，為君愁絕聽鳴艣【音同魯】。」楊濟翁〈蝶戀花〉前段也。婉曲而近沉著，新穎而不穿鑿，於詞為正宗中之上乘。

四八

《織餘瑣述》：《花庵詞》選謝懋〈杏花天〉歇拍云：「餘酲【音同呈】未解扶頭嬾，屏裏瀟湘夢遠。」昔人盛稱之。不如其過拍云：「雙雙燕子歸來晚，零落紅香過半。」此二語不曾作態，恰妙造自然。蕙風論詞之旨如此。

四九

黃幾仲《竹齋詩餘．西江月》題云「垂絲海棠，一名醉美人」：「撚翠低垂嫩萼。勻紅倒簇繁英。穠纖消得比佳人。酒入香肌成暈。　簾幕陰陰窗牖。闌幹曲曲池亭。枝頭不起夢香醒，莫遣流鶯喚醒。」此花唯吾鄉有之，太半櫻桃花接本。江南、薊北，未之見也。紫豔沉酣，信足當醉美人品目。

五〇

《鶴林詞．祝英臺近．春日感懷》云：「有時低按銀箏，高歌〈水調〉，落花外、紛紛人境。」末七字余極喜之。其妙處難以言說。但覺芥子須彌，猶涉執象。

五一

《織餘瑣述》云：「翻騰妝束鬧蘇隄。」宋馬子嚴〈阮郎歸〉詞句，形容纚釵膩粉，可謂妙於語言。天與娉婷，何有於「翻騰妝束」，適成其為「鬧」而已。

五二

又云：宋嚴仁詞〈醉桃源〉云：「拍隄是春水蘸垂楊，水流花片香。弄花嚬【音同顰】柳小鴛鴦，一雙隨一雙。」描寫芳春景物，極娟妍鮮翠之致，微特如畫而已。政恐刺繡妙手，未必能到。

五三

盧申之〈江城子〉後段云：「年華空自感飄零。擁春酲，對誰醒。天闊雲閒，無處覓簫聲。載酒買花年少事，渾不似、舊心情。」與劉龍洲詞「欲買桂花重載酒，終不似、少年游」，可稱異曲同工。然終不如少陵之「詩酒尚堪驅使在，未須料理白頭人」為倔強可喜。其〈清平樂〉歇拍云：「何處一春游蕩，夢中猶恨楊花。」是加倍寫法。

五四

宋人詞亦有疵病，斷不可學，高竹屋〈中秋夜懷梅溪〉云：「古驛煙寒，幽垣夢冷，應念秦樓十二。」此等句鉤勒太露，便失之薄。張玉田〈水龍吟・寄袁竹初〉云：「待相逢說與相思，想亦在、相思裏。」尤空滑粗率，並不如高句，字面稍能蘊藉。

五五

《梅溪詞》：「幾曾湖上不經過。看花南陌醉，駐馬翠樓歌。」下二語人人能道，上七字妙絕，似乎不甚經意，所謂「得來容易卻艱辛」也。

五六

〈壽樓春〉，梅溪自度曲，前段：「因風飛絮，照花斜陽。」後段：「湘雲人散，楚蘭魂傷。」風、飛，花，斜，雲、人，蘭、魂，並用雙聲疊韻字，是聲律極細處。

五七

余少作〈蘇武慢．寒夜聞角〉云：「憑作出、百緒淒涼，悽涼唯有，花冷月閒庭院。珠簾繡幕，可有人聽？聽也可曾腸斷？」半塘翁最為擊節。比閱《方壺詞．點絳脣》云：「曉角霜天，畫簾卻是春天氣。」意與余詞略同。余詞特婉至耳。

五八

《方壺詞．滿江紅．賦感梅》云：「洞府瑤池，多見是、桃紅滿地。君試問、江梅清絕，因何拋棄？仙境常如二三月，此花不受春風醉。」此意絕新。梅花身分絕高，嚮來未經人道。

五九

方壺居士詞，其獨到處能淡而瘦。

六〇

宋王沂公之言曰：「平生志不在溫飽。」以梅詩謁呂文穆云：「雪中未問調羹事，先向百花頭上開。」吳莊敏詞〈沁園春・詠梅〉云：「雖虛林幽壑，數枝偏瘦，已存鼎鼐，一點微酸。松竹交盟，雪霜心事，斷是平生不肯寒。」二公襟抱政復相同。一點微酸，即調羹心事，不志溫飽，為有不肯寒者在耳。又莊敏〈滿江紅〉有「晚風中笛」句，絕雅鍊可喜。

六一

《履齋詞・滿江紅・九日郊行》云：「數本菊香能勁。」勁韻絕雋峭，非菊之香不足以當此。〈二郎神〉云：「凝竚久，驀聽棋邊落子，一聲聲靜。」〈千秋歲〉云：「荷遞香能細。」此靜與細，亦非雅人深致，未易領略。

六二

吳樂庵〈水龍吟・詠雪次韻〉云：「興來欲喚，羸【音同雷】童瘦馬，尋梅隴首。有客遮留，左援蘇二，右招歐九。問聚星堂上，當年白戰，還更許追蹤否？」此詞略仿劉龍洲〈沁園春〉「斗酒彘肩，醉渡浙江，豈不快哉。被香山居士，約林和靖，與坡公等，駕勒吾回」。而吳詞意境較靜。

六三

曾同季〈點絳唇・賦芍藥〉云：「君知否？畫闌幽處，留得韶光住。」尋常意中之言，恰似未經人道。〈浣溪沙〉前題云：「濃雲遮日惜紅妝。」所謂仁者見之謂之仁。

六四

《雲莊詞・酹江月》云：「一年好處，是霜輕塵斂，山川如洗。」較「橘綠橙黃」句有意境。

六五

牟端明〈金縷曲〉云：「撲面胡塵渾未掃。強歡謳、還肯軒昂否？」蓋寓黍離之感。昔史遷稱項王悲歌慷慨。此則歡歌而不能激昂。曰「強」、曰「還肯」，其中若有甚不得已者。意愈婉，悲愈深矣。

六六

《龜峰詞・沁園春・詠西湖酒樓》云：「南北戰爭，唯有西湖，長如太平。」此三句含有無限感慨。宋人詩云：「西湖歌舞幾時休？」下云「直把杭州作汴州」，婉而多諷，旨與剛父略同。

六七

翁五峰〈摸魚兒〉歇拍云：「沙津少駐。舉目送飛鴻，幅巾老子，樓上正凝佇。」東坡送子由詩：「時見烏帽出復沒。」是由送客者望見行人，極寫臨歧眷戀之狀。五峰詞乃由行人望見送者，客子消魂，故人惜別，用筆兩面俱到。

六八

宋汪晫《康範詩餘・水調歌頭・次韻荷淨亭小集》云：「落日水亭靜，藕葉勝花香。」與秦湛「藉葉香風勝花氣」〔按：「香風」應作「清風」〕同意。藕葉之香，非靜中不能領略。淨而後能靜，無塵則不囂矣。只此起二句，便恰是詠荷淨亭，不能移到它處，所以為佳。

六九

詞衰於元，當時名人詞論，即亦未臻上乘。如陸輔之《詞旨》所謂警句，往往抉擇不精，適足啟晚近纖妍之習。宋宗室名汝茪【音同光】者，詞筆清麗，格調本不甚高。《詞旨》取其〈戀繡衾〉句：「怪別來、臙【音同胭】脂慵傳，被東風、偷在杏梢。」此等句不過新巧而已。余喜其〈漢宮春〉云：「故人老大，好襟懷消減全無。漫贏得、秋聲兩耳，冷泉亭下騎驢。」以清麗之筆作淡語，便似冰壺濯魄，玉骨橫秋，綺紈粉黛，迴眸無色。但此等佳處，猶為自詞中出者，未為其至。如欲超軼王（碧山）、周（草窗），伯仲姜（白石）、吳（夢窗），而上企蘇、辛，其必由性情學問中出乎。

七〇

馮深居〈喜遷鶯〉云：「涼生遙渚，正綠芰【音同技】擎霜，黃花招雨。鴈外漁燈，蛩邊蟹舍，絳葉表秋來路。世事不離雙鬢，遠夢偏欺孤旅。送望眼，但憑舷微笑，書空無語。　慵看清鏡裏，十載征塵，長把朱顏汙。借箸青油，揮毫紫塞，舊事不堪重舉。閒闊故山猿鶴，冷落同盟鷗鷺。倦游也。便檣雲桅【音同壝】月，浩歌歸去。」此詞多矜鍊之句，尤合疏密相間之法，可為初學楷模。

七一

《芸窗詞．瑞鶴仙．次韻陸景思喜雪》云：「農麥年來管好，禾黍離離，詎忘關洛。」〈賀新郎．送劉澄齋歸京口〉云：「西風亂葉長安樹。歎離離、荒宮廢苑，幾番禾黍。」神州陸沉之感，不圖於半閒堂寮吏見之。自來識時達節之士，功名而外無容心。偶有甚非由衷之言，流露於楮墨之表。詎故為是自文飾耶？抑亦天良發見於不自知也？

七二

《空同詞．月華清．春夜對月》云：「況是風柔夜暖。正燕子新來，海棠微綻。不似秋光，只照離人腸斷。」用蘇文忠公王夫人語意，絕佳。上三句小勝情徐引。

七三

《空同詞》如秋卉娟妍，春蘅鮮翠。

七四

《空同詞》喜鍊字。〈菩薩蠻〉云：「繫馬短亭西，丹楓明酒旗。」〈南柯子〉云：「碧天如水印新蟾。」〈阮郎歸〉云：「綠情紅意兩逢迎，扶春來遠林。」又云：「羅衣金縷明。」兩

「明」字、「印」字、「扶」字，並從追琢中出。又〈鷓鴣天〉云：「瑩然初日照芙蕖。」能寫出美人之精神。〈浪淘沙・別意〉云：「花霧漲冥冥，欲雨還晴。」能融景入情，得迷離惝恍之妙。皆佳句也。「漲」字亦鍊。〈行香子〉云：「十年心事，兩字眉婚。」「眉婚」二字新奇，殆即目成之意，未詳所本。

七五

「良人輕逐利名遠，不憶幽花靜院。」楊澤民〈秋蘂香〉句。「幽花靜院」，抵多少「盈盈秋水，淡淡春山」。「良人」句質不涉俗，是澤民學清真處。

七六

尹梅津〈眼兒媚・詠柳〉云：「一好百般宜。」五字可作美人評語。明王彥泓詩「亂頭粗服總傾城」，所謂「一好百般宜」也。

七七

偶閱《閨詞鈔》，宋陳以莊〈菩薩蠻〉云：「舉頭忽見衡陽雁。千聲萬字情何限。叵**【音同頗】**耐薄情夫，一行書也無。泣歸香閣恨，和淚淹紅粉。待雁卻回時，也無書寄伊。」**〔按：此非陳以莊詞，惠風襲葉申薌之誤〕**歇拍云云，略失敦厚之恉。所謂盡其在我，何也？然而以謂至深之情，亦無不可。

七八

宋詞名詞，多尚渾成。亦有以刻畫見長者。沈約之〈謁金門〉云：「獨倚危闌清晝寂。草長流翠碧。」前調云：「寒色著人無意緒，竹鳴風似雨。」〈如夢令〉云：「忺【音同先】睡，忺睡。窗在芭蕉葉底。」〈念奴嬌〉（刻本無題，當是〈詠梅棠〉）云：「醉態天真，半羞微斂，未肯都開了。」刻畫而不涉纖，所以為佳。

七九

近人學夢窗，輒從密處入手。夢窗密處，能令無數麗字，一一生動飛舞，如萬花為春，非若琱【音同雕】璚【音同瓊】蹙繡，毫無生氣也。如何能運動無數麗字？恃聰明，尤恃魄力？如何能有魄力，唯厚乃有魄力。夢窗密處易學，厚處難學。

八〇

「心事稱吳妝暈紅。」七字兼情意、妝束、容色。夢窗密處如此等句，或者後人尚能勉彊學到。

八一

重者，沉著之謂。在氣格，不在字句。於夢窗詞庶幾見之。即其芬菲鏗麗之作，中間雋句豔字，莫不有沉摯之思、灝瀚之氣，挾之以流轉。令人翫【音同萬】索而不能盡，則其中之所存者厚。沉著者，厚之發見乎外者也。欲學夢窗之緻密，先學夢窗之沉著。即緻密、即沉著。非出乎緻密之外，超乎緻密之上，別有沉著之一境也。夢窗與蘇、辛二公，實殊流而同源。其所為不同，則夢窗緻密其外耳。其至高至精處，雖擬議形容之，未易得其神似。穎慧之士，束髮操觚，勿輕言學夢窗也。

八二

草窗〈少年游・宮詞〉云：「一樣春風，燕梁鶯戶，那處得春多？」即「梨花雪，桃花雨，畢竟春誰主」之意。俱從義山「鶯嗁【音同啼】花又笑，畢竟是誰春」脫出。其〈朝中措・茉莉擬夢窗〉云：「尚有第三花在，不妨留待涼生。」庶幾得夢窗之神似。

八三

周保緒（濟）《止庵集・宋四家詞筏序》以近世為詞者，推南宋為正宗，姜、張為山斗，域於其至近者為不然。其持論介余同異之閒。張誠不足為山斗，得謂南宋非正宗耶？《宋四家詞筏》未見，疑即止庵手錄之《宋四家詞選》，以周邦彥、辛棄疾、王沂孫、吳文英四家為之冠，以類相從者各如干家。止庵又有《論調》一書，以婉、澀、高、平四品分之。其選調視紅友所載祇四之一。此書亦未見。

八四

劉伯寵生平宦轍，在吾廣右。惜其姓名僅見《省志・金石略》，而事行無傳。〈水調歌頭・

中秋〉云：「破匣菱花飛動，跨海清光無際，草露滴明璣。」「跨海」云云，是何意境？下乃忽作小言。子云《解嘲》所云「大者含元氣，細者入無間」，略可喻詞筆之變化。

八五

李蠙【音同彬】洲〈拋毬樂〉云：「綺窗幽夢亂如柳，羅袖淚痕凝似餳【音同形】。」〈謁金門〉云：「可奈薄情如此黠，寄書渾不答。」「餳」、「黠」叶韻雖新，卻不墜宋人風格。然如「餳」韻二句，所爭亦止絫【音同壘】黍閒矣。其不失之尖纖者，以其尚近質拙也。學詞者不可不知。

八六

韓子耕〈高陽臺．除夕〉云：「頻聽銀籤，重然絳蠟，年華衮衮驚心。餞舊迎新，能消幾刻光陰？老來可慣通宵飲，待不眠、還怕寒侵。掩清尊。多謝梅花，伴我微吟。　鄰娃已試春妝了。更蜂枝簇翠，燕股橫金。勾引春風，也知芳意難禁。朱顏那有年年好，逞豔遊、贏取如今。恣登臨。殘雪樓台，遲日園林。」此等詞語淺情深，妙在字句之表，便覺刻意求工，是無端多費氣力。又詞家鍊字法斷不可少，韓子耕〈浪淘沙〉云：「試花霏雨溼春晴。三十六梯人不到，獨喚瑤箏。」妙在「溼」字、「喚」字。

八七

韓子耕詞妙處，在一鬆字。非功力甚深不辦。

八八

得趣居士喁喁昵昵，緻縟細熏。

八九

黃東甫〈柳梢青〉云：「天涯翠巘【音同掩】層層，是多少長亭短亭。」〈眼兒媚〉云：「當時不道春無價，幽夢費重尋。」此等語非深於詞不能道，所謂詞心也。〈柳梢青〉又云：「花驚寒食，柳認清明。」「驚」字、「認」字，屬對絕工。昔人用字不苟如是，所謂詞眼也。納蘭容若〈浣溪沙〉云：「被酒莫驚春睡重，賭書消得潑茶香。當時只道是尋常。」即東甫〈眼兒媚〉句意。酒中茶半，前事伶俜、皆夢痕耳。

九〇

詞筆「麗」與「豔」不同。「豔」如芍藥、牡丹，慵春媚景；「麗」若海棠、文杏，映燭窺簾。薛梯飆詞工於刷色。當得一「麗」字。〈醉落魄〉云：「單衣乍著，滯寒更傍東風作。珠簾壓定銀鉤索。雨弄初晴，輕旋玉塵落。　花唇巧借妝梅約，嬌羞纔放三分蕚。尊前不用多評泊。春淺春深，都向杏梢覺。」

九一

《白石詞》：「少年情事老來悲。」宋朱服句：「而今樂事他年淚。」二語合參，可悟一意化兩之法。宋周端臣〈木蘭花慢〉云：「料今朝別後，它時有夢，應夢今朝。」與「而今」句同意。

九二

姚成一〈霜天曉角〉換頭云：「煙抹、山態活，雨晴波面滑。」五字對句，上句作上二下三，抹字叶。不唯不勉彊，尤饒有韻致，詞筆靈活可憙。

九三

《雪坡詞・沁園春・壽同年陳探花》云：「憶昔東坡，秀奪眉山，生丙子年。蓋丙離子坎，四方中氣，直當此歲，間出英賢。」詞句用「蓋」字領起，絕奇。子平家言入詞，亦僅見。

九四

莫子山〈水龍吟〉換頭云：「也擬與愁排遣，奈江山遮攔不斷。嬌訛夢語，溼熒啼袖，迷心醉眼。」此等句便開明已後詞派，風格稍稍遜矣。其過拍云：「但年光暗換，人生易感，西歸水、南飛雁。」〈玉樓春〉換頭云：「憑君莫問情多少，門外江流羅帶繞。」此等句便佳，渾成而意味厚。

九五

宋江致和〈五福降中天〉句：「秋水嬌橫俊眼，膩雪輕鋪素胸。」以「鋪」字形容膩雪，有詞筆畫筆所難傳之佳處，無一字可以易之。後蜀歐陽炯〈春光好〉云：「胸鋪雪，臉分蓮。」乃江句所從出。

九六

《須溪詞》風格遒【音同求】上似稼軒，情辭跌宕似遺山。有時意筆俱化，純任天倪，竟能略似坡公。往往獨到之處，能以中鋒達意，以中聲赴節。世或目為別調，非知人之言也。〈促拍醜奴兒〉云：「百年已是中年後，西州垂淚，東山攜手，幾箇斜暉。」〈踏莎行・九日牛山作〉云：「向來吹帽插花人，盡隨殘照西風去。」〈永遇樂〉云：「香塵暗陌，華燈明晝，長是嬾攜手去。」〈摸魚兒・海棠一夕如雪無飲余者賦恨〉云：「無人舉酒。但照影隄流，圖它紅淚，飄灑到襟袖。」前調〈守歲〉云：「古今守歲無言說，長是酒闌情緒。」〈金縷曲・五日〉云：「欸乃漁歌斜陽外，幾書生、能辨投湘賦。」余所摘警句視此。其〈江城子・海棠花下燒燭〉詞云：「欲睡心情一似夢驚殘。」〈山花子・春暮〉云：「更欲徘徊春尚肯，已無花。」若斯之類，是其次矣。如衡論全體大段，以骨榦【音同幹】氣息為主，則必舉全首而言。其中即無如右等句可也。由是推之全卷，乃至口占、漫與之作，而其骨乾氣息具在此。須溪之所以不可及乎。〔按：〈踏莎行〉詞乃劉克莊作〕

九七

《須溪詞》中，閒有輕靈婉麗之作。似乎元明以後詞派，導源乎此。詎時代已入元初，風會所趨，不期然而然者耶。如〈浣溪沙・感別〉云：「點點疏林欲雪天，竹籬斜閉自清妍。為伊頗頷得人憐。　欲與那人攜素手，粉香和淚落君前。相逢恨恨總無言。」前調〈春日即事〉云：「遠遠游峰不記家，數行新柳自啼鴉。尋思舊事即天涯。　睡起有情和畫卷，燕歸無語傍人斜。晚風吹落小瓶花。」〈山花子〉後段云：「早宿半程芳草路，猶寒欲雨暮春天。小小桃花三兩樹，得人憐。」此等小詞，乃至略似國初顧梁汾、納蘭容若輩之作，以謂《須溪詞》中之別調可耳。

九八

李商隱〈高陽臺・詠落梅〉云：「飄粉杯寬，盛香袖小，青青半掩苔痕。竹裏遮寒，誰念減盡芳雲。么鳳叫晚吹晴雪，料水空、煙冷西泠。感凋零。殘縷遺鈿，迤邐成塵。　東園曾趁花前約，記按箏籌酒，戲挽飛瓊。環佩無聲，草暗臺榭春深。欲倩怨笛傳清譜，怕斷霞、難返吟魂。轉銷凝。點點隨波，望極江亭。」前段「誰念」「念」字、「么鳳」「鳳」字、後段「草暗」「暗」字、「欲倩」「倩」字、「斷霞」「斷」字，它宋人作此調並用平聲。商隱別作〈寄題蓀壁山房〉闋，亦用平聲，唯此闋用去聲。以峭折為婉美，非起調畢曲處，於宮律無關係也。其前段「水空」「水」字，似亦應用去聲，上與平可通融，與去不可通融也。商隱與弟周隱有《餘不谿二隱叢說》，惜未見。

九九

李周隱〈小重山〉云：「畫檐簪柳碧如城。一簾風雨裏，過清明。」又云：「紅塵沒馬翠埋輪。西泠曲，歡夢絮飄零。」「簪」字、「沒」字、「埋」字，並力求警鍊，造語亦佳。

一〇〇

余舊作〈浣溪沙〉云：「莫向天涯輕小別，幾回小別動經年。」比閱柴望《秋堂詩餘・滿江紅》云：「別後三年重會面，人生幾度三年別。」意與余詞略同。為黯然者久之。

一〇一

王易簡《謝草窗惠詞卷・慶宮春》歇拍云：「因君凝竚，依約吳山，半痕蛾綠。」易簡《樂府補題》諸作，頗膾炙人口。余謂此十二字絕佳。能融景入情，秀極成韻，凝而不佻。

一〇二

《覆瓿【音同剖】詞・沁園春・歸田作》云：「何怨何尤，自歌自笑，天要吾儕更讀書。」真率語未經人道。

蕙風詞話　卷三

一

後晉高祖天福二年，契丹太宗改元會同，國號遼。公卿庶官皆倣中國，參用中國人。自是已還，密邇文化。當是時中原多故，而詞學浸【音同浸】昌。其先後唐莊宗，其後南唐中宗，以知音提倡於上。和成績《紅葉稿》、馮正中《陽春集》，揚葩振藻於下。徵諸載記，金海陵閱柳永詞，有「三秋桂子，十里荷花」句，遂起吳山立馬之思。遼之於五季，猶金之於北宋也。雅聲遠姚，宜非疆域所能限。其後遼穆宗應曆十年，當宋太祖建隆元年。天祚帝天慶五年，當金太祖收國元年。西遼之亡，於宋為寧宗嘉泰元年，得二百四十二年。於金為章宗泰和元年，得八十七年。當此如干年間，宋固詞學極盛，金亦詞人輩出，遼獨闃【音同去】如，欲求殘闋斷句，亦不可得。海寧周芚兮（春）輯《遼詩話》，竟無一語涉詞。絲簧輟響，蘭荃不芳。風雅道衰，抑何至是。唯是一以當百，有懿德皇后《回心院》詞。其詞既屬長短句，十闋一律。以氣格言，尤必不可謂詩。音節入古，香豔入骨，自是《花間》之遺。北宋人未易克辦。南渡無論，金源更何論焉。姜堯章言：「凡自度腔，率以意為長短句，而後協之以律。」懿德是詞，固已被之管絃，名之曰《回心院》，後人自可按腔填詞。吳江徐電發（釚）錄入《詞苑叢談》，德清徐誠菴（本立）收入《詞律拾遺》。庶幾灑林牙之陋，彌香膽之疏。史稱后工詩，善談論，自制歌詞，尤善琵琶。其於長短句，所作容不止此。北俗簡質，罕見稱述，當時即已失傳矣。

二

自六朝已還，文章有南北派之分，乃至書法亦然。姑以詞論，金源之於南宋，時代政同，疆域之不同，人事為之耳。風會曷與焉。如辛幼安先在北，何嘗不可南。如吳彥高先在南，何嘗不可北。顧細審其詞，南與北確乎有辨，其故何耶？或謂《中州樂府》選政操之遺山，皆取其近己者。然如王拙軒、李莊靖、段氏遯庵、菊軒，其詞不入元選，而其格調氣息，以視元選諸詞，亦復如驂之靳【音同進】，則又何說。南宋佳詞能渾，至金源佳詞近剛方。宋詞深緻能入骨，如清真、夢窗是。金詞清勁能樹骨，如蕭閒、遯庵是。南人得江山之秀，北人以冰霜為清。南或失之綺靡，近於雕文刻鏤之技。北或失之荒率，無解深裘大馬之譏。善讀者抉擇其精華，能知其並皆佳妙。而其佳妙之所以然，不難於合勘，而難於分觀。往往能知之而難於明言之。然而宋金之詞之不同，固顯而易見者也。

三

密國公（璹）詞，《中州樂府》箸錄七首。姜、史、辛、劉兩派，兼而有之。〈春草碧〉云：「舊夢回首何堪，故苑春光又陳迹。落盡後庭花，春草碧。」〈青玉案〉云：「夢裏疏香風似度。覺來唯見、一窗涼月，瘦影無尋處。」並皆幽秀可誦。〈臨江仙〉云：「熏風樓閣夕陽多。倚闌凝思久，漁笛起煙波。」淡淡著筆，言外卻有無限感愴。

四

《明秀集．滿江紅》句：「雲破春陰花玉立。」清姒極喜之，暇輒吟諷不已。余喜其〈千秋歲．對菊小酌〉云：「秋光秀色明霜曉。」意境不在「雲破」句下。

五

清姒學作小令，未能入格。偶幡帋【音同淵】《中州樂府》，得劉仲尹「柔桑葉大綠團雲」句，謂余曰：「只一『大』字，寫出桑之精神，有它字以易之否？」斯語其庶幾乎。略知用字之法。

六

元遺山為劉龍山（仲尹）譔小傳云：「詩樂府俱有蘊藉，參涪翁而得法者也。」蒙則以謂學涪翁而意境稍變者也。嘗以林木佳勝比之。涪翁信能鬱蒼聳秀，其不甚經意處，亦復老榦枒杈，第無醜枝，斯其所以為涪翁耳。龍山蒼秀，庶幾近似。設令為枒杈，必不逮遠甚。或帶煙月而益韻，託雨露而成潤，意境可以稍變，然而烏可等量齊觀也。茲選錄〈鷓鴣天〉二闋如左，讀者細意翫索之，視「黃菊枝頭破曉寒」風度何如。「騎鶴峰前第一人，不應著意怨王孫。當時豔態題詩處，好在香痕與淚痕。　調雁柱，引蛾顰。綠窗紈索合箏纂。砌臺歌舞陽春後，明月朱扉幾斷魂。」又「璧月池南翦木棲，六朝宮袖窄中宜。新聲蹙巧蛾顰黛。纖指移箏雁著絲。　朱戶小，畫簾低，細香輕夢隔涪溪。西風只道悲秋瘦，卻是西風未得知。」

七

馮士美〈江城子〉換頭云：「清歌皓齒豔明眸。錦纏頭，若為酬。門外三更，鐙影立驊騮。」「門外」句與姜石帚「籠紗未出馬先嘶」意境略同。「驊騮」字近方重，入詞不易合色。馮句云云，乃適形其俊。可知字無不可用，在乎善用之耳。其過拍云：「月下香雲嬌墮砌，花氣重、酒光浮。」亦豔絕、清絕。

八

劉無黨〈烏夜啼〉歇拍云：「離愁分付殘春雨，花外泣黃昏。」此等句雖名家之作，亦不可學，嫌近纖近衰颯。其過拍云：「宿酲人困屏山夢，煙樹小江邨。」庶幾運實入虛，巧不傷格。曩半塘老人〈南鄉子〉云：「畫裏屏山多少路。青青。一片煙蕪是去程。」意境與劉詞略同。劉清勁，王緜邈。

九

劉無黨〈錦堂春・西湖〉云：「墻角含霜樹靜，樓頭作雪雲垂。」「靜」字、「垂」字，得含霜作雪之神。此實字呼應法，初學最宜留意。

一〇

辛、黨二家，並有骨榦。辛凝勁，黨疏秀。

一一

黨承旨〈青玉案〉云：「痛飲休辭今夕永。與君洗盡，滿襟煩暑，別作高寒境。」以鬆秀之筆，達清勁之氣，倚聲家精詣也。「鬆」字最不易做到。

一二

又〈月上海棠．用前人韻〉後段云：「斷霞魚尾明秋水，帶三兩飛鴻點烟際。疎林颯秋聲，似知人、倦游無味。家何處？落日西山紫翠。」融情景中，旨淡而遠，迂倪畫筆，庶幾似之。

一三

又〈鷓鴣天〉云：「開簾飛入窺窗月，且盡新涼睡美休。」瀟灑疏俊極矣。尤妙在上句「窺窗」二字。窺窗之月，先已有情。用此二字，便曲折而意多。意之曲折，由字裏生出，不同矯揉鉤致，不墮尖纖之失。

一四

柳屯田《樂章集》，為詞家正體之一，又為金元已還樂語所自出。金董解元《西廂記》，搊【音同抽】彈體傳奇也。時論其品，如「朱汗碧蹏【音同蹄】，神采駿逸」。董有〈哨遍〉詞云：「太皞【音同皓】司春，春工著意，和氣生暘谷。十里芳菲，儘東風絲絲，柳搓金縷。漸漸次第，桃紅杏淺，水綠山青，春漲生煙渚。九十日光陰能幾，早鳴鳩呼婦，乳燕攜雛。亂紅滿地任風吹，飛絮蒙空有誰主？春色三分，半入池塘，半隨塵土。滿地榆錢，算來難買春光住。初夏永、薰風池館，有藤牀冰簟紗櫥。日轉午。脫巾散髮，沉李浮瓜，寶扇搖紈素。著甚消磨永日？有掃愁竹葉，侍寢青奴。霎時微雨送新涼，些少金風退殘暑。韶華早、暗中歸去。」此詞連情發藻，妥帖易施，體格於樂章為近。明胡元瑞《筆叢》稱董《西廂記》精工巧麗，備極才情。蓋筆能展拓，則推演為如干字何難矣。自昔詩、詞、曲之遞變，大都隨風會為轉移。詞曲之為體，誠迥乎不同。董為北曲初祖，而其所為詞，於屯田有沆瀣之合。曲繇詞出，淵源斯在。董詞僅見《花草粹編》，它書概未之載。《粹編》之所以可貴，以其多載昔賢不經見之作也。（按：董解元《哨遍》見《古本董解元西廂記》，非詞也）

一五

金源人詞伉爽清疏，自成格調。唯王黃華小令，間涉幽峭之筆，緜邈之音。〈謁金門〉後段云：「瘦雪一痕墻角，青子已妝殘萼。不道枝頭無可落，東風猶作惡。」歇拍二句，似乎說，「東風猶作惡。」就花與風之各一面言之，仍猶各有不盡之意。「瘦雪」字新。

一六

唐張祜〈贈內人〉詩：「斜拔玉釵鐙影畔，剔開紅焰救飛蛾。」後人評此以謂慧心仁術。金景覃〈天香〉云：「閒階土花碧潤。緩芒鞵、恐傷蝸蚓。」與祜詩意同。填詞以厚為要旨，此則小中見厚也。又，〈鳳棲梧〉歇拍云：「別有溪山容杖屨。等閒不許人知處。」意境清絕、高絕。憶余少作鷓鴣天，歇拍云：「茜窗愁對清無語，除卻秋鐙不許知。」以視景詞，意略同，而境遠遜，風骨亦未能騫舉。

一七

《遺山樂府・促拍醜奴兒・學閑閑公體》云：「朝鏡惜蹉跎。一年年、來日無多。無情六合乾坤裏，顛鸞倒鳳，撐霆裂月，直被消磨。　世事飽經過。算都輸、暢飲高歌。天公不禁人間酒，良辰美景，賞心樂事，不醉如何？」附閑閑公所賦云：「風雨替花愁。風雨罷、花也應休。勸君莫惜花前醉。今年花謝，明年花謝，白了人頭。　乘興兩三甌。揀溪山、好處追游。但教有酒身無事。有花也好，無花也好，選甚春秋。」遺山誠閑閑高足。第觀此詞，微特難期出藍，幾於未信入室。蓋天人之趣判然，閑閑之作，無復筆墨痕迹可尋矣。

一八

張信甫詞傳者祇〈驀山溪〉一闋：「山河百二，自古關中好。壯歲喜功名，擁征鞍、雕裘繡帽。時移事改，萍梗落江湖，聽楚語、厭蠻歌，往事知多少。　蒼顏白髮，故里欣重到。老馬省曾行、也頻嘶、冷煙殘照。終南山色，不改舊時青。長安道、一回來、須信一回老。」以清道之筆，寫慨慷之懷，冷煙殘照，老馬頻嘶，何其情之一往而深也。昔人評詩，有云「剛健含婀娜」，余於此詞亦云。

一九

趙愚軒〈行香子〉云：「綠陰何處，旋旋移牀。」昔人詩句「月移花影上闌干」，此言移牀就綠陰，意趣尤生動可喜。即此是詞與詩不同處，可悟用筆之法。

二〇

「春山淡冶而如笑，夏山蒼翠而如滴，秋山明淨而如妝，冬山慘淡而如睡。」宋畫院郭熙語也。金許古〈行香子〉過拍云：「夜山低、晴山近、曉山高。」郭能寫山之貌，許尤傳山之神。非入山甚深，知山之真者，未易道得。

二一

許道真〈眼兒媚〉云：「持杯笑道，鵝黃似酒，酒似鵝黃。」此等句，看似有風趣，其實絕空淺，即俗所謂打油腔，最不可學。

二二

李欽叔（獻能），劉龍山外甥也。以純孝為士論所重。詩詞餘事，亦卓越流輩。〈江梅引・賦青梅〉云：「冰肌夜冷滑無粟，影轉斜廊。冉冉孤鴻，煙水渺三湘。青鳥不來天也老，斷魂些、清霜靜楚江。」「冰肌」句，熨帖工緻。「冉冉」以下，取神題外，設境意中。「斷魂」二句拍合，略不喫力，允推賦物聖手。〈浣溪沙・環勝樓〉云：「萬里中原猶北顧，十年長路卻西歸。倚樓懷抱有誰知。」尤為意境高絕。以南北名賢擬之，辛（幼安）殆伯仲之間，吳（彥高）其望塵弗及乎。

二三

段復之〈滿江紅〉序云：「遯庵主人植菊階下，秋雨既盛，草萊蕪沒，殆不可見。江空歲晚，霜餘草腐，而吾菊始發數花。生意悽然，似訴余以不遇，感而賦之。因李生湛然歸寄菊軒弟。」詞後段云：「堂上客，頭空白。都無語，懷疇昔。恨因循過了，重陽佳節。颯颯涼風吹汝急，汝身孤特應難立。漫臨風三嗅繞芳叢，歌還泣。」節韻已下，情深一往，不辨是花是人，讀之令人增孔懷之重。

二四

段誠之《菊軒樂府．江城子》云：「月邊漁，水邊鉏【音同除】。花底風來，吹亂讀殘書。」前調〈東園牡丹花下酒酣即席賦之〉云：「歸去不妨簪一朵，人也道、春花來。」騷雅俊逸，令人想望風采。〈月上海棠〉云：「喚醒夢中身，鶗【音同題】鴂【音同決】數聲春曉。」前調云：「頹然醉臥，印蒼苔半袖。」於情中入深靜，於疏處運追琢，尤能得詞家三昧。

二五

元遺山以絲竹中年，遭遇國變，崔立采望，勒授要職，非其意指。卒以抗節不仕，顦顇南冠二十餘稔。神州陸沉之痛，銅駝荊棘之傷，往往寄託於詞。〈鷓鴣天〉三十七闋，泰半晚年手筆。其〈賦隆德故宮〉及〈宮體〉八首、〈薄命妾〉辭諸作，蕃豔其外，醇至其內，極往復低徊、掩抑零亂之致。而其苦衷之萬不得已，大都流露於不自知。此等詞宋名家如辛稼軒固嘗有之，而猶不能若是其多也。遺山之詞，亦渾雅，亦博大。有骨榦，有氣象。以比坡公，得其厚矣，而雄不逮焉者。豪而後能雄，遺山所處不能豪，尤不忍豪。牟端明〈金縷曲〉云：「撲面胡塵渾未掃，強歡謳、還肯軒昂否？」知此，可與論遺山矣。設遺山雖坎坷，猶得與坡公同，則其詞之所造，容或尚不止此。其〈水調歌頭・賦三門津〉「黃河九天上」云云，何嘗不崎嶇排奡【音同傲】。坡公之所不可及者，尤能於此等處不露筋骨耳。〈水調歌頭〉當是遺山少作。晚歲鼎鑊餘生，棲遲蘦【音同零】落，興會何能飆舉。知人論世，以謂遺山即金之坡公，何遽有愧色耶？充類言之，坡公不過逐臣，遺山則遺臣孤臣也。其〈賦隆德故宮〉云：「人間更有傷心處，奈得劉伶醉後何？」〈宮體〉八首，其二云：「春風殢【音同替】殺官橋柳，吹盡香緜不放休。」其四云：「月明不放寒枝穩，夜夜烏啼徹五更。」其七云：「花爛錦，柳烘煙，韶華滿意與歡緣。不應寂寞求凰意，長對秋風泣斷絃。」〈薄命妾〉辭云：「桃花一簇開無主，儘著風吹雨打休。」其它如〈無題〉云：「墓頭不要征西字，元是中原一布衣。」又云：「幾時忘得分攜處，黃葉疏雲渭水寒。」又云：「籬邊老卻陶潛菊，一夜西風一夜寒。」又云：「殷勤未數〈閑情賦〉，不願將身作枕囊。」又云：「只緣攜手成歸計，不恨薶【音同埋】頭屈壯圖。」又云：「旁人錯比揚雄宅，笑殺韓家晝錦堂。」又云：「鹿裘孤坐千峰雪，耐與青松老歲寒。」又云：「諸葛菜，邵平瓜。白頭孤影一長嗟。南園睡足松陰轉，無數蜂兒趁晚衙。」又〈與欽叔京甫市飲〉云：「醒來門外三竿日，臥聽春泥過馬蹄。」句各有指，知者可意會而得。其詞纏緜而婉曲，若有難言之隱，而又不得已於言，可以悲其志而原其心矣。

二六

《遺山詞》佳句夥矣，鐙窗雒【音同落】誦，率意選摘，不無遺珠之惜也。〈江城子．太原寄劉濟川〉云：「斷嶺不遮南望眼，時為我，一憑闌。」前調〈觀別〉云：「萬古垂楊，都是折殘枝。」又云：「為問世間離別淚，何日是，滴休時。」〈感皇恩．秋蓮曲〉云：「微雨岸花，斜陽汀樹，自惜風流怨遲暮。」〈定風波．楊叔能贈詞留別因用其意答之〉云：「至竟交情何處好？向道。不如行路本無情。」〈臨江仙．西山同欽叔送辛敬之歸女几〉云：「回首對牀鐙火處，萬山深裏孤邨。」前調〈內鄉北山〉云：「三年閒為一官忙。簿書愁裏過，筍蕨夢中香。」〈南鄉子〉云：「為向河陽桃李道，休休，青鬢能堪幾度愁。」〈鷓鴣天〉云：「醉來知被旁人笑，無奈風情未減何。」前調云：「殷勤昨夜三更雨，賸醉東城一日春。」前調云：「長安西望腸堪斷，霧閣雲窗又幾重。」〈南柯子〉云：「畫簾雙燕舊家春。曾是玉簫聲裏、斷腸人。」凡余選錄前人詞，以渾成沖淡為宗旨。余所謂佳，容或以為未是，安能起遺山而質之。

二七

填詞景中有情，此難以言傳也。元遺山〈木蘭花慢〉云：「黃星。幾年飛去，澹春陰、平野草青青。」平野春青，只是幽靜芳倩，卻有難狀之情，令人低徊欲絕。善讀者約略深入景中，便知其妙。

二八

《織餘瑣述》：元好問〈清平樂〉云：「飛去飛來雙乳燕，消息知郎近遠。」用馮延巳「雙燕來時，陌上相逢否」句意。彼未定其逢否，此則直以為知，唯消息近遠未定耳。妙在能變化。

〔按：此用陳克〈謁金門〉詞意。詞云：「花滿院，飛去飛來雙燕。雨入簾寒不捲，小屏山六扇。翠袖玉笙悽斷，脈脈兩蛾愁淺。消息不知郎近遠，一春長夢見。」〕

二九

金李仁卿（治）詞五首，見《遺山樂府》附錄。〈摸魚兒・和遺山賦鴈丘〉過拍云：「詩翁感遇。把江北江南，風嘹月唳【音同力】，並付一邱土。」託旨甚大。遺山元唱殆未曾有。李詞後段云：「霜魂苦。算猶勝、王嬙青冢真娘墓。」亦慨乎言之。按治字仁卿，欒城人。正大七年收世科登詞賦進士第。調高陵簿，未上。從大臣辟，權知鈞州。壬辰北渡，流落忻【音同欣】、崞【音同國】間。藩府交辟，皆不就。至元二年，再以翰林學士召。就職朞【音同基】月，以老病辭歸。買田元氏封龍山，隱居講學十六年，卒年八十有八。仁卿晚節與遺山略同，其遇可悲，其心可原，不以下儕元人，援遺山例也。其與翰苑諸公書云：「諸公以英材駿足絕世之學，高躡紫清，黼【音同甫】黻【音同孚】元化，固自其所。而某也孱資瑣質，誤恩偶及，亦復與吹竽之部。律以廉恥，為幾不韙耶？諸公愍我耄昏，教我不逮，肯容我竊名玉堂之署，日夕相與刺經講古、訂辨文字，不即叱出。覆露之德，寧敢少忘哉？但翰林非病叟所處，寵祿非庸夫所食，官謗可畏。幸而得請，投跡故山。木石與居，麋鹿與游，斯亦老朽無用者之所便也。」其辭若有大不得已，其本意從可知。故拜命僅期月，即託疾引去矣。遺山〈鴈丘詞〉、〈雙蕖怨詞〉，楊正卿（果）亦並有和作。明宏治壬子高麗刊本《遺山樂府》，為是書最舊善本，附治詞不附果詞。果，金末進士、縣令，入元官至參知政事。〔按：李治《元史》有傳，作李治，後人遂多沿其誤。元遺山為治父遹撰〈寄庵先生墓碑〉：子男三人，長澈、次治、次滋。遺山與仁卿同時唱和，斷不至誤書其名，自較史傳尤為可據。蘇天爵《元名臣事略》亦作治，不作治。金〈少中大夫程震碑〉，李治題額，曩余曾見拓本，皆可證史傳之誤者也。〕

三〇

劉將孫《養吾齋詩餘》，彊邨所刻詞（第一次印本），列入元人，余議改編《須溪詞》後，為之跋曰：「宋劉尚友《養吾齋詩餘》一卷，彊邨朱先生依《大典養吾齋集》本鍥行，凡二十一闋。檢元《鳳林書院草堂詩餘》，有劉尚友〈憶舊游・論字韻〉云：『政落花時節，顦顇東風，綠滿愁痕。悄客夢驚呼伴侶，斷鴻有約，回泊歸雲。江空共道惆悵，夜雨隔篷聞。儘世外縱橫，人間恩怨，細酌重論。　歎他鄉異縣，渺舊雨新知，歷落情真。恖恖【音同匆】那忍別，料當君思我，我亦思君。人生自非麋鹿，無計久同群。此去重消魂，黃昏細雨人閉門。』此闋《大典》本《養吾齋詩餘》未載。樊榭山民跋元《草堂詩餘》：『亡名氏選至元、大德間諸人所作，皆南宋遺民也。詞多悽惻傷感、不忘故國。而於卷首冠以劉藏春、許魯齋二家，厥有深意。』云云。抑余觀於劉、許之後，即以信國文公繼之，不啻為之揭櫫諸人何如人者。劉尚友詩餘有〈摸魚兒・己卯元夕〉、〈甲申客歸聞鵑〉各一闋。己卯，宋帝昺祥興二年，是年宋亡。甲申，元世祖至元二十一年，上距宋亡五年。尚友兩詞並情文慷慨，骨榦近蒼。「聞鵑」闋有「少日」、「曾聽」、「搖落狀心」之句，蓋雖須溪之子，而身丁國變，已屆中年（按：《須溪詞．摸魚兒．辛巳自壽年五十》句云：「渾未定恁兒子門生，前度登高弱。」兒子即尚友。辛巳前二年為己卯，即尚友作〈元夕詞〉之年，即宋亡之年。是年須溪四十八歲。須溪亦有〈聞杜鵑〉詞，調〈金縷曲〉，句云：「十八年間來往斷，白首人間今古。」自注：「予往來秀城十七八年。自己巳夏歸，又十六年矣。」己巳後十六年，恰是甲申，〈聞杜鵑〉詞當是與尚友同作。是年須溪五十三歲。須溪又有〈臨江仙．將孫生日賦〉云：「二十年前此日，女兒慶我生兒。」末云：「兒童看有子，白髮故應衰。」須溪賦是詞時，尚友逾弱冠，有子矣。「白髮故應衰」，猶是始衰者之言。蓋須溪得尚友早，父子年歲相差，為數二十強弱。據詞略可考見者如右）。抗志自高，得力庭訓。詩餘二十一闋，無隻字涉宦蹟。如〈踏莎行．閒游〉云：「血染紅牋【音同兼】，淚題錦句。西湖豈憶相思苦。只應幽夢解重來，夢中不識從何去。」〈八聲甘州．送春〉云：「春還是、多情多恨，便不教綠滿洛陽宮。只消得、無情風雨、斷送悤悤。」樊榭所謂悽惻傷感，不忘故國，旨在斯乎？彊邨所刻詞成，就余商定編目。余謂《養吾齋詩餘》，宜纚【音同洗】屬《須溪詞》後，不當下儕元人。因略抒己意為之跋，冀不拂昔賢之意云爾。」《養吾詩餘》撫時感事，淒豔在骨。當時名不甚顯，何耶？自昔名父之子，擅才藻者，往往恃父以傳，必其父官位高。若養吾則為父所掩者。

三一

元詹天游（玉）〈送童甕天兵後歸杭．齊天樂〉云：「相逢喚醒京華夢，吳塵暗斑吟髮。倚擔評花，認旗沽酒，歷歷行歌奇跡。吹香弄碧。有坡柳風情，逋梅月色。畫鼓紅船，滿湖春水斷橋客。當時何限俊侶，甚花天月地，人被雲隔。卻載蒼煙，更招白鷺，一醉修江又別。今回記得。更折柳穿魚，賞梅催雪。如此湖山，忍教人更說。」升菴《詞品》謂：「此伯顏破杭州之後，其詞絕無黍離之感，桑梓之悲，止以游樂為言。宋季士習一至於此。」升菴斯言，微特論世少疏，即論詞亦殊未允。當元世祖威稜震疊，文字之獄，在所不免，第載籍弗詳耳。《鳳林書院草堂詩餘》無名氏選至元大德間諸人所作，（天游詞錄九首）並皆南宋遺民詞。多悽惻傷感，不忘故國，而於卷首冠以劉藏春、許魯齋二家，以文丞相、鄧中齋、劉須溪三公繼之，若故為之畦町。當時顧忌甚深，是書於有所不敢之中，僅能存其微旨，度亦幾經審慎而後出之。天游詞歇拍云：「如此湖山，忍教人更說。」看似平淡，卻含有無限悲涼。以此二句結束全詞，可知弄碧吹香，無非傷心慘目，游樂云乎哉？曲終奏雅，吾謂天游猶為敢言。升庵高明通脫，其於昔賢言中之意，不耐沉思體會，遽爾肆口譏評，是亦文人相輕，充類至義之盡矣。天游它詞，如〈滿江紅．詠牡丹〉云：「何須怪、年華都謝，更為誰容。銜盡吳花成鹿苑，人間不恨雨知風。便一枝流落到人家，清淚紅。」〈一萼紅〉云：「閑著江湖儘寬，誰肯漁蓑。」忠憤至情，流溢行間句裏。〈三姝媚〉云：「如此江山，應悔卻、西湖歌舞。」則尤慨乎言之。升庵涉獵群籍，大都一目十行，或並天游〈齊天樂〉詞未嘗看到歇拍，它詞無論已。其言烏足為定評也。

三二

耶律文正〈鷓鴣天〉歇拍云：「不知何限人間夢，併觸沉思到酒邊。」高渾之至，淡而近於穆矣。庶幾合蘇之清、辛之健而一之。

三三

曩半塘老人跋《藏春樂府》云：「雄廓而不失之傖楚，醞藉而不流於側媚。」余嘗懸二語心目中以賞會《藏春詞》。如〈木蘭花慢〉云：「桃花為春顦顇，念劉郎、雙鬢也成秋。」〈望月・婆羅門引〉云：「望斷碧波煙渚，蘋蓼不勝秋。但冥冥天際，難識歸舟。」〈臨江仙〉云：「馬頭山色翠相連。不知山下客，何日是歸年。」〈南鄉子〉云：「暮雨夜深猶未住，芭蕉。殘葉蕭疏不奈敲。」前調云：「醉倒不知天早晚，雲收。花影侵窗月滿樓。」前調云：「行人更在青山外。不許朝朝不上樓。」〈鷓鴣天〉云：「斜陽影裏山偏好，獨倚闌干嬾下樓。」〈踏莎行〉云：「東風吹徹滿城花，無人曾見春來處。」右所摘皆警句，以言醞藉，近是，而雄廓不與焉。〈太常引〉云：「無地覓松筠。看青草紅芳鬥春。」藏春佐命新朝，運籌帷帳，致位樞衡，乃復作此等感慨語，何耶？〈江城子〉云：「看盡好花春睡穩，紅與紫，任他開。」則是功成名立後所宜有矣。

三四

趙晚山〈桂枝香・和詹天游就訪〉云：「顦顇江南，應念小窗貧女。朱樓十二春無際，倚蒼寒、清袖如故。茶香酒熟，月明風細，試教歌舞。」唐人有〈貧女吟〉，是此詞所本，不止少陵「天寒翠袖」也。託旨婉約，所謂「妝罷低聲問夫壻，畫眉深淺入時無」，臨淄《求自試表》、昌黎《上宰相書》，古今同慨。

三五

趙晚山〈曲游春〉云：「抖擻人間，除離情別恨，乾坤餘幾。」苦語，亦豪語。

三六

張蛻岩〈最高樓・為山邨仇先生壽〉後段云：「喜女嫁男婚今已畢，便束帛安車那肯出。無一事，挂閒身。西湖鷗鷺長為侶，北山猿鶴莫移文。願年年、湯餅會，樂情親。」山邨仕元，非其本意，乃部使者強迫之。即碧山亦當如是。

三七

《秋澗樂府・鷓鴣天・贈馭說高秀英》云：「短短羅袿淡淡妝，拂開紅袖便當場。掩翻歌扇珠成串，吹落談霏玉有香。由漢魏，到隋唐。誰教若輩管興亡。百年總是逢場戲，拍板門鎚未易當。」「馭說」即說書，此詞清渾超逸，近兩宋風格。

三八

宋昭容王清惠北行，題壁〈滿江紅〉云：「願嫦娥、相顧肯從容，隨圓缺。」文丞相讀至此句，歎曰：「惜哉！夫人於此少商量矣。」趙文敏〈木蘭花慢・和李篔房韻〉云：「但願朱顏長在，任它花落花開。」言為心聲，是亦「隨圓缺」之說矣。《麓堂詩話》載其谿上詩句「錦纜牙檣非昨夢，鳳笙龍管是誰家」，則何感愴乃爾。所謂非無萌蘖之生焉。

三九

余徧閱元人詞，最服膺劉文靖，以謂元之蘇文忠可也。文忠詞以才情博大勝。文靖以性情樸厚勝。其〈菩薩蠻．王利夫壽〉云：「吾鄉先友今誰健？西鄰王老時相見。每見憶先公（「憶」一本作「說」，細審之，似不如「憶」字，與下句尤貫合），音容在眼中。　今朝故人子，為壽無多事。惟願歲常豐，年年社酒同。」此余尤為心折者也。自餘如前調〈飲山亭感舊〉云：「種花人去花應道，花枝正好人先老。一笑問花枝，花枝得幾時？　人生行樂耳，今古都如此。急欲臥莓苔，前邨酒未來。」〈清平樂〉云：「青天仰面，臥看浮雲卷。蒼狗白衣千萬變。都被幽人窺見。偶然夢見華胥，覺來花影扶疏。窗下魯論誰誦？呼來共詠舞雩。」前調〈飲山亭留宿〉云：「山翁醉也，欲返黃茅舍。醉裏忽聞留我者，說道群花未謝。　脫巾就臥松龕，覺來詩思方酣。欲藉白雲為墨，淋漓灑徧晴嵐。」前調〈賀雨〉云：「雨靖簫鼓，四野歡聲舉。平昔飲山今飲雨。來就老農歌舞。　半生負郭無田，寸心萬國豐年。誰識山翁樂處，野花啼鳥欣然。」前調〈圍棋〉云：「棋聲清美，盤礴青松底。門外行人遙指示，好箇爛柯仙子。　輸贏都付欣然，興闌依舊高眠。山鳥山花相語，翁心不在棋邊。」〈人月圓〉云：「自從謝病修花史，天意不容閒。今年新授，平章（**原誤作『意』**）風月，檢校雲山。　門前報導，麴**【音同渠】**生來謁，子墨相看。先生正爾，天張翠蓋，山擁雲鬟。」前調云：「茫茫大塊洪爐裏，何物不寒灰。古今多少，荒煙廢壘，老樹遺臺。　太山如礪，黃河如帶，等是塵埃。不須更歎，花開花落，春去春來。」〈西江月．山亭留飲〉云：「看竹何須問主，尋邨遙認松蘿。小車到處是行窩，門外雲山屬我。　張叟臕**【音同革】**醅藏久，王家紅藥開多。相留一醉意如何？老子掀髯曰可。」〈玉樓春〉云：「西山不似龐公傲，城府有樓山便到。欲將華髮染晴嵐，千里青青濃可掃。　人言華髮因愁早，勸我消愁唯酒好。夜來一飲盡千鍾，今日醒來依舊老。」〈南鄉子・張彥通壽〉云：「窗下絡車聲，窗畔兒童課六經。自種牆東新菜莢，青青。隨分盃盤老幼情。　千古董生行，雞犬昇平畫不成，應笑東家劉季子，無能。縱飲狂歌不治生。」〈鵲橋仙〉云：「悠悠萬古，茫茫天宇。自笑平生豪舉。元龍儘意臥牀高，渾占得、乾坤幾許。　公家租賦，私家雞黍。學種東皋煙雨。有時抱膝看青山，卻不是、高吟梁父。」〈玉漏遲・汎舟東溪〉云：「故園平似掌。人生何必，武陵溪上。三尺蓑衣，遮斷紅塵千丈。不學東山高臥，也不似、鹿門長往。君試望，遠山顰處，白雲無恙。　自唱。一曲漁歌，當無復當年，缺壺悲壯。老境羲皇，換盡平生豪爽。天設四時佳興，要留待、幽人清賞。花又放，滿意一篙【音同高】春浪。」〈念奴嬌・憶仲良〉云：「中原形勢東南壯，夢裏譙城秋色。萬水千山收拾就，一片空梁落月。烟雨松楸，風塵淚眼，滴盡青青血。平生不信，人間更有離別。　舊約把臂燕然，乘槎【音同查】天上，曾對河山說。前日後期今日近，悵望轉添愁絕。雙闕紅雲，三江白浪，應負肝腸鐵。舊游新恨，一生都付長鋏【音同夾】。」如右各闋，寓騷雅於沖夷，足穠鬱於平淡，讀之如飲醇醪【音同勞】，如鑒古錦。涵詠而翫索之，於性靈懷抱，胥有裨益。備錄之，不覺其贅也。王半塘云：「《樵庵詞》樸厚深醇中有真趣洋溢，是性情語，無道學氣。」

四〇

《天籟詞・永遇樂・同李景安游西湖》云：「青衫儘付，蒙蒙雨溼，更著小蠻針綫。」用坡公〈青玉案〉句「春衫猶是，小蠻針綫，曾溼西湖雨」。而太素語特傷心。其言外之意，雖形骸可土木，何有於小蠻針綫之青衫。以坡公之「瓊樓玉宇，高處不勝寒」比之，猶死別之與生離也。

四一

彭巽吾〈漢宮春・元夕〉云：「夜來風雨，搖得楊柳黃深。」此等句便是元詞，去南渡諸賢遠矣。

四二

羅壺秋〈木蘭花慢・禁釀〉云：「漢家糜粟詔，將不醉、飽生靈。」語極莊，卻極謔。〈菩薩蠻慢〉云：「悵別後、屏掩吳山，便樓燕月寒，鬢蟬雲委。錦字無憑，付銀燭、盡燒千紙。」十二分決絕，卻十二分纏緜，詞人之筆，如是如是。

四三

〈六公令〉調情娟倩，如髫【音同條】年碧玉，凝睇含顰，讀之令人悵惘。李梅溪〈京中清明〉云：「淡煙疏雨，香徑渺嗁鳩。新晴畫簾閒卷，燕外寒猶力。依約天涯芳草，染得春風碧。人間陳迹，斜陽千古，幾縷游絲趁飛蜨【音同蝶】。　誰向尊前起舞、又覺春如客。翠袖折取嫣紅，笑與簪華髮。回首青山一點，檐外寒雲疊。梨花淡白，柳花飛絮，夢繞闌干一株雪。」此詞語淡態濃，筆留神往。初春早花，方其韶令，庶幾不負此調。

四四

「舊話不堪長」，趙青山〈望海潮〉句。叶「長」字雋。儻易為「詳」，則尋常，無韻致矣。可悟用字之法。

四五

劉起潛〈菩薩蠻．和詹天遊〉云：「故園青草依然綠，故宮廢址空喬木。狐兔穴巖城。悠悠萬感生。　胡笳吹漢月，北語南人說。紅紫鬧東風，湖山一夢中。」僅四十許字，而麥秀黍離之感，流溢行間。所謂滿心而發，頗似包舉一長調於小令中。與天游〈齊天樂．贈童甕天兵後歸杭〉闋，各極慨慷低徊之致。

四六

陸子方《牆東詩餘．點絳脣．情景》四首，其一云：「玉體纖柔，照人滴滴嬌波溜。填詞未就，遲卻窗前繡。」情景之佳，殆無逾此。《牆東類稿．妾陳氏墓志銘》略云：「妾陳氏，暨陽悟空鎮人。生而秀慧，里之豪彊委禽焉。父靳不與，曰：吾女當擇才人事之。父與余外氏同里閈【音同漢】，往來識余，遂與歸焉。余閑居八年，素不事生業，左右散去略盡，陳獨侍余無倦色。性警悟，頗涉文學。壬午春歸甯，父欲奪其志，輒誓不許。曰：吾死陸氏矣。趨之而歸。感微疾，臥經旬，容止不類病人。索《坡集》閱之，一夕而卒。年二十有七。」子方〈點絳脣〉詞，疑即為陳氏作。陳涉文學，故能填詞。子方詞其二云：「齊眉相守，願得從今後。」其四云：「白頭相守，破鏡重圓後。」略與歸甯趨歸情事相合。

四七

姚牧庵文章郢匠，餘事填詞。〈菩薩蠻・中秋夜雨〉云：「素娥會把詩人調，衰顏不值圓蟾照。」此題作者夥矣，「衰顏」句未經人道。〈浪淘沙・余年七十洪山僧相過言別公十餘年面頰益紅潤賦此曉之〉云：「桃花初也笑春風。及到離披將謝日，顏色逾紅。」桃花將謝更紅，經此詞道破，思之信然。體物工細乃爾。

四八

顏吟竹，南渡遺老，與須溪翁唱酬，蓋氣類之感也。〈菩薩蠻〉云：「江南古佳麗，只綰【音同婉】年時髻。信手綰將成，從吾嬾學人。」此老倔彊，乃不肯作時世妝者。〈浣溪沙〉云：「天上人間花事苦，鏡中翠壓四山低。又成春過據鶯嗁。」「據」字未經它人如此用過。

四九

劉鼎玉〈少年游・詠棋〉句「意重子聲遲」，五字凝鍊，如聞子著楸【音同秋】枰【音同平】聲。〈蝶戀花・送春〉云：「只道送春無送處，山花落得紅成路。」則尤信手拈來，自成妙諦。以鬆秀二字評之，宜。

五〇

《鳳林書院名儒草堂詩餘》雖錄於元代，猶是南宋遺民，寄託遙深，音節激楚。厲太鴻比諸清湘瑤瑟。秦惇夫所云：「標放言之致則愴怏而難懷，寄獨往之思又鬱伊而易感也。」段宏章〈洞仙歌．詠荼蘼〉云：「一庭晴雪，了東風孤注。睡起濃香占窗戶。對翠蛟盤雨，白鳳迎風，知誰見，愁與飛紅流處。想飛瓊弄玉，共駕蒼煙，欲向人間挽春住。清淚滿檀心，如此江山，都付與、斜陽杜宇。是曾約梅花帶春來，又自趁梨花，送春歸去。」起調以前人「開到荼蘼花事了」詩意為故國銅駝之感。「睡起」句言南宋湖山歌舞，皆在睡夢中，即南唐史（原誤作「宋」）虛白所謂「風雨揭卻屋，渾家醉未知」也。「翠蛟白鳳」，是留夢炎一輩。「飛瓊弄玉」，是信國文公及其以次諸賢。「清淚滿擅心」，新亭之淚也。歇拍云云，不揮返日之戈，翻落下井之石，為新朝而推刃故國者，方自詡為識時豪傑。哀莫大於心死，讀先生此詞，猶有天良觸發否乎？詞能為悱惻，而不能為激昂。蓋當是時，南宋無復中興之望。餘生薇葛，歌嘯都非。我安適歸，忍與終古。安得「瓊樓玉宇」，無恙高寒，又安得尺寸乾淨土，著我鐵撥銅琶，唱「大江東去」耶？

五一

作慢詞起處，必須籠罩全闋。近人輒作景語徐引，乃至意淺筆弱，非法甚矣。元曾允元為《草堂詩餘》之殿。其〈水龍吟．春夢〉起調云：「日高深院無人，楊花撲帳春雲煖。」從題前攝起題神。已下逐層意境，自能迤邐入勝。其過拍云：「儘雲山煙水，柔情一縷，又暗逐、金鞍遠。」尤極遠離惝恍，非霧非花之妙。

五二

曾鷗江〈點絳脣〉後段云：「來是春初，去是春將老。長亭道，一般芳草，只有歸時好。」看似毫不喫力，政恐南北宋名家未易道得。所謂自然從追琢中出也。

五三

李齊賢字仲思，遼時高麗國人，有《益齋長短句》。〈鷓鴣天〉云：「飲中妙訣人如問，會得吹笙便可工。」宋諺謂「吹笙」為「竊嘗」。《蘆川詞・浣溪沙序》云：「范才元自釀，色香玉如，直與綠萼梅同調，宛然京洛風味也。因名曰萼綠春，且作一首。諺以『竊嘗』為『吹笙』云。」詞後段「竹葉傳杯驚老眼，松醪題賦倒綸巾。須防銀字暖朱脣。」「竊嘗」，嘗酒也，故末句云云。仲思居中國久，詞用當時諺語，略與張仲宗意同，資諧笑云爾。《織餘瑣述》云：「樂器竹製者唯笙，用吸氣吸之，恆輕，故以喻『竊嘗』。」

五四

《益齋詞・太常引・暮行》云：「燈火小於螢。人不見、苔扉半扃。」〈人月圓・馬嵬效吳彥高〉云：「小顰中有，漁陽胡馬，驚破霓裳。」〈菩薩蠻・舟次青神〉云：「夜深篷底宿，暗浪鳴琴筑。」〈巫山一段雲・山市晴嵐〉云：「隔溪何處鷓鴣鳴，雲日翳還明。」前調〈黃橋晚照〉云：「夕陽行路卻回頭，紅樹五陵秋。」此等句，置之兩宋名家詞中，亦庶幾無愧色。

五五

《益齋詞》寫景極工。〈巫山一段雲・遠浦歸帆〉云：「雲帆片片趁風開，遠映碧山來。」一筆姿靈活，得帆隨湘轉之妙。〈北山煙雨〉云：「巘樹濃凝翠，溪花亂泛紅。斷虹殘照有無中。一鳥沒長空。」「濃凝」、「亂泛」，疊韻對雙聲，與史邦卿「因風飛絮，照花斜陽」句同，益齋乃無心巧合耳。

五六

劉雲閑〈虞美人・春殘念遠〉云：「子規解勸春歸去，春亦無心住。」下句淡而鬆，卻未易道得。並上句「解勸」「解」字，亦為之有精神。竊謂詞學自宋迄元，乃至雲閑等輩，清研婉潤，未墜方雅之遺。亦猶書法自六朝迄唐，至褚登善、徐季海輩，餘韻猶存，風格毋容稍降矣。設令元賢繼起者，不為詞變為曲風會所轉移，俾肆力於倚聲，以語南渡名家，何遽多讓。雲閑輩所詣止此，豈曰其才限之耶。

五七

周梅心〈鷓鴣天・為禁酒作〉云：「曾唱陽關送客時，臨歧借酒話分離。如何酒被多情苦，卻唱陽關去別伊。」句中有韻，能使無情有情，且若有甚深之情。是深於情、工於言情者，由意境醞釀得來，非小慧為詞之比。

五八

王山樵〈阮郎歸〉云：「別時言語總傷心。何曾一字真。」前人或摘為警句。余嫌其說得太盡，且「心」、「真」非韻。

五九

蕭漢傑〈菩薩蠻・春雨〉云：「今夜欠添衣，那人知不知？」國朝郭麐【音同林】〈浪淘沙〉云：「裌【音同夾】衣剛換又增緜。只是別來珍重意，不為春寒。」何嘗不婉麗可喜。古今人不相及，當於此等句參之。

六〇

蕭吟所〈浪淘沙・中秋雨〉云：「貧得今年無月看，留滯江城。」「貧」字入詞夥矣，未有更新於此者。無月非貧者所獨，即亦何加於貧。所謂愈無理愈佳。詞中固有此一境。唯此等句以肆口而成為佳。若有意為之，則纖矣。〈菩薩蠻・春雨〉云：「煙雨溼闌干，杏花鷩蟄寒。」「鷩蟄」入詞，僅見，而句乃特韻。

六一

彭會心〈念奴嬌・秋日牡丹〉云：「鶯燕無情庭院悄，愁滿闌干苔積。宮錦尊前，霓裳月下，夢亦無消息。」詞旨悽絕。仿佛貞元朝士，白髮重來，上陽宮人，青燈擁髻。

六二

彭會心〈拜星月慢．祠壁宮姬控絃可念〉末段云：「多生不得丹青意，重來又、花鎖長門閉。到夜永、笙鶴歸時，月明天似水。」去路縹緲中仍收束完密，神不外散，是為斲【音同卓】輪手。世之以空泛寫景語為「江上峰青」者，直未喻箇中甘苦也。

六三

虞道園〈風入松．寄柯敬仲〉「畫堂紅袖倚清酣」闋歇拍「報道先生歸也，杏花春雨江南」云云。此詞當時傳唱甚盛。宋于國寶「一春長費賞（按：『賞』應作『買』）花錢」闋，體格於虞詞為近，鮮翠流麗而已，亦復膾炙人口。此文字所以貴入時也。道園別有此調〈為莆田壽〉云：「頻年清夜肯相過，春碧捲紅羸【音同羅】。畫檐幾度徘徊月，梁園迥、無復鳴珂。門外雪深三尺，窗中翠淺雙蛾。　舊家丹荔錦交柯。新玉紫峰駝。長安日近天涯遠，行雲夢、不到江波。欲度新詞為壽，先生待教誰歌？」此詞意境較沉淡，便不如前詞悅人口耳，奈何！

六四

宋顯夫〈賀新涼．除復聽雨軒〉云：「暗度松筠時淅瀝，恍吳娃、昵枕傳私語。」昔賢聽雨詞夥矣，此意未經道過。〈菩薩蠻．丹陽道中〉云：「何處最多情，練湖秋水明。」視楊升庵「塘水初澄似玉容」句，微妙略同，而超逸過之。非慧心絕世，曷克領會到此。〈虞美人．雨中觀梅〉云「玉人誰使似冰肌。酒罷歌闌，一晌又相思」句，亦清麗絕倫。

六五

韓致堯詩「樹頭蜂抱花鬚落，池面魚吹柳絮行」，邵復孺詞「魚吹翠浪柳花行」，由韓詩脫化耶？抑與韓闇合耶？劉桂隱〈滿庭芳・賦萍〉云：「乳鴛行破，一瞬淪漪。」非胸次無一點塵，此景未易會得。靜深中生明妙矣。邵句小而不纖，最有生氣，卻稍不逮。桂隱近於精詣入神。

六六

許文忠（有壬）《圭塘樂府》，元詞中上駟也。〈沁園春〉云：「看平湖秋碧，淨隨天去。亂峰煙翠，飛入窗來。」又云：「且清尊素瑟，半庭花影。芒鞋竹杖，十里松陰。」又云：「愛朔雲邊雪，一聲寒角。平沙細草，幾點飛鴻。」以景勝也。〈木蘭花慢〉云：「扁舟采菱歌斷，但一泓寒碧畫橋平。」〈水龍吟・過黃河〉云：「鼓枻【音同曳】茫茫萬里，棹【音同召】歌聲、響凝空碧。」〈滿江紅〉云：「木落霜清，水底見、金陵城郭。」〈石州慢〉云：「畫出斷腸時，滿斜陽煙樹。」以境勝也。〈水龍吟・題賈氏白雲樓〉云：「本是無心，甯知下土，有人延佇。」〈鵲橋仙〉云：「長安多少曉雞聲，管不到、江南春睡。」〈南鄉子〉云：「回首林慮千萬丈，嶙峋，不效修蛾一點顰。」〈滿江紅・次李沁州韻〉云：「有一官更比在家時，添幽寂。」〈賀新郎・南城懷古〉云：「野水芙蓉香寂寞，猶似當年怨女。」〈浣溪沙〉云：「閒人庭院甚宜苔。」〈沁園春〉云：「神仙遠，有桃花流水，便到天台。」以意勝也。〈水調歌頭・即席贈高辛甫〉云：「浩蕩雲山煙水，寥落晨星霜木，如子已無多。」以度勝也。

六七

《蛻巖詞・摸魚兒・王季境湖亭蓮花中雙頭一枝邀予同賞而為人折去季境悵然請賦》云：「吳娃小艇應偷采，一道綠萍猶碎。」〈掃花游・落紅〉云：「一簾晝永。綠陰陰尚有、絳趺【音同夫】痕凝。」並是真實情景，寓於忘言之頃、至靜之中。非胸中無一點塵，未易領會得到。蛻翁筆能達出。新而不纖，雖淺語，卻有深致。倚聲家於小處規橅古人，此等句即金鍼之度矣。

六八

袁靜春〈燭影搖紅〉云：「鳳釵頻誤踏青期，寂寞牆陰冷。」下句略不刷色，卻境靜而有韻。〈臺城路〉云：「但詩惱東陽，病添中散。」清姒喜其屬對穩稱。

六九

張埜【音同野】夫《古山樂府・清平樂・春寒》云：「韶光已近春分，小桃猶揞【音同硍】霜痕。」「揞」猶言不放也。與「餘寒猶勒一分花」之「勒」略同。「揞」字入詞僅見。

七〇

古山〈滿江紅〉云：「七椀【音同宛】波濤翻白雪，一枰冰雹消長日。」〈水龍吟〉云：「茶甌雪捲，紋楸雹響，醉魂初醒。」以冰雹形容棋聲之清脆，頗得其似。曩余有句云：「雪聲清似美人琴。」蓋《爾雅》所云霄雪也。

七一

壽詞難得佳句，尤易入俗。古山〈太常引・壽高丞相自上都分省回〉云：「報國與憂時。怎瞞得、星星鬢絲。」〈水龍吟・為何相壽〉云：「要年年霖雨，變為醇酎，共蒼生醉。」此等句渾雅而近樸厚，雖壽詞亦可存。

七二

倪雲林〈太常引・壽彝齋〉云：「柳陰濯足水侵磯。香度野薔薇，芳草綠萋萋。問何事、王孫未歸。　一壺濁酒，一聲清唱，簾幙燕雙飛。風暖試輕衣。介眉壽、遙瞻翠微。」壽詞如此著筆，脫然畦【音同齊】封，方雅超逸，「壽」字只於結處一點，可以為法。

七三

顧仲瑛〈青玉案〉過拍云：「晴日朝來升屋角。樹頭幽鳥、對調新語，語罷雙飛卻。」眼前景物，涉筆成趣，猶在宋人範圍之中。歇拍「可恨在狂風空自惡。曉來一陣，晚來一陣，難道都吹落」云云，即墮元詞藩籬。再稍纖弱，即成曲矣。元明人詞亦復不無可采，視抉擇何如耳。

七四

蕭東父〈齊天樂〉云：「軟玉分裯【音同愁】，膩雲侵枕，猶憶噴蘭低語。」穠豔極矣，卻不墮惡趣。下云：「如今最苦。甚怕見燈昏，夢游間阻。」極合疏密相間之法。

七五

《清真詞》「最苦夢魂，今宵不到伊行」、「天便教人，霎時相見何妨」等句，愈質愈厚。趙待制〈燭影搖紅〉云：「莫恨藍橋路遠。有心時、終須再見。」略得其似。待制詞以婉麗勝，似此句不能有二也。

七六

趙待制〈蝶戀花〉云：「別久嗁多音信少。應是嬌波，不似當年好。」〈人月圓〉云：「別時猶記，眸盈秋水，淚溼春羅。」並從秦淮海「也應似舊，盈盈秋水，淡淡春山」句也，可謂善於變化。〔按：索引秦句乃阮閱詞〕

七七

元舒道原（頔），官台州學正，所著《貞素齋詞》。〈小重山．端午〉云：「碧艾香蒲處處忙。論誰家兒共女、慶端陽。細纏五色臂絲長。空惆悵，誰復弔沅湘。　往事莫論量。千年忠義氣，日星光。〈離騷〉讀罷總堪傷。無人解，樹轉午陰涼。」又有詩云：「湖海半生客，乾坤一布衣。義哉周伯叔，飽食首陽薇。」其寄託如此。其弟士謙（遜）著《可庵詩餘》。〈木蘭花慢．壽貞素兄〉云：「回頭十年如夢，看園花、灼灼幾春妍。爭似蒼蒼松柏，歲寒同保貞堅。」二舒蓋元室遺臣抗節不仕者。伏讀《四庫書目》舒頔《貞素齋集》八卷，提要：「《貞素齋集》八卷，元舒頔撰。頔字道原，績溪人。至元丁丑，江東憲使辟為貴池教諭。秩滿調丹徒。至正庚寅，轉台州路學正。以道梗不赴，歸隱山中。明興，屢召不出。名所居曰貞素齋，著自守之志也。所著有《古淡稿》、《華陽集》，今皆不傳。此本乃嘉靖中其曾孫旭、玄孫孔昭等所輯，績溪知縣遂甯趙春所刊。其文章頗有法律，詩則縱橫排宕，不尚纖巧織組之習。七言古體，尤為擅場。卷首有頔自序及自作小傳，均以陶潛自比，而其文乃多公頌明功德。蓋元綱失馭，海水群飛，有德者興，人歸天與，原無所容其怨尤。特遺老孤臣，義存故主，自抱其區區之志耳。頔不忘舊國之恩，為出處之正。不掩新朝之美，亦是非之公，固未可與《劇秦美新》一例而論也。」云云。竊謂《提要》之作，時代距國初未遠。以獎許舒頔之言為嚮化輸誠者勸。其實如頔其人，對於新朝歌功誦德，殊可不必。亦如元遺山入元初，其心何嘗不可大白於天下。唯是寄書耶律，薦舉人材，亦復蛇足。凡此誠不足為盛德累，竊意不如並此而無之。萬尤一後人援以自解，乃至變本加厲，詎非二公之遺憾哉？

七八

《龜巢老人詞・賀聖朝・和馬公振留別》云：「如今相見，衰顏醉酒，似經霜紅樹。」衰老亂離之感，言之蘊藉乃爾，令人消魂欲絕。

七九

邱長春《磻溪詞》，十九作道家語，亦有精警清切之句。〈無俗念・枰棋〉云：「初似海上江邊，三三五五，亂鶴群鴉出。打節衝關成陣勢，錯雜蛟龍蟠屈。」前調〈月〉云：「露結霜凝，金華玉潤，淡蕩何飄逸。」其形容棋勢，如見開奩【音同連】落子時。淡蕩飄逸，尤能寫出月之神韻。向來賦此二題者，殆未曾有。

蕙風詞話　卷四

一

意內言外，詞家之恆言也。《韻會舉要》引《說文》作「音內言外」，當是所見宋本如是。以訓詩詞之詞，於誼殊優。凡物在內者恆先，在外者恆後。詞必先有調，而後以詞填之。調即音也。亦有自度腔者，先隨意為長短句，後勰【音同協】以律。然律不外正宮、側商等名，則亦先有而在內者也。凡人聞歌詞，接於耳，即知其言。至其調或宮或商，則必審辨而始知。是其在內之徵也。唯其在內而難知，故古云知音者希也。

二

唐人詞三首，永觀堂為余書扇頭。〈望江南〉云：「天上月，遙望似一團銀。夜久更闌風漸緊，以（原注：為）奴吹散月邊雲。照見附（原注：負）心人。」前調云：「五梁臺上月，一片玉無暇（原注：瑕）。以里（原注：迤邐）看歸西□去，橫雲出來不敢遮。靉【音同愛】靆【音同待】繞天涯。」〈菩薩蠻〉云：「自從宇宙光戈戟，狼煙處處獯天黑。早晚豎【音同樹】金鷄。休磨戰馬蹄。淼淼三江小（原注：水），半是□（原注：不易辨，似儒字）生類（原注：淚）。老尚逐今財，問龍門何日開？」并識云：詞三闋，書於唐本《春秋後語》紙背，今藏上虞羅氏。《樂府雜錄》云：「〈望江南〉始自朱崖李太尉鎮浙西日，為亡伎謝秋娘所撰。」《杜陽雜編》亦云：〈菩薩蠻〉乃宣宗大中初所製。明胡元瑞《筆叢》據之，斥《太白集》中〈菩薩蠻〉四詞為偽作。然崔令欽《教坊記》末所載教坊曲名三百六十五中，已有此二調。崔令欽見《唐書・宰相世系表》，乃隋恆農太守宣度之五世孫，是其人當在睿、元二宗之世。其書紀事訖於開元，亦足略推其時代。據此，則〈望江南〉、〈菩薩蠻〉皆開元教坊舊曲。此詞寫於咸通間，距李贊皇鎮浙西時二十餘年，距大中末不過數年，而敦煌邊地已行此二調，益知段安節與蘇鶚之說，非實錄也。蕙風詞隱曰：胡元瑞斥太白〈菩薩蠻〉四詞為偽作，姑勿與辨。試問此偽詞孰能作，孰敢作者。未必兩宋名家克辨。元瑞好駁【音同駁】升庵，此等冒昧之談，乃與升庵如驂之靳，何耶？

三

《全芳備祖》顧卞〈詠虞美人草〉，調〈虞美人〉云：「帳前草草軍情變，月下旌旗亂。褫【音同尺】衣推枕惜離情，遠風吹下楚歌聲。月三更。　撫鞍欲上重相顧，豔態花無主。手中蓮萼凜秋霜，九泉歸路是仙鄉。恨茫茫。」此詞見《碧雞漫志》（字句小異），不具作者姓名。《花草粹編》署無名氏。苟無肥遯箸錄，則顧卞姓名失傳矣。卞唐人抑北宋人，俟攷。

四

《逸老堂詩話》：《花間集》詞：「一方卵色楚南天。」注：「以卵為泖【音同卯】，非也。」《花間集》注，未之前聞。俞子客所引，作者誰氏不可攷。

五

中國櫻花不繁而實。日本櫻花繁而不實。薛昭蘊詞〈離別難〉云：「搖袖立，春風急，櫻花楊柳兩凄凄。」此中國櫻花也。入詞殆自此始。此花以不繁，故益見娟倩。日本櫻花唯綠者最佳。其紅者或繁密至八重，清氣反為所揜【音同掩】。唯是氣象華貴，宜彼都花王奉之。

六

《聞見近錄》：「金城夫人得幸太祖，頗恃寵。一日，宴射後苑，上酌巨觥【音同光】以勸太宗。太宗顧庭下曰：金城夫人親折此花來，乃飲。上遂命之。太宗引射殺之。」《鐵圍山叢談》亦載此事，譌金城作花蕊，遂蒙不白之冤矣。余嘗謂花蕊才調冠時，非尋常不櫛者流，必無降志辱身之事。被虜北行，製〈采桑子〉詞，題葭萌驛壁云：「初離蜀道心將碎，離恨緜緜。春日如年，馬上時時聞杜鵑。」甫就前段，而為軍騎促行。後有無賴子足成之云：「三千宮女蓮（按：「蓮」應作「皆」）花貌，妾最嬋娟。此去朝天，只恐君王恩愛偏。」《太平清話》謂花蕊至宋，尚有「十四萬人齊解甲，更無一箇是男兒」之句，豈有隨昶行而書此敗節之語。此詞後段決非花蕊手筆，稍涉倚聲者能辨之。按《郡齋讀書志》云：「花蕊夫人俘輸織室，以罪賜死。」烏得有宋宮寵幸事。鄉於《近錄》、《叢談》所記互異，未定孰是孰非。及證以晁氏之說，始知誤在《叢談》。而〈采桑子〉後段之誣，尤不辨自明，而花蕊之冤雪矣。晉王射殺花蕊夫人事，李日華《紫桃軒又綴》謂是閩人之女，南唐李煜選入宮。煜降，宋祖嬖【音同必】之云云。此又一說。據此則亦必非作宮詞之花蕊夫人也。

七

《陽春白雪》：劉吉甫（頡）〈滿庭芳〉云：「鶯老梅黃，水寒煙淡，斷香誰與添溫。寶釭初上，花影伴芳尊。細細輕簾半捲，憑闌對、山色黃昏。人千里，小樓幽草，何處夢王孫。　十年，羈旅興，舟前水驛，馬上煙郵。記小亭香墨，題恨猶存。幾夜江湖舊夢，空淒怨、多少銷魂。歸鴉被、角聲驚起，微雨暗重門。」趙立之云：「此詞宛有淮海風味，惜不名世。」陶氏《詞綜補遺・劉頡一家》，即據《陽春白雪》采錄。小傳云：「字吉甫。《宋詩紀事》：吉甫入元祐黨籍。」陶又案：「《臨漢隱居詩話》載楊文公《談苑》言：本朝武人多能詩。劉吉甫云：『一箭不中鵠，五湖歸釣魚。』大年稱其豪。據此，則吉甫曾官武職。」云云。是合作〈滿庭芳〉詞之劉頡、入元祐黨籍之劉吉甫、官武職而能詩之劉吉甫為一人矣。攷《元佑黨籍碑》：餘官一百七十七人，劉吉甫次九十三。武臣二十五人，無劉吉甫名。《元祐黨人傳》：劉吉甫，元符中累官承務郎致仕。坐元符末應詔上書，言多詆譏，降官，責遠小處監當。崇寧三年入黨籍邪上第八人（**原注：據《宋史紀事本末》**）。夫入黨籍之劉吉甫，既碻然非武職矣。其官承務郎，乃在元符中。攷《宋史・楊億傳》，億卒於天禧四年，下距元符元年，凡七十八年。彼楊文公者安得預見劉吉甫之詩而稱之乎？可知官武職而能詩之劉吉甫，必非入元祐黨籍之劉吉甫矣。而此二人者，又皆非作〈滿庭芳〉詞之劉吉甫。何也？彼固名頡字吉甫，非名吉甫也。《元祐黨籍碑》斷無書字不書名之例。《楊文公談苑》本朝武人多能詩句下劉吉甫云句上，有若曹翰句「曾經國難穿金甲，不為家貧賣寶刀」云云。陶案語略而弗具耳。楊於曹既稱名，詎於劉獨稱字。彼二人皆名吉甫，於名頡者奚與焉？陳藏一《話腴》云：「郴**【音同琛】**之桂陽縣東，有廟曰九江王，所祀之思，乃英布、吳芮、共敖也。紹興間，劉頡為守。乃謂九江王項羽所偽封。芮、敖追義帝，而布殺之。放弒之賊，豈容廟食，遂毀之。」此為郴州守之劉頡，其即作〈滿庭芳〉之劉頡乎？仍未敢據以實小傳也。細審〈滿庭芳〉詞，風格亦於南宋為近。

八

毛子晉跋《初寮詞》云：「履道由東觀入掖垣，由烏府至鼇禁，皆天下第一。或謂其受知於蔡元長，密薦於上，故恩遇如此。」又云：「或云：初為東坡門下士，其後附蔡叛蘇。」又《幼老春秋》云：「王安中以文章有時名，交結蔡攸。攸引入禁中，賜讌，作〈雙飛玉燕〉詩。」今就二說攷證之。毛跋一曰或謂，再曰或云，殆傳疑之詞，未可深信。賜讌賦詩，事誠有之，詎必蔡攸引入耶。《宋史》安中本傳：「有徐禋【音同陰】者，以增廣鼓鑄之說媚於蔡京。京奏遣禋措置東南九路銅事，且令搜訪寶貨。禋圖繪阬【音同坑】冶，增舊幾十倍，且請開洪州嚴陽山阬，迫有司承歲額數千兩。其所烹鍊，實得銖兩而已。禋術窮，乃妄請得希世珍異與古之寶器，乞歸書藝局。京主其言。安中獨論禋欺上擾下，宜令九路監司覆之。禋竟得罪。時上方鄉神仙之事，蔡京引方士王仔昔以妖術見，朝臣戚里，夤緣關通。安中疏請自今招延山林道術之事，當責所屬保任，宣召出入，必令察視其所經由，仍申嚴臣庶往還之禁。並言京欺君僭上蠹國害民數事。上悚然納之。已而再疏京罪。上曰：本欲即行卿章，以近天寧節，俟過此，當為卿罷京。京伺知之，大懼。其子攸日夕侍禁中，泣拜懇祈。上為遷安中翰林學士，又遷承旨。」云云。安中對於蔡京，屢持異議，再疏劾京，乃至京懼攸泣，而謂附京結攸者顧如是乎？二家之說，何與史傳迴異如是？

九

葉少蘊《避暑錄話》言：「崇寧初，大樂無徵調。蔡京徇議者請，欲補其闕。教坊大使丁仙現云：音已久亡，不宜妄作。京不聽，遂使他工為之。踰旬得數曲，即〈黃河清〉之類。京喜極，召眾工試按，使仙現在旁聽之。樂闋，問何如？仙現曰：曲甚好，只是落韻。蓋末音寄煞他調，俗所謂落腔是也。」按《宋史．樂志》：「政和初，命大晟府政用大晟律，其聲下唐樂已兩律。然劉昺止用所謂中聲八寸七分琯為之，又作匏【音同袍】、笙、塤【音同薰】、篪【音同遲】，皆入夷部。至於〈征招〉、〈角招〉，終不得其本均，大率皆假之以見徵音。然其曲譜頗和美，故一時盛行於天下。然教坊樂工，嫉之如讎【音同仇）。其後蔡攸復與教坊用事樂工，附會又上唐譜徵、角二聲，遂再命教坊制曲。譜既成，亦不克行而止。」云云。今據葉少蘊之言，是當時所製曲，碻有未安，故不克行，非緣教坊樂工嫉之如讐【音同仇】也。

一〇

明《楊升庵外集》：「世傳西施隨范蠡去，不見所出。只因杜牧『西子下姑蘇，一舸【音同葛】逐鴟【音同嗤】夷』之句而附會也。予竊疑之，未有可證以折其是非。一日讀《墨子》曰：『吳起之裂，其功也。西施之沉，其美也。』喜曰：此吳亡之後，西施亦死於水，不從范蠡去之一証。墨子去吳越之世甚近，所書得其真。然猶恐牧之別有見。後檢《修文御覽》，見引《吳越春秋》逸篇云：『吳王亡後，越浮西施於江，令隨鴟夷以終。』乃笑曰：此事正與《墨子》合。杜牧未精審，一時趁筆之過也。蓋吳既滅，即沉西施於江。浮，沉也，反言耳。隨鴟夷者，子胥之譖死，西施有焉。胥死，盛以鴟夷。今沉西施，所以報子胥之忠，故曰隨鴟夷以終。范蠡去越，亦號鴟夷子。杜牧遂以子胥鴟夷為范蠡之鴟夷，乃影撰此事，以墜後人於疑網也。」云云。曩余輯《祥福集》，嘗據以辨西施隨范蠡游五湖之誣。比閱董仲達（穎）〈薄媚西子詞〉（見《樂府雅詞》）其第六歇拍云：「哀誠屢吐，甬東分賜。垂暮日，置荒隅，心知愧。寶鍔紅委。鸞存鳳去，孤負恩憐情，不似虞姬。尚望論功，榮還故里。 降令曰，吳亡赦汝，越與吳何異？吳正怨，越方疑。從公論，合去妖類。蛾眉宛轉，竟殞鮫綃，香骨委塵泥。渺渺姑蘇，荒蕪鹿戲。」此詞亦謂吳亡，越殺西施。其曰「鮫綃香骨委塵泥」，又曰「渺渺姑蘇」，似亦含有沉之於江之意。與升庵所引《墨子》及《吳越春秋》逸篇之言政合。仲達宋人，如此云云，必有所本。則為西子辨誣，又益一證。當補入《祥福集》。

一一

歐陽永叔〈生查子．元夕詞〉，誤入《朱淑真集》。升庵引之，謂非良家婦所宜。《欽定四庫全書提要》辨之詳矣。魏端禮《斷腸集序》云：「蚤歲父母失審，嫁為市井民妻，一生抑鬱不得志。」升庵之說，實原於此。今據集中詩（余藏《斷腸集》，鮑淥飲手校本，巴陵方氏碧琳琅館景元鈔本。又從《宋元百家詩》、後邨《千家詩》、《名媛詩歸》暨各撰本輯補遺一卷）及它書攷之。淑真自號幽棲居士，錢塘人。（《四庫提要》）或曰海寧人，文公侄女。（《古今女史》）居寶康巷（《西湖游覽志》：在湧金門內如意橋北），或曰錢塘下里人，世居桃邨。（《全浙詩話》）幼警慧，善讀書。（《游覽志》）文章幽豔，（《女史》）工繪事。（《杜東原集》）有朱淑真《梅竹圖》題跋。沈石田集有〈

題淑真畫竹詩〉）曉音律。（本詩《答求譜》云：「春醲醾處多傷感，那得心情事筦弦。」）父官淛西。紹定三年二月，淑真作《璿璣圖記》，有云：家君宦游淛西，好拾清玩。凡可人意者，雖重購不惜也。（《池北偶談》）其家有東園、西園、西樓、水閣、桂堂、依綠亭諸勝。（本詩〈晚春會東園〉云：「紅點苔痕綠滿枝，舉杯和淚送春歸。倉庚有意留殘景，杜宇無情戀晚暉。蝶趁落花盤地舞，燕隨柳絮入簾飛。醉中曾記題詩處，臨水人家半掩扉。」〈春游西園〉云：「閑步西園裏，春風明媚天。蝶疑莊叟夢，絮憶謝孃聯。蹋草翠茵輭，看花紅錦鮮。徘徊林影下，欲去又依然。」〈西樓納涼〉云：「小閣對芙蕖，囂塵一點無。水風涼枕簟，雪葛爽肌膚。」〈夏日游水閣〉云：「澹紅衫子透肌膚，夏日初長板閣虛。獨自憑闌無箇事，水風涼處讀殘書。」〈納涼桂堂〉云：「微涼待月畫樓西，風遞荷香拂面吹。先自桂堂無暑氣，那堪人唱雪堂詞。」〈夜留依綠亭〉云：「水鳥棲煙夜不喧，風傳宮漏到湖邊。三更好月十分魄，萬里無雲一樣天。」案各詩所云，如長日讀書，夜涼待月，碻是家園遊賞情景。淑真它作多思親念遠之意，此獨不然。〈依綠亭〉云「風傳宮漏到湖邊」，當是寓錢塘作，不在于歸後也）夫家姓氏失考。似初應禮部試，（本詩〈賀人移學東軒〉云：「一軒瀟灑正東偏，屏棄囂塵聚簡篇。美璞莫辭雕作器，涓流終見積成淵。謝班難繼予慚甚，顏孟堪希子勉旃。鴻鵠羽儀當養就，飛騰早晚看沖天。」〈送人赴禮部試〉云：「春闈報罷已三年，又向西風促去鞭。屢鼓莫嫌非作氣，一飛當自卜衝天。賈生少達終何寓，馬援才高老更堅。大抵功名無早晚，平津今見起甾川。」案二詩似贈外之作）其後宦江南者。（本詩〈春日書懷〉云：「從宦東西不自由，親幃千里淚長流。」〈寒食詠懷〉云：「江南寒食更風流，絲筦紛紛逐勝遊。春色眼前無限好，思親懷土自多愁。」案二詩言親幃千里，思親懷土，當是于歸後作）淑真從宦，常往來吳、越、荊、楚間。（本詩〈舟行即事〉其六云：「歲暮天涯客異鄉，扁舟今又渡瀟湘。」〈題斗野亭〉云：「地分吳楚界，人在斗牛中。」案〈舟行即事〉其二云：「白雲遙望有親廬。」其四云：「目斷親幃瞻不到。」其七云：「庭闈獻壽阻傳盃。」又〈秋日得書〉云：「已有歸寧約。」足為于歸後遠離之碻證。）與曾布妻魏氏為詞友（《御選歷代詩餘》詞人姓氏）。嘗會魏席上，賦小鬟妙舞，以飛雪滿群山為韻，作五絕句。又宴謝夫人堂有詩，今竝【音同並】載集中。淑真生平大略如此。舊說悠謬，其說有三。其父既曰宦游，又嘗留意清玩，東園諸作，可想見其家世，何至下嫁庸夫，一證也。市井民妻，何得有從宦東西之事，二證也。（案本詩〈江上阻風〉云：「撥悶喜陪尊有酒，供廚不慮食無錢。」〈酒醒〉云：「夢回酒醒嚼盃冰，侍女貪眠喚不譍【音同映】。」〈睡起〉云：「侍兒全不知人意，猶把梅花插一枝。」淑真詩凡言起居服御，絕類大家口吻，不同市井民妻。若近日《西青散記》所載賀雙卿詩詞，則誠郝僻小家語矣）魏、謝大家，豈友駔婦，三證也。淑真之詩，其詞婉而意苦，委曲而難明。當時事迹別無記載可考。以意揣之，或者其夫遠宦，淑真未必皆從。容有竇滔陽臺之事，未可知也。（本詩〈恨春〉云：「春光正好多風雨，恩愛方深奈別離。」〈初夏〉云：「待封一掬傷心淚，寄與南樓薄倖人。」〈梅窗書事〉云：「清香未寄江南夢，偏惱幽閨獨睡人。」〈惜春〉云：「願教青帝長為主，莫遣紛紛點翠苔。」〈愁懷〉云：「鷗鷺鴛鴦作一池，須知羽翼不相宜。東君是與花為主，一任多生連理枝。」案〈愁懷〉一首，大似諷夫納姬之作。近有才婦諷夫納姬詩云：「荷葉與荷花，紅綠兩相配。鴛鴦自有群，鷗鷺莫入隊。」政與此詩闇合。《游覽志餘》改後二句作「東君不與花為主，何似休生連理枝」，以為淑真厭薄其夫之佐證。何樂為此，其心地殆不可知）它如〈思親〉、〈感舊〉諸什，意各有指。以證〈斷腸〉之名，（案淑真歿後，端禮輯其詩詞，名曰《斷腸集》，非淑真自名也）尤為非是。〈生查子〉詞，今載《廬陵集》第一百三十一卷，（《四庫提要》）宋曾慥《樂府雅詞》、明陳耀文《花草粹編》竝作永叔。慥錄歐詞特慎。《雅詞》序云：

「當時或作豔曲，謬為公詞，今悉刪除。」此闋適在選中，其為歐詞明甚。余昔校刻《汲古閣未刻本斷腸詞》跋語中詳記之。茲復箸於篇。

一二

曩余譔詞話辨朱淑真〈生查子〉之誣，多據集中詩比勘事實。沈匏廬先生《瑟榭叢談》云：「淑真〈菊花詩〉：『寧可抱香枝上老，不隨黃葉舞秋風。』實鄭所南〈自題畫菊〉：『寧可枝頭抱香死，何曾吹落北風中。』二語所本。志節皦然，即此可見。」其論亦據本詩，足補余所未備，亟記之。

一三

朱淑真詞，自來選家列之南宋，謂是文公侄女，或且以為元人，其誤甚矣。淑真與曾布妻魏氏為詞友。曾布貴盛，丁元祐以後，崇寧以前，以大觀元年卒。淑真為布妻之友，則是北宋人無疑。李易安時代猶稍後於淑真。即以詞格論，淑真清空婉約，純乎北宋。易安筆情近濃至，意境較沉博，下開南宋風氣，非所詣不相若，則時會為之也。《池北偶談》謂淑真《璿璣圖記》，作於紹定三年。紹定當是紹聖之誤。紹定、理宗改元，已近南宋末季。浙地隸輦轂久矣。記云：「家君宦游浙西。」臨安亦浙西，詎容有此稱邪？

一四

《玉臺名翰》，原題《香閨秀翰》，檇【音同最】李女史徐範所藏墨蹟（範為白榆山人貞木女兄，跛足，不字，自號蹇媛）。凡晉衛茂漪、唐吳采鸞、薛洪度，宋胡惠齋、張妙靜，元管仲姬，明葉瓊章、柳如是八家。舊尚有長孫后、朱淑真、沈清友、曹比玉四家，已佚。卷尾當湖沉彩跋（彩字虹屏，陸烜妾），亦殘缺，餘俱完好。向藏嘉興馮氏石經閣。道光壬辰，宜興程朗岑大令（璋）借勒上石。亂後逸亭金氏得之。余頃得幖【音同標】本甚精。竝朱淑真書殘石別藏某氏者亦得拓本（正書二十行，不全，字徑三分）。淑真書銀鉤精楷，摘錄《世說．賢媛》一門，涉筆成趣，無非懿行嘉言，而謂駔婦能之乎？「柳梢、月上」之誣，尤不辯自明矣。

一五

易安居士三十一歲小像立軸，藏諸城某氏。諸城，古東武，明誠鄉里也。余與半塘各得橅本。易安手幽蘭一枝（半塘所藏，改畫菊花），右方政和甲午德父題辭（「清麗其詞，端莊其品，歸去來兮，真堪偕隱。」）。左方吳寬、李澄中各題七絕一首。按沈匏廬先生（濤）《瑟榭叢談》：「長白普次雲太守（俊）出所藏元人畫李易安小照索題，余為賦二絕句。」云云未知即此本否。（易安別有「茶䕷春去」小影）

一六

易安照初臨本，諸城王竹吾前輩（志修）舊藏。竹吾又蓄一奇石，高五尺，瓏【音同玲】瓏透豁，上有「雲巢」二字分書。下刻「辛卯九月，德父、易安同記」。見寘【音同置】王氏仍園竹中。辛卯，政和改元，是年易安二十八歲。

一七

元以詞曲取士，於載籍無徵。唯宋時詞人遭遇極盛。淳熙間，御舟過斷橋，見酒肆屏風上有〈風入松〉詞。高宗稱賞良久，宣問何人所作，乃太學生俞國寶也，即日予釋褐（**《中興詞話》**）。是真以詞取士矣。淳熙十年八月，上奉兩殿觀潮浙江亭。太上諭令侍宴官各賦〈酹江月〉一曲。至晚進呈，以吳琚為第一（**《乾淳起居注》**）。是以詞試從臣，且評定甲乙矣。政和癸巳，大晟樂府告成，蔡元長薦晁次膺赴闕下。會禁中嘉蓮生，進〈並蒂芙蓉〉詞稱旨，充大晟協律（**《能改齋漫錄》**）。李邴少日作〈漢宮春〉，膾炙人口。時王黼為首相，忽招至東閣，開宴，延之上坐。出家姬數十人，皆絕色。酒半，群唱是詞侑觴，大醉而歸。數日有館閣之命。不數年，遂入翰苑（**《玉照新志》**）。是皆以詞得官矣。詞衰於元，唯曲盛行。士夫精研宮律者有之，未聞君相之提倡**【音同唱】**。詞曲取士之說，不知何據而云然也。

一八

《詞苑叢談・卷十・辨證》有云：「王銍《默記》載歐陽公〈望江南〉雙調：『江南柳，葉小未成陰。人為絲輕那忍折，鶯憐枝嫩不勝吟。留取待春深。　十四五，閒抱琵琶尋。堂上簸錢堂下走，恁時相見已留心。何況到如今。』初歐公有盜甥之疑，上表自白云：『喪厥夫而無託，攜幼女以來歸。張氏此時，年方七歲。』錢穆父素恨公，笑曰：『正是學簸錢時也。』愚案歐公詞出《錢氏私誌》，蓋錢世昭因公《五代史》中多毀吳越，故詆之。此詞不足信也。」（**《叢談》止此**）案周淙《輦下紀事》云：「德壽宮劉妃，臨安人。入宮為紅霞帔。後拜貴妃。又有小劉妃者，以紫霞帔轉宜春郡夫人。進婕妤。復封婉容，皆有寵。宮中號妃為大劉孃子，婉容為小劉孃子。婉容入宮時，年尚幼。德壽賜以詞云：『江南柳，輭綠未成陰。攀折尚憐枝葉小，黃鸝飛上力難禁。留取待春深。』」（《紀事》止此）德壽之詞與《默記》所傳歐公之作，僅小異耳。錢世昭《私誌》稱彭城王錢景臻為先王。景臻追封，當建炎二年，世昭為景臻之孫，愐（景臻第三子）之猶子。以時代攷之，亦南宋中葉矣（《四庫全書提要》於錢世昭、王銍時代，並未考定詳碻）。竊疑後人就德壽詞衍為雙調以誣歐公，世昭遂錄入《私志》，王銍因載之《默記》。唯錢穆父固與歐公同時。然公詞既可假託，即自白之表，穆父之言，亦何不可造作之有？竊意歐陽文集中，未必有此表也。〔按：《歐陽全集》中有此表〕

一九

《詞苑叢談》引王仲言云：「左譽字與言，策名後藉甚宦途。錢唐幕府樂籍有張芸女穠，色藝妙天下，譽頗顧之。如『盈盈秋水，淡淡春山』、『帷云翦水，滴粉搓酥』，皆為穠作。後穠委身立勳大將，易姓章，封大國。紹興中，因覓官行闕，暇日訪西湖兩山間，忽逢車輿甚盛，一麗人搴簾顧譽而顰曰：『如今若把菱花照，猶恐相逢是夢中。』視之，穠也。君恍然悟入，即拂衣東渡，一意空門。」按《中興戰功錄》：「張俊之愛妾張氏，即杭妓張穠也，頗知書。柘皋之役，俊貽書屬以家事，張答書引霍去病、趙雲不問家事為言，令勉報國。俊以其書進，上大喜，親書獎諭賜之。」迺知所謂立勳大將，即俊矣。《中興戰功錄》，刻入江陰繆氏《藕香簃叢書》。

二〇

楊升庵《詞品》云：「程正伯，東坡中表之戚也。」毛子晉〈書舟詞跋〉云：「正伯與子瞻，中表兄弟也。」二家之說，於它書未經見。據王季平〈書舟詞序〉，季平實與正伯同時。東坡卒於建中靖國元年辛巳，季平〈書舟詞序〉作於紹熙五年甲寅。上距東坡之卒，凡九十三年。正伯與東坡，安得為中表兄弟乎？考《東坡詩集．送表弟程六之楚州》一首，施元之注云：「東坡母成國太夫人程氏，眉山著姓。其姪之才字正輔，第二。之元字德孺，第六，即楚州。之邵之懿叔，第七。」正伯之字與懿叔約略近似，殆即中表之戚之說所由來歟。子晉不考，遂沿其譌。其不曰中表之戚，而曰中表兄弟，又未知別有所據否矣。升庵述舊之言，本屬不盡可信，此其蹺【音同執】盭【音同力】之尤者。

二一

程珌《洺水詞．西江月．壬辰自壽》首句「天上初秋桂子」，自注：「今歲七月，月中桂子下。」《織餘瑣述》謂：「此典絕新，惜語焉弗詳。」按宋舒岳祥《閬風集》，有〈月中桂子記〉，可與程詞印證。唯歲月不同。記云：「余童丱【音同貫】時，先祖拙齋翁夜課余讀書。會中秋，月色浩然。聞瓦上聲如撒雹，甚怪之。先祖曰：此月中桂子也，我少時常得之天台山中。呼童子就西廂天井燭之，得二升許。其大如豫章子，無皮，色如白玉，有紋如雀卵。其中有仁，嚼之作脂麻氣味。余囊之，雜菊花作枕。其收拾不盡散落磚罅甓縫者，旬日後輒出樹。子葉柔長如荔支，其底粉青色，經冬猶在，便可尺餘。兒戲不甚愛惜，徒植盆斛，往往失其所在矣。是後未之見也。每遇中秋月明，輒憶此時事。今年五十九，對月悵然。此至清之精英也。今若有此，定汲井花水噏下也。」（原注：「是歲為丁丑，宋景炎二年，元至元十四年。」）此事唐亦有之。《摭言》云：「垂拱四年三月，桂子降於台州臨縣界，十餘日乃止。司馬蓋詵、安撫使狄仁傑以聞，編之史冊。」《南部新書》云：「杭州靈隱山多桂樹。僧曰：月中桂也。至今中秋夜，往往子墜。」《脞說》云：「張君房為錢塘令，宿月輪山。寺僧報曰：桂子下塔。遽登榻望之，紛紛如烟霧。回旋成穗，散墜如牽牛子，黃白相間。」蓋屢見不一見，春夜亦有之矣。白香山〈憶江南〉云：「江南憶，最憶是杭州。山寺月中尋桂子，郡亭枕上看潮頭。」又〈虔州天竺寺〉詩云：「遙想吾師行道處，天香桂子落紛紛。」皆賦此事。

二二二

四印齋所刻《稼軒詞》，覆大德廣信本。〈木蘭花慢．席上送張仲固帥興元〉云：「追亡事，今不見，但山川滿目淚沾衣。」用《史記．淮陰侯傳》「臣追亡者」語。它本「追」竝作「興」，直是臆改。此舊刻所以可貴也。

二二三

宋陳成父，子汝玉，寧德人。辛棄疾持憲節來閩，聞其才名，羅致賓席，妻以女。有和《稼軒詞》、《默齋集》，藏於家。見《萬姓統譜》。辛婿工詞，庶幾玉潤，惜所作無傳。

二四

臨桂白龍洞，有紫霞翁題名，《桂勝名勝志》、《謝志金石略》並未載。象州鄭小谷先生（獻甫）《補學軒文集・白龍洞記》云：「壁間有『白龍洞』三大字，其旁又有紫霞翁題名。」則先生親見之矣。案宋楊纘，字繼翁，號守齋，又號紫霞翁，洞曉律呂，著有《作詞五要》，刻入姜白石（按：應為張玉田）《詞源》。《浩然齋雅談》云：「纘本鄱陽洪氏，恭聖太后姪楊石子麟孫早夭，祝為嗣。仕至司農卿、淛東帥。」不聞有遷謫之事，不知何因游吾粵也？周公謹〈九日登高・徵招〉換頭云：「腸斷紫霞深，知音遠，寂寂怨琴淒調。」歇拍云：「楚山遠，〈九辯〉難招，更晚煙殘照。」吾邑遠在楚南，周詞云云，可為霞翁游粵之證。

二五

詞名〈六么令〉，「么」字近人寫作「幺」，一說當作「么」，作「幺」誤。「么」是宋樂譜字。案白石自製曲〈揚州慢〉「盡薺麥青青」「薺」字，〈長亭怨慢〉「綠深門戶」「門」字，〈淡黃柳〉「明朝又寒食」「又」字，旁譜並作「么」（它詞尚多見），今「上」字也。「六么」之「么」，未知是否即今「上」字之「么」。然作「么么」誼亦未優，不如作「么」，較近聲律家言也。

二六

《夢窗詞・埽花游・贈芸隱》云：「暖逼書牀，帶草春搖翠露。」〈江神子・賦洛北碧沼小庵〉云：「不放嘶紅流水透宮溝。」「逼」字、「透」字，宋本並作「通」，注「去聲」。作「逼」、作「透」，皆後人臆改，不知古音故也。明楊鐵崖《東維子集·五月八日紀游三十六天洞靈洞詩》云：「牛車望氣待筲書，螺女行廚時進供。胡麻留飯阮郎來，林屋刺船毛父通。王生石髓墮手堅，吳客求珠空耳縫。」此詩凡十六韻，皆「送」、「宋」韻。「通」字可作去聲，此亦一證。

二七

明綏安廖用賢《尚友錄》，至尋常之書也。間亦可資考訂，信開卷有益矣。《陽春白雪》卷四有雷北湖〈好事近〉「梅片作團飛」云云，外集有雷春伯〈沁園春·官滿作〉「問訊故園」云云。錢唐瞿氏刻本《陽春白雪》卷端詞人姓氏爵里，遂誤分雷北湖、雷春伯為二人。無論爵里，並其名弗詳也。雷應春，字春伯，郴人。以詩擅名，累官監察御史。首疏時相，繼忤權貴，出知全州，弗就。歸隱北湖。後知臨江軍，安靜不擾。嘗欲城新塗以備不虞，當路阻之。及己未之亂，臨江倉卒無備，人始服其先見。所著有《洞庭》、《玉虹》、《日邊》、《盟鶴》、《清江》諸集。偶檢《尚友錄》得之，可以訂瞿刻《陽春白雪》之誤。

二八

竹垞《詞綜》錄金人韓玉詞三首，列王特起後，趙秉文前。宋有兩韓玉。其一《金史》有傳，字溫甫，北平人，明昌五年進士，官至河平軍節度副使。其一紹興初由金挈家而南，授江淮都督府計議軍事，見葉紹翁《四朝聞見錄》，箸有《東浦詞》。金韓玉字溫甫者，未聞其能詞也。宋韓玉《東甫詞》一卷，刻入《汲古閣六十家詞》。竹垞《詞綜》所錄〈感皇恩．廣東與康伯可〉「遠柳綠含煙」闋，〈減字木蘭花．贈歌者〉「香檀素手」闋，〈賀新郎〉「柳外鶯聲碎」闋，竝在卷中。可知竹垞誤宋韓玉為金韓玉矣。**（金韓玉不應有廣東之行，與康伯可唱酬，是亦一證）**

二九

蘇文忠〈前赤壁賦〉：「桂棹兮蘭槳，擊空明兮泝流光。渺渺兮予懷，**（句）**望美人兮天一方。」幼年塾誦，如此斷句。比閱劉尚友《養吾齋詞．沁園春．隱括前赤壁賦》，起調云：「壬戌之秋，七月既望，蘇子泛舟。」「七月」句下自注：「『望』效公予懷望，平讀。」始知宋人讀此二句，乃於「望」字斷句叶韻。句各六字，亟記之，以正幼讀之誤。尚友名將孫，入元抗節不仕，須溪之肖子也。

三〇

四明陳先生**（著）**《本堂詞》，有〈賞鳳花〉、〈慶春澤〉二首，〈水龍吟〉、〈聲聲慢〉各一首。此花近今所無。本堂句云：「飛紅舞翠歡迎。」又云：「怕驚塵涴**【音同臥】**卻，翠羽紅翎。」略可想見花之形色。又云：「杜鵑啼正忙時，半風半雨春慳霽。酴**【音同塗】**醾**【音同迷】**未過，櫻甜初熟，梅酸微試。」則開時在暮春矣。元任士林《松鄉先生文集》有〈鳳花賦〉云：「花出鶴林。」**（當即鶴林寺）**士林字叔寔**【音同時】**，亦四明人。

三一

得九峰書院刻本《中州樂府》，每葉十六行，行十六字，連序跋共九十葉。前有嘉靖十五年漢嘉彭汝寔序，稱「《中州樂府》金尚書令史元遺山集也。凡三十六人，一百二十四首，以其父明德翁終焉。人有小敘志之。蜀左轄儼山陸先生偶得是編，圖刻之。嘉定守貴陽高登，遂刻之九峰書院。」後有屬吏麻城毛鳳韶跋。汲古閣刻《中州集》，據明宏治刻本。刻樂府即據此本。子晉識云：「小傳已見詩集，不復贅。」殊不知鄧千江、宗室文卿、張信甫、王玄佐、折元禮五人，俱未見詩中。小敘一概刪去，未免失檢。書貴舊刻，益信。錢塘丁氏善本堂所藏《中州集》，亦弘治刻本，樂府亦即此本（又一寫本，並依毛氏復刻本）。弘治刻《中州集》，未刻樂府。嘉靖刻樂府，不附屬《中州集》。毛氏復刻，乃合而為一耳。

三二

仁和勞氏丹鉛精舍校《遺山樂府》，屢引《中州元氣集》。錢竹汀先生《補元史藝文志·中州元氣》十冊，在詞曲類。是書勞猶及見，當非久佚。唯曰十冊，疑是寫本未刻，故未分卷。則訪求尤不易矣。晚近弁髦風雅，古書時復流通，容猶有得見之望，未可知耳。

三三

《遺山樂府》張家鼒校本，末附〈訂誤〉。其〈鷓鴣天〉云：「拍浮多負酒家錢。」〈訂誤〉云：「錢」元誤「船」，今正。案遺山有〈浣溪沙〉云：「拍浮爭赴酒船中。」可證〈鷓鴣天〉句「船」字非誤。張校臆改，誤也。《晉書》畢卓云：「拍浮酒船中，便足了一生。」

三四

金古齋僕散汝弼，字良弼，官近侍副使。〈風流子・過華清作〉云：「三郎年少客，風流夢，繡嶺蠱瑤環。看浴酒發春，海棠睡暖。笑波生媚，荔子漿寒。況此際，曲江人不見，偃月事無端。羯鼓數聲，打開蜀道。〈霓裳〉一曲，舞破潼關。　馬嵬西去路，愁來無會處，但淚滿關山。賴有紫囊來進，錦韈傳看。歎玉笛聲沉，樓頭月下。金釵信杳，天上人間。幾度秋風渭水，落葉長安。」正大三年刻石臨潼縣。今存。詞筆藻耀高鶱【音同翔】，極慨慷低徊之致。其「浴酒發春」，「笑波生媚」，句法矜鍊，雅近專家。唯起調云「三郎年少客」，則誤甚。案唐玄宗生於光宅二年乙酉，而楊妃以天寶四年乙酉入宮。玄宗年已六十一，何得謂「三郎年少」耶？「但淚滿關山」，「但」字襯。

三五

《苕溪漁隱叢話》：「梨花一枝春帶雨」、「桃花亂落如紅雨」、「小院〔按：應作『院落』〕深沉杏花雨」、「黃梅時節家家雨」，皆古今詩詞之警句也。予嘗欲作一亭子，四面皆植花一色，榜曰「四雨」，豈不佳哉！《貴耳集》：陳秋塘（善）與林邦翰論詩及「四雨」句，陳謂「梨花一枝春帶雨」似茉莉花，「珠簾暮捲西山雨」似含笑花，「桃花亂落如紅雨」似簷葡花，王荊公以為總不如「院落深沉杏花雨」乃似闍提花。邦翰曰：「此論不獨詩評，乃花譜也。」彭巽吾詞〈蝶戀花〉云：「四面亭前，面面看花坐。」《讀畫齋叢書》本元《草堂詩餘》，「四面」作「四雨」，當是巽吾用胡元任或陳秋塘語。胡云：「作亭子，榜曰四雨。」尤與彭詞合。作「四面」者誤也。

三六

《漢書・黃霸傳》：「霸曰：許丞廉吏，雖老尚能拜起送迎，正頗重聽何傷。」「重」，傳容切。元劉敏中《中庵詩餘・南鄉子・老病自戲》云：「耳重眼花多。行則攲危語則訛。」「耳重」即「重聽」，讀若「輕重」之「重」，僅見。

三七

《韓子・通解》：「伯夷哀天下之偷且以彊，則服食其葛薇，逃山而死。」元安敬仲（熙）《默庵樂府・石州慢・寄題龍首峰》云：「擬將書劍，西山采蕨食薇，自應不屬春風管。」「采蕨食薇」改「服食葛薇」，較典雅。

三八

漁洋〈倚聲集序〉云：「書成，鄒子命曰《倚聲》。陸游有言，唐自大中後，詩家日趣淺薄，會有倚聲作詞者，頗擺落故態，適與六朝跌跌宕意氣差近。厥義蓋取諸此。」案《唐書・劉禹錫傳》：「禹錫斥朗州司馬，州接夜郎諸夷，每祠，歌〈竹枝〉鼓吹。禹錫倚其聲，作〈竹枝詞〉十餘篇。」「倚聲」字始此。

三九

宋人工詞曲者稱「聲家」，一曰「聲黨」，見《碧雞漫志》。詞曲曰「韻令」，見《清波雜志》。唐劉賓客《董氏武陵集紀》：「兵興已還，右武尚功。公卿大夫以憂濟為任，不暇器人於文什之間。故其風寖息。樂府協律，不能足（原注：去聲）新詞以度曲。夜諷之職，寂寥無紀。」「夜諷」字甚新，殆即新詞度曲之謂。劉用入文，必有所本。

四〇

古詩「脈脈不得語」，宋詞「脈斷」字作「脈」，誤。

四一

寒食禁火，相傳因介之推事，猶端午競渡，因屈原也。洪武本《草堂詩餘》陸放翁〈春遊摩訶池・水龍吟〉「禁煙將近」句注云：「《周禮》：司烜氏：仲春以木鐸狥【音同尋】火，禁於國中。」此別一說。

四二

明嘉靖庚寅上海顧汝所（從敬）所刻《草堂詩餘》，雖剞【音同機】劂【音同決】未精，其所據依卻是宋刻舊本，未經明人增羼【音同懺】。詞後有箋者約十之三四，初學誦習最宜。

蕙風詞話　卷五

一

世譏明詞纖靡傷格，未為允協之論。明詞專家少，粗淺，蕪率之失多，誠不足當宋元之續。唯是纖靡傷格，若祝希哲、湯義仍（義仍工曲，詞則敝甚）、施子野輩，僂【音同樓】指不過數家，何至為全體詬病。洎乎晚季，夏節愍、陳忠裕、彭茗齋、王薑齋諸賢，含婀娜於剛健，有風騷之遺則，庶幾纖靡者之藥石矣。國初曾王孫、聶先輯《百名家詞》，多沉著濃厚之作，明賢之流風餘韻，猶有存者。詞格纖靡，實始於康熙中。《倚聲》一集，有以啟之。集中所錄小慧側豔之詞，十居八九。王阮亭、鄒程邨同操選政，程邨實主之，引阮亭為重云爾。而為當代鉅公，遂足轉移風氣。世知阮亭論詩以神韻為宗，明清之閒，詩格為之一變。而詞格之變，亦自託阮亭之名始，則罕知之。而執明人為之任咎，詎不誣乎？

二

陳大聲詞、全明不能有二。《坐隱先生草堂餘意》，甲辰春竝半塘假去，即付手民，蓋亦契賞之至。寫樣甫竟，半塘自揚之蘇，嬰疾遽殁【音同莫】。元書及樣本竝失去，不復可求。其詞境約略在余心目中，兼《樂章》之敷腴，《清真》之沉著，《漱玉》之緜麗。南渡作者，非上駟未易方駕。明詞往往為人指摘，一陳先生推揜百瑕而有餘。是書失傳，明詞之不幸，半塘之隱恫矣。大聲名鐸，別號七一居士，下邳人，家上元，睢寧伯陳文曾孫。正德間，襲濟州衛指揮。有《秋碧軒集》五卷、《香月亭集》（卷數未詳）、《秋碧樂府》二卷、《梨雲寄傲詞》、《草堂餘意》各一卷（余所得鉅帙逾百葉，卷數不復記憶）。竝見《千頃堂書目》。大聲精揅【音同研】宮律，人稱「樂王」。又善謔，嘗居京師，戲倣月令云云，見顧起元《客座贅語》。又有《四時曲》、《與徐髯仙聯句》。

三

楊用修席芬名閥，涉筆瑰麗。自負見聞賅【音同該】博，不恤杜譔肆欺。迹其忍俊不禁，信有奇思妙語，非尋常才俊所及。嘗云：李後主〈搗練子〉「深院靜」、「雲鬢亂」二闋，曩見一舊本，竝是〈鷓鴣天〉：「塘水初澄似玉容，所思猶在別離中。誰知九月初三夜，露似珍珠月似弓。　深院靜，小庭空。斷續聲隨斷續風。無奈夜長人不寐，數聲和月到簾櫳。」「節候雖佳景漸闌，吳綾已暖越羅寒。朱扉日暮無風掩，一樹藤花獨自看。　雲鬢亂，晚妝殘，帶恨眉兒遠岫攢。斜托香腮春筍嫩，為誰和淚倚闌干。」以「塘水初澄」比方玉容，其為妙肖，匪夷所思。「雲鬢亂」闋前段，尤能以畫家白描法，形容一極貞靜之思婦。綾羅閒之暖寒，非深閨弱質，工愁善感者，體會不到。「一樹藤花」，確是人家庭院景物。曰「獨自看」，其殆〈白華〉之詩，無營無欲之旨乎。「扉無風而自掩」，境至清寂，無一點塵。如此云云。可知「遠岫眉攢」、「倚闌和淚」，皆是至真至正之情，有合風人之旨。即詞境詞格，亦與之俱高。雖重光復起，宜無閒然。或猶譏其嚮壁虛造，寧非固歟。

四

宇內無情物，莫如山水。眼前循山一徑，行水片帆，乃至目極不到，即是天涯。古今別離人，何一非山水為之間阻。明王泰際〈浪淘沙〉云：「多應身在翠微間。歸看雙鸞妝鏡裏，一樣春山。」由無情說到有情，語怨而婉。陳伯陽〈如夢令〉云：「立馬怨江山，何故將人隔限。」亦先得我心。按《蘇州府志》：「王泰際字內三，崇正癸未進士。性至孝，歸省，值國變，北望號慟，與同年黃淳耀約偕隱。乙酉兵亂，淳耀兄弟並以身殉。泰際以親故，遁迹故廬，構堂三楹，曰壽硯。自號硯存老人，閉戶著書，足迹不入城市，四十年如一日，卒年七十有七。門人諡曰貞憲。著有《仌**【音同冰】**抱集》。」內三先生固深於情者，宜其能為情語也。

五

明王子衡（**廷相**）〈蘇幕遮〉云：「意緒幾何容易辨。說與無情，只作閒愁怨。」閒愁怨皆不得已之至情，子衡未會斯旨。王薑齋先生〈江城梅花引〉云：「飛霜，飛霜，夜何長。有難忘，自難忘。」閒愁怨棖**【音同成】**觸於不自知，所謂「有難忘，自難忘」也。薑齋蓋有難忘者。

六

弇**【音同掩】**州山人〈臨江仙〉後段云：「我笑殘花花笑我，此時顦顇休爭。來年春到便分明。五原無限綠，難染鬢千莖。」意足而筆能達，出語不涉尖。〈春雲怨〉歇拍云：「未舉尊前，乍停杯後，半晌儘堪白首。」極空靈沉著之妙。世俗以纖麗之筆作情語，視此何止上下牀之別。

七

明夏節愍完淳，年十七殉國難，詞人中未之有也。其〈大哀〉、〈九哀〉諸作，庶幾跐美〈楚騷〉。夫以靈均辭筆為長短句，烏有不工者乎？謝枚如稱其所作如猿唳、如鵑啼，略得其似。唯所舉〈鵲踏枝〉、〈千秋歲〉二闋及〈一斛珠〉、〈憶王孫〉斷句，則猶非甚至者。〈魚游春水・春暮〉云：「離愁心上住，捲盡重簾推不去。簾前青草，又送一番愁句。鳳樓人遠簫如夢，鴛枕詩成機不語。兩地相思，半林煙樹。　猶憶那回去路，暗浴雙鷗催晚渡。天涯幾度書回，又逢春暮。流鶯已為啼鵑妒，蝴蝶更禁絲兩誤。十二時中，情懷無數。」〈婆羅門引・春盡夜〉云：「晚鴉飛去，一枝花影送黃昏。春歸不阻重門。辭卻江南三月，何處夢堪溫，更階前新綠，空鎖芳塵。　隨風搖曳。雲不須蘭棹朱輪。只有梧桐枝上，留得三分。多情皓魄，恐明宵、還照舊釵痕。登樓望、柳外銷魂。」斷句〈柳梢青・江泊懷漱廣〉云：「瞑宿吳江，風燈零亂，一晌相思。」〈鵲橋仙・樓夜〉云：「猛然聽得杜鵑啼，又早是、一輪殘月。」

八

《節愍詞・燭影搖紅》云：「孤負天工，九重自有春如海。佳期一夢斷人腸，靜倚銀釭待。隔浦紅蘭堪采。上扁舟，傷心欸乃。梨花帶雨、柳絮迎風，一番愁債。　回首當年，綺樓畫閣生光彩。朝彈瑤瑟夜銀箏，歌舞人瀟灑。一自市朝更改。暗銷魂、繁華難再。金釵十二，珠履三千，淒涼千載。」聲哀以思，與《蓮社詞》「雙闕中天」闋，託旨略同。

九

明于儒穎句：「相守何妨日日愁。」情至語不嫌說盡。若箇愁人，幾生修得。

一〇

明鄒貫衡（樞）《十美詞．紀梁昭小傳》云：「昭動口簫管，稍低於肉。聽之若只知有肉，不知有簫管也者。而簫管精蘊，暗行於肉之中。偷聲換字，聽者魂消意盡。」此數語精絕。簫管精蘊，暗行肉中，偷聲換字，即在其中。聲律之微，可由此悟入。如或問宮調之說，舉此答之足矣。蓋至此，宮律斷無不合，非合宮律，亦斷不足語此。能知其神明變化之故，則思過半矣。今日而談宮調，已與絕學無殊。古之知音，如白石、紫霞諸賢，何惜舉例陳義，明白朗鬯【音同唱】，以詔示後人，有非言語所能形容。即言之未易詳盡，其委折難期聞者之領會，因而姑置勿論耳。後之知音，不能起前賢為之印證，尤不敢自信自言之。彼鄒貫衡亦未必精研宮律，其談言微中，則夙昔評歌顧曲，閱歷之所得深矣。

一一

國朝湯貞愍，名貽汾，字雨生，武進人。世襲雲騎尉，官杭州參將。咸豐初，髮逆陷金陵，殉難，年逾七十矣。工詩、詞、書、畫，有《琴隱園集》。明湯胤績，字公讓，鳳陽人。初授錦衣百戶，亦世職。官延綏參將，殉難。工詩、詞，有《東谷遺稿》。兩公於四百年間後先輝映，若合符節，誠佳話也。公讓〈浣溪沙〉云：「燕壘雛空日正長，一川殘雨映斜陽。鸕鶿【音同慈】

曬翅滿魚梁。榴葉擁花當北戶，竹根抽筍出東牆。小庭孤坐嬾衣裳。」頗清潤入格。「擁」字鍊，能寫出榴花之精神。

一二

得舊鈔本《明季二陸詞》，其人其詞皆可傳，欲授梓未能也。節具傳略，並詞數闋如左：

陸鈺，字真如，海寧人。萬歷戊午舉人，改名藎誼，字仲夫，晚號退庵。九上春官不第，鍵戶箸書，足不入城市。甲申遭變，隱居貢師泰之小桃源。曰：吾乃不及祝開美乎？未幾，絕食十二日卒。有集十卷。其《射山詩餘．曲游春．和查伊璜客珠江元韻》云：「問牡丹開未？正乳燕身輕，雛鶯聲細。共聽〈霓裳〉，看為雨為雲，胡天胡帝。與君行樂處，經回首、依稀都記。攜來絲竹東山，幾度尊前杖底。　鼙鼓東南動地。見下瀨樓船，旌旗無際。未免關情，對楚嶺春風，吳江秋水。暗灑英雄淚。更莫問、年來心事。又是午夢驚殘，歌聲乍起。」前調〈再疊韻〉云：「滌酒曾篘【音同抽】未？羨肉脃【音同脆】絲清，宮浮商細。塞耳休聽，任佗雄南越，秦稱西帝。青史興衰處，盡箇閱、紛綸難記。不如倚杖臨風，一任醉□花底。　芳草斜陽藉地。看遠樹天邊，歸舟雲際。曲裏新聲，怨羌笛關山，隴西流水。又濕青衫淚。那更惜、闌珊春事。卻看楊柳梢頭，一輪月起。」前調，〈三疊韻〉云：「曉日還升未？正蚓箭猶傳，獸烟初細。鳴鳥閒關，痛精衛炎姬，子規川帝。千載人何處。笑符讖、何勞懸記。欣然更拓雲藍，自寫新詞窗底。　窗外光陰徧地。纔畫角飄殘，一聲天際。豎子成名，念英雄難問，夕陽流水。獨下新亭淚。儘寂寞、閒居無事。誰論江左夷吾，關西伯起。」〈浪淘沙〉云：「松徑挂斜暉，閒叩禪扉。故人蹤跡久離違。握手夕陽西下路，未忍言歸。　此地是耶非，千載依依。采香徑外越來溪。碧繶緗絇今尚在，歌舞全稀。」前調云：「高閣俯行雲。我一相聞，主人几榻迴無塵。世外興亡彈指劫，一著輸君。　回首太湖濆【音同焚】，斷靄紛紛。扁舟應笑館娃人。比擬子陽西蜀事，話到殘曛【音同薰】。」（原注：「子陽，雙白語也，蓋有所指。」案「雙白」意未解）

一三

陸宏定，字紫度，號綸山，別字蓬叟，鈺次子。九歲能文工詩。與兄辛齋齊名。（案：辛齋名嘉淑，字冰修，真如長子。其遺稿未見。有〈念奴驕〉、〈望湘人〉各一闋，見《詞匯三編》。〈漢宮春〉見《明詞綜》）有「冰綸二陸」之目。宏定一生高潔，有《一草堂》、《爰始樓》、《寧遠堂》諸集。其《憑西閣長短句》，首署「東濱陸宏定著，孫式熊鈔存。」（案：當無刻本）〈滿路花．花朝輯蒲菊繁蔓圖悼亡姬〉云：「刀尺好誰貽？又是中和節。眾芳何處也，催鶗鴂。春遲候冷，別院梅花發。撫景堪愁絕。自入春來，風風雨雨纔歇。　小庭枯蔓，逗的春消息。新條還護取，穿蘿薜。當年記道，纖手親移植。共倚藤陰月。斷人腸，是花期、轉眼狼籍。」〈望湘人〉云：「記歸程過半，家住天南，吳煙越岫飄渺。轉眼秋冬，幾回新月，偏向離人燎皎。急管宵殘，疏鐘夢斷，客衣寒悄。憶臨歧、淚染湘羅，怕助風霜易老。　是爾翠黛慵描，正懨懨顑頷，向予低道。念此去、誰憐冷煖，關山路杳。纔携手、教款語丁寧，眼底征雲繚繞。悔不翦、春雨蘼【音同迷】蕪，牽惹愁懷多少。」〈虞美人〉云：「花原藥塢芫鋤去，會底天工意。卻移雙槳傍漁磯。剛被一輪新月、照前谿。　來霜往露須臾換，都是牽愁案。漸添華髮入中年。悔把高山流水、者回彈。」宏定娶周氏，名鎣，字西鍂【音同貞】，郡文學明輔女。事舅姑至孝，撫側室子女以慈。好作詩及小詞。〈別母渡錢塘〉云：「未成死別魂先斷，欲計生還路恐難。」〈詠杏花〉云：「萱草北堂迴晝錦，荊花叢地妒嬌姿。」〈送外入燕・減字木蘭花〉云：「莫便忘家莫憶家。」惜全闋已佚。

一四

《馮西閣詞》篇幅增於射山，而風格差遜。射山閒涉側豔，洎乎晚節，敻然河嶽日星，烏可以詞定人耶？其〈小桃紅〉歇拍云：「終躊躇，生怕有人猜，且尋常相看。」因憶國初人詞有云：「丁寧切莫露輕狂。真箇相憐儂自解，妒眼須防。」此不可與陸詞並論。詞忌做，尤忌做得太過。巧不如拙，尖不如禿，陸無巧與尖之失。

一五

《射山詞・虞美人》云：「可憐舊事莫輕忘。且令三年、無夢到高唐。」余甚喜其質拙。〈一斛珠〉云：「挑燈且殢【音同替】同君坐。好向燈前，舊誓重盟過。」〈醉春風〉云：「淚如鉛水傍誰收。記記記。卻正煩君，盈盈翠袖，拭英雄淚。」〈一絡索〉云：「一尊銜淚向人傾，拌醉謝，尊前客。」皆佳句。

一六

明屈翁山（大均）《落葉詞》（《道援堂詞》），余卅年前，即喜誦之。「悲落葉，葉落絕歸期。縱使歸時花滿樹，新枝不是舊時枝，且逐水流遲。」末五字含有無限淒惋，令人不忍尋味，卻又不容已於尋味。又「清淚好，點點似珠勻。蛺【音同夾】蝶情多元鳳子，鴛鴦恩重是花神。恁得不相親。」「紅茉莉，穿作一花梳。金縷抽殘蝴蝶繭，釵頭立盡鳳凰雛。肯憶故人姝。」哀感頑豔，亦復可泣可歌。

一七

鄭如英，字無美，小字妥娘。工詩、詞，與卞賽、寇湄相頡【音同協】頏【音同杭】也。《桃花扇》傳奇〈眠香〉、〈選優〉等齣，以阿丑之詼諧，作無鹽之刻畫。肆筆打諢，若瓦衖【音同哢】𠨩【音同漏】姝，一丁不識者然，殆未深攷。虞山〈金陵雜題〉：「舊曲新詩壓教坊，縷衣垂白感湖湘。閒開閨集教孫女，身是前朝鄭妥娘。」《板橋雜記》謂：「頓老琵琶、妥娘詞曲，祇應天上，難得人間。」漁洋〈秋柳詩〉，唐葆年云：「為妥娘作。」風調可想。妥娘詩載《列朝詩選閨集》。所箸〈紅豆詞〉、〈眾香集〉錄五闋。〈長相思．寄期蓮生〉云：「去悠悠，思悠悠。水遠山高無盡頭，相思何日休。　見春愁，對春愁。日日春江認去舟，含情空倚樓。」〈楊柳枝．游玉隱園〉云：「水漲池塘春草生，喜新晴。麥苗風急紙鳶輕，過清明。　柳絲簾外飄搖起，亂芳英。戲拈紅豆打黃鶯。費幽情。」〈臨江仙．芙蓉亭懷鄭奇逢〉云：「夜半忽驚風雨驟，曉來寒透衾裯。蕭條景色嬾登樓。衡陽歸雁杳，幽恨上眉頭。　臺空院廢人依舊，月沉雲淡花羞。芙蓉寂寞小亭秋。黃花傷晚落，相對倍添愁。」《小傳》云：「無美南曲妙姫，丰姿清麗，神采秀發，而氣度瀟灑，無脂粉態。獨處靜室，未嘗衒【音同炫】容諧俗。其〈詠梅詩〉曰：『虛名每被詩家賣，素豔常遭俗眼嗤。開向人閒非得計，倩誰移上白龍池。』得比興之旨。」

一八

漁洋治春紅橋，風流文采，炤映湖山。《倚聲初集》（漁洋、程邨同輯）錄〈紅橋懷古・浣溪沙〉十闋，末注云：「紅橋詞即席賡唱，興到成篇，各采其一，以誌一時勝事。當使紅橋與蘭亭竝傳耳。」當時同游十人，漁洋游記未詳。《倚聲集》傳本絕少，亟錄以備甄揚故者述焉。「北郭清溪一帶流，紅橋風物眼中秋。綠揚城郭是揚州。　西望雷塘何處是？香魂蘦【音同伶】落使人愁。澹煙芳草舊迷樓。」（漁洋，三闋存一）「六月紅橋漲欲流，荷花荷葉幾時秋？誰翻水調唱涼州。　更欲放船何處去，平山堂上古今愁。不如歌笑十三樓。」（杜濬）「清淺雷塘水不流，幾聲寒笛畫城秋。紅橋猶自倚揚州。　五夜香昏殘月夢，六宮釵落曉風愁。多情煙樹戀迷樓。」（邱象隨）「郭外紅橋半酒家。柳陰之下（《詞綜》作「柳陰陰下」）有停車。笙歌隱隱小窗紗。曲水已無黃篾舫，夕陽何處玉鉤斜。綠荷開遍舊時花。」（袁于令）「紫陌青樓女史家，門前偷下六萌車。彄【音同摳】環雙臂絹紅紗。　十二闌干閒倚徧，黃鶯嗁上內人斜。隔江愁聽〈後庭花〉。」（蔣階。原評：數首當以此為絕唱）「一曲紅橋三兩家，門前過盡卓金車。碧楊深處紡吳紗。　疎雨撩風偏細細，晴波受月故斜斜。無情有思隔溪花。」（朱克生）「狹巷朱樓認妾家，捲簾初下碧油車。東風翠袖曳輕紗。　岸上鶯歌隨柳弱，水邊燕尾掠波斜。春江流落可憐花。」（張養重）「綠樹陰濃露酒家，小廊迴合引停車。銀箏嬌倚杏兒紗。　〈水調歌頭〉聲未了，曲闌干外月光斜。聲聲渡口賣荷花。」（劉梁嵩）「隱隱簫聲送畫橈，迷樓無影見平橋。不須指點已魂銷。　港口荷花紅冉冉，岸邊野草碧迢迢。游人依舊弄新潮。」（陳允衡）「鳳舸龍船泛畫橈，江都天子過紅橋。而今追憶也魂銷。　繡瓦無聲春脈脈，羅裙有夢夜迢迢。漫天絲雨咽歸潮。」

（陳維崧）安邱曹升六（貞吉）《珂雪詞》亦有追和之作：「幾曲清溪泛畫橈，綠楊深處見紅橋。酒帘【音同簾】歌扇暗香銷。　白雨跳波紅冉冉，青山擁髻水迢迢。三生如夢廣陵潮。」神韻絕佳，與諸名輩抗手。

一九

納蘭容若為國初第一詞手。其〈飲水詩．填詞古體〉云：「詩亡詞乃盛，比興此焉記。往往歡娛工，不如憂患作。冬郎一生極顦顇，判與三閭共醒醉。美人香草可憐春，鳳蠟紅巾無限淚。芒鞋心事杜陵知，衹今惟賞杜陵詩。古人且失風人旨，何怪俗眼輕填詞。詞源遠過詩律近，擬古樂府特加潤。不見句讀參差《三百篇》，已自換頭兼轉韻。」容若承平少年，烏衣公子，天分絕高。適承元明詞敝甚，欲推尊斯道，一洗雕蟲篆刻之譏。獨惜享年不永，力量未充，未能勝起衰之任。其所為詞，純任性靈，纖塵不染，甘受和，白受采，進於沉著渾至何難矣。嘅【音同慨】自容若而後，數十年間，詞格愈趨愈下。東南操觚之士，往往高語清空，而所得者薄。力求新豔，而其病也尖。微特距兩宋若天壤，甚且為元明之罪人。箏琶競其繁響，蘭荃為之不芳，豈容若所及料者哉。

二〇

容若與顧梁汾交誼甚深，詞亦齊名，而梁汾稍不逮容若，論者曰：失之脆。

二一

《飲水詞》有云：「吹花嚼蕊弄冰絃。」又云：「烏絲闌紙嬌紅篆。」容若短調輕清婉麗，誠如其自道所云。其慢詞如〈風流子・秋郊即事〉云：「平原草枯矣。重陽後，黃葉樹騷騷。記玉勒青絲，落花時節。曾逢拾翠，忽聽吹簫。今來是，燒痕殘碧盡，霜影亂紅凋。秋水映空，寒煙如織，皁【音同皂】雕飛處，天慘雲高。　人生須行樂，君知否，容易兩鬢蕭蕭。自與東君作別，剗地無聊。算功名何許，此身博得，短衣射虎，沽酒西郊。便向夕陽影裏，倚馬揮毫。」意境雖不甚深，風骨漸能騫舉，視短調為有進，更進，庶幾沉著矣。歇拍「便向夕陽」云云，嫌平易無遠致。

二二

「如魚飲水，冷暖自知。」道明禪師答盧行者語，見《五燈會元》。納蘭容若詩詞命名本此。

二三

梁汾營捄【音同求】漢槎事，詞家紀載綦【音同齊】詳。惟〈梁溪詩鈔小傳〉注：「兆騫既入關，過納蘭成德所，見齋壁大書『顧梁汾為吳漢槎屈膝處』，不禁大慟。」云云，此說它書未載。昔人交誼之重如此。又《宜興志・僑寓傳》：「梁汾嘗訪陳其年於邑中，泊舟蛟橋下。吟詞至得意處，狂喜，失足墮河。一時傳為佳話。」說亦僅見，亟附箸之。

二四

《香海棠館詞話》及《薇省詞鈔．梁汾小傳》後，載顧、成交誼綦詳。閱武進湯曾輅先生（大奎、貞愍之祖）《炙硯瑣談》一段甚新，為他書所未載，亟錄如左。「納蘭成德侍中與顧梁汾交最密。嘗填〈賀新涼〉詞為梁汾題照，有云：『一日心期千劫在，後身緣、恐結他生裏。然諾重，君須記。』梁汾答詞亦有『託結來生休悔』之語。侍中殁後，梁汾旋亦歸里。一夕，夢侍中至，曰：『文章知己，念不去懷。泡影石光，願尋息壤。』是夜，其嗣君舉一子。梁汾就視之，面目一如侍中，知為後身無疑也，心竊喜甚。彌月後，復夢侍中別去。醒起，急詢之，已卒矣。先是侍中有小像留梁汾處，梁汾因隱寓其事，題詩空方。一時名流，多有和作。像今存惠山草庵貫華閣。雲自在龕藏《天香滿院圖》，容若三十二歲像也。朱邸崝【音同稱】嶸，紅闌綠曲，老桂十數株，柯葉作深黱【音同待】色，花綻如黃雪。容若青裦【音同報】絡緹，竚立如有所憶，貌清癯【音同渠】特甚。禹鴻臚之鼎筆。」

二五

或問國初詞人當以誰氏為冠？再三審度，舉金風亭長對。問佳構奚若？舉〈擣練子〉云：「思往事，渡江干。青蛾低映越山看。共眠一舸聽秋雨，小枕輕衾各自寒。」

二六

竹垞《靜志居琴趣．詠繡鞵【音同協】》云：「假饒無意與人看，又何用明金壓繡。」語意深刻，令人無從置辯。羅泌〈詠釣台詩〉：「一著羊裘便有心。」通於斯恉【音同旨】矣。

二七

《江湖載酒集》，有〈點絳脣・題虞夫人玉映樓詞集〉後附原詞。虞名兆淑，字蓉城，海鹽人。案《鶴徵錄》：「李秋錦元名虞兆潢，海鹽籍。」或蓉城昆弟行也。

二八

孫愷似布衣奉使朝鮮，所進書有《朴誾填詞》【誾音同吟】二卷，名《擷秀集》，封達御前，見蔣京少《瑤華集》述。海邦殊俗，亦擅音闋，足徵本朝文教之盛。庚寅，余客滬上，借得越南阮緜審《皷枻詞》【皷音同鼓，枻音同曳】一卷。短調清麗可誦，長調亦有氣格。〈歸自謠〉云：「溪畔路，去歲停橈溪上渡。攀花共繞溪前樹。 重來風景全非故。傷心處，綠波春草黃昏雨。」〈望江南〉十首，錄二云：「堪憶處，曉日聽嗁鸎【音同英】。百襉【音同繭】細裙偎草坐，半裝高屧【音同謝】蹋花行。風景近清明。」「堪憶處，蘭槳泛湖船。荷葉羅裙秋一色，月華粉靨夜雙圓。清唱想夫憐。」〈沁園春・過故宮主廢宅〉云：「好箇名園，轉眼荒涼，不似前年。憶雕甍繡闥，芙蓉江上，金尊檀板，悲翠簾前。歌扇連雲，舞衣如雪，歷亂春花飛半天。曾無幾，卻平蕪牧笛，頹岸漁船。 悠悠往事堪憐，況日暮經過倍黯然。但夕陽欲落，照殘芳樹，昏鴉已滿，嗁斷寒煙。暫駐笻【音同瓊】，淺斟杯酒，暗祝輕澆廢址邊。微風裏，恍玉簫彷彿，月下遙傳。」〈玉漏遲・阻雨夜泊〉云：「長江波浪急。蘭舟叵【音同頗】耐，雨昏煙溼。突兀愁城，總為百憂皆集。歷亂燈光不定，紙窗隟【音同隙】、東風潛入。寒氣襲。鐘殘酒渴，詩懷荒澀。 料想碧玉樓中，也背著闌干，有人悄立。彤管鸞楡【音同兼】，一任侍兒收拾。誰忍相思相望，解甚處、山川都邑。休話及。此宵鵑嚥花泣。」緜審，字仲淵，公爵。

二九

甘肅人詞流傳絕少。狄道吳信辰先生（鎮）《松厓詩錄》附詞一卷。先生由舉人官至湖南沅州知府，主講蘭山書院。蚤歲詩學為牛空山入室弟子。其集多名人序跋，如袁簡齋、王西莊諸先生，并推許甚至。楊蓉裳跋其詞云：「葉脫而孤花明，雲淨而峭峰出。」余評之曰：「鏗麗沉至，是能融五代入南宋者。」〈點絳脣・天台〉云：「水泛胡麻，人間伉儷仙家愛。春風半載，歸去迷年代。　咫尺天台，回首雲霞礙。郎如再。向時嬌態，惟有桃花在。」〈玉蝴蝶・赤壁懷古〉云：「扼腕炎靈，末季中原，大局盡入當塗。猶恃專場爪距，窘迫南烏。不知權、空勞知備，既生亮、可弗生瑜。快斯須。漲天煙火，百萬焦枯。　胡盧。昔年此地，虹銷霸氣，電掃雄圖，折戟沉沙，忽然攜酒到髯蘇。話三分、江山笑汝，成兩賦，風月歸吾。問樵漁，鱸肥鶴瘦，畢竟誰輸。」（後段字字勁偉）〈意難忘・別人〉云：「纔上離筵，悵嘶風五馬，躑躅江干。孤帆天共遠，雙袖淚頻彈。別時易，見時難。儘一霎盤桓。更何時，重園燕玉，再護湘蘭。　夕陽無限關山。有淒涼飛雁，水咽雲寒。梅花雖吐雪，楓葉尚流丹。心上事，不能寬。是舊怨新懽【音同歡】。且暫教，洞庭明月，兩處同看。」（換頭稼軒勝處）〈憶少年・題桐陰倚石圖〉云：「飄飄梧葉，團團紈扇，冷冷羅袖。朱顏易凋歇，歎涼風依舊。　石上絲羅盤左右。乍相偎、遠山即皺。儂心鎮常熱，任蒼苔冰透。」（蘇、辛卻無此娟雋）

三〇

蜀語可入詞者，四月寒名「桐花凍」，七夕漬綠豆令芽生，名「巧芽」（桐娟浙產，生長蜀中，為余言之，不忍忘也。曩歲庚寅，余客羊城，假方氏碧琳琅館藏書移寫。時距桐娟殂化，僅匝月耳。有〈鷓鴣天〉句云：「殯宮風雨如年夜，薄倖蕭郎尚校書。」半塘老人最為擊節，謂情至語無逾此者，偶憶記之）。

三一

宋大寧夫人韓氏《游靈巖觀音道場題紀磨崖》云：「大寧夫人韓氏朝拜東嶽回，遊靈巖觀音道場。四絕之所，崇峰引翠，宛若屏圍。而北主峰峖然五里之聳，而肩有殿，號曰證明。謂其如來化跡，祈應如響。於是發精確志，不懼巇險，乘輿而步其上。仰瞻紺像，欣敬不已。及觀巖麓，木怪石奇，景與世別。眺寓移時，頓忘塵慮。若□聖力所加。從心之年，焉能至此。於內自省，尤為之幸。仍知名山勝槩，傳不誣矣。時政和改元季春念五日，孫男左侍禁曹洙、三班奉職深、右班殿直涇侍行。使女憙奴、孫倩奴、喬□奴、□□奴、張吉奴、祝美奴、楊蘂奴、朱采奴、薛珍奴、張望奴董從行。洙奉命題紀嵓【音同岩】石。」使女名入石刻，於此僅見。惜十泐【音同勒】其二，而倩、蘂二名絕韻。余得拓本，珍弆【音同矩】久之，檢付裝池，為賦〈浣溪沙〉云：「捧硯亭亭列十眉，雲涯暫駐絳紗帷。苕華名姓好誰題。　香豔別開金石例，纖穠如見燕環姿。僧彌團扇可無詩。」

三二

詞貴有寄託。所貴者流露於不自知，觸發於弗克自己。身世之感，通於性靈。即性靈，即寄託，非二物相比附也。橫亙一寄託於搦【音同懦】管之先，此物此志，千首一律，則是門面語耳，略無變化之陳言耳。於無變化中求變化，而其所謂寄託，乃益非真。昔賢論靈均書辭，或流於跌宕怪神，怨懟激發，而不可以為訓。為非求變化者之變化矣。夫詞如唐之《金荃》，宋之《珠玉》，何嘗有寄託，何嘗不卓絕千古，何庸為是非真之寄託耶？

三三

誦佛經不必求甚解，多誦可也。讀前人佳詞亦然。昔人言：「客都門者日詣廠肆，循覽插架，寓目簽題，勿庸繙帙，輒有無形之進益。」一通於斯旨矣。少日讀名家詞，往往背誦如流。詢以作者誰氏，輒復誤記。葢【音同蓋】心目專注，弗遑旁及。漚尹謂余得力即在是。其知人之言夫。**（求甚解即亦可云旁及，此旨至微，蓋其所專注，在於甚解之外矣）**

三四

詞無不諧適之調，作詞者未能熟精斯調耳。昔人自度一腔，必有會心之處。或專家能知之，而俗耳不能悅之。不拘何調，但能填至二三次，愈填愈佳，則我之心與昔人會。簡淡生澀之中，至佳之音節出焉。難以言語形容者也。唯所作未佳，則領會不到。此詣力，不可彊也。

三五

澀之中有味、有韻、有境界，雖至澀之調，有真氣貫注其間。其至者，可使疏宕，次亦不失凝重，難與貌澀者道耳。

三六

問哀感頑豔，「頑」字云何詮？釋曰：「拙不可及，融重與大於拙之中，鬱勃久之，有不得已者出乎其中而不自知，乃至不可解，其殆庶幾乎。猶有一言蔽之，若赤子之笑啼然，看似至易，而實至難者也。」

三七

信是慧業詞人，其少作未能入格，卻有不可思議，不可方物之性靈語，流露於不自知。斯語也，即使其人中年深造，晚歲成就以後，刻意為之，不復克辦。蓋純乎天事也。苟無斯語，以謂若而人者之作，蒙竊未敢信也。

三八

問：詠物如何始佳？答：「未易言佳，先勿涉獃。一獃典故，二獃寄託，三獃刻畫，獃襯托。去斯三者，能成詞不易，矧復能佳，是真佳矣。題中之精蘊佳，題外之遠致尤佳。自性靈中出佳，從追琢中來亦佳。」

三九

以性靈語詠物，以沉著之筆達出，斯為無上上乘。

四〇

凡題詠之作，遣詞當有分寸。譬如題某女士所畫牡丹，某女士係守貞不字者，詞中說牡丹之句，必須按切女士身分，不可稍涉輕佻。後段說到女士，亦宜映合牡丹，即畫即人，融成一片。如此作來，不但並不見難，而且必有佳句。從侔色揣稱中出，它題並挪用不得。

四一

《唐秣陵崔夫人墓志》，相傳即《會真記》之鶯鶯。拓本甚舊。或作題詞，就余商定。有「篋碧凝塵」句。「凝」字未愜，屢易字仍未安，最後得「棲」字，不禁拍案叫絕。此鍊字之法也。

蕙風詞話續編 卷一

一

姚令威〈憶王孫〉云：「毿毿【音同三】楊柳綠初低，淡淡梨花開未齊。樓上情人聽馬嘶。憶郎歸。細雨春風濕酒旗。」與溫飛卿「送君聞馬嘶」，各有其妙，政可參看。

二

「詩酒尚堪驅使在，未須料理白頭人」，少陵句也。《梅溪詞・喜遷鶯》云：「自憐詩酒瘦，難應接、許多春色。」蓋反用其意。

三

《竹山詞・絳都春》換頭云：「娅姹。嚬青泫白，恨玉佩罷舞，芳塵凝榭。」「姻娅」之「娅」，從無作活用者。字典亦無別解。唯《字匯補》注云：「娅姹，態也。娅音鴉，么加切。」蔣詞又叶作去聲。按《廣韻》作「娅宊」，注：「作態貌。」〔按：《尊前集》載和凝詞已有「娅姹含情嬌不語」句〕

四

《竹山詞・虞美人・詠梳樓》：「樓兒忒小不藏愁。幾度和雲飛去、覓歸舟。」較「天際識歸舟」更進一層。

五

寄閒翁〈風入松〉云：「舊巢未著新來燕，任珠簾、不上瓊鉤。」用「待燕歸來始下簾」句意，翻新入妙。〈戀繡衾〉云：「自不怨東風老。怨東風、輕信杜鵑。」是未經人道語。

六

宋周端臣〈木蘭花慢〉句云：「料今朝別後，它時有夢，應夢今朝。」呂居仁〈減字木蘭花〉云：「來歲花前，又是今年憶昔年。」命意政同，而遣詞各極其妙。**〔按：此則與《詞話》卷二第九一則相類，此稍略〕**

七

曹元寵〈品令〉歇拍云：「促織兒、聲響雖不大，敢教賢、睡不著。」「賢」字作「人」字用，蓋宋時方言。至今不嫌其俗，轉覺其雅。

八

《于湖詞・菩薩蠻》云：「東風約略吹羅幕，一檐細雨春陰薄。試把杏花看，濕紅嬌幕寒。佳人雙玉枕。烘醉鴛鴦錦。折得最繁枝。暖香生翠幃。」此詞縣麗蕃豔，直逼《花間》。求之北宋人集中，未易多靚。

九

侯彥周《嬾窟詞・念奴嬌・探梅》換頭云：「休恨雪小雲嬌，出群風韻，已覺桃花俗。」頗能為早梅傳神。「雪小雲嬌」四字連用，甚新。又〈西江月・贈蔡仲常侍兒初嬌〉云：「荳蔻梢頭年紀，芙蓉水上精神。幼雲嬌玉兩眉春。京洛當時風韻。」「芙蓉」句亦妙於傳神。「幼雲嬌玉」四字亦新。

一〇

仲彌性〈浪淘沙〉過拍云：「看盡風光花不語，卻是多情。」語淡而深。〈憶秦娥・詠木犀〉後段云：「佳人斂笑貪先折，重新為翦斜斜葉。斜斜葉。〔按：三字原脫〕釵頭常帶，一秋風月。」末二句賦物上乘，可藥纖滯之失。

一一

《梅磵詩話》：金人犯闕，陽武令蔣興祖死之。其父被擄至雄州驛，題詞於壁，調〈減字木蘭花〉云：「朝雲橫度，轆轆車聲如水去。白草黃沙，月照孤邨三兩家。　飛鴻過也，百結愁腸無晝夜。漸近燕山，回首鄉關歸路難。」蔣乃靖康間浙西人。詞寥寥數十字，寫出步步留戀，步步悽惻。當戎馬流離之際，不難於慷慨，而難於從容。偶然攬景興懷，非平日學養醇至不辦。與祖以一官一邑，成仁取義，得力於義方之訓深矣。雄州宋隸河北東路，金屬中都路，今甘肅寧夏府靈州西南。〔按：雄州為河北省雄縣，非寧夏〕

〔按：惠風所引，與傳本《梅磵詩話》頗異。詩話原文云：「靖康間，金人犯闕，陽武蔣令興祖死之。其女為賊擄去，題字於雄州驛中，敘其本末，仍作〈減字木蘭花〉詞云云。蔣令，浙西人。其女方笄，美顏色，能詩詞，鄉人皆能道之。此詞湯巖起《滄海遺珠》所載。」蔣興祖事見《宋史．卷四百五十二．忠義傳七》，與《梅磵詩話》合。惠風誤以其女為其父〕

一二

《石屏詞》往往作豪放語，緜麗是其本色。〈滿江紅．赤壁懷古〉云：「赤壁磯頭，一番過、一番懷古。想當時、周郎年少，氣吞區宇。萬騎臨江貔虎噪，千艘烈炬魚龍怒。捲長波、一鼓困曹瞞，今如許。　江上渡，江邊路。形勝地，興亡處。覽遺蹤勝讀、詩書言語。幾度東風吹世換，千年往事隨潮去。問道旁、楊柳為誰春，搖金縷。」歇拍云云，是本色流露處。

一三

毛子晉跋《石屏詞》云：「式之以詩名東南，南渡後天下所稱『江湖四靈』之一也。」按宋詩人徐照、徐璣、翁卷、趙紫芝，傳唐賢宗法，號稱「四靈」。據子晉云云，則又別有「四靈」之目矣。

一四

《四庫提要》云：「宋代曲譜，今不可見。《白石詞》皆記拍於句旁，莫辨其似波似磔，宛轉欹斜，如西域旁行字者，節奏安在。」攷《四庫存目》箸錄宋張炎《樂府指迷》一卷，《提要》云：「其書分詞源、製曲、句法、字面、虛字、清空、意趣、用事、詠物、節序、賦情、離情〔按：此二字原脫〕、令曲、雜論，十四篇。」即《詞源》下卷，不知何所本而以沈伯時《樂府指迷》之名名之。而其上卷，則當時並未經見。故於白石譜字，竟不能辨識也。宋燕樂譜字，流傳至今者絕尠【音同顯】。日本貞亨初（當中國康熙初）所刻《增類群書類要事林廣記》（吾國西穎陳元靚編輯）卷八〈音樂舉要〉，有管色指法譜字，與白石所記政同。卷九〈樂星圖譜〉所列〈律呂隔八相生圖〉及〈四宮清聲律生八十四調〉，於諸譜字之陰陽配合，剖析尤詳。卷二文藝類有黃鐘宮散套曲，為〈願成雙令〉、〈願成雙慢〉（已上係宮拍），〈獅子序〉、〈本宮破子〉、〈賺〉、〈雙勝子〉、〈急三句兒〉等名，首尾聲完具，節拍分明。讀《白石詞》者，得此可資印証。

一五

詞有淡遠取神，只描取景物，而神致自在言外，此為高手。然不善學之，最易落套。亦如詩中之假王、孟也。劉招山〈一翦梅〉過拍云：「杏花時節雨紛紛。山繞孤邨，水繞孤邨。」頗能景中寓情。昔人但稱其歇拍三句「一般離思」云云，未足盡此詞佳勝。

一六

《潘紫巖詞》，余最喜其〈南鄉子〉一闋（《後邨詩話》題云：〈鐔津懷舊〉，《花菴絕妙詞選》題云：〈題南劍州妓館〉），小令中能轉折，便有尺幅千里之勢。詞云：「生怕倚闌干，閣下溪聲閣外山。空有舊時山共水，依然。暮雨朝雲去不還。」相見躡飛鸞，月下時時認佩環。月又漸底霜又下，更闌。折得梅花獨自看。」歇拍尤意境幽瑟。

一七

張武子〈西江月〉過拍云：「殷雲度雨井桐凋，雁雁無書又到。」昔人句云：「江頭數盡南來雁，不寄西風一幅書。」此詞括以六字，彌覺沉頓。

一八

馬古洲〈海棠春〉云：「護取一庭春，莫彈花間鵲。」用徐幹臣：「悶來彈鵲，又攪碎、一簾花影。」可謂善變。

一九

又馬古洲〈月華清〉云：「怕裏。又悲來老卻，蘭台公子。」「怕裏」，宋人方言，《草窗詞》中屢見，猶言恰提防閒，大致如此詮釋，尚須就句意活動用之。

二〇

高彥先，吾廣右宦賢也。《東溪詞．行香子》云：「瘴氣如云，暑氣如焚。病輕時、也是十分。沉疴惱客，罪罟縈人。嘆檻中猿，籠中鳥，轍中鱗。休負文章，休說經綸。得生還、早已因循。菱花照影，筇竹隨身。奈沈郎尪、潘郎老、阮郎貧。」蓋編管容州時作，極寫流離困瘁狀態，足令數百年後讀者為之酸鼻。曩余自題〈菊夢詞〉句云：「雪虐霜欺，須拌得、鬢邊絲。」彥先先生可謂飽經霜雪矣。

二一一

曾蒼山（原一）曾游吾粵。考《粵西金石略》：臨桂雉山、隱山、水月洞，並有淳祐二年與趙希囿同游題名。《梅磵詩話》云：「蒼山年七歲，賦〈楊妃韈〉云『萬騎西行駐馬嵬，凌波曾此墮塵埃。誰知一掬香羅小，踏轉開元宇宙來』，蓋穎慧絕人者。」其詞如〈謁金門〉云：「梅粉褪，點點雨聲春恨。半吐桃花芳意嫩。草痕青寸寸。　把酒花邊低問，莫解寒深紅損。等待春風晴得穩，琵琶重整頓。」亦以天事勝也。

二一二

黃雪舟詞，清麗芊綿，頗似北宋名作。唯傳作無多，殊為憾事。其〈水龍吟〉云：「柔腸一寸，七分是恨，三分是淚。」蓋仿東坡「春色三分，二分塵土，一分流水」之句。所不逮者，以刻鏤稍著痕跡耳。其歇拍云：「待問春、怎把千紅，換得一池綠水。」亦從「一分流水」句引伸而出。

二一三

方秋崖〈沁園春〉詞，檃括《蘭亭序》，有小序：「汪強仲大卿，禊飲水西，令妓歌蘭亭，皆不能，乃為以平仄度此曲，俾歌之。」云云。大抵循聲按拍，宋人最為擅長。不徒長短句皆可歌，即前人佳妙文字，亦皆可歌。水西群妓，殆非妙選工歌者。如其工者，則必能歌《蘭亭序》矣。它如庾子山〈春賦〉，梁元帝〈蕩婦思秋賦〉、〈採蓮賦〉，李太白〈惜餘春賦〉、〈愁陽春賦〉，儻付珠喉，未知若何流美。又如江文通〈別賦〉、謝希逸〈月賦〉、鮑明遠〈蕪城賦〉、李遐叔〈吊古戰場文〉、歐陽文忠〈秋聲賦〉、蘇文忠〈前後赤壁賦〉，皆可選摘某篇某段而歌之。此類可歌之文，尤不勝僂指。紅簫鐵板，異曲同工已。

二四

葛郯《信齋詞．水調歌頭．舟回平望過烏戍值雨向晚復晴》云：「應是陽侯薄相，催我胸中錦繡，清唱和鳴鷗。」「薄相」猶言游戲，吳閶里語曰「白相」。「白」蓋「薄」之聲轉，一作「孛相」。烏程張鑑《冬青館詩．山塘感舊》云：「東風西月燈船散，愁煞空江孛相人。」

二五

蕭閑〈小重山〉云：「得君如對好江山，幽棲約、湖海玉孱顏。」比余〈詠梅．清平樂〉云：「玉容依舊，便抵江山秀。」略與昔賢闇合，特言外情感不同耳。

二六

閨人時妝，鬒【音同枕】髮覆額，如黝髹【音同休】可鑒。以梳之小而絕精者，約正中片發，入其齒中，闊與梳相若，梳齒藏不見，則鬅起，為美觀。《花間集》毛熙震〈浣溪沙〉云：「象梳欹鬢月生云。」清姒嘗改為「象梳扶鬢雲藏月」，蓋賦此也。

二七

近人稱壽五十一歲曰開六，六十一曰開七。程大昌〈韻令・碩人生日〉（**按：宋人稱詞為韻令，此以為調名，僅見**）云：「壽開八秩，兩鬢全青。顏紅步武輕。」自注：「白樂天〈開六秩詩〉自注云：『年五十歲。即曰開六秩矣。』言自五十一，即為六十紀數之始也。」五十即曰開六，與今小異。（**按：《彊村叢書》本程大昌《文簡公詞》載此詞自注所引白樂大注，為五十一歲，非五十歲。不知惠風所據何本，或非善本，故有奪字**）

二八

易祓〈喜遷鶯〉云：「記得年時，膽瓶兒畔，曾把牡丹同嗅。」語小而不纖。極不經意之事，信手拈來，便覺旖旎纏綿，令人低徊不盡。納蘭成德〈浣溪沙〉云：「被酒莫驚春睡重，賭書消得潑茶香。當時祇道是尋常。」亦復工於寫情，視此微嫌詞費矣。《喜遷鶯》歇拍云：「強消遣，把閒愁推入，花前杯酒。」由「舉杯消愁」意翻變而出，亦前人所未有。

二九

金李用章《莊靖先生樂府・謁金門》序云：「西齋得梅數枝，色香可愛，一日為澤倅崔仲明竊去，感歎不已，因賦此調十二章，以寫悵望之懷。」直書竊梅人之官位姓字，此序奇絕亦韻絕。其十二章之目曰：〈寄梅〉、〈探梅〉、〈賦梅〉、〈歎梅〉、〈慰梅〉、〈賞梅〉、〈畫梅〉、〈戴梅〉、〈別梅〉、〈望梅〉、〈憶梅〉、〈夢梅〉，細審一一，卻無言外寄託，只是為梅花作，抑何纏綿鄭重乃爾。其〈寄梅〉歇拍云：「為問花間能賦客，如何心似鐵。」亦悱惻、亦蘊藉，直使竊梅人無辭自解免。其後有〈太常引．同知崔仲明生日〉云：「太行千里政聲揚，問何處、是黃堂。遺愛幾時忘。試聽取、人歌〈召棠〉。 錦衣年少，插花躍馬，休負好風光。三萬六千場。但暮暮、朝朝醉鄉。」召棠遺愛，於插花年少得之。竊花人幸復不惡，不失其為花間能賦，賴此闋為之解嘲。

三〇

李莊靖〈謁金門〉云：「萬里無雲天紺滑。一輪光皎潔。」「紺滑」二字，未經前人用過，較「雨過天青雲破處」，尤為妙於形容。

三一

《眉匠詞》，竹垞少作，豐潤丁氏持靜齋藏。

三二

《遯庵樂府．大江東去》云：「不如聞早，付它妻子耕織。」〈江城子〉云：「明日新年，聞早健還家。」〈漁家傲〉云：「住山活計宜聞早。身世滄溟一漚小。」「聞早」當是北人方言，《菊軒樂府》中亦兩見。**（漚尹云：今汴梁城中有此方言，猶言及早。「聞」讀若「穩」）（按：宋人詞中亦頗有用「聞早」二字者）**

三三

鄭谷〈貧女吟〉：「笑翦燈花學畫眉。」潘元質詞：「旋翦燈花，兩點翠眉誰畫。」蓋以燈煤碾細代眉黛。王元老〈菩薩蠻〉云：「留取麝煤殘，臨鸞學遠山。」此用香煤，更韻。

三四

曩作〈七夕詞〉，涉尋常兒女語，疇丈尤切誡之，余自此不作七夕詞，承丈教也。《碧瀣詞（刻入《薇省同聲集》）．齊天樂》序云：「前人有言，牽牛象農事，織女象婦功。七月田功粗畢，女工正殷，天象亦寓民事也。六朝以來，多寫作兒女情態，慢神甚矣。丁亥七夕，偶與瑟軒論此事，倚此糾之。」「一從〈豳雅〉陳民事，天工也垂星彩。稼始牽牛，衣成織女，光照銀河兩界。秋新候改。正嘉穀初登，授衣將屆。春秬【音同巨】秋梭，歲功於此隱交代。　神靈焉有配偶，藉唐宮夜語，誣衊真宰。附會星期，描樵月夕，比作人間歡愛。機窗淚灑。又十萬天錢，要償婚債。綺語文人，懺除休更待。」即誡余之恉也。

三五

菊軒〈臨江仙〉云：「浮生擾擾笑何樓。試看雙鬢上，衰颯瘋不禁秋。」按劉貢父《詩話》：「世語虛偽為何樓。蓋國初（宋初也）京師有何家樓，其下賣物多虛偽，故以名之。」菊軒詞蓋用此。

三六

《明秀集・樂善堂賞荷詞》：「胭脂膚瘦熏沉木，翡翠盤高走夜光。」《滹南老人詩話》云：「蓮體實肥，不宜言瘦，似易『膩』字差勝。」龍壁山人云：「蓮本清豔，膩得其貌，未得其神也。」余嘗細審之，此字至難穩稱，尤須與下云「熏沉水」相貫穿。擬易「潤」字、「媚」字、「薄」字，彼勝於此。似乎「薄」字較佳，對下句「高」字亦稱。

三七

《須溪詞・百字令》「少微星小」闋自注：「佛以四月八生，見明星悟道，曰『奇哉』，即《左傳》『星隕如雨』之夕也。」此說絕新。須溪賅【音同該】博，未審於何書得之。

三八

宋人多壽詞，佳句卻罕覯。《雪坡詞・沁園春・壽婺州陳可齋》云：「元佑諸賢，紛紛台省，惟有景仁招不來。」命意高絕。前調〈壽陳中書〉云：「著身已是瀛洲。問更有長生別藥不？」極雅切，極自然。又〈壽陶守〉云：「春雨慳時，千金斗粟，民仰使君為食天。」民以食為天，尋常語耳。（**按：見《通鑑》賈潤甫謂李密語**）「為食天」更雋而新。

三九

吳人呼女曰囡，讀若奴頑切。虞山王東溆（**應奎**）《柳南續筆》：「吾友吳友篁著《太湖漁風》，載漁家日住湖中，自無不肌粗面黑。閒有生女瑩白者，名曰白囡，以誌其異。漁人戶口冊中兩見之。」云云。吳叔永（泳）《鶴林詞・賀新郎・宣城壽季永弟》云：「爺作嘉興新太守，囡拜鶚書天府，況哥共、白頭相聚。」則宋人已用之入韻語矣。叔永，蜀人，亦作吳語，何耶？「囡」字編檢字書，並未之載。

四〇

《鶴林詞・清平樂・壽吳毅夫》云：「荔子才丹梔子白，抬貼誕彌嘉月。」「抬貼」字亦方方言，於此僅見。

四一

「算一生繞徧，瑤階玉樹，如君樣、入閒少。」吳叔永〈水龍吟・壽李長孺〉句。壽詞能為此等語，視尋常歌誦功德，何止仙塵糟玉之別。

四二

葉夢得《避暑錄話》：「歐陽文忠公在揚州，作平山堂。每暑時輒凌晨攜客往遊。遣人走邵伯，取荷花千餘朵，以畫盆分插百許盆，與客相間。遇酒行，即遣妓取花一枝傳客，以次摘其葉，盡處則飲酒，往往侵夜戴月而歸。」郭遯齋〈卜算子〉序云：「客有惠牡丹者。其六深紅，其六淺紅。貯以銅瓶，置之席間，約五客以賞之。仍呼侑尊者六輩。酒半，人簪其一，恰恰無欠餘，因賦。」「誰把洛陽花，翦送河陽縣。魏紫姚黃此地無，隨分紅深淺。　小插向銅瓶，一段真堪羨。十二人簪十二枝，面面交相看。」遯齋詞事，與歐公風趣略同。玉溪生以「送鉤」、「射覆」入詩，得毋愧此雅故。

四三

《青泥蓮花記》：「李之問解長安幕，詣京師改秩。都下聶勝瓊，名倡也，質性慧黠，李見而喜之。將行，勝瓊送別，餞飲於蓮花樓下，唱一詞，末句曰：『無計留春住。奈何無計隨君去。』因復留經月。為細君督歸甚切，遂飲別。不旬日，聶作一詞寄李云：『玉慘花愁出鳳城。蓮花樓下柳青青。尊前一唱〈陽關曲〉，別箇人人第幾程。　尋好夢，夢難成。有誰知我此時情？枕前淚共階前雨，隔箇窗兒滴到明。』蓋寓調〈鷓鴣天〉也。之問在中路得之，藏於篋底，抵家，為其妻所得。問之，俱以實告。妻喜其語句清麗，遂出妝奩資夫取歸。瓊至，即棄冠櫛，損妝飾，委曲事主母，終身和悅，未嘗少有閒隙焉。」勝瓊〈鷓鴣天〉詞，純是至情語，自然妙造，不假造琢，愈渾成，愈穠粹。於北宋名家中，頗近六一、東山。方之閨幃之彥，雖幽棲、漱玉，未遑多讓，誠坤靈閒氣矣。之問之妻能賞會勝瓊詞句，既無見嫉之虞，尤有知音之雅。委曲以事，和悅終身，吾為勝瓊慶得所焉。又朱端朝，字廷之，南渡後肄業上庠。與妓馬瓊瓊者，往來久之。及省試優等，授南昌尉。輾轉脫瓊瓊籍，挈之歸家。因闢二閣，東閣正室居之，瓊瓊居西閣。廷之之任南昌，倏經半載，西閣以梅雪扇寄之，後寫一詞，調〈減字木蘭花〉云：「雪梅妒色，雪把梅花相抑勒。梅性溫柔，雪壓梅花怎起頭。　芳心欲訴，全仗東君來作主。傳語東君，早與梅花作主人。」廷之詳味詞意，知為東閣所抑，自是坐臥不安，竟託疾解綬。既抵家，置酒會二閣，賦〈浣溪沙〉一闋云：「梅正開時雪正狂，兩般幽韻孰優長。且宜持酒細端相。梅比雪花多一出，雪如梅蕊少些香。天公非是不思量。」自是二閣歡好如初。茲事亦韻甚。唯是瓊瓊所遭，視勝瓊稍不逮，勝瓊誠勝瓊矣。

四四

國初錫山侯氏，刻《十名家詞》，有顧梁汾序一首，論詞見地絕高。江陰金溎（武祥）粟香室重刻本，佚去此序。曩移鈔史館本《顧集》，亦未之載，亟錄於此。序云：「異時長短句，自《花間》、《草堂》而外，行世者蓋不多見。明末海虞毛氏，始取《花庵》、《尊前》諸集，及宋人詞稿，盡付剞劂。其中字句之譌，姓名之混，間不免焉。雖然，讀書而必欲避譌與混之失，即披閱吟諷，且不能以終卷，又安望其暢然拔去抑塞，任為流通也。亦園主人高情逸韻，擺落一切，顧於長短句，獨有玄賞。其所刻詩不一，而先之以詞。其所刻詞不一，而先之以十家之詞，皆藏弆善本。集中之為譌且混者絕少，真可補毛氏所未及。抑余更有取焉。今人之論詞，大概如昔人之論詩。主格者其歷下之摹古乎？主趣者其公安之寫意乎？邇者競起而宗晚宋四家，何異牧齋之主香山、眉山、渭南、遺山？要其得失，久而自定。余則以南唐二主當蘇、李，以晏氏父子當三曹，而虛少陵一席，竊比於鐘記室獨孤常州之云。總讓亦園之不執已，不狥人，不強分時代，令一切矜新立異者之廢然返也。」

四五

容若〈夢江南〉云：「新來好，唱得虎頭詞。一片冷香惟有夢，十分清瘦更無詩。標格早梅知。」即以梁汾〈詠梅〉句喻梁汾詞。賞會若斯，豈易得之並世。

四六

宋毛幵【音同掩】，〈自宛陵易倅東陽留別諸同寮·滿庭芳〉云：「回頭笑，渾家數口，又泛五湖舟。」俚語稱妻曰「渾家」，屢見坊肆間小說。毛詞則舉一切眷屬言之。

四七

周必大《近體樂府》，有〈點絳脣·七夜趙富文出家姬小瓊再賦〉，「七夕」作「七夜」，甚新。小瓊即范石湖所謂與韓无咎、晁伯如家姬稱為三傑者，見《本事詞》注〔按：見周密《齊東野語·卷十五》〕。又〈木蘭花慢·贈貴遊摘阮時得名妾故戲及之〉云：「松間玄鶴舞翩翩。山鬼下蒼烟。正閉戶焚香，捩商泛角，非指非弦。」曩見宋人所繪〈九歌圖〉，山鬼像絕娟倩，所謂「既含睇兮又宜笑，子慕余兮善窈窕」。彼雲屏妙姬，能當之無愧色耶？

四八

《中庵詩餘·鵲橋仙·觀接牡丹》云：「栽時白露，開時穀雨，培養工夫良苦。閒園消息阿誰傳，算只是、司花說與。寒梢一拂，芳心寸許，點破凡根宿土。不知魏紫是姚黃，到來歲、春風看取。」曩見查悔餘《得樹樓雜鈔》，引《黃伐壇集・妒芽說》：「客有語予，人有以桃為杏者，名曰接。其法，斷桃之本，而易以杏。春陽既作，其枝葉與花皆杏也。桃之萌亦出於其本。蓊然若與杏爭盛者。主人命去之，此妒芽也。」云云。接花入題詠，於劉詞僅見。吾廣右花傭，最擅此技。如以桃接杏，則先植桃於盆，其本必蟠屈有姿致，僅留一二枝條，壯約指許，屆清明前則就杏擇其枝氣在者，壯相若者，與桃之本姿致宜稱者，審定長短距離，削去其半，約寸許，同時於桃枝近本處，亦削去其半，亦寸許，速就兩枝受削處密切黏合，以苧皮緊束之。外用杏根畔土，調融塗護，勿露削口。若所接杏枝距地較高，則植木為架搘【音同枝】桃盆，務令兩花高下相若，無稍拗屈彊附。迨至夏初，兩枝必合而為一。苧皮暫不必解，於杏枝削口稍下，徐徐鋸斷，俾兩花脫離，即將削口稍上之桃枝鋸棄，則本桃而花葉皆杏矣。它花接法並同，唯所接皆木本，接時必清明前，如劉詞所云。牡丹係草本，白露已深秋，能於深秋接草木花，其技精於今人遠甚。唯詞歇拍云：「不知魏紫是姚黃，到來歲、春風看取。」當接花時，不能預定其色品，詎昔之接異於今之接耶？惜其法不可得而考矣。

四九

王文簡《倚聲集》序：「唐詩號稱極備。樂府所載，自七朝五十五曲外，不概見。而梨園所歌，率當時詩人之作，如王之渙之〈涼州〉、白居易之〈柳枝〉。王維〈渭城〉一曲流傳尤盛。此外雖以李白、杜甫、李紳、張籍之流，因事創調，篇什繁富，要其音節皆不可歌。詩之為功既窮，而聲音之秘，勢不能無所寄，於是溫、韋生而《花間》作，李、晏出而《草堂》興，此詩之餘而樂府之變也。詩餘者，古詩之苗裔也。語其正則南唐二主為之祖，至漱玉、淮海而極盛，高、史其嗣響也。語其變則眉山導其源，至稼軒、放翁而盡變，陳、劉其餘波也。有詩人之詞，唐、蜀、五代諸人是也。有文人之詞，晏、歐、秦、李諸君子是也。有詞人之詞，柳永、周美成、康與之之屬是也。有英雄之詞，蘇、陸、辛、劉是也。至是，聲音之道乃臻極致。而詩之為功，雖百變而不窮。」云云。僅二百數十言，而詞家源流派別，瞭若指掌。是書傳本絕尠，亟節記之。

五〇

倚聲之作，石刻閒見箸錄，金文尤罕覯。宋〈滿江紅〉詞鏡，鏡邊飾以梅花，詞作回文書：「雪共梅花，念動是、經年離折。重會面、玉肌真態，一般標格。誰道無情應也妒，暗香蘈沒教誰識。卻隨風偷入傍妝台，縈簾額。　驚醉眼，朱成碧。隨冷煖，分青白。嘆朱紘凍折，高山音息。悵望關河無驛使，剡溪興盡成陳迹。見似枝而喜對楊花，須相憶。」馮晏海雲鵬得之濟南，謂其詞類宋人，故定為宋鏡。見張詩舲（祥河）《偶憶編》。又曾賓谷（燠）藏宣德銅盤，內刻〈錦堂春〉詞：「映日穠花旖旎。縈風細柳輕盈。游絲十丈重門靜、金鴨午烟清。　戲蝶渾如有意，啼鶯還似多情。游人來往知多少，歌吹散春聲。」「宣德七年正月十五日。」

五一

義州李文石（葆恂）《舊學盦筆記》，記所見金石書畫，有宋製賈文元玉詞牌。按賈昌朝，字子明，獲鹿人。天禧初，賜同進士出身。慶曆間，拜同中書門下平章事，加左僕射，卒謚文元。有〈木蘭花〉云：「都城水渌嬉遊處。仙棹往來人笑語。紅隨遠浪泛桃花，雪散平堤飛柳絮。　東君欲共春歸去。一陣狂風和驟雨。碧油紅旆【音同佩】錦障泥，斜日畫橋芳草路。」黃花庵云：「公生平唯賦此一詞。」未審即玉牌所刻否？

五二

光緒甲午，伯愚學士（志鈞）簡烏里雅蘇臺辦事。宗室伯希祭酒（盛昱）賦〈八聲甘州〉贈行云：「驀橫吹、意外玉龍哀，烏里雅蘇臺。看黃沙毳【音同脆】幕，縱橫萬里，攬轡初來。莫但訪碑荒磧（自注：「同人屬拓《闕特勤碑》。」），爾是勒銘才。直到烏梁海，蕃落重開。　六載碧山丹闕，幾商量出處，拔我蒿萊。愴從今別後，萬卷一身薶。約明春、自專一壑，我夢君、千騎雪皚皚。君夢我，一枝楖栗，扶上巉苔。」蓋伯愚此行雖之官，猶遷謫也。伯希詞甫脫稿，即錄示余。小紅箋細字絕精。比幡帋故紙得之。此等詞略同杜陵詩史，關系當時朝局，非尋常投贈之作可同日語。因亟箸於編。

五三

半塘雜文存者絕少。檢敝簏得其寄番愚馮恩江（永年）手札舊稿。馮為半塘之戚，有《看山樓詞》，故語多涉詞。「十年闊別，萬里相思。往在京華，得《寄南園二子詩鈔》，嘗置座隅，不時循誦，以當晤言。去秋與家兄會於漢南，又讀《看山樓詞》，不啻與故人烟語於匡番寒翠閒，麈柄爐香，可彷彿接。尤傾倒者在言情令引，少游曉風之詞，小山蘋雲之唱，我朝唯納蘭公子，深入北宋堂奧。遺聲墜緒，二百年後，乃為足下拾得，是何神術，欽佩欽佩。姪溷跡金門，素衣緇盡。閒較倚聲之作，謬邀同輩之知。既獎藉之有人，漸踊躍以從事。私心竊比，乃在南宋諸賢。然畢力奔赴，終彳亍於絕潢斷澗間。於古人之所謂康莊亨衢者，不免有望洋向若之歎。天資人力，百不如人，奈何奈何！萬氏持律太嚴，弊流於拘且雜，識者至訾為癡人說夢，未免過情。然使來者之有人，綜群言於至當，俾倚聲一道，不致流為句讀不葺之詩，則篳路開基，紅友實為初祖。不審高明以為然否？往歲較刻姜、張諸詞集，計邀青睞，祈加匡訂。此外如周、辛、王、史諸家，皆世人所欲見，又絕無善本單行。本擬讎刊，並公同好。又擬輯錄同人好詞，為笙磬同音之刻。自罹大故，萬事皆灰。加以病豎相纏，精力日茶【《唐韻》奴結切。《正韻》乃結切，音涅】，不識此志能否克遂。它日殘喘稍蘇，校刻先人遺書畢，當再鼓握鉛之氣。足下博聞強識，好學深思，其有關於諸集較切者，幸示一二。盼盼。歸來百日，日與病鄰。喪葬大事，都未盡心毫末。負諐【音同謙】高厚，尚復何言。飢能驅人，敲門未遂。涉淞渡湖，載入梁園。今冬明春，當返都下，壹是家兄當詳述以聞，不再覼【音同羅】縷。白雪曲高，青雲路阻。雙江天末，瞻企為勞。附呈拙製，祈不吝金玉，啟誘蒙陋。風便時錫好音。諸惟為道珍重不備。」又云：「倚聲夙昧，律呂尤疏。特以野人擊壤，孺子濯纓，天機偶觸，長謠斯發。深慚紅友之持律，有愧碧山之門風。意迫指訾，遑恤顏厚。茲錄辛巳所造，得若干闋就正，嗟夫，樗散空山，大匠不視。桐焦爨下，中郎賞音。得失何常，真賞有在。傳曰：『子今不訂吾文，後世誰知訂吾文者。』謬附古誼，率辱雅裁，幸甚幸甚！」半塘故後，其生平著作與收藏均不複可問。即其奏稿存否，亦不可知。此手札亦吉光片羽矣。

五四

遺山句云：「草際露垂蟲響徧。」寫出目前幽靜之境，小而不纖，妙在「垂」字、「響」字此二字不可易。

五五

松厓詞，〈竹香子．詠斑竹煙管〉云：「莫問吞多咽少，釣詩竿、何妨飢齩【音同繳】。」「釣詩竿」可作喫菸典故。

五六

元張師通《養蒙先生詞．玉漏遲．壽張右丞》云：「端正嬋娟，為我玳筵留照。」「端正嬋娟」四字，用之壽詞，莊雅而宜稱。它家詞中未之見也。

五七

「金朝遺風：冬月頭雪，令童輩團取，比明，拋親好家。主人見之，即開宴娛賓，謂之撇雪會。」見王秋澗詞〈江神子〉序。金源雅故，流傳絕少，亟記之。

五八

倪雲林〈踏莎行〉後段云：「魯望漁邨，陶朱煙島，高風峻節為今掃。黃雞啄黍濁醪香，開門迎笑東鄰老。」舊作《錦錢詞．壽樓春．陶然亭賦》前段云：「登陶然孤亭，問垂楊閱盡，多少豪英。我輩重來攜酒，但問黃鶯。」後段云：「垂竿叟佔渾無營，共閒鷗佔斷，煙草前汀。一角高城殘照，有人閒憑。」蓋當時實景。托恉與雲林略同。半塘云：「愈含蓄，愈雋永。」

五九

《雲林詞．人月圓》云：「悵然孤嘯，青山故國，喬木蒼苔。當時明月，依依素影，何處飛來。」李重光〈浪淘沙〉云：「晚涼天淨月華開。想得玉樓瑤殿影，空照秦淮。」同一不堪回首。

六〇

海寧查悔餘（慎行）《得樹樓雜鈔》：「《宋史》，紹興五年五月，神武中軍統制楊沂中，發卒輦怪石寘【音同至】太平樓。侍御史張絢劾奏其事，沂中坐罰金。元《黃文獻公溍集》（溍音晉）有〈先居士樂府後記〉云：舊傳太平樓秦檜所建。按沂中罰金時，檜已去相位。則樓之建當在檜秉政初。洎檜再相，和議成日，使士人歌詠太平中興之美。樂府〈滿庭芳〉所由作也。此事《咸淳臨安志》不載。」云云（按：此與元刊本《金華黃先生文集》所載不同）。案《吳興備志》：「黃溍，字晉卿，本姓丁，世居吳興。父鑄育於義烏之黃。溍登延祐二年進士第，累官翰林學士，謚文獻。」據此知溍父名鑄。元吳師道《敬鄉錄》，載宋何茂恭（恪）〈跋黃槐卿題太平樓樂府〉云：「予友黃槐卿，有膽略之士也。當秦氏側目磨牙以讎忠肉義骨之際，獨不為威惕，成長短句以磨其須。其仇因挾為奇貨以控之，且二十年矣。會秦檜下世，遂不及發。其脫於虎口者幸也。」云云。據此，知鑄字槐卿。兩宋詞學極盛，士流束髮受書，大都研究宮律。顧其所作幸而得傳，鉅公華胄而外，十之一二云爾。槐卿〈滿庭芳〉詞，具見平生風節，乃竟湮沒失傳，尤為可惜。宋元已還，小說雜編之屬，未見者不少，容或記述及之。俟異日考求焉。《絕妙好詞》卷六有黃鑄〈秋蕊香令〉一首。鑄字晞顏，號乙山，邵武人，官柳州守，乃別是一人。姓名偶同耳。**〔按：據黃溍《金華黃先生文集》卷三載〈記先世墓志銘〉一文，《太平樓樂府》，乃其六世祖所撰。黃溍六世祖，名中輔，見宋濂所撰〈金華黃先生行狀〉。黃溍生於元至元十四年，距南宋初約一百三、四十年，其父決不能與秦檜同時〕**

六一

審齋詞，〈好事近・和李清宇〉云：「歸晚楚天不夜，抹牆腰橫月。」只一「抹」字，便得冷靜幽瑟之趣。

六二

高竹屋〈金人捧露盤・詠梅〉二闋：「念瑤姬，翻瑤佩，下瑤池。冷香夢、吹上南枝。羅浮夢杳，憶曾清曉見仙姿。天寒翠袖，可憐是、倚竹依依。　溪痕淺，雪痕凍，月痕淡，粉痕微。江樓怨、一笛休吹。芳信待寄，玉堂煙驛雨淒遲。新愁萬斛，為春瘦、卻怕春知。」又：「楚宮閒。金成屋，玉為闌。斷雲夢、容易驚殘。驪歌幾疊，至今愁思怯陽關。清音恨阻，抱哀箏，知為誰彈。　年華晚，月華冷，霜華重，鬢華斑。也須念、閒損雕鞍。斜緘小字，錦江三十六鱗寒。此情天闊，正梅信、笛裏關山。」《絕妙好詞》錄前一闋。余則謂以風格論，後闋較尤遒上也。

六三

評閨秀詞，無庸以骨幹為言。大都嚼蘂吹香，搓酥滴粉云爾。亦有濬發巧思，新穎絕倫之作。《閨秀正始集》：張芬〈寄懷素窗陸姊〉七律一首，回文調寄〈虞美人〉詞。詩云：「明窗半掩小庭幽。夜靜燈殘未得留。風冷結陰寒落葉，別離長望倚高樓。遲遲月影移斜竹，疊疊詩餘賦旅愁。欲將斷腸隨斷夢，雁飛連陣幾聲秋。」詞：「秋聲幾陣連飛雁，夢斷隨腸斷。欲將愁旅賦餘詩，疊疊竹斜移影、月遲遲。　樓高倚望長離別。葉落寒陰結。冷風留得未殘燈。靜夜幽庭小掩、半窗明。」芬字紫蘩，號月樓，江蘇吳縣人，箸有《兩面樓偶存稿》。

六四

無名氏〔按：或云唐人〕〈魚游春水〉云：「秦樓東風裏。燕子還來尋舊壘。餘寒猶峭，紅日薄侵羅綺。嫩草方抽碧玉茵。媚柳輕拂黃金縷。鶯囀上林，魚游春水。」李元膺〈洞仙歌〉云：「雪雲散盡，放曉晴庭院。楊柳於人便青眼。更風流多處，一點梅心相映遠。約略顰輕笑淺。」詞中此等意境，余極喜之。潘瀛選〈新荷葉〉云：「日麗風柔，水邊天氣鮮新。閒坐斜橋，數完幾折溪痕。酒旗戲鼓，怯餘寒、未滿前村。小紅怎乳，鶯聲一巷纔勻。　節過收燈，風光尚未踰旬。粉糝疏籬，誰家香玉鄰鄰。雛晴嫩霽，似垂髫、好女盈盈。江南煙景，殢人猶在初春。」此詞亦韶令可誦。瀛選，順治朝宜興人。

六五

大興李松石（汝珍）箸《李氏音鑑》，自以三十三字母為詞。調〈行香子〉云：「春滿堯天。溪水清漣。嫩紅飄、粉蝶驚眠。松巒空翠，鷗鳥盤翔〔按：疑誤〕。對酒陶然，便博箇醉中仙。」「春滿堯天」即「昌茫陽（梯秧切）」，下仿此。姪書圃調〈青玉案〉云：「垂楊低現紅橋路。看碧鳥、飛無數。殘照平塘人過渡。清尊把酒，迷離秀樹，南浦天街暮。」姪安輔調〈謝池春〉云：「細雨纔晴，便踏春泥沽酒，指人家、數條嫩柳。酩酊獨醉，把《漢書》詳剖，看閒門問奇來否。」徐聲甫（鏞）調〈錦纏道〉云：「對酒南樓，門掩春花天曉。林邊千點蒼山小。三橋騰跨紋裊。明鏡平鋪，舟放人歸早。」許石華調〈鳳凰閣〉云：「喜窺巢新燕，低飛屋角。呢喃頻對清閟閣。爭把柳絲桃蕊，常時銜卻。盼將子、數來庭幕。」許月南（音鵠）調〈醉太平〉云：「春暖鶯狂，花團蝶嚷。雲嵐滋味曾嘗。勸君頻舉觥。　軟飽醉鄉。黑甜睡方。懸琴端按宮商。寧知辛苦忙。」各詞調皆三十三字，並與字母雙聲恰合，無一複音。作者非必倚聲專家，即亦煞費匠心矣。

六六

《群書類要事林廣記》，西穎陳元靚編。康熙三十九年版行於日本（彼國元祿十二年）。凡所記載，起自南宋，迄於元季。涉明初，則續增也。中間雅故珍聞，往往新奇可喜。戊集文藝類〈圓社摸場〉云：「四海齊雲社，當場蹴【音同促】氣毬。作家偏著所，圓社最風流。況是青春年少，同輩朋儔。向柳巷花街翫賞，在紅塵紫陌追游。脫履撏【音同尋】來憑眼活，認真為有準权兒，扶住惟口嗚，識蹋乃無憂。右搭右花跟，似烏龍兒擺尾。左側左虛扢，似丹鳳子搖頭。下住處全在低美，打著人惟仗推吹。使力藏力，以柔取柔。集閑中名為一絕，決勝負分作三籌。俺也絲鞵羅袴，短帽輕裘。襟沾香汗溼，韈汙軟塵浮。佩劍仙人時側目，攛梭玉女巧凝眸。粉鉗兒前後仰身，身移不浪。金翦刀往來移步，步過頻偷。況乎奢華治世，豪富皇州。春風喧鼓吹。化日沸歌謳。歡笑對吳姬越女，繁華勝桑瓦潘樓。湖山風物，花月春秋。四聖觀柳邊行樂，三天竺松下優游。樂事賞心，難並四美，勝友良朋，無非五侯。心向閒中著，人於倬裏求。凡來蹋圓者，必不是方頭。」又〈滿庭芳〉云：「若論風流，無過圓社，拐廉【音同鉛】蹬躡搭齊全。門庭富貴，曾到御簾前。灌口二郎為首，趙皇上、下腳流傳。人都道、齊雲一社，三錦獨爭先。　花前、並月下，全身繡帶，偷側雙肩。更高而不遠，一搭打鞦韆。毬落處、圓光膁拐，雙佩劍、側躡相連。高人處，翻身佶【音同吉】料，天下總呼圓。」又云：「十二香皮，裁成圓錦，莫非年少堪收。綠楊深處，恣意樂追遊。低拂花梢慢下，侵雲漢、月滿當秋。堪觀處，偷頭十字拐，舞袖拂銀鉤。　肩尖、並拐搭，五陵公子，恣意忘憂。幾回沉醉，低築傍高樓。雖不遇、文章高貴，分左右、曾對王侯。君知否，閑中第一，佔斷是風流。」（後有齊雲社規，下腳文毬門、社規。毬門齊雲入門白。打場戶。兩人場戶、三人場戶、四人場戶、五人名小出尖、五人場戶。名皮破落花流水。六人名大。出尖蹋花心各圖式）《遏雲要訣》云：「夫唱賺一家，古謂之道賺。腔必真，字必正。欲有墩亢掣拽之殊，字有脣喉齒舌之異。抑分輕清重濁之聲，必別合口、半合口之字。更忌馬嚚【音同吟】韃子，俗語鄉談。如對聖案，但唱樂道山居水居清雅之詞，切不可以風情花柳豔冶之曲。如此則為瀆聖。社條不賽筵會，吉席上壽慶賀不在此限。假如未唱之初，執拍當胸，不可高過鼻。

須假鼓板村掇。三拍起引子，唱頭一句。又三拍至兩片結尾聲。三拍煞入序尾。三拍巾斗煞入賺頭。一字當一拍，第一片三拍，後倣此。出賺三拍，出聲巾鬥。又三拍煞尾聲，總十二拍。第一句四拍，第二句五拍，第三句三拍煞。此一字不逾之法。」《遏雲致語》筵會用〈鷓鴣天〉云：「遇酒當歌酒滿斟。一觴一詠樂天真。三盃五盞陶情性。對月臨風自賞心。　環列處，總佳賓。歌聲嘹亮遏行雲。春風滿座知音者，一曲教君側耳聽。」（後有〈圓社市語〉。中呂宮〈圓里圓〉）駐雲主張〈滿庭芳〉集曲名云：「共慶清朝，四時歡會，賀筵開、會集佳賓。風流鼓板，法曲獻仙音。鼓笛令無雙多麗，十拍板音韻宣清。文序子，雙聲疊韻，有若瑞龍吟。　當筵，聞品令，聲聲慢處，丹鳳微鳴。聽清風八韻，打拍底、更好精神。安公子、傾盃未飲，好女兒、齊隔簾聽。真無比，最高樓上，一曲稱人心。」詩曰：「鼓板清音按樂星，那堪打拍更精神。三條犀架垂絲絡，兩隻仙枝擊月輪。笛韻渾如丹鳳叶，板聲有若靜鞭鳴。幾回月下吹新曲，引得嫦娥側耳聽。」〈水調歌頭〉云：「八蠻朝鳳闕，四境絕狼煙。太平無事，超烘聚哨傚梨園。笛弄崑崙上品，節根雲陽妙選，畫鼓可人憐。亂撒真珠并，點滴雨聲喧。　韻堪聽，聲不俗，駐雲軒。諧音節奏，分明花裏遇神仙。到處朝山拜岳，長是爭籌賭賽，四海把名傳。幸遇知音聽，一曲讚堯天。」詩曰：「鼓似真珠綴玉盤，笛如鸞鳳嘯丹山。可憐一片雲陽水，遏住行雲不往還。」（後有全套鼓板棒數）余嘗謂宋人文詞，雖游戲通俗諸作，亦不無高異處，蓋氣格使然。元人即已弗逮。明已下不論也。右詞數闋，當時蹋毬唱賺之法，籍存概略，猶有風雅之遺意焉。猶賢乎已，是之取爾，詎謂今日等於牧奴駔豎所為哉？〔按：《遏雲要訣》「欲有墩亢」，「欲」疑「歌」誤。「社條不賽」，「不」疑誤字〕

六七

李淑昭〈擣練子〉云：「桃似錦，柳如煙。鶯不停梭蝶不閒。妨卻繡窗多少事。盡拋針黹到花前。」妹淑慧和韻云：「收曉霧，散朝煙。邃閣忙人到此閒。繡線未拋針插髻，腳根早已到花前。」淑昭、淑慧，笠翁二女，其詞未經選家箸錄。

六八

《韻語陽秋》云：「陶潛、謝朓詩，皆平淡有思致，非後來詩人怵心劌【音同桂】目者所為也。老杜云：『陶、謝不枝梧，風騷共推激。紫燕自超詣，翠駮誰翦剔。』是也。大抵欲造平淡，當自組麗中來。落其華芬，然後可造平淡之境。如此，則陶、謝不足進矣。梅聖俞贈杜挺之詩，有『作詩無古今，欲造平淡難』之句。李白云：『清水出芙蓉，天然去雕飾。』平淡而到天然，則甚善矣。」此論精微，可通於詞。欲造平淡，當自組麗中來。即倚聲家言自然從追琢中出也。

六九

《樂府指迷》云：古曲亦有拗者。蓋被句法中字面所拘牽。今歌者亦以為硋（音同艾），如《尾犯》「肯把金玉珠珍（別並作珍珠）博」（耆卿句），〈絳園春〉：「游人月下歸來。」（夢窗〈絳都春〉句，或當時一名〈絳園春〉，它本未見）「金」字、「游」字當用去聲之類。按《尾犯》如虛齋「殷勤更把茱萸看」，夢窗「滿地桂陰人不惜」，「更」、「桂」字並去聲（夢窗「遠夢越來溪畔月」，「越」字可作去）。〈絳都春〉夢窗別作「更傳鶯入新年」、「並禽飛上金沙」、「更愁花變梨霙」、「便教移取熏籠」、「便教接宴鶯花」，上一字並用去聲。紅友極重去聲字，乃《詞律》、《尾犯》錄柳詞，無一旁注。〈絳都春〉錄吳詞，竟於「並」字旁注可平，亦疏於攷訂也。〔按：「游人月下歸來」〈絳都春〉非吳文英作。據《草堂詩餘》，乃丁仙現詞〕

七〇

得舊書畫便面數十，其一李子仙（福）自書〈黃梅花詞〉，極入律可誦，書勢亦秀渾不俗。檢國朝詞總集，如韻甫黃氏《詞綜續編》、杏舲丁氏《詞綜補》，福詞竝未箸錄。張午橋前輩云：「福，蘇州人，曾官翰林。」繆筱珊先生云：「福工制舉藝，曾見某選本所錄甚多。」

探春慢（黃梅花）

黃葉辭柯，寒香貼榦，橫斜堪入清供。金尾垂簾，銅盤承淚，肯向東風倚寵。翦剜誰施巧，定難倩、冷蜂僵凍。小窗閒付詩評，素心人自相共。不見飛英片片，任怨咽玉龍，聽徹三弄。月影昏時，煙痕深處，喚起羅浮幽夢。明是春消息，又底事、丸封珍重。酒熟鵝兒，呼童花下開甕。

七一

余與半塘五兄，文字訂交，情逾手足。乙未一別，忽忽四年。《菱景》一集，懷兄之作，幾於十之八九。未刻以前，亦未盡寄京師。半塘寓宣武門外教場頭巷，畜馬一、騾二，皆白。曩余過從抵巷口，見繫馬輒慰甚。〈燭影搖紅〉云：「詩鬢天涯，倦遊情味傷春早。故人門巷玉驄嘶，回首長安道。」情景逼真。又〈極相思〉云：「玉簫聲裏，思君不見，祇是黃昏。」看似平易，非深於情不能道。它日當質之半塘。

七二

周稚圭中丞撰錄《十六家詞》，各繫一詩。其繫孟文一首：「一庭疏雨善言愁。傭筆荊臺耐薄游。最苦相思留不得，春衫如雪去揚州。」神韻獨絕，與漁洋〈紅橋詞〉「北郭清溪」闋，可稱媲美。

蕙風詞話續編　卷二

一

徐嘯竹布衣（穆），甘泉老名士也。丁酉暮春，晤於榕園。時年八十，傾蓋如故。越日，賦〈高陽台〉見貽。旋又錄示舊作數闋，及王西御先生論詞絕句若干首，意甚鄭重。其〈鶯啼序〉一闋，尤為生平得意之筆也。

高陽臺　　徐穆

捫虱譚雄，射雕手健，十年前早知名。西燕東勞，參差未許將迎。孤尊醉倚悲歌慣，問悲歌、可有人聽。渺天涯，滿面風塵，雙鬢蕊星。　相逢此日休嫌晚。祇寥寥數語，如見生平。一縷吟思，二分明月同清。盡多湖海元龍氣，肯孤它，浩盪鷗盟。且同來，花下分觴，座上飛觥。

當年吟社已沉消。淮海詞人半寂寥。今日粵西媚初祖，令人想像海棠橋。

吾揚言詞學。以秦氏為山斗。西巖先生有《詞學叢書》行世。令子玉生孝廉有《詞系》，未刻。道光季年，曾聯淮海詞社，不下二十人。存者僅穆而已。刻有《意園酬唱集》，收入郡志。〈八十自遣〉末章，有「頗知明眼交豪士，留取餘年讀異書。愛聽仙韶思雅樂，飽嘗世味重園蔬。耄荒自古貽明訓，好養心頭活水魚。」可以知其志矣。嘯竹又草。

鶯嗁序

越中歸棹，成此寄夢玉、沉花溆、勞介甫、倪次郊吳門，秦玉生、符南樵、王西御揚州，六舟禪友，阿絮女道士。

篷窗一宵漚夢，醒連天暮雨。菰蒲外、隱作秋聲，中流一任容與。山陰道、此時經過，壺觴空憶〈蘭亭敘〉。念家山，千里迢遙，暗驚杜宇。回首西湖，臨水獨眺，訪逋仙隱處。孤山路、落盡梅花，亂鶯嗁遍叢樹。繞回闌、青峰滿目，賸江上、斜陽淒苦。怎春歸、我尚天涯，綠陰如許。韶華水逝，客思雲孤，放懷覓舊侶。仿佛是、南屏鐘動，西竺僧歸，金石交親，斷碑披誤。鬢絲幾縷，茶煙一榻，犀香梅熟休相訊，怕相逢、衣上多塵土。謾嗤嘯詠，且教留得題痕，証它鴻迹來去（時歸自京師，淨慈主人六舟出所藏《雁足鐙》各卷冊索題觀款）。江湖載酒，鑪椀參禪，算一般意趣。儘孤負、煙花三月，佳麗揚州，薄倖司勳，飄蕊詞賦。予懷緲緲，知音寥落，千秋事業憑誰會，奈江東羅隱同遲暮。那堪水上琵琶，唱徹瀟瀟，西興古渡。

多麗　嘯竹

旋夢玉攝震澤，曾招寶帶橋誐月之舉。撫今追昔，情見乎辭。

盪蘭橈。灣環宛轉長橋。牖西風、湖光萬頃，參差吹出瓊簫。疏煙抹、黛螺丫髻，冷雲罥、鶯脰【音同豆】舒翹。乙未亭邊，松陵路畔，遠山隱約畫眉嬌。堤上柳絲堪折，離思一條條。更休說、賓鴻尚未，去燕難招。　憶當年、尊前誐月，多情酒醆詩瓢。庾樓客、珠璣錦織，踏搖孃、綺席竹調。雁齒排連，蟾輝皎潔，三生夢裏可憐宵。到而今，渚蓮泣露，啼鳥總無聊。文園老，也應羞見，幾度回潮。

二

得坐隱先生精選《草堂餘意》一冊於運司街霾【音同霍】記書肆，無序跋，卷首有「新都環翠堂」字樣。詞全和《草堂》韻，每音調名下，徑題元作者姓名。唯一人兩調相連，則第二闋題陳大聲名（**黃虞稷《千頃堂書目》云，錄前人作，綴以己作，非是。其題前人名者，亦大聲作**）。按明陳鐸，字大聲，下邳人，官指揮使。其詞超澹疏宕，不琢不率。和何人韻，即仿其人體格。即如淮海、清真、漱玉諸大家，寘本集中，雖識者不能辨。昔人謂詞絕於明，觀於大聲之作，斯言殆未為信。《明詞綜》僅錄〈浣溪沙〉一闋。

三

維揚本鶯花藪澤。自昔新城司李，狎主詞盟。紅橋冶春，香豔如昨。浮湛宦轍，代有名流。如項蓮生、蔣鹿潭，並倚聲專家，希蹤北宋。宜良嚴秋槎（廷中），亦後來之秀。需次兩淮，有《岩泉山人詞》、《𪊨塵集》。其〈揚州好〉若干闋，尖豔渾雄，各極其妙。充其才力所至，庶幾嗣響〈水雲〉。端木子疇前輩評《𪊨塵集》曰：「天分甚高，下筆有鐫鑱造物之致。而瑕瑜互見。想見其傲岸自雄，不受切磋處。」然則秋槎固託於狂士以自晦者也。

望江南

揚州好，池館鬧春分。蝶影衣香團作陣，湖光花氣釀成陰。畫槳蕩斜曛。

揚州好，骨董列粗粗。鹺賈高譚評古玩，酸丁低首檢殘書。嘗鑒各黏塗。

揚州好，隨意破閒愁。名士商量邀合醵，高僧揮霍到纏頭。無事不風流。

揚州好，處處賽神忙。土佛乘輿朝大士，社公肅束迓城隍。人鬼兩荒唐。

揚州好，葉子鬪輸贏。阿嫂偷傳鐙畔眼，小姑笑數手中星。金釧響輕輕。

揚州好，午倦教場行。三尺布棚譚命理，四圍洋鏡覷春情。籠鳥賽新聲。

揚州好，閨閣禮空王。採線緊拴泥偶臂，栴檀濃和美人香。儘彀佛思量。

揚州好，對岸列金焦。客舫遠歸京口月，大江橫截海門潮。落日送南朝。

——以上見《選巷叢談》

四

藝文志詞曲類，陳聶恆《栩園詞棄稿》四卷，佚。按《栩園詞棄稿》，曩余得於海王邨，鏤版精絕，前有顧梁汾先生書，於詞學盛衰之故，慨乎言之。略云：「自國初輦轂諸公，尊前酒邊，借長短句以吐其胸中。始而微有寄託，久則務為諧暢。香岩、倦圃，領袖一時。唯時戴笠故交，擔簦才子，竝與讌游之席，各傳酬和之篇。而吳越操觚家聞風競起，選者、作者，妍媸雜陳。漁洋之數載廣陵，實為斯道總持。二三同學，功亦難泯。最後，吾友容若，其門地才華，直越晏小山而上之。欲盡招海內詞人，畢出其奇，遠方駸駸，漸有應者，而天奪之年，未幾，輒風流雲散。漁洋復位高望重，絕口不談。於是向之言詞者，悉去而言詩、古文辭。回眎【音同視】《花間》、《草堂》，頓如雕蟲之見恥於壯夫矣。雖云盛極必衰，風會使然。然亦頗怪習俗移人，涼燠之態，浸淫而入於風雅，為可太息。假令今日，更得一有大力者起而倡之，眾人皤然從而和之，安知衰者之不複盛邪？故余之於詞，不能無感。而於栩園實不能無望。」（**書止此**）栩園詞格在《飲水》、《彈指》之間。蚤歲抱安仁之戚，有〈金縷曲〉十闋。梁汾題云：「人因慧極難兼福，天與情多卻費才。」餘亦美不勝收。隨意錄數闋如左，可以概全編矣。陳聶疑係複姓。恆字曾起，一字秋田。

臨江仙（人日）

曉色也知晴更好，簷前幾朵花新。翦刀聲在隔窗聞。釵頭雙綵燕，切莫便銜春。　未便有情如七夕，合歡消息難真。東風吹縐小眉痕。不成還是夢，又是隔年人（恰合分際，不犯刻露，南宋人遜北宋以此）。

團成。

虞美人（寄賀文天山）

歌筵淒絕方回句。不道愁如許。江南又是熟梅天。負了月樓花院、一番憐。

閒來尋夢斜陽裏。沒箇忘憂地。偶然弦外兩三聲，那得吟魂還在、淚

鵲橋仙（夜泊虎丘）

闔閭城冷，伍胥潮猛，愁絕不如歸去。片帆和月出山塘，尚聽得、閶門更鼓。

清歌欲斷，遺鈿堪拾，寂寞可中亭路。人家賣酒一燈紅，且醉向、谿山佳處。

定風波（題畫）

窣地谿聲裏月流。柳絲拖得一痕秋。旅雁避人飛不起。煙際。片帆穩穩載閒愁。

憶自採蘭人去後。消瘦。不堪重對白蘋洲。似此風光都付與。鷗侶。蘆花斜覆夢魂幽（不黏不脫，題畫詞斯為合作）。

五

宋和州防禦使劉公師勇，廬州人（《宋史》附《張世傑傳》。元王逢《梧溪集》云：山東文安縣人，誤也）。德佑元年，元師逼常州，知州趙汝鑒遁，郡人錢旹以城降。師勇以淮兵復常州，固守不

屈。後扈王海上，見時事不可為，憂憤卒，葬粵東赤溪廳銅鼓山。江陰金同轉歸湝笙權赤溪同知時，為表章祠墓，並採輯事實，徵題詠，為《表忠錄》鍥行。余為題詞，調〈水龍吟〉云：「荒江咽遍寒潮，弔忠更酹蘭陵酒。英靈如昨，重圍矢石，孤城刁斗。畫餅偏安，醇醪末路，壯懷空負。說生平意氣，題詩射塔，試旋斡、乾坤手。　炎徼重尋祠墓，瘴雲深、鶴歸來否。瓊崖玉骨，赤溪血淚，蠻神呵守。五百年來，天時人事，淋浪襟袖。聽鼓鼙悲壯，願屠鯨鰐，為將軍壽。」（時東北日俄交鬨）「射塔題詩」見金氏所輯《事略》，江陰悟空寺塔也。師勇以縱酒卒，故曰「醇醪末路」也。

六

《梅邨詩集．圓圓曲》注：錢湘靈曰：本常州奔牛鎮人（即金牛里）。《武陽志摭遺》：圓圓，陳姓，其父曰陳貨郎。三桂鎮雲南，問圓圓宗鄗，謬以陳玉汝對，乃使人以千金招致之。玉汝咲【音同笑】曰：吾明時老孝廉，豈能為人寵姬叔父耶？謝弗往。陳貨郎至，三桂觴之曲房，持玉盃，戰栗墜地，厚其賜歸之。按它書載圓圓本邢姓，滇南邸中稱邢夫人。據志，則實陳姓，非邢姓矣。暇日因攟【音同菌】摭圓圓事實牽連記之。圓圓名元（一作沅）。初與某公子有生死盟。田皇親購得之。公子遣盜劫之江中，誤載它姬以還。盜再往，已有備矣。力戰易歸。已而事露，禍且不測，公子度不能爭，遂以獻。見《眾香集》小傳（華亭王鴻緒、玉峰徐樹敏及漁洋、迦陵諸名輩撰定國朝閨秀詞，名《眾香集》）（按：某公子即如皋冒辟疆）。圓圓工倚聲，有《舞餘詞》。〈荷葉杯．有所思〉云：「自笑愁多懽少。癡了。底事倩傳杯。酒一巡時腸九回。推不開。推不開。」

〈轉應曲・送人南還〉云：「堤柳。堤柳。不繫東行馬首。空餘千縷秋霜。凝淚思君斷腸。腸斷。腸斷。又聽催歸聲喚。」〈醜奴兒令・梅落〉云：「滿溪綠漲春將去。馬踏星沙。雨打梨花。又有香風透碧紗。　聲聲羌笛吹楊柳，月映官衙。懶賦梅花。簾裏人兒學喚茶。」見《眾香集》。辛酉城破，圓圓自沉於蓮花池，即葬池旁。池中曾放並頭蓮，在城北商山寺。滇中有《商山鸞影》一卷，載圓圓降鸞之詩，見《頤道堂詩》自注。（雲伯有〈題阮賜卿公子後圓圓曲〉七絕十首。賜卿名福，文達公子，曾親至圓圓墓上訪求軼事。所製曲惜陳集未附錄）曩見四印齋藏圓圓像凡三幀，一明璫翠羽，一六珈象服，一緇衣裙練，名人題詠甚夥。

七

番禺馮恩江（永年），半塘之戚也。戊子二月，余自蜀入都，始識半塘，即以《看山樓詞》見貽，並云：「斯人甚好名，若有人為之著錄，不知其欣慰奚似。」今事隔十七年，半塘之言猶在耳也。馮官江西南康知縣。

壺中天（避亂章江舟次對月）　馮永年

驚魂定否？早白沙洲外，清光如雪。恨雨顰煙收拾盡，漫把冰輪推出。千里波光，滿天星影，相映俱澄澈。扣舷長嘯，天香飛下瓊闕。　為問當日歡場，曾來相照，可是今宵月？一樣團圞秋色好，頓判悲歡情節。數點微雲，一行悽雁，似我愁難滅。西風料峭，無端寒透詩骨。

蝶戀花

秋滿長江波浩漫。勝迹凋殘，屈指何堪算。吊古新添愁一段。妻妃墓側徐亭畔。　莫訝萍蹤輕聚散。送客江頭，多少帆檣亂。南浦西山□不斷。年年只見遊人換。

浣溪沙

惱煞啼鵑不住啼。一燈如豆夜悽迷。夢中羅襪是耶非？　若果它生能再合，便將死別當生離。蘭因絮果信還疑。

鳳凰台上憶吹簫

金陵陸筱云校書，於癸丑城陷前一夕，約諸姊妹酣歌醉舞，夜遂自經。無錫楊鐵士繪影徵題，為填此解。

碧玉樓前，石頭城外，無端烽火生愁。甚鏡花留影，蕩漾成秋。弱質何堪再誤，風流夢、驀地回頭。聊攜酒。蹁躚舞袖。宛轉歌喉。　休休。者番醉也，倩羅帕消除，萬種溫柔。便賸脂零粉，憑付誰收。化作子規啼血，聲聲恨、似切同仇。從今後，紫蘿紅杜，何處遺坵。（此詞因其事可傳，存之）

八

《粤西詞見》二卷，丙申刻於金陵。嘗欲輯補遺一卷，今不復從事矣。黃雲湄先生詞，余出都後，半塘得於海王邨。今年四月，出以示余，屬錄入《粤西詞補》者也。黃先生名體正，桂平人，嘉慶三年鄉試第一，官至國子監典籍。有《帶江園小草》，附詞。

夏初（臨春暮）　黃體正

皺綠成波，吹紅作雨，東風費盡心情。春似遊人，悤悤欲動行旌。光陰夢樣難醒，綰晴絲，飄去無聲。簾櫳晝寂，闌干徑峭，院落苔青。　天涯何處，芳草偏多。玉樓煙重，翠袖寒輕。朱顏易老，怎經花事凋蘦。此恨分明，又煩它，燕子叮嚀。共誰聽。三眠柳上，坐箇黃鶯。

琴調相思引（送春）

夢雨愁雲負一春。傷心如別有情人。離筵幾刻，怎地不銷魂。　蜂蝶過墻紅寂寂，園林回首綠深深。手團風絮，扶醉倚黃昏。

水龍吟（春江聞邃）

天涯芳草春初，美人何處瀟湘隔。離情欲訴，更沉鼉鼓，波寒瑤瑟。驀地龍吟，一枝竹裂，江南江北。恁迷濛煙月，聲聲弄破，縹緲作、關山白。

吹散梅魂柳魄。憶當年、動人悽惻。高樓醉倚，清笙漫擫，紅牙低拍。回首離亭，萬條飛絮，十年孤客。到如今試問，紫鸞黃鶴，阿誰騎得。

九

曩閱某詞話云，本朝鐵嶺人詞，男中成容若，女中太清春，直窺北宋堂奧。太清春《天游閣詩》寫本，歲己丑，余得於廠肆地攤。詞名〈東海漁歌〉，求之十年不可得。僅從沈善寶（錢塘人。武凌雲室，有《鴻雪樓詞》）。《閨秀詞話》中，得見五闋，錄其四如左。憶與半塘同官京師時，以不得〈漁〉、〈樵〉二歌為恨事。朱希真〈樵歌〉及〈東海漁歌〉也。余出都後，半塘竟得〈樵歌〉付梓，而〈漁歌〉至今杳然。就令它日得之，安能起半塘與共賞會耶。此余所為有椎琴之痛也。

浪淘沙（春日同夫子慈溪紀遊）　西林太清春

花木自成蹊，春與人宜，清流荇藻蕩參差。小鳥避人棲不定，撲亂楊枝。
歸騎踏香泥，山影沉西，鴛鴦銜破碧煙飛。三十六雙花樣好，同浴清溪。

南柯子（山行）

絺綌生涼意，肩輿緩緩游。連林梨棗綴枝頭。幾處背陰籬落、挂牽牛。
遠岫雲初斂，斜陽雨乍收。牧蹤樵徑細尋求。昨夜驟添溪水、繞邨流。

早春怨（春夜）

楊柳風斜。黃昏人靜，睡穩棲鴉。短燭燒殘，長更坐盡，小篆添些。紅樓不閉窗紗。被一縷、春痕暗遮。澹澹輕煙，溶溶院落，月在梨花。

惜分釵（詠空沖）

春將至，晴天氣，消閒坐看兒童戲。借天風，鼓其中。結綵為繩，截竹為筒。空空。人間事。觀愚智。大都製器存深意。埋無窮，事無終。實則能鳴，虛則能容。沖沖。

一〇

蔡秉衡，字竟夫，湘士之極落拓者。病甚，以所作〈松下廬詞〉寄子大鄂中，意託以傳。余聞而悲之。曩欲撰錄國朝詞若干家為《蕙風簃詞選》，專錄孤行冷集，以闡幽為宗旨，而著人弗與焉。如〈松下廬詞〉之類是也。

浣溪沙（詩孫招集三雅亭禊飲，用子大韻。四首錄一）

簇簇濃陰鬱不開。舊游如夢認荒苔。紅襟小燕卻飛來。綺槅雙扃雙照燭。好春一度一銜杯。曲闌干外水紋回。

醉落魄　山居

及時杯酒，十年人事空回首。乞身漚外天容否？隨意團茆，風雨半椽𣪊。杜宇唬殘花信驟。掃花懶縛東風帚。吟牀賺夢詩痕瘦。那角斜陽，淡照水楊柳。（澹雅略近宋人，「吟牀」句遜）

鎖窗寒

瓞孫《竹陰情話圖》，瓞孫吳人，曩與其舅氏讀書杭州官舍，擬作一圖，未果。後別去，再聚於淮南。瀕行，其舅補寫此圖付之。今瓞孫棄經生業，以貳尹來湘，分榷郎州。出圖乞題。予適俶裝東下，率詳以應。

簟滑邀涼，簾疏聽雨，少年吟伴。無端絜別，裂竹一聲催遠。紀行程、扁舟去來，又向淮南道中見。認帶潮酒袂，秋風氊毾，淚痕都滿。　銷黯。燭重翦。算漉筍流光，幾番輕換。何甥謝舅，更似者情難遣。索柔毫、臨歧補圖，也抵當時勝游券。儻遙空，問訊平安，共與託飛雁。

好事近

花膩鏡籢春，縷縷香雲低嚲。曾記人前偶遇，向那廂端坐。　曲屏深揜月三更，還又洞房鎖。未必□宵歡聚，已今宵不果。

一一

明陳大聲（鐸）《草堂餘意》，具澹、厚二字之妙，足與兩宋名家頡頏。半塘借去未還。筱珊先生急欲付諸剞氏，而元書不可復得。筱珊謂余，可為陳大聲一哭。

——以上見蘭雲《菱夢樓筆記》

一二

曩輯《薇省詞鈔》，屢訪顏修來、曹頌嘉、梢雲崧三先生詞弗獲。例言為恨事。比閱《茶餘客話》，壬午春王月，偶作〈望江南〉詞二十闋，分詠淮南歲寒食品，王蓬心宸讀而豔之，為寫《歲朝填詞圖》云云。唐山先生曾官中書。據此，知先生亦嘗填詞，惜無從搜訪矣。

一三

王阮亭《衍波詞．虞美人》云：「回環錦字寫離愁。恰似瀟波不斷入湘流。」《炙硯瑣談》引陸龜蒙采詞：「問人則不屈不宋，說地則非瀟非湘。」謂「瀟湘」字前人已有分用者。按番禺屈翁山（大均）《道援堂詞》，〈瀟湘神〉三首，零陵作。「瀟水流，湘水流，三閭愁接二妃愁。瀟碧湘藍雖兩色，鴛鴦總作一天秋。」（原注，瀟湘二水相合，故名鴛鴦水）「瀟水長，湘水長，三湘最苦是瀟湘。無限淚痕班竹上，幽蘭更作二妃香。」「瀟水深，湘水深，雙雙流水逐臣心。瀟水不如湘水好，將愁送去洞庭陰。」似是阮亭所本。

一四

《兵要望江南詞》，武安軍左押衙易靜撰。起「占委任」，止「占[illegible]」，最五百二十首。詞雖不工，具徵天水詞學之盛。下至方伎曲士，亦物諳宮商。雲自在龕藏舊鈔本。〔按：晁武公《郡齋讀書志後志》卷二云：易靜，唐人〕

一五

《敬齋古今黈》云：「賀方回《東山樂府別集》有〈定風波〉異名〈醉瓊枝〉者云：『檻外雨波新漲，門前煙柳渾青。寂寞文園淹臥久，推枕援琴涕自零。無人著意聽。　緒緒風披雲幌，駸駸月到萱庭。長記合歡東館夜，與解香羅掩翠屏。瓊枝半醉醒。』尋其聲律，乃與〈破陣子〉正同。」按四印齋所刻《東山寓聲樂府》，此闋調名正作〈破陣子〉，不作〈定風波〉，亦不云異名〈醉瓊枝〉。「半醉醒」三字缺。今據此補足，乃可讀，亦快事也（換頭「雲幌」，四印作「芸」）。《古今黈》一書，《四庫》及武英殿聚珍版從《永樂大典》錄出，並祇八卷。藕香簃所刻，為明萬歷庚子武陵書室蔣德盛梓行十二卷本，又輯聚珍所存，蔣本所缺，為《補遺》二卷。

一六

彌勒彈指一聲，樓閣門開。善財入已，見百千萬億樓閣，一樓閣內有一彌勒，領諸眷屬，並一善財而立其前。自是梁汾詞名所本。《湘煙錄・詩源指訣》：李觀作〈百年歌〉，王湜請其法，觀彈指曰：「遺子爪甲清塵，庶幾文思有加。」此又一說。

一七

潞府妙勝臻禪師。僧問金粟如來為甚麼卻降釋迦會裏。師曰：「香山南，雪山北。」閨秀吳蘋香（藻）詞名〈香南雪北〉，本此。

一八

船子和尚偈云：「別人祇看采芙蓉。香氣長黏繞指風。兩岸映。一船紅。何曾解染得虛空。」〈漁歌子〉也。法常首座〈漁父詞〉云：「此事楞嚴嘗露布，梅花雪月交光處。一笑寥寥空萬古。風甌語，迥然銀漢橫天宇。　蝶夢南華方栩栩，斑斑誰跨豐干虎。而今忘卻來時路。江山暮，天涯目送鴻飛去。」〈漁家傲〉也。可入宋詞總集，又西余師子禪師偈云：「春風觸目百花開。公子王孫，日日醺醺醉。唯有殿前陳朝檜。不入時人意。」亦天然長短句。（**按：船子和尚乃唐元和間人，非宋人**）。

一九

高麗人詞，李齊賢元時人《益齋長短句》一卷，刻入《粵雅堂叢書》，樸誾《挹秀集》二卷，孫愷似布衣（致彌）使還，封達御前。《眾香集》載權貴妃詞三闋，亦見愷似使草。林下雅音，異邦尤為僅見。〈謁金門〉云：「真堪惜。錦帳夜長虛擲。挑盡銀燈情脈脈，描龍無氣力。

宮女聲停刀尺。百和御香撲鼻。簾卷西宮窺夜色，天青星欲滴。」〈踏莎行〉云：「時序頻移，韶光難駐。柳花飛盡宮前樹。朝來為甚不鉤簾，柳花正滿簾前路。　春賞未闌，春歸何遽。問春歸向何方去？有情海燕不同歸，呢喃獨伴春愁住。」〈臨江仙〉云：「花影重簾初睡起，繡鞋著罷慵移。窺妝強把綠窗推。隔花雙蝶散，猶似夢初回。　玉旨傳宣呼女監，親臨太液荷池。爭將金彈打黃鸝。樓臺凌萬仞，下有白雲飛。」

——以上見《蕙風簃隨筆》

二〇

詞人用紅簫事，以姜白石侍兒小紅善吹簫也。劉賓客〈和竇夔州見寄寒食日憶故姬小紅吹笙詩〉云：「鸞聲窈眇管參差，清韻初調眾樂隨。幽院妝成花下弄，高樓月好夜吹時。忽驚暮槿飄零盡，唯有朝雲夢想期。聞道今年寒食日，東山舊路獨行遲。」則是紅簫之前，又有紅笙矣。

二一

宋周晉〈清平樂〉云：「手寒不了殘碁。篝香細勘唐碑。無酒無詩情緒，欲梅欲雪天時。」倚聲家為金石學，是魚與熊掌也。晉字明叔，號嘯齋。

二二

韓昌黎〈盆池〉詩：「夜半青蛙聖得知。」劉賓客〈和牛相公寓言〉：「只恐重重世緣在，事須三度副蒼生。」周草窗〈西江月〉詞：「稱銷不過牡丹情，中半傷春酒病。」王質〈漁父詞〉：「這些快活有誰知。」「聖得」、「事須」、「稱銷」、「這些」，皆唐宋人方言。

二三

宋閻蒼舒，元名安中，改名蒼舒。何異《中興百官題名》：東宮官有閻安中，又有閻蒼舒，誤以為二人也。

二四

余十二歲時，作〈韶音洞詩〉：「桂林多古洞，每以形得名。此洞在城北，不以形以聲。泠泠清音發，足以怡性情。恍如奏舜樂，鳥獸皆鏘鳴。今我獨坐久，神氣為之清。」惟此至己前時，常作詩，苦不能入格。己卯已後，沉頓於詞滋甚，與詩判為兩途矣。

二五

先雨人世父（澍），輯《雜體詩鈔》鍥行。如〈柏梁體〉、〈梁父吟〉、〈離合體〉、〈神智體〉、〈休洗紅〉、〈兩頭纖纖〉、〈自君之出矣〉、集詞名、藥名之類，體凡數十，得二十四卷，分八鉅冊。余幼時輒每種仿為之。偶憶其一云：「自君之出矣，不復畫長眉。眉長似遠山，山遠君歸遲。」

二六

道光季年，祥符周稚圭先生（之琦）開府吾粵，刻《心日齋十六家詞錄》成。適華亭張詩舲先生（祥河）官藩司，為之序。末云：「公今美成，余慚叔夏。」兩賢合併，誠佳話也。

二七

王幼霞給諫（鵬運），自號半塘老人（臨桂東鄉地名半塘尾，幼霞先塋所在也）。清通溫雅，初嗜金石，後迺專一於詞。其《四印齋》（山谷送張叔和詩，我捉養生之四印，謂忍默平直也。百戰百勝，不如一忍。萬言萬業、不如一默。無可揀擇眼界平，不臧秋豪心地直）所刻詞旁搜博采，精采絕倫，雖虞山毛氏弗逮也。王氏在桂林曰燕懷堂，舊有園在城西南隅。修廊百步，鏤花牖，納湖光。牖已外即瀦湖矣。半塘有鼻病，致憎茲多口，然不足為直聲才名玷也。

——以上見《蕙風簃二筆》

二八

〈東山詞〉：「揭簾飛瓦雹聲焦。」宋世寒食，有拋墒（音陀）之戲，蓋兒童飛瓦石也。下云：「九曲池邊楊柳陌，香輪軋軋馬蕭蕭。」亦寒食風景。

二九

乾隆寫本《白石道人集》，靈鶼閣藏。余曾迻【音同移】鈔一本。白石自序後，有洪武十年八世孫福四謹志，略云：「公詩一卷，歌曲六卷，早已板行。暮年復加刪竄，定為五卷。無雕本，藏於家。經兵火，帖軸無隻字，而是編獨存。錄寫兩本，一付兒子，一詒猶子通，世世寶之。」又萬歷二十一年十六世孫鰲謹書，略云：「此青坡徵君手書，以遺侍御峨客公者。今又二百餘年。楮雖蝕【音同杜】落，而字蹟猶在。因付匠整頓，且命鯉弟以側理漿紙照本臨出，用時莊誦焉。」又乾隆甲子二十世孫虬綠謹書，略云：「公詩初本刻於嘉泰間，晚又塗改刪汰，錄為定本，藏於家。五六百年世無知者。爰搜取各家刊本，彼此讎勘，附以累朝詩話掌故，有入近代者，並為箋略。獨篇什不敢擅為增損。閒有捃【音同郡】拾，謹以附別之。」余藏《白石詩詞集》：常熟汲古閣本、江都陸鍾輝本、華亭張奕樞本、歙洪正治本、華亭姜氏祠堂本、臨桂倪鴻本、王鵬運本、仁和許增本，許本參互各家，□極精審。除此寫本未見外，所據各本與余所藏略同。寫本□錄所見各本序跋，有康熙庚寅通越諸錦序，康熙戊戌廣陵書局刻本龍溪曾時燦序，為許氏及余所未見。所錄詩話、詞評、軼聞、故事，亦視刻本為多。閒有虬綠自識，亦極該博。又有姜氏世系、白石年譜，足資攷証（祠堂本姜熙序，以世表無考為恨，亦為見此寫本）。附采五絕二首（〈訪全老于淨林〉、〈觀沈傳師碑隆茂宗畫〉二首，刻本有）七絕一首，（〈和樸翁〉一首，刻本有。〈三高祠〉一首，刻本無。據悼牽牛，《姑蘇志》采入首句：「不貪名爵不爭勢。」）填詞二首（〈越女鏡心〉即〈法曲獻仙音〉，刻本無），細讀兩詞，雖非集中傑作，然如前闋「雨」、「緒」、「路」，後闋「綺」、「幾」、「醉」等韻，自是白石風格，非竄入它人之作也。

越女鏡心（二首）

風竹吹香，水楓鳴綠，睡覺涼生金縷。鏡底同心，枕前雙玉，相看轉傷幽素。傍綺閣，輕陰度，飛來鑑湖雨。　近重午。燎銀篝、暗薰溽暑。羅扇小、空寫數行怨苦。纖手結芳蘭，且休歌、《九辯》懷楚。故國情多，對溪山、都是離緒，但一川煙葦，恨滿西陵歸路。（《別毛席瑩》。周頤按：元注題疑有誤字）

檀撥么弦，象奩雙陸，舊日留歡情意。夢別銀屏，恨裁蘭燭，香篝夜閒鴛被。料燕子、重來地，桐陰鎖窗綺。　倦梳洗。暈芳鈿、自羞鸞鏡。羅袖冷、疏竹畫簾半倚。淺雨滲酴醾，指東風芳事餘幾。院落黃昏，怕春鶯、笑人顦顇。倩柔紅約定，喚起玉簫同醉。（〈春晚〉）

周頤按：右詞二闋，采附〈法曲獻仙音〉「虛閣籠寒」闋後。細審詞調，有與〈法曲獻仙音〉小異者。前段「輕陰度」、「重來地」叶，後段「空寫數行怨苦」、「疏竹畫簾半倚」，「怨」字、「半」字去聲是也。有與《法曲獻仙音》脗合者，前闋前段「風竹」「竹」字，「鳴綠」「綠」字，「睡覺」「覺」字。後段「故國」「國」字。後闋前段「檀撥」「撥」字，「雙陸」「陸」字，「舊日」「日」字。後段「院落」「落」字並入聲是也。守律若是謹嚴，自是白石家法。（按：〈越女鏡心〉第二首乃趙聞禮〈法曲獻仙音〉詞，見《陽春白雪》）

三〇

放翁出妻為作〈釵頭鳳〉者，姓唐名琬。和放翁〈釵頭鳳〉詞，見《御選歷代詩餘詞話》及《林下詞選》：「世情薄。人情惡。雨送黃昏花易落。曉風乾。淚痕殘，欲箋心事，獨語斜闌。難難難。人成各。今非昨。病魂常似秋千索。角聲寒。夜闌珊。怕人尋問，咽淚妝歡。瞞瞞瞞。」前後段俱轉平韻，與放翁詞不同。（《耆舊續聞》云：其婦見而和之，有「世情薄，人情惡」之句，惜不得其全闋）

三一

潘仙客（瀛選）〈新荷葉〉句云：「雛晴嫩霽，似垂髫、小女盈盈。」未經人道。

三二

校周保緒（濟）介庵詩詞，多常州耆舊軼聞。湯貞愍官樂清副戎，引疾歸，寄保緒春水園。貞愍暨其配雙湖夫人，俱擅丹青，有〈畫梅樓雙照〉。保緒為題〈浣溪沙〉詞，有「暗香雙護玉樓人。旁人剛道是梅魂」之句。貞愍奉命弋捕，改道士裝入羅浮，經月乃出。既罷，寫其裝為〈琴隱圖〉，琴隱圖所由名也。又有〈十二古琴書屋填詞圖〉。張翰風初名翊，改名與權，後定名琦。陸祁生故宅，有「龍蛇影外風雨聲中之軒」，庭中古檜二，後燬於火。

三三

徐淑秀，自號昭陽遺孑，前朝南渡時宮人也。甲申後流落金臺，後歸泰州邵某。為詩多抑鬱哀憤之音，有「昭陽遺孑聽漁歌。爾樂波濤我為何」、「入畫無人知是我，倚闌看蝶認為花」之句。所著〈一葉落〉詞，《眾香集》錄四闋。女邵笠，字澹庵，〈菩薩蠻〉云：「亂鶯啼破流蘇夢，櫻桃露濕花梢重。小婢促梳頭，開奩滿鏡愁。　畫眉人不在，蹙損雙螺黛。淡日上紅紗，輕蟬鬢影斜。」〈虞美人〉後段云：「翠眉一霎愁峰鎖。挼碎芙蓉朵。問伊底事忽嬌嗔。道是采花、掠亂鬢梢雲。」淑秀詞視澹菴稍遜，然「入畫」二語，卻未經人道。

三四

尼靜照，字月上，宛平人，曹氏，良家女，泰昌時選入宮。在掖庭二十五年，作宮詞五首。崇禎甲申，祝髮為尼。〈西江月〉云：「午倦懨懨欲睡，篆煙細細還燒。鶯兒對對語花梢。平地把人驚覺。　有恨慵彈綠綺，無情懶整雲翹。難禁愁思勝春潮。消減容光多少。」體格雅近北宋。

三五

成岫，字雲友，錢塘人。略涉書傳，手談鹵句、鬪茗彈絲，並皆精妙。愛雲閒董宗伯書畫，刻意臨撫。每一著筆，輒能亂真。今嫵媚而失蒼勁者，皆雲友作也。戊子春，宗伯留湖上，見雲友所仿書畫甚夥，自不能辨。後得徵士汪然明言其詳，即為褰修，結縭於不系園。時雲友年二十二矣。歸董後，琴瑟靜好，譜入《意中緣》傳奇。有《慧香館集》。〈菩薩蠻〉云：「綠楊深處黃鸝坐。蒼苔門巷無人過。簾卷接湖光。六橋車馬忙。 錦塘花歷亂。雲擁雷峰暗。觸緒撫瑤琴。澄懷一寄心。」

——以上三則采錄《眾香集》

三六

吳草廬（澄）〈臨江仙〉詞：「九日舟泊安慶城下，晚歇臨江水驛。於時月明風清，水共天碧，情景佳甚。與徐道川、方復齋、況眉吾、方清之驛亭草酌。以『殊鄉又逢秋晚』分韻得『殊』字」：「去歲家山重九日，西風短帽蕭疏。如今景物幾曾殊。舒州城下月，未覺此身孤。 勝友二三成草草。只憐有酒無茱。江涵萬象碧霄虛。客星何處是，光彩近辰居。」有元一代吾宗故實尤少，亟記之。

三七

辛卯、壬辰間，余客吳門，與子芾、尗【音同叔】問，素心晨夕，冷吟閒醉，不知有人世升沉也。某夕，漏未三滴，招子芾讌集，不至。尗問得〈浣溪沙〉前四句，余足成之。「□樣詞人天樣遙，翠衾貪度可憐宵（芾姬人名翠翠）。未應箋管換釵翹。 破面春風防粉爪（問）。畫眉新月戀香豪。柳顰花咲笑奈明朝（笙）。」翼日有怡園之約，故歇拍云云。今子芾墓木拱矣。王逸少所謂「俯仰之間，已成陳迹」。成容若所謂「當時祇道是尋常」也。

三八

陳大聲《草堂餘意》不可復，甚恨事也。大聲一字秋碧，精研宮律，當時有樂王之目。又善諧，嘗居京師戲倣〈月令〉二月云：「是月也，壁蝨出，溝中臭氣上騰，妓韡化為鞍。」見顧起元《客座贅語》。又有〈四時曲〉，秋碧與徐髯仙聯句。

三九

玉梅後詞〈臨江仙〉云：「姸風吹墜彩雲香。」麗矣而又有香，且是姸風吹墜，七字三層意。

四〇

楊澤民和清真〈驀山溪〉云：「平生彊項，未肯輕魚水。」余亦云然。

四一

宮調之學，失傳久矣。嘗欲輯兩宋人詞注明宮調者，都為一帙。取其相同之調，參互比勘，當有消息可尋。惜塵冗，苦無暇也。

四二

余女兄三，某仲適黃，名俊熙，字籲卿。籲卿之曾祖蓼園先生，有詞選梓行（詞選無先生名，名待攷）。起玄真子〈漁歌子〉，訖周美成〈六丑〉，都二百二十四闋。並渾雅溫麗，極合倚聲消息。每闋有箋，徵引贍博。余年十二，女兄于歸，詒余是編，如獲拱璧。心維口誦，輒仿為之。是余詞之導師也。先生選詞若是之精，斷無不工塡詞之理，顧所作迄未得見。可知吾粵詞人湮沒不彰者伙矣。（黃氏家祠內有《偶彭樓詞》，舉版貯其上，並可登眺城西山色。女兄以余幼故，請登樓勿許，當時為之惘然。至樓名何，則至今不知）

——以上見《香東漫筆》

四三

〈後庭花破子〉，李後主、馮延巳相率為之。「玉樹後庭前。瑤草妝鏡邊。去年花不老。今年月又圓。莫教偏。和月和花，天教長少年。」單調三十二字，見《古今詞話．詞辨卷上》引陳氏《樂書》。王惲、邵亨貞、趙孟頫並有此詞。萬氏《詞律》不收，謂是北曲，不知南唐已創此調也。〔按：宋陳暘《樂書》無此詞〕

四四

賀方回〈小梅花〉「城下路」一闋前段，《詞綜》作金人高憲詞，調名〈貧也樂〉，於「家」韻分段。半塘云，或沿明人選本之訛。〔按：《詞綜》本元好問《中州樂府》〕

四五

宋諺：「饞如鷂子，懶如堠子。」稼軒〈玉樓春〉：「心如溪上釣磯閒，身似道旁官堠懶。」又云：「謝三娘不識四字，罪之頭。」呂聖求〈河傳〉：「常把那、目字橫書，謝三娘、全不識。」

四六

楊娃亦稱楊妹子，宋寧宗恭聖皇后妹，以藝文供奉內廷。題馬遠〈松院鳴琴〉小幅〈訴衷情〉云：「閑中一弄七弦琴。此曲少知音。多因澹然無味，不比鄭聲淫。　松陰靜，竹樓深。夜沉沉。清風拂軫，明月當軒。誰會幽心。」按楊娃詞各選本未箸錄，此闋見《韻石齋筆談》（**按：此首乃宋張掄詞**）。

四七

黃子由尚書夫人胡氏與可，號惠齋，元功尚書之女也。有文章，兼通書畫。嘗因几上凝塵，戲畫梅一枝，題〈百字令〉云：「小齋幽僻，久無人到此，滿地狼籍。几案塵生多少憾，玉指親傳蹤跡。畫出南枝，正開側面，花蕊俱端的。可憐風韻，故人難寄消息。　非共雪月交光，者般造化，豈費東君力。只欠清香來撲鼻，亦有天然標格。不上寒窗，不隨流水，應不鈿宮額。不愁三弄，只愁羅袖輕拂。」按夫人有〈滿江紅燈花詞〉，見《花草粹編》及《詞統》。此闋見董史《皇宋書錄》。

四八

東坡詞：「春事闌珊芳草歇。」升庵《詞品》引唐劉瑤詩：「瑤草歇芳心耿耿。」《傳奇》

女郎王麗真詩「燕折鶯離芳草歇」，謂是坡詞出處。不知謝靈運有「芳草亦未歇」句。此條見古虞朱亦棟《群書札記》。

四九

又坡詞「游人多上十三樓」，《詞品》云：用杜牧詩「婷婷裊裊十三餘」句也。案《咸淳臨安志》：「十三間樓在錢塘門外大佛頭纜船石山後，東坡守杭時，多游處其上，今為相嚴院。」又見《武林舊事》、《夢粱錄》。郭祥正、陳默並有詩，見《西湖志》。升庵豈未考耶？**〔按：陳鵠《西塘集耆舊續聞．卷二》引東坡此詞，已云：「十三間樓在錢塘西湖北山。」〕**

五〇

邵復孺詞「魚吹翠浪柳花行」，小而不纖，最有生氣。**〔按：已見前詞話卷三第六五條，彼較詳〕**

五一

「殭臥碎璃呼不起，看繁星、歷亂如碁走。」趙意孫〈舍懷玉題張仲治雪中狂飲圖．金縷曲〉句也。情景逼真，非老於醉鄉者不能道。

五二

淮海詞：「怎奈向歡娛，漸隨流水。」今本「向」改「何」，非是。「怎奈向」宋時方言，它宋人詞亦有用者。

五三

《文選樓叢書未刻稿本待購書目》二冊，有《女詞綜》，此書未之前聞。

五四

曩與筱珊、半塘，約為詞社，月祝一詞人，合為一集。嗣筱珊有湖北之行，因而中止。考出詞人生日，錄記於此，它日克踐斯約，尚當補所未備。正月初四日黃仲則（景仁）生（見年譜）。十一日李分虎（符）生（見本集）。三月十二日蔣京少（景祈）生（見《罨畫溪詞》題）。二十五日王西樵（士祿）生（見《名人年譜》）。五月初二日厲樊榭（鶚）生（見本集）。初四日彭羨門（孫遹）生（見《延露詞》題）。二十二日項蓮生（鴻祚）生（見汪遠孫《清尊集》）。六月二十九日李武曾（良年）生（見本集）。七月初七日周稚圭（之琦）生（見年譜）。八月二十一日朱竹垞（彝尊）生（見年譜）。閏八月二十八日王阮亭（士正）生（見年譜）。十月二十八日蔣苕生（士銓）生（見《名人年譜》）。十一月二十二日王德甫（昶）生（見年譜）。十二月十二日納蘭容若（成德）生（見高士奇《蔬香詞》題）。

——以上見《香海棠館詞話》

白雨齋詞話

《白雨齋詞話》序

陳子亦峰，予戊子江南所校士也。闈中得生卷，議論英偉，而真意懇摯，決其為宅心純正之士。亟薦於主司，果膺魁選。謁予於桃源署齋，溫文爾雅。與談經史，悉能根究義理，貫串本原。詩古文辭，皆取法乎上，必思登峰造極而後止。間論時事，因及古忠臣孝子，輒義動於色。予竊喜鑒衡不爽，而生之素所蓄積可知矣。桃源劇邑，不易治，予欲維縶之，俾資贊畫，以親老辭。詎意年甫強仕而歿，尊公猶健在也。其門弟子集其詞話，並所著詩詞，先以付梓。予得而閱之，推本〈風〉、〈騷〉，一歸於溫柔敦厚之旨，非所謂宅心純正，蘄至於登峰造極者歟？予既幸能得一士，又甚惜得一士而未獲見諸行事，第以空言傳世，不能無慨於中，爰書數言，以弁簡端。

光緒二十年秋八月歷城汪懋琨序

《白雨齋詞話》序

詩莫盛於唐，而詞莫盛於宋。宋以後詞律復變，則南北曲出焉。故詞之為體，詩以為禰，曲以為子。識者為之，莫不沿溯漢魏，游衍屈宋，以蘄上闚《三百篇》之指。意謂不如是，不足以徵其源、涉其奧。其說亦既美矣。然予嘗以為此文辭之源，非文心之源也。文心之源，亦存乎學者性情之際而已。為文苟不以性情為質，貌雖工，人猶得以抉其柢，不工者可知。所謂詞者，意內而言外，格淺而韻深，其發攄性情之微，尤不可掩。而世乃欲以鍥薄求之，藻繪揉之，抑末已。吾友陳君亦峰，少為詩歌，一以少陵杜氏為宗，杜以外不屑道也。年歲三十，復好為詞，探索既久，豁然大徹。所為詞稾，深永超拔，已足上摩宋賢之壘。而別著《白雨齋詞話》八卷，抉擇幽微，辨才無礙，尤有不受流俗羈紲者。亦峰之於詞，思與學兼盡如此，亦勤矣哉。亦峰天資醇厚，篤內行，與人交，表裏洞然，無骪骳之習。退省其家，父兄之勞，靡不肩任，宗族之困，莫不引為己憂，其有得於性情者又如此。則文詞之工，操本以運末，復何怪焉。同治之季，予始識亦峰於泰州，切劘道義既久，因得附為婚姻。迄今二十餘年，莫渝終始。顧予兄弟輩，業不加修，而亦峰之學，乃與年俱進。嘗言四十後當委棄辭章，力求經世性命之蘊。予深偉其議，且思有所翼贊。而亦峰遽以光緒壬辰秋，奄忽辭世。噫！善人君子，不能久存於世，歐陽子所以致慨於張子野者，予嘗以為僿言。今乃不幸，於吾亦峰親見之，寧無恫耶！亦峰為學精苦，每晝營家事，夜誦方策。及既歿，遺書委積，多未徹編。惟手錄詞話，已有定稾。其門下士海寧許君守之諸君子將為刊行，以予庶幾能知亦峰者，督文弁首。予既感亦峰之志，且幸是書之傳也，因述所見如右，以質許君。惟託於文字者，可以無窮，亦峰所以自託者既箸，其亦可以無憾矣乎？記三年前，亦峰嘗挐是書初稿見視，且屬為敘。予以方如南清河，俶裝待發，無以應也。今乃終得論次其書，而亦峰已不及見，嗚呼！此尤足以啟予之悲也已！亦峰諱廷焯，鎮江丹徒人，舉光緒戊子科江南鄉試。歿時年四十。

光緒十九年，太歲在癸巳，夏四月，正定王耕心撰

自序

倚聲之學，千有餘年，作者代出。顧能上溯〈風〉、〈騷〉，與為表裏，自唐迄今，合者無幾。竊以聲音之道，關乎性情，通乎造化。小其文者，不能達其義，竟其委者，未獲泝其源。揆厥所由，其失有六：飄風驟雨，不可終朝，促管繁絃，絕無餘蘊，失之一也。美人香草，貌託靈脩，蝶雨梨雲，指陳瑣屑，失之二也。雕搜物類，探討蟲魚，穿鑿愈工，風雅愈遠，失之三也。慘慽憯悽，寂寥蕭索，感寓不當，虛歎徒勞，失之四也。交際未深，謬稱契合，頌揚失實，遑恤譏評，失之五也。情非蘇、竇，亦感回文，慧拾孟、韓，轉相鬬韻，失之六也。作者愈漓，議者益左，竹垞《詞綜》，可備覽觀，未嘗為探本之論。紅友《詞律》，僅求諧適，不足語正始之源。下此則務取穠麗，矜言該博。大雅日非，繁聲競作，性情散失，莫可究極。夫人心不能無所感，有感不能無所寄，寄託不厚，感人不深，厚而不鬱，感其所感，不能感其所不感。伊古詞章，不外比興。〈谷風〉陰雨，猶自期以同心，攘訽【音同詬】忍尤，卒不改乎此度。為一室之悲歌，下千年之血淚，所感者深且遠也。後人之感，感於文不若感於詩，感於詩不若感於詞。詩有韻，文無韻。詞可按節尋聲，詩不能盡被絃管。飛卿、端己，首發其端，周、秦、姜、史、張、王，曲竟其緒，而要皆發源於〈風〉、〈雅〉，推本於〈騷〉、〈辯〉。故其情長，其味永，其為言也哀以思，其感人也深以婉。嗣是六百餘年，沿其波流，喪厥宗旨。張氏詞選，不得已為矯枉過正之舉，規模雖隘，門墻自高。循上以尋，墜緒未遠。而當世知之者鮮，好之者尤鮮矣。蕭齋岑寂，撰詞話十卷，本諸〈風〉、〈騷〉，正其情性。溫厚以為體，沉鬱以為用。引以千端，衷諸壹是。非好與古人為難，獨成一家言，亦有所大不得已於中，為斯詣綿延一綫。暇日寄意之作，附錄一二，非敢抗美昔賢，存以自鏡而已。

光緒十七年除夕日亦峰，陳廷焯序

白雨齋詞話 卷一

一

詞興於唐，盛於宋，衰於元，亡於明，而再振於我國初，大暢厥旨於乾嘉以還也。

二

國初諸老，多究心於倚聲。取材宏富，則朱氏（彝尊）《詞綜》。持法精嚴，則萬氏（樹）《詞律》，他如彭氏（孫遹）《詞藻》、《金粟詞話》（同上）、《西河詞話》（毛奇齡）、《詞苑叢談》（徐釚）等類，或講聲律，或極豔雅，或肆辯難，各有可觀。顧於此中真消息，皆未能洞悉本原，直揭三昧。余竊不自量，撰為此編，盡掃陳言，獨標真諦。古人有知，尚其諒我。

三

明代無一工詞者，差強人意，不過一陳人中而已。自國初諸公出，如五色朗暢，八音和鳴，備極一時之盛。然規模雖具，精蘊未宣。綜論群公，其病有二。一則板襲南宋面目，而遺其真，摹色揣稱，雅而不韻。一則專習北宋小令，務取穠豔，遂以為晏、歐復生。不知晏、歐已落下乘，取法乎下，弊將何極，況並不如晏、歐耶？反是者一陳其年，然第得稼軒之貌，蹈揚湖海，不免叫囂。樊榭窈然而深，悠然而遠，似有可觀。然亦特一丘一壑，不足語於滄海之大，泰華之高也。

四

學古人詞，貴得其本原，捨本求末，終無是處。其年學稼軒，非稼軒也；竹垞學玉田，非玉田也；樊榭取徑於楚騷，非楚騷也。均不容不辨。

五

作詞之法，首貴沉鬱，沉則不浮，鬱則不薄。顧沉鬱未易強求，不根柢於〈風〉、〈騷〉，烏能沉鬱？十三國變風、二十五篇楚詞，忠厚之至，亦沉鬱之至，詞之源也。不究心於此、率爾操觚，烏有是處？

六

詩詞一理，然亦有不盡同者。詩之高境，亦在沉鬱，然或以古樸勝，或以沖淡勝，或以鉅麗勝，或以雄蒼勝。納沉鬱於四者之中，固是化境，即不盡沉鬱，如五七言大篇，暢所欲言者，亦別有可觀。若詞則捨沉鬱之外，更無以為詞。蓋篇幅狹小，倘一直說去，不留餘地，雖極工巧之致，識者終笑其淺矣。

七

唐五代詞，不可及處，正在沉鬱。宋詞不盡沉鬱，然如子野、少游、美成、白石、碧山、梅溪諸家，未有不沉鬱者。即東坡、方回、稼軒、夢窗、玉田等，似不必盡以沉鬱勝，然其佳處，亦未有不沉鬱者。詞中所貴，尚未可以知耶？

八

張氏（惠言）詞選，可稱精當，識見之超，有過於竹垞十倍者，古今選本，以此為最。但唐五代兩宋詞，僅取百十六首，未免太隘。而王元澤〈眼兒媚〉、歐陽公〈臨江仙〉、李知幾〈臨江仙〉，公然列入，令人不解。即朱希真〈漁父〉五章，亦多淺陋處，選擇既苛，即不當列入。又東坡〈洞仙歌〉，只就孟昶原詞敷衍成章，所感雖不同，終是依人作嫁。《詞綜》譏其有點金之憾，固未為知己，而《詞選》必推為傑構，亦不可解。至以吳夢窗為變調，擯之不錄，所見亦左。總之小疵不能盡免，於詞中大段，卻有體會。溫、韋宗風，一燈不滅，賴有此耳。

九

飛卿詞全祖《離騷》，所以獨絕千古。〈菩薩蠻〉、〈更漏子〉諸闋，已臻絕詣，後來無能為繼。

一〇

所謂沉鬱者，意在筆先，神餘言外。寫怨夫思婦之懷，寓孽子孤臣之感。凡交情之冷淡，身世之飄零，皆可於一草一木發之。而發之又必若隱若現，欲露不露，反覆纏綿，終不許一語道破，匪獨體格之高，亦見性情之厚。

飛卿詞，如「懶起畫蛾眉，弄妝梳洗遲」，無限傷心，溢於言表。又「春夢正關情，鏡中蟬鬢輕」，淒涼哀怨，真有欲言難言之苦。又「花落子規啼，綠窗殘夢迷」，又「鸞鏡與花枝，此情誰得知」，皆含深意。此種詞，第自寫性情，不必求勝人，已成絕響。後人刻意爭奇，愈趨愈下。安得一二豪傑之士，與之挽回風氣哉！

一一

飛卿〈更漏子〉三章，自是絕唱，而後人獨賞其末章「梧桐樹」數語。胡元任云：「庭筠工於造語，極為奇麗，此詞尤佳。」即指「梧桐樹」數語也。不知「梧桐樹」數語，用筆較快，而意味無上二章之厚。胡氏不知詞，故以「奇麗」目飛卿，且以此章為飛卿之冠，淺視飛卿者也。後人從而和之，顛倒是非，千年夢夢！

一二

飛卿〈更漏子〉首章云：「驚塞雁，起城烏，畫屏金鷓鴣。」此言苦者自苦，樂者自樂。次章云：「蘭露重，柳風斜，滿庭堆落花。」此又言盛者自盛，衰者自衰。亦即上章苦樂之意。顛倒言之，純是風人章法，特改換面目，人自不覺耳。

一三

飛卿〈菩薩蠻〉十四章，全是楚〈騷〉變相，古今之極軌也。徒賞其芊麗，誤矣。

一四

唐代詞人，自以飛卿為冠。太白〈菩薩蠻〉、〈憶秦娥〉兩闋，自是高調，未臻無上妙諦。皇甫子奇〈夢江南〉、〈竹枝〉諸篇，合者可寄飛卿廡下，亦不能為之亞也。

一五

南唐中宗〈山花子〉云：「還與韶光共憔悴，不堪看。」沉之至，鬱之至，淒然欲絕。後主雖善言情，卒不能出其右也。

一六

後主詞思路悽惋，詞場本色，不及飛卿之厚，自勝牛松卿輩。

一七

韋端己詞，似直而紆，似達而鬱，最為詞中勝境。

一八

端己〈菩薩蠻〉四章，惓惓故國之思，而意婉詞直，一變飛卿面目，然消息正自相通。余嘗謂後主之視飛卿，合而離者也；端己之視飛卿，離而合者也。

一九

端己〈菩薩蠻〉云：「未老莫還鄉，還鄉須斷腸。」又云：「凝恨對斜暉，憶君君不知。」〈歸國遙〉云：「別後只知相愧。淚珠難遠寄。」〈應天長〉云：「夜夜綠窗風雨。斷腸君信否。」皆留蜀後思君之辭。時中原鼎沸，欲歸不能。端己人品未為高，然其情亦可哀矣。

二〇

孫孟文詞，氣骨甚遒，措語亦多警鍊。然不及溫、韋處亦在此，坐少閑婉之致。

二一

馮正中詞，極沉鬱之致，窮頓挫之妙，纏綿忠厚，與溫、韋相伯仲也。〈蝶戀花〉四章，古今絕搆。《詞選》本李易安詞序，指「庭院深深」一章為歐陽公作，他本亦多作永叔詞。惟《詞綜》獨云馮延巳作。竹垞博極群書，必有所據。且細味此闋，與上三章筆墨的是一色，歐公無手筆。

二二

正中〈蝶戀花〉四闋，情詞悱惻，可君可怨。《詞選》云：「忠愛纏綿，宛然〈騷〉、〈辯〉之義。延巳為人，專蔽嫉妒，又敢為大言。此詞蓋以排間異己者，其君之所以信而不疑也。」數語確當。

二三

正中〈蝶戀花〉首章云：「濃睡覺來鶯亂語。驚殘好夢無尋處。」憂讒畏譏，思深意苦。次章云：「誰道閑情拋棄久。每到春來，惆悵還依舊。日日花前常病酒。不辭鏡裏朱顏瘦。」始終不踰其志，亦可謂自信而不疑，果毅而有守矣。三章云：「淚眼倚樓頻獨語。雙燕來時，陌上相逢否。」忠厚惻怛，藹然動人。四章云：「淚眼問花花不語。亂紅飛過鞦韆去。」詞意殊怨，然怨之深，亦厚之至。蓋三章猶望其離而復合，四章則絕望矣。作詞解如此用筆，一切叫囂纖冶之失，自無從犯其筆端。

二四

正中〈菩薩蠻〉、〈羅敷豔歌〉諸篇，溫厚不逮飛卿。然如「憑仗東流。將取離心過橘州」，又「殘日尚彎環。玉箏和淚彈」，又「玉露不成圓。寶箏悲斷絃」又「紅燭淚欄杆。翠屏煙浪寒」，又「雲雨已荒涼。江南春草長」，亦極淒婉之致。

二五

北宋詞，沿五代之舊，才力較工，古意漸遠。晏、歐著名一時，然並無甚強人意處。即以豔體論，亦非高境。

二六

晏、歐詞雅近正中，然貌合神離，所失甚遠。蓋正中意餘於詞，體用兼備，不當作豔詞讀。若晏、歐不過極力為豔詞耳，尚安足重！

二七

文忠思路甚雋，而元獻較婉雅。後人為豔詞，好作纖巧語者，是又晏、歐之罪人也。

二八

《詩》三百篇，大旨歸於無邪。北宋晏小山工於言情，出元獻、文忠之右，然不免思涉於邪，有失風人之旨。而措詞婉妙，則一時獨步。

二九

小山詞，如「去年春恨卻來時。落花人獨立，微雨燕雙飛」，又「當時明月在，曾照彩雲歸」，既閑婉，又沉著，當時更無敵手。又「明年應賦送君時。細從今夜數，相會幾多時」，淺處皆深。又「曉霜紅葉舞歸程。客情今古道，秋夢短長亭」，又「少陵詩思舊才名。雲鴻相約處，煙霧九重城」，亦復情詞兼勝。又「從別後、憶相逢。幾回魂夢與君同。今宵賸把銀釭照，猶恐相逢是夢中」，曲折深婉，自有豔詞，更不得不讓伊獨步。視永叔之「笑問雙鴛鴦字怎生書」、「倚闌無緒更兜鞋」等句，雅俗判然矣。

三〇

張子野詞，古今一大轉移也。前此則為晏、歐，為溫、韋，體段雖具，聲色未開。後此則為秦、柳，為蘇、辛，為美成、白石，發揚蹈厲，氣局一新，而古意漸失。子野適得其中，有含蓄處，亦有發越處。但含蓄不似溫、韋，發越亦不似豪蘇膩柳，規模雖隘，氣格卻近古。自子野後，一千年來，溫、韋之風不作矣，益令我思子野不置。

三一

蘇、辛並稱，然兩人絕不相似。魄力之大，蘇不如辛。氣體之高，辛不逮蘇遠矣。東坡詞寓意高遠，運筆空靈，措語忠厚，其獨至處，美成、白石亦不能到。昔人謂東坡詞非正聲，此特拘於音調言之，而不究本原之所在。眼光如豆，不足與之辯也。

三二

詞至東坡，一洗綺羅香澤之態，寄慨無端，別有天地。〈水調歌頭〉、〈卜算子・雁〉、〈賀新涼〉、〈水龍吟〉諸篇，尤為絕構。

三三

太白之詩、東坡之詞，皆是異樣出色。只是人不能學，烏得議其非正聲？

三四

耆卿詞，善於鋪敘，羈旅行役，尤屬擅長。然意境不高，思路微左，全失溫、韋忠厚之意。詞人變古，耆卿首作俑也。

三五

蔡伯世云：「子瞻辭勝乎情，耆卿情勝乎辭，辭情相稱者，惟少游而已。」此論陋極。東坡之詞，純以情勝，情之至者詞亦至。只是情得其正，不似耆卿之喁喁兒女私情耳。論古人詞，不辯是非，不別邪正，妄為褒貶，吾不謂然。

三六

東坡、少游，皆是情餘於詞。耆卿乃辭餘於情，解人自辨之。

三七

秦七、黃九，並重當時。然黃之視秦，奚啻碔砆之與美玉？詞貴纏綿，貴忠愛，貴沉鬱，黃之鄙俚者無論矣。即以其高者而論，亦不過於倔強中見姿態耳。於倔強中見姿態，以之作詩尚未必盡合，況以之為詞耶！

三八

黃九於詞，直是門外漢，匪獨不及秦、蘇，亦去耆卿遠甚。

三九

秦少游自是作手，近開美成，導其先路，遠祖溫、韋，取其神不襲其貌，詞至是乃一變焉。然變而不失其正，遂令議者不病其變，而轉覺有不得不變者。後人動稱秦、柳，柳之視秦，為之奴隸而不足者，何可相提並論哉！

四〇

少游詞最深厚，最沉著。如「柳下桃蹊，亂分春色到人家」，思路幽絕，其妙令人不能思議。較「郴江幸自遶郴山，為誰流下瀟湘去」之語，尤為入妙。世人動訾秦七，真所謂井蛙謗海也。

四一

少游〈滿庭芳〉諸闋，大半被放後作，戀戀故國，不勝熱中，其用心不逮東坡之忠厚。而寄情之遠，措語之工，則各有千古。

四二

少游名作甚多，而俚詞亦不少，去取不可不慎。

四三

張綖云：「少游多婉約，子瞻多豪放，當以婉約為主。」此亦似是而非，不關痛癢語也。誠能本諸忠厚，而出以沉鬱，豪放亦可，婉約亦可，否則豪放嫌其粗魯，婉約又病其纖弱矣。

四四

方回詞，胸中眼中，另有一種傷心說不出處，全得力於楚〈騷〉，而運以變化，允推神品。

四五

方回詞極沉鬱，而筆勢卻又飛舞，變化無端，不可方物，吾烏乎測其所至！

四六

方回〈踏莎行・荷花〉云：「斷無蜂蝶慕幽香。紅衣脫盡芳心苦。」下云：「當年不肯嫁東風，無端卻被秋風誤。」此詞騷情雅意，哀怨無端，讀者亦不自知何以心醉，何以淚墮。〈浣溪沙〉云：「記得西樓凝醉眼，昔年風物似而今。只無人與共登臨。」只用數虛字盤旋唱歎，而情事畢現，神乎技矣。世第賞其「梅子黃時雨」一章，猶是耳食之見。

四七

〈浣溪沙〉結句，貴情餘言外，含蓄不盡。如吳夢窗之「東風臨夜冷於秋」、賀方回之「行雲可是渡江難」，皆耐人玩味。

四八

毛澤民詞，意境不深，間有雅調。晁无咎則有意蹈揚湖海，而力又不足。於此中真消息，皆未夢見。

四九

詞至美成，乃有大宗。前收蘇、秦之終，復開姜、史之始。自有詞人以來，不得不推為巨擘。後之為詞者，亦難出其範圍。然其妙處，亦不外沉鬱頓挫。頓挫則有姿態，沉鬱則極深厚。既有姿態，又極深厚，詞中三昧亦盡於此矣。

五〇

今之談詞者亦知尊美成。然知其佳，而不知其所以佳。正坐不解沉鬱頓挫之妙。彼所謂佳者，不過人云亦云耳。摘論數條於後，清真面目，可見一斑。

五一

美成詞極其感慨，而無處不鬱，令人不能遽窺其旨。如〈蘭陵王．柳〉云：「登臨望故國，誰識京華倦客。」二語是一篇之主。上有「隋堤上，曾見幾番，拂水飄綿送行色」之句，暗伏倦客之根，是其法密處。故下接云：「長亭路，年去歲來，應折柔條過千尺。」久客淹留之感，和盤托出。他手至此，以下便直抒憤懣矣，美成則不然。「閒尋舊蹤跡」二疊，無一語不吞吐。只就眼前景物，約略點綴，更不寫淹留之故，卻無處非淹留之苦。直至收筆云：「沉思前事，似夢裏、淚暗滴。」遙遙挽合，妙在纔欲說破，便自咽住，其味正自無窮。〈六醜・薔薇謝後作〉云：「為問家何在。」上文有「悵客裏光陰虛擲」之句，此處點醒題旨，既突兀又綿密，妙只五字束住。下文反覆纏綿，更不糾纏一筆，卻滿紙是羈愁抑鬱，且有許多不敢說處，言中有物，吞吐盡致。大抵美成詞，一篇皆有一篇之旨，尋得其旨，不難迎刃而解。否則病其繁碎重複，何足以知清真也。

五二

美成詞有前後若不相蒙者，正是頓挫之妙。如〈滿庭芳・夏日溧水無想山作〉上半闋云：「人靜烏鳶自樂。小橋外、新綠濺濺。凭欄久，黃蘆苦竹，擬泛九江船。」正擬縱樂矣，下忽接云：「年年。如社燕，飄流瀚海，來寄脩椽。且莫思身外，長近樽前。憔悴江南倦客，不堪聽、急管繁絃。歌筵畔，先安枕簟，容我醉時眠。」是烏鳶雖樂，社燕自苦。九江之船，卒未嘗泛。此中有多少說不出處，或是依人之苦，或有患失之心。但說得雖哀怨，卻不激烈。沈鬱頓挫中，別饒蘊藉。後人為詞，好作盡頭語，令人一覽無餘，有何趣味？

五三

美成〈菩薩蠻〉上半闋云：「何處望歸舟。夕陽江上樓。」思慕之極，故哀怨之深。下半闋云：「深院捲簾看。應憐江上寒。」哀怨之深，亦忠愛之至。似此不必學溫、韋，已與溫、韋一鼻孔出氣。

五四

美成〈齊天樂〉云：「綠蕪彫盡臺城路，殊鄉又逢秋晚。」傷歲暮也。結云：「醉倒山翁，但愁斜照斂。」幾於愛惜寸陰，日暮之悲，更覺餘於言外。此種結構，不必多費筆墨，固已意無不達。

五五

美成詞，有似拙實工者。如〈玉樓春〉結句云：「人如風後入江雲，情似雨餘黏地絮。」上言人不能留，下言情不能已。呆作兩譬，別饒姿態，卻不病其板，不病其纖，此中消息難言。

五六

美成詞，操縱處有出人意表者。如〈浪淘沙慢〉一闋，上二疊寫別離之苦。如「掩紅淚、玉手親折」等句，故作瑣碎之筆。至末段云：「羅帶光銷紋衾疊，連環解、舊香頓歇。怨歌永、瓊壺敲盡缺。恨春去不與人期，弄夜色，空餘滿地梨花雪。」蓄勢在後，驟雨飄風不可遏抑。歌至曲終，覺萬彙哀鳴，天地變色。老杜所謂「意愜關飛動，篇終接混茫」也。

五七

美成〈解語花・元宵〉後半闋云：「因念帝城放夜。望千門如晝，嬉笑遊冶。鈿車羅帕。相逢處，自有暗塵隨馬。年光是也。惟只見舊情衰謝。清漏移，飛蓋歸來，從舞休歌罷。」縱筆揮灑，有水逝雲捲，風馳電掣之感。

五八

美成〈夜飛鵲〉云：「何意重經前地，遺鈿不見，斜徑都迷。兔葵燕麥，向斜陽、影與人齊。但徘徊班草，欷歔酹酒，極望天西。」哀怨而渾雅。白石〈揚州慢〉一闋，從此脫胎。超處或過之，而厚意微遜。

五九

美成小令，以警動勝。視飛卿色澤較淡，意態卻濃。溫、韋之外，別有獨至處。

六〇

陳子高詞，婉雅閒麗，暗合溫、韋之旨。晁无咎、毛澤民、万俟雅言等，遠不逮也。

六一

陳簡齋《無住詞》，未臻高境。惟〈臨江仙〉云：「憶昔午橋橋上飲，坐中都是豪英。長溝流月去無聲。杏花疏影裏，吹笛到天明。　二十餘年成一夢，此身雖在堪驚。閒登小閣眺新晴。古今多少事，漁唱起三更。」筆意超曠，逼近大蘇。

六二

朱希真「春雨細如塵」一闋，饒有古意。至〈漁父〉五篇，雖為皋文所賞，然譬彼清流之中，雜以微塵。如四章結句「有何人留得」、五章結句「有何人相識」，一經道破，轉嫌痕跡，不如並刪去為妙。余最愛其次章結句云：「昨夜一江風雨，都不曾聽得。」此中有真樂，未許俗人問津。又三章結句云：「經過子陵灘半，得梅花消息。」靜中生動，妙合天機，亦先生晚遇之兆。

六三

辛稼軒，詞中之龍也，氣魄極雄大，意境卻極沉鬱。不善學之，流入叫囂一派，論者遂集矢於稼軒，稼軒不受也。

六四

稼軒詞如〈永遇樂．京口北固亭懷古〉、〈南鄉子．登京口北固亭〉、〈浪淘沙．山寺夜作〉、〈瑞鶴軒．南澗雙溪樓〉等類，才氣雖雄，不免粗魯。世人多好讀之，無怪稼軒為後世叫囂者作俑矣。讀稼軒詞者，去取嚴加別白，乃所以愛稼軒也。

六五

稼軒詞自以〈賀新郎．別茂嘉二十弟〉一篇為冠，沉鬱蒼涼，跳躍動盪，古今無此筆力。詞云：「綠樹聽鵜鴂。更那堪、杜鵑聲住，鷓鴣聲切。啼到春歸無啼處，苦恨芳菲都歇。算未抵，人間離別。馬上琵琶關塞黑。更長門翠輦辭金闕。看燕燕，送歸妾。　將軍百戰身名裂。向河梁、回頭萬里，故人長絕。易水蕭蕭西風冷，滿座衣冠似雪。正壯士悲歌未徹。啼鳥還知如許恨，料不啼清淚長啼血。誰伴我、醉明月。」（《詞選》云：「茂嘉蓋以得罪謫徙，故有是言。」）

六六

稼軒〈水調歌頭〉諸闋，直是飛行絕迹。一種悲憤慷慨，鬱結於中，雖未能痕迹消融，卻無害其為渾雅。後人未易摹倣。

六七

稼軒詞彷彿魏武詩，自是有大本領、大作用人語。

六八

稼軒詞著力太重處，如〈破陣子．為陳同甫賦壯詩以寄之〉、〈水龍吟．過南澗雙溪樓〉等作，不免劍拔弩張。余所愛者，如「紅蓮相倚深如怨，白鳥無言定是愁」，又「不知筋力衰多少，但覺新來懶上樓」，又「城中桃李愁風雨，春在溪頭薺菜花」之類，信筆寫去，格調自蒼勁，意味自深厚。不必劍拔弩張，洞穿已過七札，斯為絕技。

六九

稼軒〈鷓鴣天〉云：「卻將萬字平戎策，換得東家種樹書。」哀而壯，得毋有「烈士暮年」之慨耶！

七〇

稼軒〈臨江仙〉後半闋云：「別浦鯉魚何日到，錦書封恨重重。海棠花下去年逢。也應隨分瘦，忍淚覓殘紅。」婉雅芊麗。稼軒亦能為此種筆路，真令人心折。

七一

稼軒〈蝶戀花・元日立春〉云：「今歲花期消息定。只愁風雨無憑準。」蓋言榮辱不定，遷謫無常。言外有多少哀怨、多少疑懼。

七二

稼軒「更能消幾番風雨」一章，詞意殊怨。然姿態飛動，極沉鬱頓挫之致。起處「更能消」三字，是從千回萬轉後倒折出來，真是有力如虎。

七三

稼軒〈菩薩蠻〉一章〈書江西造口壁〉，用意用筆，洗脫溫、韋殆盡，然大旨正見脗合。

七四

稼軒最不工綺語。〈尋芳草〉一章，固屬笑柄，即「驀然回首，那人卻在，燈火闌珊處」及「玉觴淚滿卻停觴，怕酒似、郎情薄」，亦了無餘味。惟「尺書如今何處也，綠雲依舊無蹤跡」，又「芳草不迷行客路，垂楊只礙離人目」為婉妙。然可作無題，亦不定是綺言也。

七五

陳同甫豪氣縱橫，稼軒幾為所挫。而《龍川詞》一卷，合者寥寥，則去稼軒遠矣。

七六

同甫〈水調歌頭〉云：「堯之都，舜之壤，禹之封。於中應有，一個半個恥臣戎。」精警奇肆，幾於握拳透爪。可作中興露布讀。就詞論，則非高調。

七七

劉改之、蔣竹山，皆學稼軒者。然僅得稼軒糟粕，既不沉鬱，又多支蔓。詞之衰，劉、蔣為之也。板橋論詞云：「少年學秦、柳，中年學蘇、辛，老年學劉、蔣。」真是盲人道黑白，令我捧腹不禁。

七八

改之全學稼軒皮毛，不則即為〈沁園春〉等調。淫詞褻語，汙穢詞壇。即以艷體論，亦是下品。蓋叫囂淫冶，兩失之矣。

七九

竹山詞，外強中乾，細看來尚不及改之。竹垞《詞綜》，推為南宋一家，且謂其源出白石，欺人之論，吾所不取。

八〇

竹山詞多不接處。如〈賀新郎〉云「竹几一燈人做夢」，可稱警句。下接云「嘶馬誰行古道」，合上下文觀之，不解所謂。即云託諸夢境，無源可尋，亦似接不接。下云「起搔首、窺星多少」，蓋言夢醒。下云「月有微黃，籬無影」，又是警句。下接云：「掛牽牛數朵青花小，秋太淡、添紅棗。」此三句無味之極，與通首詞意，均不融洽。所謂外強中乾也。古人脫接處，不接而接也；竹山不接處，乃真不接也。大抵劉、蔣之詞，未嘗無筆力，而理法氣度，全不講究。是板橋、心餘輩所祖，乃詞中左道。有志復古者，當揮之門外也。

八一

張安國詞，熱腸鬱思，可想見其為人。劉後村則感激豪宕，其詞與安國相伯仲，去稼軒雖遠，正不必讓劉、蔣。世人多好推劉、蔣，直以為稼軒後勁，何耶？

八二

黃師憲《知稼翁詞》，氣和音雅，得味外味。人品既高，詞理亦勝。《宋六十一家詞選》中載其小令數篇，洵風雅之正聲，溫、韋之真脈也。余最愛其〈菩薩蠻〉云：「高樓目斷南來翼，玉人依舊無消息。愁緒促眉端，不隨衣帶寬。　萋萋天外草。何處春歸早。無語凭闌杆，竹聲生暮寒。」時公在泉幕，有懷汪彥章，以當路多忌，故託玉人以見意。又〈卜算子〉云：「寒透小窗紗，漏斷人初醒。悲翠屏間拾落釵，背立殘釭影。　欲去更踟躕，離恨終難整。隴首流泉不忍聞，月落雙溪冷。」時公赴召，道過延平，有歌妓追論書事，即席賦此。遠韻深情，無窮幽怨。

八三

知稼翁以與趙鼎善，為秦檜所忌，至竄之嶺南。其〈眼兒媚・梅調和傅參議韻〉云：「一枝雪裏冷光浮，空自許清流。如今憔悴，蠻煙瘴雨，誰肯尋搜。　昔年曾共孤芳醉，爭插玉釵頭。天涯幸有，惜花人在，杯酒相酬。」情見乎詞矣，而措語未嘗不忠厚。

八四

放翁詞亦為當時所推重，幾欲與稼軒頡頏。然粗而不精，枝而不理，去稼軒甚遠。大抵稼軒一體，後人不易學步。無稼軒才力，無稼軒胸襟，又不處稼軒境地，欲於粗莽中見沉鬱，其可得乎？

八五

放翁詞惟〈鵲橋仙・夜聞杜鵑〉一章，借物寓言，較他作為合乎古。然以東坡〈卜算子・雁〉較之，相去殆不可道里計矣。

白雨齋詞話　卷二

一

姜堯章詞，清虛騷雅。每於伊鬱中饒蘊藉，清真之勍敵，南宋一大家也。夢窗、玉田諸人，未易接武。

二

南渡以後，國勢日非。白石目擊心傷，多於詞中寄其感慨。不獨〈暗香〉、〈疏影〉二章，發二帝之幽憤，傷在位之無人也。特其感慨全在虛處，無迹象可尋，人自不察耳。

三

感慨時事，發為詩歌，便已力據上游，特不宜說破，只可用比興體。即比興中，亦須含蓄不露，斯為沉鬱，斯為忠厚。若王子文之〈西河〉，曹西士之和作，陳經國之〈沁園春〉，方巨山之〈滿江紅〉、〈水調歌頭〉，李秋田之〈賀新涼〉等類，慷慨發越，終病淺顯。南宋詞人，感時傷事，纏綿溫厚者，無過碧山，次則白石。白石鬱處不及碧山，而清虛過之。

四

白石詞以清虛為體，而時有陰冷處，格調最高。沈伯時譏其生硬，不知白石者也。黃叔暘歎為美成所不及，亦漫為可否者也。惟趙子固云：「白石，詞家之申、韓也。」真刺骨語。

五

美成、白石，各有至處，不必過為軒輊。頓挫之妙，理法之精，千古詞宗，自屬美成。而氣體之超妙，則白石獨有千古，美成亦不能至。

六

美成詞於渾灝流轉中，下字用意，皆有法度。白石則如白雲在空，隨風變滅。所謂各有獨至處。

七

白石〈揚州慢・淳熙丙申至日過揚州〉云：「自胡馬窺江去後，廢池喬木，猶厭言兵。漸黃昏、清角吹寒，都在空城。」數語寫兵燹後情景逼真。「猶厭言兵」四字，包括無限傷亂語。他人累千百言，亦無此韻味。

八

白石長調之妙，冠絕南宋，短章亦有不可及者。如〈點絳脣・丁未過吳淞作〉一闋，通首只寫眼前景物。至結處云：「今何許。憑欄懷古。殘柳參差舞。」感時傷事，只用「今何許」三字提唱。「憑欄懷古」以下，僅以「殘柳」五字，詠歎了之。無窮哀感，都在虛處。令讀者弔古傷今，不能自止。洵推絕調。

九

白石〈齊天樂〉一闋，全篇皆寫怨情。獨後半云：「笑籬落呼燈，世間兒女。」以無知兒女之樂，反襯出有心人之苦，是為入妙。用筆亦別有神味，難以言傳。

一〇

白石〈湘月〉云：「暗柳蕭蕭，飛星冉冉，夜久知秋冷。」寫夜景高絕。點綴之工，意味之永，他手亦不能到。

一一

白石詞，如「無奈苕溪月，又喚我扁舟東下」，又「冷香飛上詩句」，又「高柳垂陰，老魚吹浪，留我花間住」等語，是開玉田一派。在《白石集》中，只算雋句，尚非夐高之境。

一二

白石〈石湖仙〉一闋，自是有感而作，詞亦超妙入神。惟「玉友金蕉，玉人金縷」八字，鄙俚纖俗，與通篇不類。正如賢人高士中，著一傖父，愈覺俗不可耐。

一三

白石〈翠樓吟・武昌安遠樓成〉後半闋云：「此地宜有神仙，擁素雲黃鶴，與君遊戲。玉梯凝望久，歎芳草萋萋千里。天涯情味。仗酒祓清愁，花消英氣。」一縱一操，筆如遊龍，意味深厚，是白石最高之作。此詞應有所刺，特不敢穿鑿求之。

一四

竹屋、梅溪並稱，竹屋不及梅溪遠矣。梅溪全祖清真，高者幾於具體而微。論其身骨，猶出夢窗之右。

一五

彭駿孫云：南宋詞人，如白石、梅溪、竹屋、夢窗、竹山諸家之中，當以史邦卿為第一。昔人稱其「分鑣清真，平睨方回，紛紛三變行輩，不足比數」，非虛言也。此論推揚太過，不當其實。三變行輩，信不足數。然同時如東坡、少游，豈梅溪所能壓倒？至以竹屋、竹山與之並列，是又淺視梅溪。大約南宋詞人，自以白石、碧山為冠，梅溪次之，夢窗、玉田又次之，西麓又次之，草窗又次之，竹屋又次之。竹山雖不論可也。然則梅溪雖佳，亦何能超越白石，而與清真抗哉！

一六

梅溪〈東風第一枝．立春〉，精妙處竟是清真高境。張玉田云：「不獨措詞精粹，又且見時節風物之感。」乃深知梅溪者。余嘗謂白石、梅溪皆祖清真，白石化矣，梅溪或稍遜焉。然高者亦未嘗不化，如此篇是也。

一七

梅溪詞，如「碧袖一聲歌，石城怨、西風隨去。滄波蕩晚，菰蒲弄秋，還重到斷魂處」，沉鬱之至。又「三年夢冷，孤吟意短，屢煙鐘津鼓。屐齒厭登臨，移橙後，幾番涼雨」，亦居然美成復生。又〈臨江仙〉結句云：「枉教裝得舊時多。向來簫鼓地，曾見柳婆娑。」慷慨生哀，極悲極鬱。較「臨斷岸、新綠生時，是落紅、帶愁流處」之句，尤為沉至。此種境界，卻是梅溪獨絕處。

一八

梅溪〈玉蝴蝶〉云：「一笛當樓，謝娘懸淚立風前。」幽怨似少游，清切如美成，合而化矣。

一九

竹屋詞最雋快，然亦有含蓄處。抗行梅溪則不可，要非竹山所及。

二〇

竹屋「春風吹綠湖邊草」一章，純用比意，為集中最純正最深婉之作。他如〈賀新郎・梅〉之「開遍西湖春意爛，算群花、正作江山夢。吟思怯、暮雲重」，此類不過聰俊語耳，無關大雅。

二一

陳唐卿云：「竹屋、梅溪詞，要是不經人道語，其妙處，少游、美成亦未及也。」此論殊謬。夫梅溪求為少游、美成而不足者，竹屋則去之愈遠，烏得謂周、秦所不及？且作詞只論是非，何論人道與不道？若不觀全體，不究本原，徒取一二聰明新巧語，遂歎為少游、美成所不能及，是亦妄人也已矣。

二二

夢窗在南宋，自推大家。惟千古論夢窗者，多失之誣。尹惟曉云：「求詞於吾宋，前有清真，後有夢窗，此非予之言，四海之公言也。」為此論者，不知置東坡、少游、方回、白石等於何地？行沈伯時云：「夢窗深得清真之妙，但用事下語太晦處，人不易知。」其實夢窗才情超逸，何嘗沉晦？夢窗長處，正在超逸之中，見沉鬱之意，所以異於劉、蔣輩，烏得轉以此為夢窗病？至張叔夏云：「吳夢窗如七寶樓臺，眩人眼目，拆碎下來，不成片段。」此論亦余所未解。竊謂七寶樓臺，拆碎不成片段，以詩而論，如太白「牛渚西江夜」一篇，卻合此境。詞惟東坡

〈水調歌頭〉近之。若夢窗詞，合觀通篇，固多警策。即分摘數語，亦自入妙，何嘗不成片段耶？總之，夢窗之妙，在超逸中見沉鬱，不及碧山、梅溪之厚，而才氣較勝。

二三

張皋文《詞選》，獨不收夢窗詞，以蘇、辛為正聲，卻有巨識。而以夢窗與耆卿、山谷、改之輩同列，不知夢窗者也。至董氏《續詞選》，祇取夢窗〈唐多令〉、〈憶舊遊〉兩篇，此二篇絕非夢窗高詣。〈唐多令〉一篇，幾於油腔滑調，在夢窗集中，最屬下乘。《續選》獨取此兩篇，豈故收其下者，以實皋文以言耶（董毅為皋文外甥）？謬矣。

二四

夢窗〈高陽臺．落梅〉一篇，既幽怨，又清虛，幾欲突過中仙詠物諸篇，是集中最高之作，《詞選》何以不錄？

二五

夢窗精於造句，超逸處則仙骨珊珊，洗脫凡豔。幽索處則孤懷耿耿，別締古歡。如〈高陽臺．落梅〉云：「宮粉彫痕，仙雲墮影，無人野水荒灣。古石埋香，金沙鎖骨連環。南樓不恨吹橫笛，恨曉風千里關山。半飄零，庭上黃昏，月冷闌干。」又云：「細雨歸鴻，孤山無限春寒。」〈瑞鶴仙〉云：「怨柳淒花，似曾相識。西風破屐。林下路，水邊石。」〈祝英臺近．

除夜立春〉云：「剪紅情，裁綠意，花信上釵股。殘日東風，不放歲華去。」又〈春日客龜溪遊廢園〉云：「綠暗長亭，歸夢趁風絮。」〈水龍吟・惠泉山〉云：「豔陽不到青山，淡煙冷翠成秋苑。」〈滿江紅・澱山湖〉云：「對兩蛾猶鎖，怨綠煙中。秋色未教飛盡雁，夕陽長是墜疏鐘。」〈點絳脣・試燈夜初晴〉云：「情如水。小樓薰被。春夢笙歌裏。」又云：「征衫貯，舊寒一縷。淚溼風簾絮。」〈鶯啼序〉云：「暝堤空、輕把斜陽，總還鷗鷺。」〈八聲甘州・遊靈岩〉云：「箭徑酸風射眼，膩水染花腥。」又云：「連呼酒，上琴臺去，秋與雲平。」俱能超妙入神。

二六

夢窗賦女髑髏，〈調思佳客〉云：「釵燕攏雲睡起時。隔牆折得杏花枝。青春半面妝畫，細雨三更花欲飛。　輕愛別，舊相知。斷腸青冢幾斜暉。亂紅一任風吹起，結習空時不點衣。」又題華山女道士扇，〈調蝶戀花〉云：「北斗秋橫雲髻影。鶯羽衣輕，腰減青絲剩（俗字俗句）。一曲遊山聞玉磬。月華深處人初定。　十二闌干和笑凭。風露生寒，人在蓮花頂。睡重不知殘酒醒。層城幾度啼鴉暝。」又題藕花洲尼扇〈調醉落魄〉云：「春溫紅玉。纖衣學剪嬌鴉綠。夜香燒短銀屏燭。偷擲金錢，重把寸心卜（此三句亦平常淺俗意，雖非惡劣，究屬疲庸，不謂夢窗蹈之）。　翠深不礙鴛鴦宿。採菱誰記當時曲。青山南畔紅雲北。一葉波心，明滅淡妝束。」此類命題，皆不大雅。金應珪抉詞中三蔽，似此亦在俚詞之列，故為皋文所不取。然用意造句，仙思鬼境，兩窮其妙。余錄入《閑情集》中，不忍沒古人之美也。

二七

夢窗〈金縷曲．陪履齋先生滄浪看梅〉云：「華表月明歸夜鶴，問當時花竹今如此。枝上露，濺清淚。」後疊云：「此心與東君同意。後不如今今非昔。兩無言、相對滄浪水。懷此恨，寄殘醉。」感慨身世，激烈語偏說得溫婉，境地最高。若文及翁之「借問孤山林處士，但掉頭笑指梅花蕊。天下事，可知矣」，不免有張眉怒目之態。

二八

陳西麓詞，和平婉雅，詞中正軌。張叔夏云：「詞欲雅而正，志之所之，一為物所役，則失其雅正之音。近代陳西麓所作平正，亦有佳者。」夫平正則難見其佳，平正而有佳者，乃真佳也。求之於詩，《十九首》後，其惟陶淵明乎。詞惟西麓近之。有志於古者，三復西麓詞，一切流蕩忘反之失，不化而化矣。

二九

西麓詞在中仙、夢窗之間。沉鬱不及碧山，而時有清超處。超逸不及夢窗，而婉雅猶過之。

三〇

西麓〈八寶妝〉起句云：「望遠秋平。」起四字便耐人思，卻似〈日湖漁唱〉詞境，用作《西麓全集》贊語，亦無不可。

三一

西麓〈八寶妝〉云：「琴心錦意暗懶，又爭奈西風吹恨醒。」其有感於為制置司參議官時乎？然不肯仕元之意，已決於此矣，正不必作激烈語。

三二

西麓〈綺羅香・秋雨〉云：「滴入愁心，秋似玉樓人瘦。煙檻外，催落梧桐。帶西風、亂捎鴛甃。」字字錘鍊，卻極和雅。又〈酹江月〉云：「隔岸人家砧杵急，微寒先到簾鉤。」又〈玉樓春〉云：「斜陽一片水邊樓，紅葉滿天江上路。」又〈蝶戀花・柳〉云：「寂寞情懷如中酒。攀條恨如東風手。」又云：「悵望章臺愁轉首。畫欄十二東風舊。」俱耐人玩味。

三三

西麓亦是取法清真，集中和美成者，十有二三，想見服膺之意。特面目全別，此所謂脫胎法。

三四

西麓〈西湖十詠〉，多感時之語，時時寄託，忠厚和平，真可亞於中仙。下視〈草窗〉十闋，直不足比數矣。如〈探春・蘇堤春曉〉云：「搔首捲簾看，認何處六橋煙柳。」〈秋霽・平湖秋月〉云：「對西風憑誰問取，人間那得有今夕。應笑廣寒宮殿窄。露冷煙澹，還看數點殘星，兩行新雁，倚樓橫笛。」〈掃花遊・雷峰夕照〉云：「可惜流年，付與朝鐘暮鼓。」〈鷲山溪・花港觀魚〉云：「宮溝泉滑，怕有題紅句。鉤餌已忘機，都付與人間兒女。濠梁興在，鷗鷺笑人癡。三湘夢，五湖心，雲水蒼茫處。」〈齊天樂・南屏晚鐘〉云：「御苑煙花，宮斜露草，幾度西風彈指。」似此之類，皆令人思。讀之既久，其味彌長。諸詞作於景定癸亥歲，閱十餘年，宋亡矣。「三湘夢」三句，推開說，先生其有遺世之心乎？

三五

周公瑾詞，刻意學清真。句法字法，居然合拍。惟氣體究去清真已遠。其高者可步武梅溪，次亦平視竹屋。

三六

公瑾〈木蘭花慢・西湖十景〉十章，不過無謂游詞耳，《蓉塘詩話》獨賞之，何也？

三七

公謹〈一萼紅・登蓬萊閣有感〉一闋，蒼茫感慨，情見乎詞，當為《草窗集》中壓卷。雖使美成、白石為之，亦無以過。惜不多觀耳。詞云：「步深幽。正雲黃天淡，雪意未全休。鑒曲寒沙，茂林煙草，俯仰今古悠悠。歲華晚、飄零漸遠，誰念我、同載五湖舟。磴古松斜，厓陰苔老，一片清愁。　回首天涯歸夢，幾魂飛西浦，淚灑東州。故國山川，故園心眼，還似王粲登樓。最負他、秦鬟妝鏡，好江山、何事此時遊。為喚狂吟老監，共賦銷憂。」

三八

公瑾〈獻仙音・弔雪香亭梅〉云：「一片古今愁，但廢綠、平煙空遠。無語消魂，對斜陽、衰草淚滿。」又「西冷殘笛，低送數聲春怨」，即杜詩「回首可憐歌舞地」之意。以詞發之，更覺淒惋。〈水龍吟・白蓮〉云：「擎露盤深，憶君涼夜，暗傾鉛水。想鴛鴦正結，梨雲好夢，西風冷，還驚起。」詞意兼勝，似此亦居然碧山矣。

三九

草窗《絕妙好詞》之選，並不能強人意。當是局於一時聞見，即行采入，未窺各人全貌耳。不得以草窗所輯，一概尊之**（紀文達立論，好是古非今。《絕妙好詞》一編，歎為篇篇皆善，未免以耳代目。且如殷璠所選《河嶽英靈集》，以唐人選唐詩，而庸陋謬妄，不可言狀。文達亦賞之，尤屬不解）**。

四〇

王碧山詞，品最高，味最厚，意境最深，力量最重。感時傷世之言，而出以纏綿忠愛。詩中之曹子建、杜子美也。詞人有此，庶幾無憾。

四一

南宋詞家白石、碧山，純乎純者也。梅溪、夢窗、玉田輩，大純而小疵，能雅不能虛，能清不能厚也。

四二

詞法之密，無過清真。詞格之高，無過白石。詞味之厚，無過碧山，詞壇三絕也。

四三

詩有詩品，詞有詞品。碧山詞性情和厚，學力精深。怨慕幽思，本諸忠厚而運以頓挫之姿，沉鬱之筆。論其詞品，已臻絕頂，古今不可無一，不能有二。

四四

白石詞，雅矣，正矣，沉鬱頓挫矣。然以碧山較之，覺白石猶有未能免俗處。

四五

少游、美成，詞壇領袖也。所可議者，好作豔語，不免於俚耳。故大雅一席，終讓碧山。

四六

碧山詞觀其全體，固自高絕，即於一字一句間求之，亦無不工雅。瓊枝寸寸玉，旃檀片片香，吾於詞見碧山矣，於詩則未有所遇也。

四七

看來碧山為詞，只是忠愛之忱，發於不容已，並無刻意爭奇之意，而人自莫及，此其所以為高。

四八

《詞選》云：「碧山詠物諸篇，並有君國之憂。」自是確論。讀碧山詞者，不得不兼時勢言之，亦是定理。或謂不宜附會穿鑿，此特老生常談，知其一不知其二。古人詩詞有不容鑿者，有必須考鏡者，明眼人自能辨之。否則徒為大言欺人，彼方自謂識超，吾則笑其未解。

四九

碧山詠物諸篇，固是君國之憂。時時寄託，卻無一筆犯複，字字貼切故也。就題論題，亦覺躊躇滿志。

五〇

碧山〈天香・龍涎香〉一闋，莊希祖云：「此詞應為謝太后作。前半所指，多海外事。」此論正合余意。惟後疊云：「荀令如今漸老，總忘卻尊前舊風味。」必有所興。但不知其何所指。讀者各以意會可也。

五一

碧山〈南浦・春水〉云：「簾影蘸樓陰，芳流去，應有淚珠千點。滄浪一舸，斷魂重唱〈蘋花怨〉。」寄慨處，清麗紆徐，斯為雅正。又〈慶宮春・水仙〉云：「歲華相誤，記前度湘皋怨別。哀絃重聽，都是淒涼，未須彈徹。」後疊云：「國香到此誰憐，煙冷沙昏，頓成愁絕。」結云：「試招仙魄。怕今夜瑤簪凍折。攜盤獨出，空想咸陽，故宮落月。」淒涼哀怨，其為王清作乎。又〈無悶．雪意〉後半闋云：「清致。悄無似。有照水南枝，已攙春意。誤幾度憑欄，莫愁凝睇。應是梨雲夢好，未肯放東風來人世。待翠管吹破蒼茫，看取玉壺天地。」無限怨情，出以渾厚之筆。惟「南枝」句中含譏刺，當指文溪、松雪輩。

五二

碧山〈眉嫵〉、〈高陽臺〉、〈慶清朝〉三篇，古今絕搆。《詞選》取之，確有特識。〈眉嫵．新月〉云：「漸新痕懸柳，澹淡彩穿花，依約破初暝。便有團圓意，深深拜、相逢誰在香逕。畫眉未穩，料素娥猶帶離恨。最堪愛，一曲銀鉤小，寶簾掛秋冷。　千古盈虧休問。歎漫磨玉斧，難補金鏡。太液池猶在，淒涼處、何人重賦清景。故山夜永，試待他窺戶端正，看雲外山河，還老桂花舊影。」《詞選》云：「此喜君有恢復之志，而惜無賢臣也。」〈高陽臺〉（《詞選》云：「**此題應是梅花**。」）後半闋云：「江南自是離愁苦，況遊驄古道，歸雁平沙。怎得銀箋，殷勤與說年華。如今處處生芳草，縱憑高、不見天涯。更消他、幾度東風，幾度飛花。」《詞選》云：「此傷君臣晏安，不思國恥，天下將亡也。」〈慶清朝．榴花〉後半闋云：「誰在舊家殿閣，自太真仙去，掃地春空。朱旛護取，如今應誤花工。顛倒絳英滿徑，想無車馬到山中。西風後，尚餘數點，還勝春濃。」《詞選》云：「此言亂世尚有人才，惜世不用也，不知其何所指。」右上三章，一片熱腸，無窮哀感。〈小雅〉怨誹不亂，諸詞有焉。以視白石之〈暗香〉、〈疏影〉，亦有過之無不及。詞至是，乃蔑以加矣。

五三

碧山〈水龍吟〉諸篇，感慨沉至。〈詠牡丹〉云：「自真妃舞罷，謫仙賦後，繁華夢、如流水。」〈詠海棠〉云：「歎黃州一夢，燕宮絕筆，無人解、看花意。」感寓中出以騷雅之筆，入人自深。〈詠白蓮〉云：「太液荒寒，海山依約，斷魂何許。」又云：「三十六陂煙雨。舊凄涼、向誰堪訴。如今漫說仙姿自潔，芳心更苦。」寫出幽貞，意者亦指清惠乎？〈詠落葉〉云：「渭水風生，洞庭波起，幾番秋杪。想重崖半沒，千峰盡出，山中路，無人到。」筆意幽冷，寒芒刺骨。其有慨於崖山乎？

五四

碧山〈齊天樂〉諸闋，哀怨無窮，都歸忠厚，是詞中最上乘。〈詠螢〉云：「漢苑飄苔，秦陵墜葉，千古凄涼不盡，何人為省。但隔水餘輝，傍林殘影。」詠歎蒼茫，深入無淺語。「隔水」二句，意者其指帝昺乎？〈詠蟬〉首章云：「短夢深宮，向人猶自訴憔悴。」言中有物，其指全太后祝髮為尼事乎？後疊云：「病葉難留，纖柯易老，空憶斜陽身世。窗明月碎，甚已絕餘音，尚遺枯蛻。鬢影參差，斷魂清鏡裏。」意境雖深，然所指卻了然在目。次章起句云：「一襟餘恨宮魂斷。」下云：「鏡暗妝殘，為誰嬌鬢尚如許？」合上章觀之，此當指王昭儀改裝女冠。後疊云：「銅仙鉛淚如洗，歎移盤去遠，難貯零露。病翼驚秋，枯形閱世，消得斜陽幾度。餘音更苦。甚獨抱清商，頓成凄楚。」字字凄斷，卻渾雅不激烈。「餘音」數語，或有感於「太液芙蓉」一闋乎？

五五

碧山〈贈秋崖道人西歸．調齊天樂〉云：「冷煙殘水山陰道，家家擁門黃葉。」一起令人魂銷。又云：「換盡秋芳，想渠西子更愁絕。」亦不堪多誦。後疊云：「短褐臨流，幽懷倚石，山色重逢都別。」黍離麥秀之悲，「山色」六字，淒絕警絕。覺「國破山河在」，猶淺語也。下云：「江雲凍折。算只有梅花，尚堪攀折。」此亦必有所指，骨韻高絕。玉田感傷處，亦自雅正，總不及碧山之厚。

五六

讀碧山詞，須息心靜氣，沉吟數過，其味乃出。心粗氣浮者，必不許讀碧山詞。

五七

碧山「洗芳林、夜來風雨」一闋，《花外集》中，惟此篇最疏快。風骨稍低，情詞卻妙。

五八

碧山〈八字子〉云：「漫淡卻蛾眉，晨妝慵掃，寶釵蟲散，繡衾鸞破，當時暗水和雲泛酒，空山留月聽琴。料如今、門前數重翠陰。」宛雅幽怨，殊耐人思。又〈一萼紅．赤城山中題梅花卷〉云：「疏萼無香，柔條獨秀，應恨流落人間。」後半云：「重省嫩寒清曉，過斷橋流水，問訊孤山。冰骨微銷，塵衣不浣，相見還誤輕攀。未須訝、東南倦客，掩鉛淚，看了又重看。故國吳天樹老，雨過風殘。」身世之感，君國之恨，一一可見。〈疏影．梅〉云：「籬根分破東風恨，又夢入水孤雲闊。」後疊云：「幾度黃昏，忽到窗前。重想故人初別。蒼虬欲捲漣漪去，漫蛻卻、連環香骨。」〈高陽臺〉云：「屢卜佳期，無憑卻怨金錢。何人寄與天涯信，趁東風、急整歸船。縱飄零，滿院楊花，猶是春前。」幽情苦緒，味之彌永。

五九

「翠華不向苑中來，可是年年惜露臺。水際春風寒漠漠，官梅卻作野梅開。」高似孫過〈聚景園〉詩也。可謂淒怨。碧山〈法曲獻仙音・聚景亭梅次草窗韻〉云：「層綠峨峨，纖瓊皎皎，倒壓波痕清淺。過眼年華，動人幽意，相逢幾番春換。記喚酒尋芳處，盈盈褪妝晚。　已銷黯。況淒涼近來離思，應忘卻、明月夜深歸輦。荏苒一枝春，恨東風、人似天遠。縱有殘花酒，灑征衣、鉛淚都滿。但慇勤折取，自遣一襟幽怨。」較高詩更覺淒婉。

六〇

碧山〈花犯・苔梅〉云：「三花兩花破蒙茸，依依似有恨，明珠輕委。雲臥穩，藍衣正、護春顦顇。羅浮夢，半蟾掛曉，么鳳冷，山中人乍起。」筆意幽索，得屈、宋遺意。

六一

少陵每飯不忘君國，碧山亦然。然兩人負質不同，所處時勢又不同。少陵負沉雄博大之才，正值唐室中興之際，故其為詩也悲以壯。悲山以和平中正之音，卻值宋室敗亡之後，故其為詞也哀以思。推而至於〈國風〉、〈離騷〉，則一也。

六二

碧山〈望梅〉云：「剪玉裁冰，已占斷江南春色。恨風前素豔，雪裏暗香，偶成拋擲。」寄慨往事，必有所指。後半云：「如今眼穿故固，待拈花弄蕊，時話思憶。想隴頭依約飄零，甚千里芳心，杳無消息。粉怯珠愁，又只恐吹殘羌笛。正斜飛、半窗曉月，夢迴隴驛。」惓惓故國忠愛之心，油然感人，作少陵詩讀可也。

六三

詞法莫密於清真，詞理莫深於少游，詞筆莫超於白石，詞品莫高於碧山。皆聖於詞者。而少游時有俚語，清真、白石，間亦不免。至碧山乃一歸雅正。後之為詞者，首當服膺勿失。一切游詞濫語，自無從犯其筆端。

六四

詞有碧山，而詞乃尊。否則以為詩之餘事，遊戲之為耳。必讀碧山詞，乃知詞所以補詩之闕，非詩之餘也。

六五

草窗與碧山相交最久，然《絕妙好詞》中所選碧山諸篇，大半皆碧山次乘，轉有負於碧山。

六六

張玉田詞，如并剪哀梨，爽豁心目，故誦之者多。至謂可與白石老仙相鼓吹（仇仁近語。）惟精警處多，沉厚處少，自是雅音，尚非白石之匹。

六七

玉田詞感傷時事，與碧山同一機軸，只是沉厚不及碧山。

六八

玉田以〈春水〉一詞得名，用冠詞集之首。此詞深情綿邈，意餘於言，自是佳作。然尚非樂笑翁壓卷，知音者審之。

六九

兩宋詞人，玉田多所議論。其所自著，亦可收南宋之終。沉厚微遜碧山，其高者頗有姜白石意趣。後遂鮮有知音矣。

七〇

玉田工於造句，每令人拍案叫絕。如〈憶舊遊・大都長春宮〉云：「古臺半壓琪樹，引袖拂寒星。」結云：「鶴衣散影都是雲。」〈壺中天・夜渡古黃河〉云：「扣舷歌斷，海蟾飛上孤白。」〈渡江雲・山陰久客寄王菊存〉云：「山空天入海，倚樓望極，風急暮潮初。」〈湘月・山陰道中〉云：「疏風迎面，濕衣原是空翠。」〈清平樂〉云：「只有一枝梧葉，不知多少秋聲。」〈甘州・饒沈堯道並寄趙學舟〉云：「短夢依然江表，老淚灑西州。一字無題處，落葉都愁。」後疊云：「折蘆花贈遠，零落一身秋。」又前調〈饒草窗西歸〉云：「料瘦筇歸後，閑鎖北山雲。」〈臺城路・為湖天賦〉云：「夜氣浮山，晴暉蕩目，無尋秋處。」又前調〈寄太白山人陳又新〉云：「虛沙動月，歎千里悲歌，唾壺敲缺。」後疊云：「迴潮似咽。送一點愁心，故人天末。江影沉沉，夜涼歐夢闊。」〈長亭怨・餞菊泉〉云：「記橫笛玉關高處，萬疊沙寒，雪深無路。」〈西子妝・江上〉云：「楊花點點是春心，替風前萬花吹淚。」結云：「漫依依，愁落鵑聲萬里。」又〈憶舊遊・寄友〉云：「一葉紅心冷，望美人不見，隔浦難招。認得舊時鷗鷺，重過月明橋。」又前調〈登蓬萊閣〉云：「海日生殘夜，看臥龍和夢，飛入秋冥。還聽水聲東去，山冷不生雲。」此類皆精警無匹，然不及碧山處正在此。蓋碧山已幾於渾化，並無驚奇可喜之句，令人歎賞。所以為高，所以為大。

七一

玉田〈邁陂塘〉後半闋云：「休重省。莫問山中秦晉，桃源今度難認。林間卻是長生路，一笑元非捷徑。深更靜。待散髮吹簫，鶴背天風冷。憑高露飲。正碧落塵空，光搖半壁，月在萬松頂。」沉鬱以清超出之，飄飄有凌雲之意。沖厚雖不及碧山，然自出草窗、西麓上。

七二

玉田〈高陽臺・西湖春感〉一章，淒涼幽怨，鬱之至，厚之至，與碧山如出一手，《樂笑翁集》中亦不多覯。詞云：「接葉巢鶯，平波卷絮，斷橋斜日歸船。能幾番遊，看花又是明年。東風且伴薔薇住，到薔薇、春已堪憐。更淒然。萬綠西泠，一抹荒煙。　當年燕子知何處，但苔深韋曲，草暗斜川。見說新愁，如今也到鷗邊。無心再續笙歌夢，掩重門、淺醉閑眠。莫開簾。怕見飛花，怕聽啼鵑。」

七三

玉田〈長亭怨・餞菊泉〉後半闋云：「同去。釣珊瑚海樹。底事便成行旅。煙迷斷浦，更幾點、戀人飛絮。如今又、京國尋春，定應被、薇花留住。且莫把孤愁，說與當時歌舞。」時菊泉將復之薊北，數語微而多諷，結二語自明其不仕之志，似此亦不讓碧山。

七四

玉田〈三姝媚・送舒亦山〉云：「賀監猶存，還散跡、千巖風露。」君國恨，離別感，言外自見。又云：「莫趁江湖鷗鷺。怕太乙爐煙，暗銷鉛虎。」又云：「布襪青鞋，休誤入、桃源深處。」語帶箴規，耐人尋味，便似中仙最高之作。大抵讀玉田詞者，貴取其沉鬱處。徒賞其一字一句之工，遂驚歎欲絕，轉失玉田矣。

七五

碧山、玉田，多感時之語，本原相同，而用筆互異。碧山沉鬱處多，超脫處少。玉田反是，終以沉鬱為勝。

七六

草窗、西麓、碧山、玉田，同時並出，人品亦不甚相遠。四家之詞，沉鬱至碧山止矣。而玉田之超逸，西麓之澹雅，亦各出其長以爭勝。要皆以忠厚為主，故足感發人之性情。草窗雖工詞，而感寓不及三家之正。本原一薄，結構雖工，終非正聲也。

七七

當時草窗盛負詞名，玉田次之，碧山、西麓名則不逮。即後世知之者，亦不過數人，然千載下自有定論。一時得失，何足重輕。

七八

李簹房〈木蘭花慢．送客〉云：「吟邊喚回夢蝶，想故山、薇長已多年。」後疊云：「留連漫聽燕語，便江湖、夜雨隔燈前。」此詞絕有感慨。《絕妙好詞》中失載，見公謹《浩然齋雅談》。

七九

葛長庚詞，一片熱腸，不作閑散語，轉見其高。其〈賀新郎〉諸闋，意極纏綿，語極俊爽，可以步武稼軒，遠出竹山之右。

八〇

李易安詞，獨辟門徑，居然可觀。其源自從淮海、大晟來，而鑄語則多生造。婦人有此，可謂奇矣。

八一

易安〈聲聲慢〉一闋，連下十四疊字，張正夫歎為公孫大娘舞劍手。且謂本朝非無能詞之士，未曾有一下十四疊字者。然此不過奇筆耳，並非高調。張氏賞之，所見亦淺。又「寵柳嬌花」之句，黃叔暘歎為前此未有能道之者。此語殊病纖巧，黃氏賞之亦謬。宋人論詞，且多左道，何怪後世紛紛哉。

八二

易安佳句，如〈一翦梅〉起七字云：「紅藕香殘玉簟秋。」精秀特絕，真不食人間煙火者。

八三

易安〈武陵春〉後半闋云：「聞說雙溪春尚好，也擬泛輕舟。只恐雙溪舴艋舟，載不動、許多愁。」又淒婉，又勁直。觀此益信易安無再適張汝舟事。即風人「豈不爾思」，「畏人之多言」意也。投綦公一啟，後人偽撰以誣易安耳。

八四

易安〈賣花聲〉云：「簾外五更風。吹夢無蹤。畫樓重上與誰同。記得玉釵斜撥火，寶篆成空。回首紫金峰。雨潤煙濃。一江春浪醉醒中。留得羅襟前日淚，彈與征鴻。」淒豔不忍卒讀，其為德父作乎？

八五

朱晦庵謂宋代婦人能文者，惟魏夫人及李易安二人而已。魏夫人詞筆頗有操邁處，雖非易安之敵，然亦未易才也。

八六

朱淑真詞，才力不逮易安，然規模唐五代，不失分寸。如〈年年玉鏡臺〉及〈春已半〉等篇，殊不讓和凝、李珣輩。惟骨韻不高，可稱小品。

白雨齋詞話　卷三

一

金代詞人，自以吳彥高為冠，能於感慨中饒伊鬱，不獨組織之工也。同時尚吳蔡體，然伯堅非彥高匹。

二

陶九成云：「近世所謂大曲，蘇小小〈蝶戀花〉、蘇東坡〈念奴嬌〉、晏叔原〈鷓鴣天〉、柳耆卿〈雨零鈴〉、辛稼軒〈摸魚子〉、吳彥高〈春草碧〉、蔡伯堅〈石州慢〉、張子野〈天仙子〉、朱淑真〈生查子〉、鄧千江〈望海潮〉。」按：其中惟稼軒〈摸魚子〉一篇，為古今傑作。叔原〈鷓鴣天〉，為豔體中極致，餘亦泛泛，不知當時何以並重如此？余獨愛彥高〈人月圓．宴張侍御家有感〉云：「南朝千古傷心地，還唱〈後庭花〉。舊時王謝，堂前燕子，飛入人家。恍然在遇，仙姿勝雪，宮鬢堆鴉。江州司馬，青衫淚濕，同是天涯。」感激豪宕，不落小家數。洪景盧云：「先公在燕山，赴北人張總侍御家集，出侍兒佐酒，中有一人，意狀摧抑可憐叩其故，乃宣和殿小宮姬也。坐客翰林直學士吳激，作詞記之，聞者揮涕。」（《中州樂府》云：「彥高賦此時，宇文叔通亦賦〈念奴嬌〉，先成而頗近鄙俚。及見彥高作，茫然自失。是後，人有求作樂府者，叔通即批云：『吳郎近以樂府名天下，可往求之。』」）

三

金詞於彥高外，不得不推遺山。遺山詞刻意爭奇求勝，亦有可觀。然縱橫超逸，既不能為蘇、辛；騷雅清虛，復不能為姜、史。於此道可稱別調，非正聲也。

四

元代尚曲，曲愈工而詞愈晦。周、秦、姜、史之風，不可復見矣。

五

元詞日就衰靡，愈趨愈下。張仲舉規模南宋，為一代正聲。高者在草窗、西麓之間，而真氣稍遜。

六

仲舉詞樹骨甚高，寓意亦遠。元詞之不亡者，賴有仲舉耳。然欲求一篇如梅溪、碧山之沉厚，則不可得矣。

七

仲舉〈綺羅香・雨中舟次洹上〉云：「水閣雲窗，總是慣曾經處。曾信有客裏關河，又怎禁夜深風雨。」此則刻意為白石，沖味微減，姿態卻饒。又〈水龍吟・蓼花〉云：「瘦葦黃邊，疏蘋白外，滿汀煙穟。」「黃邊白外」四字，亦新奇。又云：「船窗雨後，數枝低入，香零粉碎。不見當年，秦淮花月，竹西歌吹。」係以感慨，意境便厚。「船窗」數語亦是畫所不到。但看來已是元詞，去宋人已遠。

八

虞道園詞筆頗健，似出仲舉之右。然所作寥寥，規模未定，不能接武南宋諸家。惟「報道先生歸也，杏花春雨江南」二語，卻有自然風韻。

九

倪元鎮〈人月圓〉云：「傷心莫問前朝事，重上越王臺。鷓鴣啼處，東風草綠，殘照花開。悵然孤嘯，青山故國，喬木蒼苔。當時明月，依依素影，何處飛來。」風流悲壯，南宋諸鉅手為之亦無以過。詞豈以時代限耶！

一〇

詞至於明，而詞亡矣。伯溫、季迪，已失古意。降至升庵輩，句琢字鍊，枝枝葉葉為之，益難語於大雅。自馬浩瀾、施浪仙輩出，淫詞穢語，無足置喙。明末陳人中能以穠豔之筆，傳淒婉之神，在明代便算高手。然視國初諸老，已難同日而語，更何論唐、宋哉？

一一

伯溫〈臨江仙〉云：「鏡中綠髮漸無多。淚如霜後葉，摵摵下庭柯。」以開國元勳而作此哀感語，蓋已兆胡維庸之禍矣。

一二

高季迪〈沁園春．雁〉云：「隴塞間關，江湖冷落，莫戀遺粱猶在田。須高舉，教弋人空慕，雲海茫然。」託意高遠。先生能言之，而終自不免，何耶？

一三

用修小令，合者有五代人遺意，而時雜曲語，令讀者短氣。

一四

陳臥子〈山花子〉云：「楊柳淒迷曉霧中。杏花零落五更鐘。寂寂景陽宮外月，照殘紅。蝶化采衣金縷盡，蟲銜畫粉玉樓空。惟有無情雙燕子，舞東風。」淒麗近南唐二主，詞意亦哀以思矣。又〈江城子〉後半闋云：「楚宮吳苑草茸茸。戀芳叢。繞游蜂。料得來年，相見畫屏中。人自傷心花自笑，憑燕子、罵東風。」亦綿邈悽惻。

一五

葉小鸞詞筆哀豔，不減朱淑真。求諸明代作者，尤不易覯也。

一六

有明三百年中，習倚聲音，不乏其人。然以沉鬱頓挫四字繩之，竟無一篇滿人意者，真不可解。

一七

國初諸老，同時傑出，幾欲上掩兩宋。然才力有餘，沉厚不足。蓋一代各有專長，宋詞已成絕技，後世不能相加也。

一八

國初多宗北宋，竹垞獨取南宋，分虎、符曾佐之，而風氣一變。然北宋、南宋，不可偏廢。南宋白石、梅溪、夢窗、碧山、玉田輩，固是高絕，北宋如東坡、少游、方回、美成諸公，亦豈易及耶！況周、秦兩家，實為南宋導其先路。數典忘祖，其謂之何？

一九

北宋去溫、韋未遠，時見古意。至南宋則變態極焉。變態既極，則能事已畢。遂令後之為詞者，不得不刻意求奇，以至每況愈下，蓋有由也。亦猶詩至杜陵，後來無能為繼。而天地之奧，發洩既盡，古意亦從此漸微矣。

二〇

吳梅村詞，雖非專長，然其高處，有令人不可捉摸者。此亦身世之感使然。否則徒為「難得今宵是乍涼」等語，乃又一馬浩瀾耳。

二一

梅村〈如夢令〉云：「誤信鵲聲枝上。幾度樓頭西望。薄倖不歸來，愁殺石城風浪。無恙。無恙。牢記別時模樣。」低回婉轉中有怨情，不當作綺語讀。次章云：「小閣焚香獨坐，摵摵紙窗風破。女伴有誰來，管領春愁一個。無那。無那。斜壓翠衾還臥。」此中亦見怨情，當與上章參看。

二二

東坡詞豪宕感激，忠厚纏綿，後人學之，徒形粗魯。故東坡詞不能學，亦不必學。惟梅村高者，有與老坡神似處，可作此翁後勁。如〈滿江紅〉諸闋，頗為暗合。「松栝凌寒」、「滿目山川」、「沽酒南徐」三篇，尤見筆意。即閑情之作，如〈臨江仙‧逢舊〉結句云：「姑蘇城外月黃昏，綠窗人去住，紅粉淚縱橫。」哀豔而超脫，直是坡仙化境。迦陵學蘇、辛，畢竟不似。

二三

〈賀新郎‧病中有感〉一篇，梅村絕筆也。悲感萬端，自怨自艾。千載下讀其詞，思其人，悲其遇。固與牧齋不同，亦與芝麓輩有別。

二四

梁棠邨詞尚穠豔，語必和平，自是福澤人聲口。然論詞未為高妙。

二五

漁洋小令，能以風韻勝，仍是做七絕慣技耳。然自是大雅，但少沉鬱頓挫之致。昔人謂漁洋詞為詩掩抑，又過矣。

二六

漁洋詞含蓄有味，但不能沉厚。蓋含蓄之意境淺，沉厚之根柢深也。彼力量薄者，每以含蓄為深厚，遂自謂倣法北宋，亦吾所不取。

二七

漁洋〈倫聲木蘭花・春情寄白下故人〉後半闋云：「方山亭下江南路。畫槳淩波從此去。十四樓空。萬葉千花淚眼中。」淒麗而古雅，惜不多覯。又〈鳳凰臺上憶吹簫・和漱玉詞〉云：「鏡影圓冰，釵痕卻月，日光又上樓頭。正羅幃夢覺，紅褪綃鉤。睡眼初瞤未起，夢裏事、尋憶難休。人不見，便須含淚，強對殘秋。　悠悠。斷鴻南去，便瀟湘千里，好為儂留。又斜陽聲遠，過盡西樓。顛倒相思難寫，空想斷、南浦雙眸。傷心處、青山紅樹，萬點新愁。」思深意苦，幾欲駕易安上之。《衍波集》中，亦僅見此篇。

二八

曹升六《珂雪詞》，在國初諸老中，最為大雅。才力不逮朱、陳，而取徑較正。國朝不乏詞家，《四庫》獨收《珂雪》，良有以也。

二九

升六詞，余最愛其〈埽花遊・春雪〉一篇。如云：「一夜梅花，暗落西窗似雨。飄搖去，試問逐風，歸倒何處。」又云：「擁斷關山，知有離人獨苦。漫凝竚。聽寒城、數聲譙鼓。」綿雅幽細，斟酌於美成、梅溪、碧公、公謹而出之者。

三〇

容若《飲水詞》，在國初亦推作手，較東白堂詞（佟世南撰）似更閒雅。然意境不深厚，措詞亦淺顯。余所賞者，惟〈臨江仙・寒柳〉第一闋，及〈天仙子・淥水亭秋夜〉、〈酒泉子・謝卻荼蘼一篇〉三篇耳，餘俱平衍。又〈菩薩蠻〉云：「楊柳乍如絲。故園春盡時。」亦悽惋，亦閒麗，頗似飛卿語，惜通篇不稱。又〈太常引〉云：「夢也不分明。又何必催教夢醒。」亦頗淒警，然意境已落第二乘。

三一

錢湘瑟工為豔詞，造語尤妙。如〈憶少年〉云：「小屏殘燭，小窗殘雨，小樓殘夢。銖衣已煙散，只蘅蕪香重。」穠麗語能入幽境，意味便永。然亦僅在皮毛上求深厚，非吾所謂深厚也。

三二

丁飛濤亦工為豔詞，較周冰持為和雅。然亦只是做得面子好，不足為詞壇重也。

三三

毛會侯《浣雪詞》，刻翠裁紅，務求新穎，丁飛濤之流亞也，總不免染《花間》、《草堂》陋習。

三四

彭羨門詞，意境較厚。但不甚沉著，仍是力量未足。

三五

羨門詞，長調、小令均有可觀，而小令為勝。〈憶王孫・寒食〉、〈蘇幕遮・婁江寄家信〉等篇，頗得北宋人遺韻。

三六

吳薗【音同原】次詞，調和音雅，情態亦濃，詞中小品也。竹垞謂其似陳西麓，亦漫為許與之論。

三七

蘭次小令，亦不能脫《草堂》窠臼，長調間作壯浪語。如〈滿江紅・醉吟〉云：「髀【音同敝】肉晚銷燕市馬，鄉心秋冷揚州鶴。」又云：「海上文章蘇玉局，人間游戲東方朔。」蘭次與迦陵結異姓昆季，似此亦頗類迦陵也。

三八

西堂詞曲，擅名一時，然皆不見佳。力量既薄，意境亦淺。專恃一二聰明語，以為新奇獨得之秘，不值有識者一笑。

三九

西堂小令最不佳，除〈浣溪沙・清明悼亡〉兩闋，及〈菩薩蠻・病中有感〉第二闋外，合者寥寥。長調稍可，壯語工於綺語也。

四〇

西堂〈菩薩蠻・丁巳九月病中有感〉八章，源出溫、韋。身世興衰之感，略見於此，而詞意不免淺顯。如「負負欲何言，饑來難叩門」，又「濃笑寫官銜。排行無二三」，又「歎息返柴廬。當門立吏胥」，又「白髮影婆娑。秋風鬼病多」，又「何物返魂丹。空囊無一錢」，又「何處度餘年，除非離恨天」等句，全失忠厚之旨。若暗含情事，而出以幽窈之思、渾雅之筆，便是飛卿復作。余惟愛其次章云：「六宮鬧掃芙蓉鏡，君王偶愛飛蓬鬢。殿腳惜空同，昭陽天幾重。　江南春雨晚。紅豆新歌滿。流落杜秋娘。琵琶憶上皇。」讀之令人淚下。王漁洋〈題展成新樂符〉云：「南苑西風御水流。殿前無復按〈梁州〉。飄零法曲人間遍，誰付當年菊部頭。」又云：「猿臂丁年出塞行，灞陵醉尉莫相輕。旗亭被酒何人識，射虎將軍右北平。」其年壽悔庵六十詞云：「曾經天語憐才，如今老卻凌雲手。」又云：「長樂笙簫，連昌花竹，可堪回首。」皆當與此篇參看。吳薗次〈太守跋〉其後云：「阮生失路，澆淚無端，屈子問天，寄愁何處。水以不平而激，木因有鬱而奇，情有所之，理固然矣。吾友悔庵，文高於命，宦薄於名。豔曲三章，欲醉沉香之酒；奇才兩字，不分歸院之燈。孤竹崖前，空隨射虎；百花洲上，徒共眠鷗。劉公幹高臥清漳，王仲宣哀吟荊楚，爰以沉鬱之意，寫為穠麗之音。此病中八首所由作也。夫生而識字，即種愁根，長解言文，原非善氣。惺惺自合人奴，咄咄何堪令僕，吾儕若此，復何怪耶？子善吹簫，請命小紅而按曲；我為拔劍，聊浮大白以倚聲。」可謂深得悔庵心者。

四一

西堂亦好為豔詞，多聰明纖巧語，殊乖大雅。「不敢罵檀郎，喃喃咒杜康」、「笑擲竹夫人。無端一面嗔」之類，皆足令人噴飯。

四二

西堂好作聰明語，害人最深。小有才者，一索而得，終身隱入苦海矣。

四三

顧華峰詞全以情勝，是高人一著處。至其用筆，亦甚圓朗。然不悟沉鬱之妙，終非上乘。

四四

華峰〈賀新郎．寄吳漢槎寧古塔，以詞代書〉兩闋，只如家常說話，而痛快淋漓，宛轉反覆，兩人心迹，一一如見。雖非正聲，亦千秋絕調也。詞云：「季子平安否。便歸來、生平萬事，那堪回首。行路悠悠誰慰藉，母老家貧子幼。記不起、從前杯酒。魑魅擇人應見慣，料輸他、覆雨翻雲手。冰與雪，周旋久。　淚痕莫滴牛衣透。數天涯、依然骨肉，幾家能彀。比似紅顏多薄命，更不如今還有。只絕塞、苦寒難受。廿載包胥承一諾，盼烏頭馬角終相救。置此札，君懷袖。」次章云：「我亦飄零久。十年來，深恩負盡，死生師友。夙昔齊名非忝竊，試看杜陵消瘦。曾不減、夜郎僝僽。薄命長辭知己別，問人生、到此淒涼否。千萬恨，為兄剖。　兄生辛未吾丁丑。共些時、冰霜摧折，早衰蒲柳。詞賦從今須少作，留取心魂相守。但願得、河清人壽。歸日急翻行戍稿，把空名、料理傳身後。言不盡，觀頓首。」二詞純以性情結撰而成，悲之深，慰之至。丁寧告戒，無一字不從肺腑流出。可以泣鬼神矣。

四五

西河經術湛深，而作詩卻能謹守唐賢繩墨，詞亦在五代、宋初之間。但造境未深，運思多巧。境不深尚可，思多巧則有傷大雅矣。

四六

西河〈相見歡〉云：「愁思遠，拋金翦，唾殘絨。羞殺鴛鴦銜去一絲紅。」〈風蝶令·鬥草〉云：「藏得宜男，臨賽又躊躇。」此類極有思致，雖未至於流蕩，總不免纖小。

四七

葉元禮詞，直是女兒聲口。如「生小畫眉分細繭，近來綰髻學靈蛇。妝成不耐合歡花」，又「蝶粉蜂黃拚付與，淺顰深笑總難知。教人何處懺情癡」，又「羅裙消息落花知」，又「清波一樣淚痕深」，又「此生有分是相思」等句。纖小柔媚，皆無一毫丈夫氣，宜其夭亡也。

四八

徐電發詞，當時盛負重名，至於流傳海外，可謂榮矣。其規模北宋，卻有似處，惟氣格不高，祇堪作晏、歐流亞。至周、秦深處，尚未夢見。

四九

電發〈鳳棲梧·春草〉云：「綠遍天涯無半縫。憐伊歲歲和愁種。」語絕淒麗，然視君復、聖俞兩詞，已下一格，去歐公〈少年遊〉一篇，何可以道里計。

五〇

樊榭論詞云：「獨有藕漁工小令，不教賀老占江南。」余觀蓀友詞色澤有餘，措詞亦閑雅，雖不能接武方回，固出電發之右。

五一

嚴蓀友〈雙調望江南〉云：「歌婉轉，風日渡江多。柳帶結煙留淺黛，桃花如夢送橫波。一覺懶雲窩。 曾幾日、輕扇掩纖羅。白髮黃金雙計拙，綠陰青子一春過。歸去意如何。」情詞雙絕，似此真有賀花意趣。

五二

竹垞詞，疏中有密，獨出冠時，微少沉厚之意。其自題詞集云：「不師秦七，不師黃九，倚新聲、玉田差近。」夫秦七、黃九，豈可並稱？師玉田不師秦七，所以不能深厚。

五三

不知秦七，亦何能知玉田，彼所知者，玉田之表耳。師玉田而不師其沉鬱，是買櫝還珠也。

五四

昔人謂：「夢窗之密，玉田之疏，必兼之乃工。」就形骸而論，竹垞似能兼之矣。然余則云：夢窗疏處，高過玉田，而密處不及。與古人之言正相反，書之以俟識者。

五五

竹垞〈長亭怨慢・雁〉云：「結多少、悲秋儔旅。特地年年，北風吹度。紫塞門孤，金河月冷，恨誰訴。迴江枉渚。也只戀、江南住。」感慨身世，以淒切之情，發哀婉之調，既悲涼，又忠厚。是竹垞直逼玉田之作，集中亦不多見（漁洋〈秋柳詩〉云：「相逢南雁皆愁侶，好語西烏莫夜飛。」同此哀感。一時和作，所以遠不逮者，不在詞語之不工，在所感之不同耳。後人更欲妄為訾議，亦弗思甚矣。〈新城秋柳〉四章，純是亡國之感，國朝定鼎燕京，新城已十歲矣，相逢南雁，實有所指也）。

五六

竹垞《江湖載酒集》，灑落有致。《茶煙閣體物集》，組織甚工。《蕃錦集》，運用成語，別具匠心，然皆無甚大過人處。惟《靜志居琴趣》一卷，盡掃陳言，獨出機杼。豔詞有此，匪獨晏、歐所不能，即李後主、牛松卿亦未嘗夢見，真古今絕搆也。惜託體未為大雅。

五七

吾於竹垞，獨取其豔體，蓋論詞於兩宋之後，不容過刻，截取可也。

五八

竹垞《靜志居琴趣》一卷，生香真色，得未曾有。前後次序，略可意會，不必穿鑿求之。

五九

竹垞豔詞，確有所指，不同泛設，其中難言之處，不得不亂以他辭，故為隱語，所以味厚。合全集詩詞觀之，大約同舟一層，是兩情相照之始；元夜一事，是彼此離合之由，故集中屢屢言之。〈漁家傲〉結句云：「一面船窗相並倚，看淥水，當時已露千金意。」〈金縷曲〉云：「枕上閑商略，記全家、元夜看燈，小樓簾幙。」又云：「徑仄春衣風漸逼，惹釵橫翠鳳都驚落。三里霧，旋迷卻。」欲合仍離，即〈風懷〉詩所謂「徑思乘窘步，梯已上初桄。莫綰同心結，停斟冰齒漿。月難中夜墮，羅枉北山張」也。下云：「綠葉青陰看總好，也不須、頻悔當時錯。且莫負，曉雲約。」此詞似別後重逢，追訴往事之辭。起五字是正面，結二語遙遙挽合。蓋元夜時猶待字閨中，此時則已嫁經年矣（本詞云：「星橋路返填河鵲，算天孫、已嫁經年。夜情難度。走近合歡床上坐，誰料香含紅萼。」）。故有「悔當時錯」一語，想見兒女喁喁，一時怨懟情況，皆當與〈風懷〉二百韻參看。

六〇

竹垞〈摸魚子〉云：「粉牆青、虯檐百尺，一條天色催暮。洛妃偶值無人見，相送襪塵微步。教且住。攏玉手、潛行莫惹冰苔仆。芳心暗訴。認香霧鬟邊，好風衣上，分付斷魂語。　雙棲燕，歲歲花時飛度。阿誰花底催去。十年鏡裏樊川雪，空裊茶煙千縷。離夢苦。渾不省、鎖香金篋歸何處。小池枯樹。算只有當時，一丸冷月，猶照夜深路。」情詞俱臻絕頂，擺脫綺羅香澤之態，獨饒仙豔，自非仙才不能。

六一

竹垞〈西江月〉結句云：「殷勤臨別為披衣，軟語蟲飛聲裏。」淒麗而幽索，總非凡豔。

六二

竹垞詞如〈好事近〉云：「中央四角百回看，三歲袖中納。一自淩波去後，悵神光難合。」情深語至，脫盡香奩門面語。又〈卜算子〉云：「松葉頗黎碧，勸飲春纖執。本向人前欲避嫌，禁不住、心憐惜。」柔情密意，意態極妍。又〈南樓令〉云：「欲話去年今日事，能幾個、去年人。」較永叔「不見去年人，淚滿春衫袖」之句，更曲折有味。又〈南歌子〉云：「忍淚潛窺鏡，催婦懶下階。臨去不勝懷，為郎迴一盼，強兜鞋。」寥寥數語，意態絕濃。又〈臨江仙〉云：「可憐新蝶夢，猶戀舊蚊幬。」亦情詞雙絕。又「一灣楊柳板橋西，料得燈昏獨上、小樓梯」，又「約指情彄，薰香小像，都悔還伊」，又「一樣霜天月仍圓，只不照，淩波步」，皆極纏綿、極懇摯語。國初諸公多好為豔詞，未有如竹垞之空絕前後者，雖非正聲，亦令人歎賞不置。

六三

竹垞〈洞仙歌〉十七首，是計其始終，而歷叙悲歡離合之情也。色取其淡，骨曲其高，不用綺語，風韻自勝，斯謂驚才絕豔。

六四

〈洞仙歌〉善用折筆，淺處皆深。如云：「傍妝臺見了，已慰相思。原不分，雲母船窗同載。」又云：「津亭回首，望高城天遠。何況城中玉人面。」又云：「周郎三爵後，顧曲無心。爭忍厭厭夜深飲。」又云：「正不在、相逢合歡頻，許並坐雙行，也都情分。」諸如此類，一折便深，可悟用筆之妙。

六五

〈洞仙歌〉之妙，全在烘襯，正面寥寥。惟四章云：「冉冉行雲，明月懷中半霄墮。」十五章云：「明月重窺舊時面。」均可為仙乎麗矣。

六六

〈洞仙歌〉每以樸處見長，最是高妙。如云：「仲冬二七，算良期須果。若在沉吟甚時可。」下云：「難道又、各自抱衾閒坐。」結云：「也莫說今番，不曾真個。」又云：「最難得、相逢上元時，且過了收燈，放燈由恁。」又云：「佳期四五，問黃昏來否。說與低帷月明後。」又云：「隔年芳信，要同衾元夕，比及歸時小寒食。」又云：「十三行小字，寫與臨摹，幾日看來便無別。」又云：「行舟已發，又經旬調笑，不算匆匆別離了。」此類皆愈樸愈妙。豔詞有竹垞，直是化境。

六七

〈洞仙歌〉有運思極雋極深者。如云：「旋手揭、流蘇進前看。又何處迷藏，者般難捉。」又云：「若不是，臨風暗相思，肯猶把留題，舊時團扇。」又云：「翻喚養娘眠，底事誰知，燈一點、尚懸紅豆。」又云：「隨意楚臺雲，抱玉挨香。冰雪淨、素肌新浴（此二語卻俚淺）。便歸觸簾旌侍兒醒。只認是新涼，拂檐蝙蝠。」又云：「偏走向儂前道勝常，渾不似西窗，夜來曾見。」皆能發前人所未發。不必用穠麗之詞，而視彼穠麗者，淺深判然矣。

六八

〈洞仙歌〉有極密極昵者。如「恩深容易怨，釋怨成歡，濃笑懷中露深意」。古香古豔，無蠍子綺羅俗態。

六九

〈洞仙歌〉有淒豔入骨者。如云：「起折贈、黃梅鏡奩邊。但流睇無言，斷魂誰省。」又云：「同夢裏，又是楝花風雨。」又云：「怪十樣、蠻箋舊曾貽。祇一紙私書，更無消息。」又云：「舍舊枕、珊瑚更誰知。有淚雨烘乾，萬千愁夢。」又云：「奈飛龍骨出，束竹腸攢，月額雨、持比淚珠差少。」又云：「中有錦箋書，密囑歸期。道莫忘、翠樓煙杪。枉辜負、劉郎此重來。戀小洞春香，尚餘細草。」又云：「自化綵雲飛，蟲網蝸涎。又誰對，芳蓉播喏，儘沉水、煙濃向伊熏。覬萬一真真，夜深來也。」此類皆淒絕豔絕。然自是竹垞之淒豔，非棠邨、藕漁輩所能到也。

七〇

竹垞豔詞，純以真氣盤旋，情至者文亦至。若董文友則麗而淫矣。

七一

董文友，詞中之妖也，與王次回《疑雨集》，可謂匹敵。〈滿江紅〉十二章，置之《蓉渡集》中，無乃不類。

七二

《蓉渡集》三卷，豔體居其八九，鉤心鬬角，工麗芊綿，又遠出施浪仙、馬浩瀾、沈去矜、周冰持之右。

七三

《花影詞》，不過如倚門賣笑者流，並不足為詞之妖。《蓉渡集》乃真足惑人矣，此妖之神通也。

七四

文友詞，如〈感恩多〉云：「忒覺多情，真假特難分。特難分，便是空言，忍猜他未真。」王小山詞「空言亦是玉人恩」未嘗不刻入，尚不及此之沉至。又〈叩叩詞〉云：「堂下每迎花底笑，人前私向鏡中看，可許一生拚。」又〈菩薩蠻〉云：「此情頻欲寄，又恐傷郎意。斟酌數行書，言歡字字虛。」曲折哀婉，情之至也。王阮亭謂：「文友為豔情中繪風手。」亦非虛譽。

七五

文友〈相思引．謂雲孫咏侍兒小福〉云：「閑伴夫人同鬬草，沉思未敢摘宜男。郎情深淺，還向夢回參。」慧心密意，描寫入微，當為千古咏侍女者絕唱。

七六

文友〈鷓鴣天〉諸篇，如〈憶〉云：「花並蒂，燕雙棲。合歡猶卜紫姑乩。傍人已道成連理，惹得春山翠黛低。」又〈繡苑〉云：「名花結果春前定，小鳥姻緣枝上諧。」又〈寄〉云：「鴛鴦向午常交頸，荳蔻多時始見心。」又〈慰〉云：「每彈指處聞花歎，自抵牙時為曲差。」麗而不佻，極芊婉之致。至〈昨夜〉云：「昨夜天孫罷錦梭，輕槎無恙渡明河。幾經私語全珍重，再試真心薄譴訶。　羞月姊，避鸚哥。玉人頻問夜如何。最憐蝴蝶驚魂驟，輸與莊生曉夢多。」深情蜜意，自有豔詞以來，未有寫到如此地步者。又〈東坡引〉九首、〈蘇幕遮〉十首，命題既異，措詞尤能銷魂鑠骨，真詞中之妖也。

七七

〈東坡引〉，如咏湖鏡云：「箇中人也將覷。肯教他讓汝，肯教他讓汝。」杭粉云：「道儂真色何曾借。不堪珠汗灑，不堪珠汗撒。」濟寧油臙脂云：「問郎原碟多應滿。是誰分一半，是誰分一半。」川善云：「輕搖莫便心兒喜，秋風明日起，秋風明日起。」蘄篁云：「與伊鋪在紗帷近。銀燈將欲暈，銀燈將欲暈。」皆極有思致。又建寧香袋云：「縫成紅素絹，妝就鴛鴦線，雙雙蟢子雙雙燕。一雙圖半面，一雙圖半面。　繫他裙衩，氤氳堪羡。願翠管，郎親捻，翻來覆去教郎見。這邊題欲遍，這邊題欲遍。」前後疊句，俱有兩意，真是想入非非。

七八

《蘇幕遮》，如簾外聽墮釵聲云：「鬧掃雖鬆，窣墮知何故。難道拔時纖手誤。倘為儂來，忽地回頭顧。」屏邊聽浴聲云：「粉應消，珠定映。喚取湯添，冷熱心頭省。」樓前聽骰子聲云：「似無愁，如有思。漫想閑猜，卜甚心頭事。特憶前宵楸局裏，親點牙籌，賭喝雙雉。」（王北山云「骰子逡巡裏手拈，無因得見玉纖纖」、「玲瓏骰子藏紅豆，刻骨相思知未知」，總不如「親點牙籌，賭喝雙雙雉」為銷魂鑠骨也。特親特熱，愈難為情耳）燈下聽剪刀聲云：「應恐鴛鴦分背面，鈿尺頻移，停處商量遍。」帳畔聽流蘇響聲云：「響原輕，聲漸悄。熟睡鸚哥，定不驚他覺。和月和雲和被抱（此與庸劣，「和月和雲」四字亦似雅而俗。姜西銘獨歎為「化工之句」，何也?）。一夜春風，散盡愁多少。」如此之類，皆能曲折傳神，撲入深處，詞中之妖冶。學詞者一入其門，念頭差錯，終身不可語於大雅矣。同時如梅村、阮亭、迦陵、菌次、蛟門、程邨、西堂、西銘、荔裳、顧庵輩，多心折《蓉渡詞》，每首下各綴以評語，亦不可解。

七九

周冰持亦好作綺語，不過《花影》之流亞耳，尚不足為妖也。

八〇

彭駿孫見沈去矜、董文友詞，謂泥犁中皆若人，故無俗物。去矜亦《花影》之餘，冰持之匹，不及文友之工。

白雨齋詞話　卷四

一

國初詞家，斷以迦陵為巨擘，後人每好揚朱而抑陳，以為竹垞獨得南宋真脈。嗚呼，彼豈真知有南宋哉！庸耳俗目，不值一笑也。

二

迦陵詞氣魄絕大，骨力絕遒，填詞之富，古今無兩。只是一發無餘，不及稼軒之渾厚沉鬱。然在國初諸老中，不得不推為大手筆。

三

迦陵詞沉雄俊爽，論其氣魄，古今無敵手。若能加以渾厚沉鬱，便可突過蘇、辛，獨步千古。惜哉！

四

蹈揚湖海，一發無餘，是其年短處，然其長處亦在此。蓋偏至之詣，至於絕後空前，亦令人望而卻走。其年亦人傑矣哉。

五

迦陵詞不患不能沉，患在不能鬱。不鬱則不深，不深則不厚。發揚蹈厲，而無餘蘊，究屬粗才。

六

迦陵詞惟〈江南春・和倪雲林原韻〉一章，最為和厚，全集三十卷，僅見此篇。詞云：「風光三月連櫻筍，美人蹻蹻白日靜。小屏空翠颭東風，不見其餘見衫影。無端料峭春閨冷。忽憶青驄別鄉井。長將妾淚點紅巾。願作征夫車畔塵。　人歸遲、春去急。雨絲滿院流水濕。錦書道遠嗟奚及。坐守吳山一春碧。何日功成還馬邑。雙倚琵琶花樹立。夕陽飛絮化為萍，攬之不得徒營營。」怨深思厚，深得風人之旨。

七

其年詞極壯浪，所少者沉鬱。余最愛其〈月華清〉後半闋云：「如今光景難尋，似晴絲偏脆，水煙終化。碧浪朱欄，愁殺隔江如畫。將半帙南國香詞，做一夕西窗閒話。吟寫。被淚痕占滿，銀箋桃帕。」淋漓飛舞中，仍不失為雅正，於宋人中逼近美成。

八

其年諸短調，波瀾壯闊，氣象萬千，是何神勇。如〈點絳脣〉云：「悲風吼。臨洺驛口。黃葉中原走。」〈醉太平〉云：「估船運租。江樓醉呼。西風流落丹徒。想劉家寄奴。」〈好事近〉云：「別來世事一番新，只吾徒猶昨。話到英雄失路，忽涼風索索。」〈清平樂〉云：「不見長洲苑裏，年年落盡宮槐。」平敘中峰巒忽起，力量最雄。板橋、心餘輩，極力騰踔，終不能望其項背。

九

其年〈西江月〉云：「神仙將相詎難為，萬事取之以氣。」偏論，亦是快論、至論。大言炎炎，我為起舞。

一〇

其年〈醉落魄．詠鷹〉云：「寒山幾堵。風低削碎中原路。秋空一碧無今古。醉袒貂裘，略記尋呼處。　男兒身手和誰賭，老來猛氣還軒舉。人間多少閒狐兔。月黑沙黃，此際偏思汝。」聲色俱厲，較杜陵「安得爾輩開其群，驅出六合梟鸞分」之句，更為激烈。

一一

其年〈夜遊宮．秋懷〉四章，字字精悍。如云：「短狐悲，瘦猿愁，啼破冢。」又「無數蟲吟古磚縫。料今宵，靠屏風，無好夢」，又「秋氣橫排萬馬。盡屯在、長城牆下。每到三更素商瀉，濕龍樓，暈鴛機，迷爵瓦」，又「箭與饑鴟競快。側秋腦、角鷹悉態」，又「一派明雲薦爽。秋不住、碧空中響」，正如干將出匣，寒光逼人。

一二

其年〈感皇恩・曉涼雜憶〉六章，皆追憶舊遊之作，不言感慨，而感慨亦見。首章結句云：「三年渾一夢，揚州路。」四章結句云：「燕丹門下客，皆安在？」收束處一則大雅，一則沉雄。

一三

其年〈滿江紅〉諸闋，縱筆所之，無不雄健。如〈為陳九之子題扇〉：「生子何須李亞子，少年當學王曇首。對君家兩世濕青衫，吾衰丑。」又〈謁程崑崙〉「上黨地為天下脊，使君文在先秦上」，又〈何端明先生筵上〉「被酒我思張子布，臨江不見甘興霸。只春潮濺雪白人頭，堪悲吒」（竹垞亦有「乞食肯從張子布，舉杯但屬甘興霸」之句，氣概稍遜，精警則一）。又〈過鄲道上呂仙祠示曼殊〉「枕裏功名雞鹿塞，刀頭富貴麒麟塚」，下云：「萬事關河人欲老，一生花月情偏重。算兩人今日到邯鄲，寧非夢。」又〈和韻〉「萬里秋從西極到，千年淚向南樓灑」，又〈贈藺次〉「開口會能求相印，吾生詎向溝中死。終不然、鬻畚華山陰，尋吾子」，又〈自封邱北岸渡河至汴梁〉「一派灰飛官渡火，五更霜灑中原血」，又「閱盡江山真欲舞，算來人物誰堪罵」，〈東南耕〉下云：「一朵菊花人伏枕，半庭豆葉秋除架。」又〈送葉桐初還東阿〉「風吼軍都山忽紫，雨收督亢天全綠」，下云：「建業雲山通地肺，姑蘇煙水連天目。」此類皆極蒼涼，亦極雄麗，真才人之筆。

一四

迦陵〈汴京懷古〉十首，措語極健，可作史傳讀。板橋〈金陵〉十二闋，高者可稱後勁。心餘則去此遠矣。

一五

汴京諸作，論筆勢之森竦，自推〈官渡〉一篇，而〈樊樓〉一章，最見作意。後四語云：「風月不須愁變換，江山到處堪歌舞。恰西湖甲第又連天，申王府。」悲憤之詞，偏出以熱鬧之筆，反言以譏之也。

一六

其年〈秋日經信陵君祠〉一闋，後半云：「今古事，堪悲託。身世恨，從牽惹。倘君而尚在，定憐余也。我詎不如毛薛輩，君甯甘與原嘗亂。歎侯嬴老淚苦無多，如鉛瀉。」慨當以慷，不嫌自負，如此弔古，可謂神交冥漠。

一七

其年〈水調歌頭〉諸闋，英姿颯爽，行氣如虹，不及稼軒之神化，而老辣處時復過之，真稼軒後勁也。

一八

其年〈念奴嬌・遊京口竹林寺〉云：「長江之上，看枝峰，蔓壑盡饒霸氣。獅子寄奴生長處，一片雄山莽水。怪石崩雲，亂岡淋雨，下有黿鼉睡。層層都掞，飛而食肉之勢。」英思壯采，何其橫霸如此。

一九

其年〈沁園春〉諸詞，亦甚雄偉，〈登尉繚臺〉一闋，尤為感慨沉至。

二〇

其年〈沁園春〉最佳者，如題徐渭文〈鍾山梅花圖〉後半云：「如今潮打孤城，只商女船頭月自明。歎一夜啼烏，落花有恨，五陵石馬，流水無聲。尋去疑無，看來似夢，一幅生綃淚寫成。攜此卷、伴水天閑話，江海餘生。」情詞兼勝，骨韻都高，幾合蘇、辛、周、姜為一手。

二一

其年〈賀新郎〉調，填至一百三十餘首之多，每章俱於蒼莽中見骨力。精悍之色，不可逼視，第四韻尤能振拔。如「北固外，晴江夜走」、「其上，有秦時明月」、「簾以外、秋星作作」，皆是突接，精神更覺百倍。

二二

〈賀新郎〉如〈席上呈芝麓先生〉：「話到英雄方失志，老鶻飛來傑傑。」又「一半疎星明滅。歸去焚書應學劍，愛風毛雨遍千山雪。益智粽，竟何益」，筆勢亦如怒猊俊鶻。

二三

〈賀新郎〉有洞穿七札、筆力橫絕者，如：「憶得危崖騰健鶻，咽秋燈、夜半歌山鬼。風乍刮，鬢成蝟。」又，「此意僅佳那易遂，學龍吟、屈煞床頭鐵。風正吼，燭花裂。」又：「醉倚江樓成一笑，總輸他、秠【音同訝】角東村子。牛背上，笛聲起。」又：「粗飯濁醪吾事畢，傍東籬、且了黃花債。今古恨，漫興慨。」又：「博望野花紅染血，訴行藏、風裏休悲咤。恐又震，昆陽瓦。」又：「繡嶺宮前花似血，正秦川、公子迷歸路。重酌灑，盡君語。」此類皆得未曾有，真足驚習動魄。

二四

其年贈何生鐵（**鐵，小字阿黑，鎮江人，流寓泰州，精詩畫，工篆刻**），〈賀新郎〉一篇，飛揚跋扈，不可羈縛。詞云：「鐵汝前來者。曷不學、雀刀龍笛，騰空而化。底事六州都鑄錯，辜負陰陽爐冶。氣上燭、斗牛分野。小字又聞呼阿黑，詎王家、處仲卿其亞。休放誕，人笞罵。　蕭疎粉墨營丘畫。更雕鎪、漸臺威斗，鄴宮銅瓦。不值一錢疇惜汝，醉倚江樓獨夜。月照到、寄奴山下。故國十年歸不得，舊田園、總被寒潮打。思鄉淚，浩盈把。」一味橫霸，亦足雄跨一時。

二五

「萬馬齊瘖蒲牢吼」，此迦陵題《珂雪詞》語，然直似先生自品其詞，吾恐升六尚謙讓未遑也。其後疊云：「耳熱杯闌無限感，目送塞鴻歸盡。又眼底，群公衮衮。」其年胸中，不知吞幾許雲夢。下云：「作達放顛無不可，勸臨淄且傳當筵粉。城柝沸、夜烏緊。」悲極憤極，如聞其聲。

二六

其年〈送王正子之襄陽・賀新郎〉一闋，前疊云：「立馬和君說，到襄陽、為予先問，隆中諸葛。往日英雄潮打盡，怪煞怒濤崩雪。今古恨，總多於髮。再問大堤諸女伴，白銅鞮、可有閒風月。誰彈向、楚天瑟。」兩問奇絕，可謂目無一世。

二七

閑情之作，非其年所長，然振筆寫去，吐棄一切閨閫泛話，不求工而自工，才大者固無所不可也。如〈桂殿秋〉云：「凝情低詠年時句，人在東風二月初。」〈菩薩蠻・彈琴〉云：「促柱鼓瀟湘，風吹羅帶長。」〈蝶戀花・促坐〉云：「猶自眉峰煙不定，避人奩內添宮餅。」又〈跳索〉云：「鬢絲扶定相思子。」下云：「對漾紅繩低復起。明月光中，亂捲瀟湘水。匿笑佳人聲不止。檀奴小絆花陰裏。」又〈圍爐〉云：「小院綠熊鋪褥厚，玉梅花下交三九。」下云：「招入繡屏閑寫久。斜送橫波，郎莫衣單否。袖裏任郎沾寶獸。雕龍手壓描鸞手。」又〈潛來〉云：

「立久微聞輕歎息。春陰簾外天如墨。」〈換巢鸞鳳〉云：「飄盡楊花雨偏肥，摘來梅子春先瘦。」〈石州慢．夏閨〉云：「起來慵繡，將泉戲瀉團荷，憐他葉嫩才如掌。珠滑不成圓，卻添人間想。」〈齊天樂．紀夢〉云：「迴腸千縷，總些個情懷，舊時言語。」〈賀新郎．和竹逸江村遇伎之作〉云：「我有紅綃無窮淚，彈與多情灼灼。悔則悔、當初輕諾。十載雲英還未嫁，訴傷心、撥盡琵琶索。」似此皆低回哀怨，情致纏綿。惟雲郎合卺詞，未免俚褻。

二八

或問其年、竹垞，一時兩雄，不知置之宋人中，可匹誰氏。余曰：「此不可相提並論也。陳、朱才力極富，求之宋名家亦不多覯，而論其所造，則去宋賢甚遠。宋賢得其正，陳、朱得其偏。宋賢得其精，陳、朱得其粗。自詞有陳、朱，而古意全失矣。」

二九

近人懾於陳、朱之名，以為國朝冠冕。不知陳、朱不過偏至之詣，有志於古者，尚宜取法乎上。〈烏絲〉、〈載酒〉，聊存之以備一體可也。乃知讀書不可無才，尤不可無識。

三〇

善為詞者，貴久而愈新，不妨俟知音於千載後。陳、朱之詞，佳處一覽瞭然，不能根柢於〈風〉、〈騷〉，局面雖大，規模終隘也。

三一

二李詞絕相類，大約皆規模南宋，羽翼竹垞者。符曾較雅正，而才氣則分虎為勝。

三二

符曾詞，如〈好事近・秦淮燈船〉云：「五十五船舊事，聽白頭人語。」〈高陽臺・過拂水山莊感事〉云：「一篴【音同迪】東風，斜陽淡壓荒煙。」〈踏莎行・金陵〉云：「遊人休弔六朝春，百年中有傷心處。」勝國之感，妙於淡處描寫，情味最永。

三三

分虎〈釣船笛〉云：「曾去釣江湖，腥浪黏天無際。淺岸平沙自好，算無如鄉里。　從今只住鴨兒邊，遠或泛苕水。三十六陂秋到，宿萬荷花裏。」別有感喟，於朱希真五篇外，自樹一幟。

三四

萬紅友《香膽詞》，頗多別調。語欠雅馴，音律亦多不協處。與所著《詞律》，竟如出兩人手。真不可解。

三五

厲樊榭詞，幽香冷豔，如萬花谷中，雜以芳蘭。在國朝詞人中，可謂超然獨絕者矣。論者謂其沐浴於白石、梅溪（徐紫珊語），此亦皮相之見。大抵其年、錫鬯、太鴻三人，負其才力，皆欲於宋賢外別開天地。而不知宋賢範圍，必不可越。陳、朱固非正聲，樊榭亦屬別調。

三六

樊榭詞拔幟於陳、朱之外，窈曲幽深，自是高境。然其幽深處，在貌而不在骨，絕非從楚〈騷〉來。故色澤甚饒，而沉厚之味終不足也。

三七

樊榭措詞最雅，學者循是以求深厚，則去姜、史不遠矣。

三八

樊榭〈國香慢．素蘭〉云：「月中何限怨，念王孫草綠，孤負空香。冰絲初弄，清夜應訴悲涼。玉斲【音同卓】斫相思一點，算除是、連理唐昌。鬧濇成夢，白鳳梳翎，寫影雲窗。」聲調清越，是其本色，亦是其所長。

三九

樊榭〈百字令．月夜過七里灘〉云：「萬籟生山，一星在水，鶴夢疑重續。櫓音遙去，西巖漁父初宿。」無一字不清俊。下云：「林淨藏煙，峰危限月，帆影搖空綠。隨風飄蕩。白雲還臥深谷。」鍊字鍊句，歸於純雅，此境亦未易到也。

四〇

余最愛樊榭〈謁金門・七月既望湖上雨後作〉云：「凭畫檻，雨洗秋濃人淡。隔水殘霞明冉冉，小山三四點。　艇子幾時同泛，待折荷花臨鑒。日日綠盤疎粉豔，西風無處減。」中有怨情，意味便厚。否則無病呻吟，亦可不必。

四一

樊榭〈玉漏遲・永康病中夜雨感懷〉云：「病與秋爭，葉葉碧梧聲顫。濕鼓山城暗數。更穿入溪雲千片。燈暈翦。似曾認我，茂陵心眼。」此詞似周草窗，而騷情雅意，更覺過之。

四二

樊榭亦精於造句，如〈齊天樂〉云：「將花插帽，向第一峰頭，倚空長嘯。」〈高陽臺〉云：「秘翠分峰，凝花出土。」〈憶舊遊〉云：「溯溪流雲去，樹約風來，山翦秋眉。」下云：「又送蕭蕭響，盡平沙霜信，吹上僧衣。憑高一聲彈指，天地入斜暉。」〈齊天樂・秋聲〉云：「微吟漸怯，訝籬豆花開，雨篩時節。獨自開門，滿庭都是月。」〈念奴嬌〉云：「起坐不離雲鳥外，倒影山無重數。柳寺移陰，葑田拖碧，花氣涼於雨。詩成猶未，遠蟬吟破秋句。」下云：「月逗籬聲前浦。」結云：「水葓【音同紅】搖曳煙路。」〈桃源憶故人・螢〉云：「殘月剛移桐屋，一箇牆陰綠。」似此之類，自其外著者觀之，居然一樂笑翁矣。

四三

太倉諸王皆工詞，漢舒尤為傑出。次則小山。小山工為綺語，才不高而情勝，措詞亦自婉雅，無綺羅惡態。

四四

小山詞如「病容扶起淡黃時」，又「燕子尋人，巷口斜陽記不真」，又「一雙紅豆寄相思，遠帆點點春江路」，又「畫屏離思遠，羅袖淚痕濃」，又「一雙燕子夕陽中，莫銜殘鬢影，吹向落花風」，又「燈微屏背影，淚暗枕留痕」，又「小園春雨過，扶病問殘春」，又「眼波低翦篆絲風」，又「一彎愁思駐螺峰」，皆情詞凄婉，晏、歐之流亞也。

四五

漢舒自是作手，惜其享年不永，未盡所長。其筆分甚高，如〈琵琶仙・秋日遊金陵黃氏廢園〉云：「秋士心情，況遇著、客裏西風落葉。惆悵側帽行來，隔溪景清絕。沒半點、空香似夢，只幾簇、野花誰折。莎雨寒幽，石煙荒淡，鶯蝶飛歇。試問取、舊日繁華，有餅媼漿翁尚能說。道是廿年彈指，竟風光全別。真不信尋常亭榭，也例逐滄桑棋劫。何怪宋苑陳宮，荒蛄弔月。」感慨蒼茫，結四語尤妙。他手每每倒說，意味轉薄。

四六

作詞貴於悲鬱中見忠厚。悲怨而激烈，其人非窮則夭。漢舒詞如「浮生皆夢，可憐此夢偏惡。」又云：「看取西去斜陽，也如客意，不肯多耽擱。」沉痛迫烈，便成詞讖，香雪所以不永年也。

四七

閑情之作，竹垞幾於仙矣，文友則妖也。香雪居二者之間。讀香雪詞，去取不可不慎。如〈踏莎行〉云：「落燈天似晚秋寒，病春人臥銷魂處。」又云：「夢中尋夢幾時醒，小橋流水東風路。」〈滿江紅〉云：「拂砌風輕鶯作態，穿簾雨細花無恙。」又云：「鬬草心慵垂手立，兜鞵夢好低頭想。」（永叔「倚欄無緒更兜鞵」，淺俗語耳，似此則婉雅矣）。又云：「檻外紅新花有信，鏡中黃淡人微恙。」又云：「夢短易添清晝倦，書長慣費黃昏想。」又云：「架上牛衣紅淚在，夢中鸞信青天杳。」又云：「風榻茶煙秋病思，月簾花氣春愁料。」此類皆麗而有則，正不必讓小長蘆。

四八

香雪〈蘭陵王〉一闋，句句從對面寫來，直至結處云：「這般情景，怎教我不念著。」一筆叫醒，戛然而止，用筆亦有龍跳虎臥之奇。

四九

陸南薌《白蕉詞》四卷，全祖南宋，自是雅音。但無宋人之深厚，不耐久諷也。

五〇

南薌〈賣花聲〉後疊云：「昨夢碧峰疑，楚館叢祠。覺來心事阿誰知。三十六鱗遲寄與，空疊烏絲。」此詞絕沉婉，真得南宋人消息，惜不多見。

五一

板橋詞，頗多握拳透爪之處，然卻有魄力，惜乎其未純也。若再加以浩瀚之氣，便可亞於迦陵。

五二

板橋〈賀新郎．徐青籐草書〉云：「半生未掛朝衫領。狠秋風，青衿剝去，禿頭光頸。只有文章書畫筆，無古無今獨逞。並無復、自家門徑。拔取金刀眉目割，破頭顱、血迸苔花冷。亦不是，人間病。」痛快之極，不免張眉努目。

五三

板橋〈金陵〉十二首，瑕瑜互見，惟〈胭脂井〉一篇，用筆最勝。余獨愛其〈滿江紅〉二句云：「碧葉傷心亡國柳，紅牆墮淚南朝廟。」淒涼哀怨，為金陵懷古佳句。

五四

其年詞沉雄悲壯，是本來力量如此。又如以身世之感，故涉筆便作驚雷怒濤，所少者，深厚之致耳。板橋、心餘，未落筆時，先有意為劉、蔣，金剛努目，正是力量歉處。

五五

板橋詩境頗高，間有與杜陵暗合處，詞則已落下乘矣。然畢竟尚有氣魄，尚可支持。心餘則力弱氣粗，竟有支撐不住之勢。後人為詞，學板橋不已，復學心餘，愈趨愈下，弊將何極耶！

五六

江研南詞，取法南宋，頗有一二神解處。南薌所得在貌，研南所得在神。吾終不以貌易神也。

五七

研南詞，如「只有東風，依依分綠上楊柳。」又〈柳影〉云：「誤了閨人，也曾描出春前怨。」宛雅幽怨，視少游、碧山幾於化矣。《琢春詞》在國朝不甚顯，然識者當相賞於風塵外也。

五八

研南〈八聲甘州・久客揚州追思湖上清遊之樂，悽然有作〉云：「記蘇堤芳草翠輕柔，柳絲拂簾鉤。趁花風吹帽，扶藜買醉，正好清游。日落亂山銜紫，塔影挂中流。喚櫂穿波去，月滿船頭。不料嬉春散後，對白雲揖別，煙水都愁。數那家池閣，曾嘯碧天秋。到而今、歸期未穩，夢六橋、飛滿舊鳧鷗。更初轉、猛驚回處，卻在揚州。」極寫清游之樂，便覺揚州俗塵可厭。「煙花三月下揚州」後，不可無此冷水澆背之作。

五九

江賓谷詞，亦得南宋人遺意。雖未臻深厚，卻與淺俗者迥別。

六〇

研南學南宋，合者得其神理。賓谷學南宋，合者得其意趣。皆出陸南薌之右，而皆未能深厚。

六一

張喆【音同折】士當時頗以詩詞名，然其於詩太淺太薄，直似門外漢。詞則規模樂笑翁，間有合處。板橋詩勝於詞，四科則詞勝於詩，各取其長可也。

六二

江橙里詞，清遠而蘊藉。沈沃田稱其「劌【音同貴】鉥【音同束】肝腎，磨濯心志，苦心孤詣以為詞」，可謂難矣。然余觀練溪漁唱，句琢字煉，歸於純雅，只是不能深厚。蓋知深南宋，而不得其本原。「本原何在，沉鬱之謂也，不本諸風騷，焉得沉鬱。」國朝詞家，多犯此病。故驟覽之，居然姜、史復生。深求之，皆姜、史之糟粕。惟陳迦陵兕吼熊啼，悍然不顧，雖非正聲，不得謂非豪傑士。

六三

旭東〈玉漏遲〉云：「似草春懷，又被東風吹徧。書劍天涯去後，何處覓試香庭院。簾半捲。怕聽杏梁雙燕。」寄慨處，婉雅幽怨，頗近西麓。

六四

旭東〈木蘭花慢．秋帆和樊榭〉結數語云：「空懸離愁渺渺，任西風、送客自年年。畫出瀟湘數點，依稀沒入蒼煙。」空濛寂歷，橙里自非樊榭匹，而此詞殊不減也。

六五

史位存詞，寓纖穠於閒雅之中，流逸韻於楮墨之外。才力不逮陳、朱，而雅麗紆徐，亦陳、朱所不及。真陳、朱勍【音同勁】敵也。

六六

其年詞最雄麗，竹垞則清麗，樊榭則幽麗，璞函則穠麗，位存則雅麗，皆一代豔才。位存稍得其正，而才氣微減。

六七

位存〈一萼紅．桃花夫人廟〉云：「楚江邊，舊台痕玉座，靈跡自何年。香冷虛壇，塵生寶靨，千秋難釋煩冤。指芳叢、飄殘清淚，為一生、顏色悞嬋娟。恩怨前朝，興亡閒夢，回首淒然。似此傷心能幾，歎詩人一例，輕薄流傳。雨颯雲昏，無言有恨，憑欄罷鼓神絃。更休題、章臺何處，伴湘波、花木暗啼鵑。惆悵明璫翠羽，斷礎荒煙。」清虛騷雅，用意忠厚。「至竟息亡緣底事，可憐金谷墜樓人」，適形其輕薄耳。

六八

位存詞，如「團扇先秋生薄怨，小池風不斷」，神似溫、韋語。然非其中真有怨情，不能如此沉至。故知沉鬱二字，不可強求也。

六九

位存〈採桑子〉云：「淚滴寒花，漸漸逢人說鬢華。」悲感語，說得和緩，便覺意味深長（《南溪詞》云：「舊識僧徒與酒徒。年來多半疏。」亦無叫囂惡習，然尚遜此和緩）。

七〇

位存〈臺城路〉云：「登臨倦了，只一點愁心，尚留芳草。斗酒新豐，而今慚愧說年少。」所詠亦淺顯在目，而措詞卻深婉可諷。

七一

位存〈滿江紅〉云：「更不推辭花下酒，最難消受黃昏雨。」此種語自是衝口而出，卻非天人兼到者不能。

七二

位存詞極淒婉，又極雅潔。短調如「千蝶帳深縈夢苦，倦拈紅豆調鸚鵡」，又「十二金堂小闌干，偏沒箇，留儂處」，又「說與今年小樓中，第一夜，聽春雨」，又「蕭蕭瑟瑟到天明，蟋蟀聲中燈一點。」又，「人去月痕消」，皆極精妙。長調如「晴色漸甦梅柳，風和雪，忽又闌珊。春情遠。千回萬轉，才肯到人間」，又「二十四橋邊，醉年時明月」，又「沾暮雨只有楊花，繫歸心，不關芳草。」曲折哀婉，不必板學南宋，而意境亦勝。

七三

任淡存詞措詞婉妙，味亦雋永，可為位存之亞、遂佺之匹（朱雲翔，字遂佺，元和人，有《蝶夢詞》）。同時張龍威，亦以詞名，然有枝而不物之弊，不及任、朱也。

七四

朱春橋，竹垞太史族孫也。其詞亦頗近秀水，而才力不逮。

七五

過春山《湘雲遺稿》二卷，徜徉山水，綿邈無際。其筆意之騷雅，別於位存，近於樊榭。吳竹嶼稱其詞如「雪藕冰桃，沁人醉夢」。百餘年來，此調不復見矣。

七六

湘雲詞，每讀一過，餘音裊裊，不絕如縷。讀之既久，其味彌長。同時朱春橋、吳荀叔、朱秋潭、江聖言汪對琴諸君，皆以詞名東南，然無出湘雲右者。

七七

湘雲詞如「幾點萍香鷗夢穩，柳棉吹盡春波冷」又，「回首桃源仙路迴，一聲欸乃川光暝」，又「數盡落花無語，黃昏雙燕還來」，又「香乍熱，簟微寒，魂銷似去年」，又「秋聲吹不盡，長笛月明中」，又「指點江山，斜陽一片下平楚」，又「雙槳趁潮平，載取江雲歸去」，皆令人尋味不盡。

七八

湘雲詞，如「小雨啼花，深煙怨柳」，又「金椀牛苔，漆燈無焰」，又「但山鬼吟秋，杜鵑啼雨。回首宮斜，白楊深夜語。」此類皆淒警特絕。

七九

湘雲〈倦尋芳・過廢園見牡丹盛開有感〉云：「絮迷蝶徑，苔上鶯簾，庭院愁滿。寂寞春光，還到玉闌干畔。怨綠空餘清露泣，倦紅欲倩東風浣。聽枝頭、有哀音淒楚，舊巢雙燕。漫佇立、瑤臺路杳，月佩雲裳，已成消散。獨客天涯，心共粉香零亂。且盡花前今夕酒，洛陽春色匆匆換。待重來，怕只有、斷魂千片。」及時勿失，自是有心人語。

八〇

湘雲〈西子妝〉後半闋云：「佳期誤。落盡梅花，寂寞誰為主。玉琴彈破碧天寒，問東風、鶴歸何處。重尋舊址，漫贏得蒼煙冷語。黯銷魂，入夜啼鵑更苦。」清虛中亦復騷雅，湘雲所以為高。

八一

其年、竹垞，才力雄矣，而意境未厚。位存、湘雲，韻味長矣，而氣魄不大。詞之為道，正未易言精也。

八二

汪對琴〈琵琶仙・金閶晚泊〉一章，有議論，有感慨，有識力，淵淵作金石聲，可為《春華閣詞》壓卷。詞云：「斜日揚舲，堞樓下、一帶荒涼吳匯。珠幌猶蔽何鄉，秋空片雲卷。風漸急、橫塘乍渡，便穿入、虎山西崦。野草低迷，寒鴉卜上，渾是淒怨。　看胥口波面靈旗，未輸爾、鴟夷五湖遠。無限亂山銜碧，閃煙檣斜展。排多少、荒臺廢館。只望中破楚門鍵。料得遙夜鐘聲，夢迴難遣。」

白雨齋詞話　卷五

一

吳竹嶼《曇香閣詞》，如水木之清華，雲嵐之秀潤，高者亦湘雲流亞。

二

竹嶼詞，如「一點相思誰與寄，羅襟留得東風淚」。逼近小山。又〈賣花聲〉云：「楊柳小灣頭。煙水悠悠。歸心空望白蘋洲。只有春江知我意，依舊東流。」情詞宛轉，不求高而自合於古。

三

竹嶼〈祝英臺近．和王述庵蘋花水閣聽雨憶山中舊游〉云：「石玲瓏，花啚【音同俺】匝，池館翠陰密。蘋末風來，雨意正蕭瑟。」起數語淡淡佈置，點綴入妙。下云：「夢裏寒山，跳珠濺千尺。」亦甚超遠。

四

風流婉雅，是竹嶼本色。吳中七子，璞函而外，固當首屈一指。

五

蔣心餘詞，氣粗力弱，每有支撐不來處。匪獨不及迦陵，亦去板橋甚遠。

六

《銅絃詞》，惟「浮香捨小飲」四章，「廿八歲初度」兩章，為全集完善之作。雖不免於叫囂，精神卻團聚，意境又極沉痛，可以步武板橋。如云：「越䌫吳霜篷背飽，奈年來、王事都靡盬【音同古】。藉竿木，尚能舞。」又，「十載中鉤吞不下，趁波濤、忍住喉間鯁。嘔不出、漸成癭【音同影】。」激昂嗚咽，天地為之變色。

七

趙璞函詞，措語穠至，用筆清虛，規模亦甚宏遠，可與竹垞、樊榭並驅爭先。

八

璞函詞，穠豔是其本色。然能規橅古人，不離分寸。故雅而不晦，麗而有則。視國初名家，正不多讓。

九

璞函〈臺城路・張麗華詞〉云：「璧樹飛蟬，袿裳化蝶，欲問故宮無路。殘鐘幾度。只遺曲猶傳，隔江商安。回首雷塘，暮鴉啼更苦。」音調悽惋，措辭大雅，所謂麗而有則。又〈桃葉渡〉前調云：「烏衣巷口斜陽冷，尋常更無飛燕。」又云：「明月多情，素光猶似照團扇。」淡淡著筆，情味自饒（此詞後半闋牽入邪思，不免佻薄）。又〈詠蘆花．淒涼犯〉云：「西風乍捲。便鷗鷺飛來不見。」又云：「幾度思持贈，回首天涯，白雲空翦。」又〈秋柳．臺城路〉云：「長亭古道。莫更問當時，燕昏鶯曉。」又〈秋草云〉前調云：「不見王孫，夕陽空記舊行跡。」又云：「塞北秋深，江南日暮，一帶傷心寒碧。憑高望極。又斷雨零煙。幾重遮隔。獨立蒼茫，舊袍青淚濕。」均於淒感中見筆力。規模南宋，似又勝於張仲舉。

一〇

璞函〈河傳〉云：「東風日暮雨瀟瀟。魂銷。人歸紅板橋。」又云：「酒初醒。夢將成。愁聽。紗窗啼曉鶯。」淒秀之詞，味亦深永，似五代人手筆。

一一

璞函豔詞，情最深，味最濃，筆力卻絕遒。與竹垞分道揚鑣，各有千古。

一二

豔詞至竹垞，仙骨珊珊，正如姑射神人，無一點人間煙火氣。璞函則如麗娟、玉環一流人物，偶墮人間，亦非凡豔。此兩家豔詞之別也。

一三

璞函〈憶少年〉云：「重尋已無路，吠雲中仙犬。」又云：「幾點春山橫遠岸，也難比、翠眉痕淺。東風落紅豆，悵相思空遍。」仙乎仙乎，絕非凡豔。又〈霓裳中序〉第一云：「憑高望極。但暮雲芳草凝碧。人何處，瑤華信杳，迢遞亂山驛。」又云：「越羅紅淚拭，道別後、休思此夕。今應是、梨花門掩，燕子伴岑寂。」思深意苦，筆致迥與人殊。

一四

贈妓之詞，亦以雅為貴。余最愛璞函〈綺羅香〉云：「渾已換、款柳心情，猶未減、咒桃眉嫵。」又云：「選壻窗邊，可憶斷魂柔路。縱尊前、不鼓琵琶，算青衫、也無乾處。」淋漓曲折，一往情深。較古人贈妓之作，高出數倍。

一五

璞函〈祝英臺近〉八章，遣詞閑雅，用筆沉至。豔詞中運以絕大筆力，真千年絕調也。竹垞〈洞仙歌〉後，又辟一境矣。

一六

〈祝英臺近〉八章，意態極濃，筆力極健，層折又極入妙，亦豔詞極軌也。首章云：「映紅霞，環碧水，宛在苧蘿住。小扇篔扉，恰對大堤路。番番南浦迴舟，東風試馬，曾繫到，畫樓芳樹。 幾朝暮，不是手控簾鉤，誰分見眉嫵。約畧華年，纔到玉箏柱。橫渡一寸無多，儘人魂斷，問底事、雙鴛還露。」（首章敘識面之始）次章云：「採茶天，挑菜地，有意者邊走。記得高樓，一笑目成久。趁他葉葉衣香，弓弓襪印，盼歸路、翠堤煙柳。 板扉扣，殷勤試乞瓊漿，堂上話清晝。墮地釵聲，只在曲屏後。多時阿母呼來，勝常道罷，又背立、花陰垂手。」（此章訪之，句句承上章來。借乞漿入門，偏先見其母，層析妙。「墮地」二語，有意無意，八面玲瓏）三章云：「鳳釵盟，鸞鏡約，心事尚難料。見說東鄰，爭撲小庭棗。何如一舸移家，三楹賃屋，獨占取，燕昏鶯曉。 道南好，遙指修竹吾廬，別院更清悄。隨意安排，藥臼與茶竈。年來手種梅花，玉羅窗下，算合有、治妝人到。」（此章既見之後，特移居以就之，「心事尚難料」五字妙，是初見時情景，心尚遙遙如懸旌）四章云：「拓書巢，安鈿檻，南北喜連棟。砑粉牆低，含睇獨窺宋。笑他折齒機邊。鍼心畫裏，盼不到、眼波微送。 兩情重，幾番月午霜辰，不怕玉樓凍。佳約無憑，寂寞翠帷夢。最憐持贈殷勤，白團扇子，也苗取、吹簫雙鳳。」（此章移居已就。上半言彼此心心相印，下半歎佳約仍是無憑，所謂「空有相憐意，未有相憐計」也。殷勤反覆，以起下章之意）五章云：「井桐陰，牆杏外，小犬臥花影。那角單扉，別有竊香徑。尋來鳳眼窗心，蝦須簾額，笑一捻、露荑尖冷。 夜初靜，流取豆銀釭，細照晚妝靚。犀蝶雙雙，偷解意偏肯。通宵軟語吹蘭，雲情水盼，拚種了、菖蒲相等。」（此章因比鄰既久，有隙可乘，遂付佳約也。「偷解意偏肯」五字，筆力絕大。寫到此處，學力稍次者，立見其蹶矣）六章云：「月如弓，風似翦，花外漏將盡。夢醒催歸，燒燭酌殘醞，分明三五星期，枕函留約，恁臨去、又還重問。 別難忍，依然獨擁羅衾，無那薄寒陣。日度眉梢，睡起意猶困。銷魂鬢惹脂香，衣沾粉類，更鏡裏、腕闌留印。」（此章敘暫時

離別更重堅後約也。「睡起意猶困」，題後傳神，是加一倍寫法）七章云：「捲魚雲，收虹雨，弦月半池浸。溪閣臨風，滅燭愛涼寢。一聲宿鳥翻檐，流螢撲扇，笑挽住、瑣蓮誰禁。薄羅衽，莫愁濕遍珍珠，高柳怡垂蔭。款語遲遲，偏戀碧瓷飲。可憐良夜如年，柔情似水，休負了、珊瑚雙枕。」**（五章是訪彼美，此章是彼美自來）**八章云：「颺茶煙，堆燭淚，簾閣鎮長掩。猶是雙棲，已覺別魂黯。誰令玉箸成珠，金環化玦，連翠帳、風情都減。倚闌檻，屈指陌上花開，難把繡袪摻。夢斷芝田，只合寫魚梵。還愁藕色春裙，蘭香秋帕，尚留得、腥紅殘點。」**（此章敘離別，結處不作心灰意死語，餘情無盡）**

一七

璞函而後，作者日盛，而愈趨愈下。芝田**（朱澤生）**、晴波**（鄭澐）**、蠡槎**（林蕃鍾）**、蘋漁**（沈起鳳）**，間有可觀，餘則競尚新聲，務窮纖巧，幾忘卻此中甘苦。惟毗陵二張，溯厥本源，獨求〈風〉、〈騷〉門徑，不必學南宋，而意境自合。詞之不滅者，二張力也。

一八

薲漁〈高溪梅令〉云：「小勇敷山下水溶溶，記相逢。欲採蘋花可惜過東風。午橋煙雨濃。不如歸去夢簾櫳，小樓東。留得欄杆・一半月明中。夜涼花影重。」此詞絕婉麗，得南唐二主之遺。又〈謁金門〉云：「夢裏玉人樓遠近，燕歸花氣冷。」亦逼近五代，不襲南宋人陳迹。

一九

龕槎〈玉樓春〉云：「今宵有酒為君斟，明日畫橋春共遠。」語婉情深，令人心醉。若酣酣子之「雲破窮陰纖月逗，會須重醉當壚酒」（〈調蝶戀花・秋日湖上作〉）則一片傷心，溢於言外矣（西泠酒民有《酣酣詞鈔》一卷）。

二〇

黃仲則《竹眠詞》，鄙俚淺俗，不類其詩。《詞選》附錄一首，尚見作意。餘無足觀矣。

二一

張皋文《詞選》一編，掃靡曼之浮音，接〈風〉、〈騷〉之真脈。〈附錄〉一卷，揀擇尤精。洵有如鄭掄元所云：「後之選者，必不遺此數章。」具冠古之識者，亦何嫌自負哉。

二二

皋文〈水調歌頭〉五章，既沉鬱，又疎快，最是高境。陳、朱雖工詞，究曾到此地步否？不得以其非專門名家少之。如首章云：「難道春花開落，又是春風來去，便了卻韶華。花外春來路，芳草不曾遮。」次章云：「招手海邊鷗鳥，看我胸中雲夢，蒂芥近如何。楚越等閒耳，肝膽有風波。」三章云：「珠簾捲春曉，胡蝶忽飛來。游絲飛絮無緒，亂點碧雲釵。腸斷江南春思，粘著天涯殘夢，賸有首重回。銀蒜且深押，疎影任徘徊。　羅帷卷，明月入，似人開。一尊屬月起舞，流影入誰懷。迎得一鉤月到，送得三更月去，鶯燕不相猜。但莫憑闌久，風露濕蒼苔。」四章云：「今日非昨日，明日復何如。竭來真悔何事，不讀十年書。為問東風吹老，幾度楓江蘭徑，千里轉平蕪。寂寞斜陽外，渺渺正愁餘。　千古意，君知否，只斯須。名山料理身後，也算古人愚。一夜庭前綠遍，三月雨中紅透，天地入吾廬。容易眾芳歇，莫聽子規呼。」五章云：「長鑱白木柄，斸【音同燭】破一庭寒。三枝兩枝生綠，位置小窗前。要使花顏四面，和著草心千朵，向我十分妍。何必蘭與菊，生意總欣然。　曉來風，夜來雨，晚來煙。是他釀就春色，又斷送流年。便欲誅茆江上，只怕空林衰草，憔悴不堪憐。歌罷且更酌，與子遶花間。」熱腸鬱思，若斷仍連，全是〈風〉、〈騷〉變相。

二三

張翰風詞，飛行絕迹，不逮皋文，而宛轉纏綿處，時復過之，真皋文伯仲也。余最愛其〈菩薩蠻〉云：「橫塘日日風吹雨。隔簾卻望江南路。胡蝶慣輕盈。風前魂屢驚。　欄杆人似玉。黛影分窗綠。斜日照屏山，相思羅袖寒。」真不減飛卿語。又「碧藕折蓮絲，夢輕君未知」，亦極淒麗。

二四

萬事萬理，有盛必有衰。而於極衰之時，又必有一二人焉，扶持之使不滅。詞盛於宋，亡於明。國初諸老，具復古之才，惜於本原所在，未能窮究。乾嘉以還，日就衰靡，安所底止。二張出而溯其源流，辨別真偽。至蒿庵而規模大定，而詞賴以存矣。盛衰之感，殊繫人思，獨詞也乎哉。

二五

左仲甫詞，逸情雲上，愈唱愈高。如〈南浦・夜尋琵琶亭〉云：「何處離聲刮起，撥琵琶千載剩空亭。是江湖倦客，飄零商婦，於此蕩精靈。」下云：「我是無家張儉，萬里走江城。一例蒼茫弔古，向荻花楓葉又傷心。只琵琶響斷，魚龍寂寞不曾醒。」極沉鬱，又極跳蕩。又〈浪淘沙・裏花片投涪江歌以送之〉下半闋云：「鄉夢不曾休，惹甚閒愁。忠州過了又涪州。擲與巴江流到海，切莫回頭。」精警奇肆，言外有無窮幽怨。

二六

惲子居〈阮郎歸・畫蝴蝶〉六首，俱見新意。余尤愛其次章云：「少年白騎放驕憨，踏青三月三。歸來未到捉紅蠶。化蛾真不甘。　江橘葉，一分含。那防仙嫗探。雙雙鳳子出花龕，繭兒風太酣。」哀感頑豔，古今絕唱。又三章云：「輕須薄翼不禁風，教花扶著儂。一枝又逐月痕空。都來幾日中。　曾有伴，去無蹤。闌前種豆紅。蜜官隊裏且從容。問心同不同。」情深意遠，不襲溫、韋、姜、史之貌，而與之化矣。

二七

李申耆〈菩薩蠻〉云：「復袖錦鴛鴦。經年繡一雙。」即屈子「好修以為常」意。又，「不為見時難，忍扶羅袖看。」何其淒怨。又：「花氣泛紅蝶。橫飛出繭蛾。」冷豔幽香，奇情異采。又：「不覺月痕西，下簾霜滿衣。」傷所遇之不偶也。此類真可繼武飛卿。

二八

金應珹〈賀新涼・詠螢〉云：「風雨黃昏庭院黑。照沉沉、蜨夢渾無迹。」下闋云：「景華宮裏音塵絕。悵秋風、洛陽古樹，青燐堆血。白鳥如雷羞難盡，慘慘陰陵妖碧。又恐到、清霜時節。小扇輕羅無人惜，更銀屏、翠幙深深隔。笑熠燿，近牆隙。」寄託甚深，「漢苑票苔」而後，又成絕響矣。

二九

金朗甫學於皋文，《詞選》附錄七首，意遠態濃，婉而多諷。〈相見歡〉三章，尤為絕唱。

三〇

鄭掄元《字橋詞》，思深意苦，深得中仙之妙。如〈綠意・殘荷〉云：「眼底紅芳嫁盡，但枯葦歷亂，堪訴愁苦。卷向薰風，坼向西風，消受斜陽無數。曉來清露憐儂甚，正無奈盤心非故。只看他鉛淚難收，灑向一池煙雨。」直是碧山化境。得之於詞學衰微之候，益令我嗟歎不已。

三一

掄元〈高陽臺・柳〉云：「平蕪一片斜陽影，問韶光何處勾留。」下云：「儂心化作天涯絮，怕重來、錯認簾鉤。便拚他、過了殘春，又是殘秋。」又前調〈秋海棠〉云：「江南昨夜霜華滿，算蕭蕭蘭徑，都付芳塵。倚盡雕闌，慇勤誰伴黃昏。斷腸贉得娉婷影，斂嬌紅、欲上羅裙。」又〈甘州〉云：「悵夫容已老，西風不管，獨自沉吟。可惜斷紅雙臉，只是淚痕深。」下云：「看亭皋落葉，片片是秋心。怕天涯幾經搖落，向雪關風渡更難禁。」哀怨纏綿，碧山之深厚，玉田之清雅，兩得之矣。

三二

吳穀人古詩駢文，皆未臻高境，轉不若試帖律賦之工。惟詞則清和雅正，秀色有餘，出古詩駢文之右。

三三

詞欲雅而正，故國初自秀水後，大半傚法南宋，而得其形似。穀人先生天生一枝大雅之筆，益以才藻，合者可亞於樊榭，微嫌才氣稍遜。

三四

穀人詞，如〈月華清〉後半云：「不怨美人遲暮，怨水遠山遙，夢來都阻。翠被香消，莫話然草窗矣。

青鴛前度。賸醉魂、一片迷離，繞不了、天涯紅樹。誰語，正高樓橫笛，數聲清苦。」此類亦居

三五

金匱二楊（蓉裳、荔裳）工為綺語，高者亦不過吳薗次、徐電發之亞，不足語於大雅。

三六

楊伯夔當時盛負詞名，與吳江、郭祥伯仿表聖《詩品》例，撰《詞品》二十四則，傳播藝林。然兩君於詞，皆屬最下乘。匪獨不及陳、朱，亦去董文友、王小山遠甚。而世顧津津稱之，何也？

三七

頻伽詞尤多惡劣語，如「小桃如綺，命短東風裏」，又，「昔日結如心，今日心如結。心裏重重疊疊愁，愁裏山重疊」，又「那家那家在天涯，雨又斜，雲又遮。聽也聽也，聽不到一曲琵琶」，又「丁字簾前，有個丁娘淒斷」之類，似又出二楊之下。

三八

頻伽豔體，惟〈憶少年〉結句云：「當時已依約，況夢中尋路。」頗似竹垞手筆，集中不可多得。又〈好事近〉云：「猶認墮釵聲響，卻梧桐葉落。」措詞甚雅，亦頻伽詞中罕見者。

三九

洪稚存經術湛深，而詩多魔道。詞稍勝於詩，然亦不成氣候。

四〇

孫子瀟、袁蘭邨輩為詞，全不講究氣格，只求敷衍門面而已。並有門面亦敷衍不來處。

四一

蘭邨詞，輕薄纖小，右下於頻伽。其最佳者，如〈臨江仙〉云：「訴來別恨太零星。薄羅衫一角，曾為拭紅冰。」又：「慵妝不整兩鬟雲。偏忘纖指冷，強為數螺紋。」又：「料無消息到王昌。只愁瞞不得，三十六鴛鴦。」又：「無意詢他夫婿事，頻潮紅暈胭脂。新來言笑太矜持。不應裙帶上，雙寫合歡詩。」亦不過小有心思耳。

四二

蔣鹿淋《水雲樓詞》二卷，深得南宋之妙。於諸家中，尤近樂笑翁。竹垞自謂學玉田，恐去鹿潭尚隔一層也。

四三

詞至國初而盛，至毗陵而後精。近時詞人，莊中白敻乎不可尚已。譚氏仲修，亦駸駸與古為化。鹿潭稍遜皋文、莊、譚之古厚，而才氣甚雄，亦鐵中錚錚者。

四四

鹿潭詞，如〈東風第一枝〉云：「雲影薄，畫簾乍捲。山意冷，瘦筇又嬾。」〈木蘭花慢〉云：「雲埋蔣山自碧，打空城、只有夜潮來。」又前調云：「蘆邊夜潮驟起，暈波心、月影蕩江圓。」又云：「看莽莽南徐，蒼蒼北固，如此山川。鉤連更無鐵鎖，任排空、檣艫自回旋。寂寞魚龍睡穩，傷心付與秋煙。」又〈甘州〉云：「避地依然滄海，險夢逐潮還。一樣貂裘冷，不似長安。」又云：「引吳鉤不語，酒罷玉犀寒。總休問杜鵑橋上，有梅花、且向醉中看。南雲暗，任征鴻去，莫倚闌干。」〈壽樓春〉云：「但疏雨空階，蕭蕭半山黃葉聲。」〈鷓鴣天〉云：「屏間山壓眉心翠，鏡裏波生鬢角秋。」〈淒涼犯〉云：「疏燈暈結，覺霜逼簾衣自裂。」又云：「窗鳴敗紙，尚驚疑打篷乾雪。悄護銅瓶，怕寒重梅花暗折。卻開門，樹影滿地壓凍月。」〈唐多令〉云：「哀角起重關。霜深楚水寒。背西風、歸雁聲酸。一片石頭城上月，渾怕照、舊江山。」〈齊天樂〉云：「海氣浮山，江聲擁樹，閃閃燈紅蕭寺，高談未已，任夜鵲驚枝，睡蛟吟水。笑指天東，一丸霜月盪潮尾。」又云：「啼鵑萬里，怕化作秋聲，醉魂驚起。涼露沉沉，斷鴻悲暗葦。」似此皆精警雄秀，造句之妙，不減樂笑翁。

四五

鹿潭深於樂笑翁，故措語多清警，最豁人目。集中〈謁金門．人未起〉一章、〈甘州．又東風喚醒一分春〉一章兩篇，情味尤深永，乃真得玉田神理，又不僅在皮相也。

四六

鹿潭〈謁金門〉云：「人未起，桐影暗移窗紙。隔夜酒香添睡美。鵲聲春夢裏。　妝罷小屏獨倚，風定柳花到地。欲拾斷紅憐素指。捲簾呼燕子。」宛雅淒怨，尋味不盡。

四七

鹿潭窮愁潦倒，抑鬱以終，悲憤慷慨，一發於詞。如〈卜算子〉云：「燕子不曾來，小院陰陰雨。一角闌干聚落花，此是春歸處。　彈淚別東風，把酒澆飛絮。化了浮萍也是愁，莫向天涯去。」何其淒怨若此。

四八

鹿潭〈臺城路．金麗生自金陵圍城出，為述沙洲避雨光景，感賦此解〉云：「驚飛燕子魂無定，荒洲墮如殘葉。樹影疑人，鴞聲幻鬼，欹側春冰途滑。頹雲萬疊。又雨擊寒沙，亂鳴金鐵。似引宵程，隔谿燐火乍明滅。　江間奔浪怒湧，斷笳時隱隱，相和嗚咽。野渡舟危，空村草濕，一飯蘆中淒絕。孤城霧結。賸羂網離鴻，怨嗁昏月。險夢愁題，杜鵑枝上血。」狀景逼真，有聲有色。因思迦陵〈賀新郎．作家書竟，題范龍仙書齋壁上蘆雁圖〉云：「漏悄裁書罷。繞廊行，偶然瞥見，壁間古畫。一派蘆花江岸上，白雁濛濛欲下。有立且飛而鳴者。萬里重關歸夢杳，拍寒汀、絮盡傷心話。捱不了，淒涼夜。　城頭戍鼓剛三打。正四壁、人聲都靜，月華如瀉。再向丹青移燭認，水墨陰陰入化。恍嘹唳、枕稜窗罅。曾在孤舟逢此景，便畫圖、相對心猶怕。君莫向，高齋掛。」繪聲繪影，字字陰森，逼人毛髮，真乃筆端有鬼。然同一設色，而陳自縱橫，蔣多蕭戚。言為心聲，蔣所遇之窮，又不逮陳遠矣。

四九

仁和黃樸存《眠鷗集詞》，亦沐浴於南宋諸家，而未能深厚。格調亦嫌平，合者亦不過穀人流亞。如〈臺城路・歸燕〉云：「蓼渚捎紅，蘆塘掠雪，秋思渾生南浦。」又〈浪淘沙・漁舟〉云：「短篷唱涼州，驚起沙鷗。浪花圓處釣絲柔。蓑笠不辭江上老，雲水悠悠。」聲調清朗，氣息和雅，自是越中一派。

五〇

仁和譚獻，字仲修，著有《復堂詞》，品骨甚高，源委悉達。窺其胸中眼中，下筆時匪獨不屑為陳、朱，僅有不甘為夢窗、玉田處。所傳雖不多，自是高境。余嘗謂近時詞人，莊中白尚矣，蔑以加矣。次則譚仲修。鹿潭雖工詞，尚未升〈風〉、〈騷〉之堂也。

五一

仲修〈蝶戀花〉六章，美人香草，寓意甚遠。首章云：「樓外啼鶯依碧樹。一片天風，吹折柔條去。玉枕醒來追夢語。中門便是長亭路。」淒警特絕。下云：「慘綠衣裳年幾許，爭禁風日爭禁雨。」幽愁憂思，極哀怨之致。次章云：「下馬門前人似玉。一聽斑騅，便倚闌干曲。」結云：「語在修眉成在目，無端紅淚雙雙落。」真有無可奈何之處。「眉語目成」四字，不免熟俗。此偏運用淒警，抒寫憂思，自不同泛常豔語。三章云：「一握鬢雲梳復裹。半庭殘日怱怱過。」即屈子「好修」之意，而語更深婉。四章云：「帳裏迷離香似霧。不燼鑪火，酒醒聞餘語。連理枝頭儂與汝。千花百草從渠許。」「以膠投漆中，誰能別離此」，有此沉著，無此微至。下云：「蓮子青青心獨苦。一唱將離，日日風兼雨。豆蔻香殘楊柳暮。當時人面無尋處。」淒婉芊綿，不懈而及於古。五章云：「庭院深深人悄悄。埋怨鸚哥，錯報韋郎到。壓鬢釵梁金鳳小。低頭只是閒煩惱。」傳神絕妙。下云：「花發江南年正少。紅袖高樓，爭抵還鄉好。遮斷行人西去道。輕軀願化車前草。」沉痛已極，真所謂情到海枯石爛時也。六章云：「玉頰妝臺人道瘦。一日風塵，一日同禁受。獨掩疏櫳如病酒。捲簾又是黃昏後。」沉至語，殊覺哀而不傷，怨而不怒。下云：「六曲屏前攜素手。戲說分襟，真遣分襟驟。書札平安知信否，夢中顏色渾非舊。」相思刻骨，寤寐潛通，頓挫沉鬱，可以泣鬼神矣。

五二

仲修〈青門引〉云：「人去闌干靜。楊柳晚風初定。芳春此後莫重來，一分春少，減卻一分病。」透過一層說，更深，即「相見爭如不見」意。下云：「離亭薄酒終須醒。落日羅衣冷。繞樓幾曲流水，不曾留得桃花影。」此詞淒婉而深厚，純乎〈騷〉、〈雅〉。又〈昭君怨〉云：「煙雨江樓春盡。盼斷歸人音信。依舊畫堂空，捲簾風。　約略薰香閑坐，遙憶翠眉深鎖。鬢影忍重看，再來難。」深婉沉篤，亦不減溫、韋語。

五三

仲修〈蘇幕遮〉云：「綠窗前，紅燭低。小撥檀槽，月蕩涼煙碎。夜靜銜杯風細細。吹上羅襟，仍是相思淚。　病誰深，春似醉。陌上桃花，門內先憔悴。夢到高樓星欲墜。零露無聲，冷入空閨裏。」低回哀怨，此種境界，固非淺見所能知。

五四

「燕飛偏是落花時」，此仲修〈臨江仙〉詞語也。觀此七字，是何等沉鬱。

五五

仲修〈臨江仙〉云：「江南紅豆一枝枝。江南人面，眼底是相思。」思路幽絕。又前調〈和子珍〉云：「芭蕉不展丁香結，怱怱過了春三。羅衣花下倚嬌憨。玉人吹笛，眼底是江南。　最是酒闌人散後，疎風拂面微酣。樹猶如此我何堪。離亭楊柳，涼月照毿毿。」厚意稍遜前章，而語極清雋，琅琅可諷。「玉人吹笛」二語，尤為警絕。

五六

仲修〈浣溪沙〉云：「昨夜星辰昨夜風。玉窗深鎖五更鐘。枕函香夢太怱怱。　簾閣焚香煙縹緲，闌干擫笛月朦朧。碧桃花下一相逢。」通首虛處傳神，結語輕輕一擊，妙甚。

五七

仲修〈清平樂〉云：「東風吹遍。稺柳垂清淺。雲樹朦朧千里遠。望斷高樓不見。 樓前塞雁飛還。愁邊多少江山。忍把棉衣換了，玉梅花下春寒。」逼近五代人手筆。

五八

仲修〈賀新郎〉云：「春衫裁翦渾抛了。盼長亭、行人不見，飛雲縹緲。一紙音書和淚讀，卻恨眼昏字小。見說是、天涯春到。夢倚房櫳通一顧，奈醒來、各自閑煩惱。知兩地，怨啼鳥。」淒涼怨慕，深於周、秦，不同貌似者。

五九

仲修小詞絕精，長調稍遜。蓋於碧山深處，尚少一番涵詠功也。

六〇

仲修之言曰：「吾少志比興，未盡於詩，而盡於詞。」又曰：「吾所知者比已耳，興則未逮。河中之水，吾詎能識所謂哉。」即其詞以證其言，亦殊非欺人語。莊中白敘《復堂詞》云：「仲修年近三十，大江以南，兵甲未息，仲修不一見其所長，而家國身世之感，未能或釋。觸物有懷，蓋風人之旨也。世之狂呼叫囂者，且不知仲修之詩，烏能知仲修之詞哉。禮義不愆，何恤乎人言。吾竊願君為之而蘄至於興也。」蓋有合風人之旨，已是難能可貴。至蘄至於興，則與風人化矣。自唐迄今，不多覯也。求之近人，其惟莊中白乎？

白雨齋詞話 卷六

一

吾鄉莊棫（一名忠棫），字希祖，號中白，吾父之從母弟也。著有《蒿庵詞》，窮源竟委，根柢槃深，而世人知之者少。余觀其詞，匪獨一代之冠，實能超越三唐、兩宋，與〈風〉、〈騷〉、漢樂府相表裏。自詞人以來，罕見其匹。而究其得力處，則發源於〈國風〉、〈小雅〉，胎息於淮海、大晟，而寢饋於碧山也。

二

千古詞宗，溫、韋發其源，周、秦竟其緒，白石、碧山各出機杼，以開來學。嗣是六百餘年，鮮有知者。得茗柯一發其旨，而斯詣不滅。特其識解雖超，尚未能盡窮底蘊。然則復古之功，興於茗柯。必也成於蒿庵乎？

三

中白病歿時，年甫半百。生平與余覿【音同笛】面不過數次，晤時必談論竟夕。余出舊作與觀，語余曰：「子於此道，可以窮極高妙，然倉卒不能臻斯境也。」又曰：「子知清真、白石矣，未知碧山也。悟得碧山，而後可以窮極高妙。」（此言在中白病歿之前一年）余初不知其言之懇至也。十餘年來，潛心於碧山，較曩時所作，境地迥別，識力亦開。乃悟先生之言，嘉惠不淺。思以近作就正于先生，而九原已不可作，特記其言如此。

四

中白先生敘《復堂詞》有云：「夫義可相附，義即不深；喻可專指，喻即不廣。託志帷房，眷懷君國，溫、韋以下，有跡可尋。然而自宋及今，幾九百載，少游、美成而外，合者鮮矣。又或用意太深，辭為義掩，雖多比、興之旨，未發縹緲之音。近世作者，竹垞擷其華，而未芟其蕪。茗柯泝其原，而未竟其委。」又曰：「自古詞章，皆關比、興。斯義不明，體製遂舛。狂呼叫囂，以為慷慨。矯其弊者，流為平庸。風時之義，亦云渺矣。」先生此論，實具冠古之識，並非大言欺人。

五

李子薪（慎傳）嘗語余云：「莊希祖詞，窮極高深，竟難於位置。即置之清真、白石間，尚非其駐足處。」此真知蒿庵甘苦。彼囿於流俗之見者，必以其言為不倫矣。

六

蒿庵〈蝶戀花〉四章，所謂託志帷房，睠懷身世者。首章云：「城上斜陽依綠樹。門外斑騅，過了偏相顧。玉勒珠鞭何處住。回頭不覺天將暮。」「回頭」七字，感慨無限。下云：「風裏餘花都散去。不省分開，何日能重遇。凝睇窺君君莫誤，幾多心事從君訴。」聲情酸楚，卻又哀而不傷。次章云：「百丈游絲牽別院。行到門前，忽見韋郎面。欲待回身釵乍顫。近前卻喜無人見。」心事曲折傳出。下云：「握手匆匆難久戀。還怕人知，但弄團團扇。強得分開心暗戰。歸時莫把朱顏變。」韜光匿采，憂讒畏譏，可為三歎。三章云：「綠樹陰陰晴晝午。過了殘春，紅萼誰為主。宛轉花旛勤擁護。簾前錯喚金鸚鵡。」詞殊怨慕。次章蓋言所謀有可成之機，此則傷所遇之卒不合也。故下云：「回首行雲迷洞戶。不道今朝，還比前朝苦。」悲怨已極。結云：「百草千花羞看取。相思只有儂和汝。」怨慕之深，卻又深信而不疑。想其中或有讒人間之，故無怨當局之語。然非深於〈風〉、〈騷〉者，不能如此忠厚。四章云：「殘夢初回新睡足。忽被東風，吹上橫江曲。寄語歸期休暗卜。歸來夢亦難重續。」決然舍去，中有怨情，故纔欲說便咽住。下云：「隱約遙峰窗外綠。不許臨行，私語頻相屬。過眼芳華真太促，從今望斷橫波目。」天長地久之恨，海枯石爛之情，不難得其纏綿沉著，而難得其溫厚和平。

七

蒿庵〈買陂塘〉云：「問西風、數行新雁，故人今向何許。銜來音信從誰至，宛轉似將人語。休輕顧。便拆得、封時都是傷心句。此情最苦。賸涼月三更，盈盈血淚，化作杜鵑去。　空階外，往日佳期已誤。淒涼說與遲暮。清商一曲原蕭爽，消受幾多霜露。情莫訴，休再望，南天渺渺衡陽浦。錦箋附與。回首絳雲飛，傷心只在，一點相思處。」騷情雅意，詞品超絕。其年、竹垞，才氣雖高，此境卻未夢見。結句「相」字，不協於律，然於本原殊無傷也。

八

蒿庵〈八六子〉云：「罨重城。淒淒風雨，都來伴我孤征。漸濕霧淒迷不斷，薄寒料峭還生。秋心暗驚。　沉沉不放新晴。倚檻慵開鸞鏡，臨流罷撫銀箏。漫忘卻他鄉，茱萸節近，黃花放後，白衣人遠，但見折水沙鳧野渡，寥天雲雁煙汀。黯銷凝。怱怱又聽櫓聲。」此則變化於少游、美成、碧山，而更高出數倍者（此詞與碧山一篇，格近似而用意各別，與板襲者不同）。

九

蒿庵〈相見歡〉云：「春愁直上遙山。繡簾閒。贏得蛾眉宮樣月兒彎。　雲和雨，煙和霧，一般般。可恨紅塵遮得斷人間。」次章云：「深林幾處啼鵑。夢如煙。直到夢難尋處倍纏綿。　蝶自舞，鶯自語，總淒然。明月空庭如水對華年。」二詞用意用筆，超越古今，能將〈騷〉、〈雅〉真消息，吸入筆端，更不可以時代限也。

一〇

蒿庵〈瑞鶴仙〉云：「玳梁幾許。問海燕、芳蹤何住。看紅襟飄瞥，重到畫屏，漫把人誤。」又云：「苦憶年年遠道，水驛山程，空怨零雨。鶯聲暗訴。催春至，共誰語。怕高樓去後，花枝滿眼，東風吹向繡戶。更青青柳色，陌上費人凝竚。」又〈重楊〉云：「睍睆流鶯，依稀似欲迎人語。儂心縱使從君訴。奈飛燕、雕樑嬌妒。傍長堤一碧無情，任玉驄嘶去。」又云：「淒楚。連宵苦雨。竟沾水漬泥，不堪重顧。」此類皆含無限情事，鬱之至，厚之至，似又深於碧山。詞至是，可以興，可以怨矣。

一一

蒿庵〈菩薩蠻〉諸詞，全祖飛卿，而去其穠麗之態，略帶本色，境地甚高。如：「人人都說江南好，今生只合江南老。〈水調〉怨揚州，月明花滿樓。」又，「懶起學濃妝。偷閒繡鳳凰。」又，「輕雲簾乍捲，香霧羅帷掩。記得嫁王昌。盈盈出畫堂。」又，「茶蘼開後君芳歇。綠陰滿院聽鶗鴂。窗外老鶯聲，都教和淚聽。」又，「人在木蘭艭，春波度遠江。」又，「郎意若為尋，妾愁江水深。」又，「樓頭花事急，金雁無消息。怎得晚春時，薄情郎早歸。」又，「簾外幾番風，香閨夢正濃。」和平溫厚，感人自深。溫、韋後，一千年來，此調久不彈矣，不謂於蒿庵見之，豈非快事。

一二

蒿庵〈念奴嬌〉後半闋云：「幾回遠寄鸞牋，深藏懷袖，字字愁磨滅。欲待將書重一讀，讀又柔腸千折。便得常留，也難相比，攜手重親接。不知今夜，夢魂可化蝴蝶。」怨慕之詞，低回往復。結二句，從無可奈何中作此癡想，不作訣絕語，自是溫厚。

一三

蒿庵詞有不知其用意所在，而不得謂之無因者。如〈浪淘沙〉云：「舊事漫嗟呀，鏡影窗紗。音書字字記無差。說不盡時拋卻去，流水天涯。」又〈夢江南〉云：「紅袖滿樓招不見，橋邊楊柳細如絲。春雨杏花時。」不知其何所指，正令人尋味不盡。

一四

蒿庵〈真珠簾〉云：「驀地喜相尋，見白雲自遠。煙草滿川梅雨後，只腸斷江南何限。」意味甚深，亦不知其何所指。

一五

蒿庵〈更漏子〉云：「玉樓寒，芳草碧。門外馬嘶人跡。搴繡幙，拂銀屏，風來夜不扃。應念我，偏相左，魚鑰重門深鎖。書不寄，夢無憑。窗紗一點燈。」自是脫胎於飛卿，而意味又自不同。

一六

蒿庵〈鳳凰臺上憶吹簫〉云：「瓜渚煙消，蕪城月冷，何年重與清遊。對妝臺明鏡，欲說還羞。多少東風過了，雲縹渺、何處勾留。都非舊，君還記否，吹夢西洲。　悠悠。芳辰轉眼，誰料到而今，盡日樓頭。念渡江人遠，儂更添憂。天際音書久斷，還望斷、天際歸舟。春回也，怎能教人，忘了閒愁。」純是變化〈風〉、〈騷〉，溫、韋幾非所屑就，尚何有於姜、史。

一七

蒿庵〈醜奴兒慢〉云：「飛來燕燕，驚破綠窗殘夢，看多少、花昏柳暝，雲暗煙濃。望帝春心，枝頭曾否解啼紅。闌干曲曲，柔絲細細，愁殺遊蜂。　長記那時，成蹊桃李，一樣鮮穠。到此際，風風雨雨，誰寫春容。迢遞仙源，何人尋約到山中。蛾眉休說，入門時候，妒恨偏工。」此感士不遇也，結更深一層說。骨高味古，幾欲突過中仙。

一八

蒿庵〈青門引〉云：「夢裏流鶯囀，喚起春人都倦。研箋莫漫去題紅，雨絲風片，簾幕晚陰卷。碧雲冉冉遙山展，去也無人管。便尋畫篋螺黛，可堪路隔天涯遠。」怨深愁重，欲言難言，極沉鬱之致。

一九

「寶函鈿雀金泥鳳。釵梁欹側雲鬟重。莫遣夢兒酣。江南春色闌。　音書金雁斷，芳草芙蓉岸。當戶理機絲，年年戰士衣。」此蒿庵〈菩薩蠻〉詞也。意亦有所刺，而筆墨又別，正不必襲溫、韋陳迹。

二〇

蒿庵〈踏莎行〉結句云：「尊中餘瀝且休揮，明朝簾外迷紅雨。」淒警絕倫，不同凡鮮豔。

二一

蒿庵詞有看似平常，而寄興深遠，耐人十日思者。如〈定風波〉云：「為有書來與我期，便從蘭杜惹相思。昨夜蝶衣剛入夢。珍重。東風要到送春時。三月正當三十日。占得。春芳畢竟共春歸。只有成陰並結子。都是。而今但願著花遲。」暗含情事，非細味不見。

二二

《蒿庵詞》一卷，所傳不過四十闋。其一生所作，必不止於此。余友李子薪，嘗欲得其全稿以付梓，余求之兩年，竟不能得。今其家住泰州之東鄉，一子又故，身後蕭條，遺稿不知尚存否。讀其詞，思其人，悲其遇，為之於邑者累日。

二三

近世文人學士，略諳吟詠，輒裒【音同抔】然成集。尚未能涉獵藩籬，便思欲質諸後世，亦多見其不自量矣。彼若知有《蒿庵詞》，定當汗流浹背。

二四

蒿庵詞名不顯，匪獨不及陳、朱諸公，亦不逮楊荔裳、郭頻伽輩，猶爭傳於一時也。然世無不顯之寶，文人學業，特患其不精，不患其無知己。曲高和寡，於我奚病焉？

二五

仲修序《蒿庵詞》云：「夫神之所宰，機之所抽，心之所游，境之所構，身之所接，力之所窮，孰能無所可寄哉？縱焉而已逝，蕩焉而已紛。魚寄於水，鳥寄於木，人心寄於言，風雲寄於天，凡夫寄於榮利，莊棫寄於詞。填詞原於樂，閨中之思乎？靈均之遺則乎？動於哀愉而不能已乎？小子學詩，可以興，可以觀，可以群，可以怨。沱潛洋洋，岷嶓峨峨，泛彼柏舟，容與逍遙。為〈鶴鳴〉，為〈沔水〉，為〈園有桃〉，為〈匏有苦葉〉，吾知之矣，吾知之其詩也。」數語洞悉深處。蓋人不能無所感，感不能無所寄。知有所寄，而後可讀《蒿庵詞》。

二六

近人為詞，習綺語者，託言溫、韋。衍游詞者，貌為姜、史。揚湖海者，倚為蘇、辛。近今之弊，實六百餘年來之通病也。余初為倚聲，亦蹈此習。自丙子年與希祖先生遇後，舊作一概付丙，所存不過己卯後數十闋，大旨歸於忠厚，不敢有背風騷之旨。過此以往，精益求精，思欲鼓吹蒿庵，共成茗柯復古之志。蒿庵有知，當亦心許。

二七

〈蝶戀花〉一調，最為古雅。「六曲闌干」唱後，幾成絕響。一千年來，復得蒿庵四闋，仲修六闋，可以嗣響正中，此外鮮有合者。余曾賦四章，非敢抗美古人，要亦不外〈離騷〉「初服」之義。首章云：「日日傷春如病酒。但到春來，便是愁時候。樓畔斜陽溪畔柳，可堪往事重回首。　前度桃花無恙否。好夢如煙，風景都非舊。冉冉行雲迷洞口，無端立盡黃昏後。」次章云：「楊柳高樓天欲暮。深院無人，莫放春歸去。六曲闌干同凭處，此心偏似沾泥絮。　何事竟迷三里霧。昨夜東風，今夜瀟瀟雨。記不分明花下雨，細思翻悔從前誤。」三章云：「細雨黃昏人病久。不分傷心，都在春前後。獨上高樓風滿袖，春山總被鵑啼瘦。　昨夜重門人靜候。料得燈昏、一點懸紅豆。夢裏容顏還似舊，南來消息君知否。」四章云：「回首行雲三月暮。竟日相思，不道相思苦。私祝東風休作雨，憑伊遮斷春歸路。　簾外斷紅重拾取。淚眼依依，枉自關情緒。金篋留香還記否（叶府，五代人已作俑矣）。沉吟前度憑闌處。」

二八

越五日，情有未盡，不能無言，續賦四章，覺孤詣苦心，熱腸鬱思，均可於言外領會。首章云：「迢遞聲催花外漏。滿月鶯啼，殘夢醒時候。臨水高樓凝望久，陌頭折盡青青柳。　風景而今還似舊。強起開簾，春燕歸來否。欲拾殘紅遲素手。憑欄不覺黃昏後。」次章云：「爐篆香消人意倦。春夢岑岑，不隔閒庭院。曉雨初過寒尚淺。穿簾只有雙飛燕。　玉洞桃花難久戀。山瀑飛來，百尺跳珠濺。一片濕雲不展。夢回依舊天涯遠。」三章云：「閑倚江樓頻目送。過盡征帆，江上閑雲擁。紅豆枝枝和淚種，相思都付迴潮湧。　曾說碧梧棲彩鳳，落盡桐花，此恨君應共。芳草不曾來入夢，碧闌干外春陰重。」四章云：「小字紅箋曾遠寄。一夢三年，滅盡懷中字。江閣不堪重徙倚，萋萋芳草愁無際。　山外斜陽雲外水。淚盡南天，竟日空凝睇。欲說相憐無好計，錦書何處緘紅淚。」此類皆多比興之旨，不至遺譏於浮薄。

二九

飛卿〈更漏子〉三章，後來無人為繼。惟蒿庵一闋為高境。秋霄不寐，哀感無端，賦〈更漏子〉三闋以寄懷。書之於左，都忘工拙。首章云：「颺輕煙，收急雨。花外沉沉鍾鼓。羅袖薄，涙痕濃。思君春夢中。 西風起，人千里。今夜月明如水。燈漸燼，雁還飛。夢君君豈知。」次章云：「鳳盟寒，鸞信杳。離夢近來多少。風不定，月初沉。空階絡緯聲。 芙蓉岸，秋江畔。惆悵落紅零亂。煙漠漠，草萋萋。玉驄何處嘶。」三章曰：「漏纔停，鐘漸動，記不分明殘夢。啼綠蕙，怨紅蘭，瀟湘雲水寒。 腸欲斷，車輪轉，閉篋涙痕都滿。春夢杳，別情長，蟲聲迎曉霜。」

三〇

飛卿〈菩薩蠻〉，古今絕調，難求嗣響。蒿庵諸詞幾於上掩古人，惟〈菩薩蠻〉十三章，雖窮極高妙，究不能初飛卿之右。蓋詞各有極，既振其蒙矣，又何加焉。後人為此調者，本諸〈風〉、〈騷〉，參矣溫、韋，無害大雅，便算合作，更欲駕飛卿上之，則不能也。余曾賦兩闋云：「翡幃翠幄深深處，畫屏金雀雙雙舞。鸞鏡照花枝，低回攏鬢絲。 感將脂粉棄，知合時宜未。寂寞倚闌干，小窗春夢殘。」「翡幃」二語，言托根之厚。「鸞鏡」二語，言修飾之工，即〈離騷〉「內美修能」意。不棄脂粉，委曲求全，寂寞夢殘，言所遇之卒不合也。次章云：「江南春信歸來早，江南紅豆相思老。心緒落花知，流鶯故故啼。 捲簾天正遠，不見西飛燕。隔院自笙歌，劇憐春恨多。」「流鶯故故啼」即汪彥章所謂「無奈這一隊畜生何」也。結言歡慽不同。二語於伊鬱中饒蘊藉，厚之至也。

三一

戊寅秋，余作〈浪淘沙〉云：「殘日照平沙，煙際歸鴉。黃昏風起暮雲遮。消息不知郎近遠，楊柳天涯。　簾捲月鉤斜，燈背紅紗。尋思前事漫皆嗟呀。一自綠雲歸去，空怨年華。」書以誌一時之感。

三二

東坡〈水調歌頭〉一闋，忠愛纏綿，千年絕唱。稼軒諸篇，不盡忠厚，而於飛行絕迹中，時見古意，可謂神勇。至迦陵則才力甚雄，古意全失。茗柯五章，與坡仙所感，不必相同，卻有暗合處。余曾賦數闋，未知有合於昔賢否。如云：「春事已如許，曲沼點輕荷。百年彈指間耳，日月去如梭。我有銅琶鐵板，況對清風明月，不醉待如何。搖筆走風雨，拔劍斬蛟鼉。　浮生事，今古恨，儘消磨。人生哀樂何限，得意且高歌。一夜綠窗殘夢，又被曉鶯啼破，煙景等閒過。蘭蕙莫輕折，路遠慎風波。」極直率中，卻有一片幽怨。又云：「斜日半山紫，歸雁落平沙。竭來音信無據，隔斷赤城霞。記折梅花贈我，又是菊花時候，離夢繞天涯。腸斷未能語，側帽數飛鴉。　望江南，千里隔，暮雲遮。挑燈深閉孤館，薄霧掩紅紗。永夜霜風凄警，起弄五更殘月，清淚墮秋笳。不忍復開篋，芳草怨年華。」反覆低回，總無一語說煞，故厚。又云：「促柱鼓瑤瑟，慷慨復凄清。龍吟虎嘯兕吼，風雨颯空庭。涼月梧梢正落，簾外秋星如斗，古壁一燈青。肝膽向誰是，中夜拭青萍。　燈欲燼，絃轉急，曉鍾鳴。虛廊黃葉亂舞，商氣薄空城。歎息雲和調絕，拋卻金徽玉軫，舊恨渺難平。明發不能寐，揮手涕縱橫。」三詞尚不悖於古。人生不能無所感，故與〈浪淘沙〉一闋，連類書之。

三三

詩詞皆貴沉鬱，而論詩則有沉而不鬱，無害其為佳者。杜陵情到至處，每多痛激之辭，蓋有萬難已於言之隱，不禁明目張膽一呼，以舒淇憤懣，所謂不鬱而鬱也。作詞亦不外乎是。惟於不鬱處，猶須以比體出之，終以狂呼叫囂為恥，故較詩為更難。己卯九月，余作〈買陂塘〉一闋，嗚咽纏綿，幾不知是血是淚，蓋天地商聲也。詞云：「最愁人，深秋時節，雁聲嘹唳西去。天寒紅袖高樓倚，樓外滿天風雨。情莫訴，望百疊、寒山一線中原路。幾回凝竚。枉目斷西洲，魂飛南國，淚血灑江樹。傷心事，鴉雀偏能傲汝，南來音信無據。殷勤分付西飛雁，一幅錦箋寄與。還囑咐，也不望、重逢慰我飄零苦。華年已誤。便瑤瑟親調，玉箏低弄，哽咽不成語。」怨而怒矣，然亦有不能已於言之隱。

三四

余作〈卜算子〉云：「殘夢逐楊花，行盡江南路。行盡江南路幾程，還戀江南住。　碧海杳茫茫，瑤島知何處。不嫁東風卻怨誰，空歎華年誤。」時己卯九月十九日也，可與〈買陂塘〉一闋參看。

三五

庚辰秋九月，中宵不寐，萬感交集，賦〈蝶戀花〉一闋，天下後世，讀我詞者，皆當興起無窮哀怨，且養無限忠厚也。詞云：「采采芙蓉秋已暮。一夜西風，吹折江頭樹。欲寄相思憐尺素，雁聲凄斷衡陽浦。　贈我明珠還記否。試撥鵾絃，更欲從君訴。蝶雨梨雲渾莫據，夢魂長繞南塘路。」余甥包榮翰（字樹人）云：「采采芙蓉，日暮遠途之感。西風折樹，言所如輒阻也。欲寄相思，情不能忘。雁聲凄斷，書無可達。明珠憶贈，舊事關心。鵾絃更訴，不忍薄待其人。雨雲無據，明知訴必無功。夢魂長繞，意雖不達，情總不斷也。可以觀，可以怨，鬱之至，厚之至，詞至是，乃蔑以加矣。」

三六

越五日，復作〈滿庭芳〉詞云：「潮落楓紅，雲迷篁谷，雁聲嘹唳秋空。華筵樽酒，曾記敘離悰。前度湘皋佩解，煙檻外、波碧蘭紅。高樓望，粘天衰草，無處問征鴻。　飄蓬。憐綠鬢，誰歌楚些，弄影雲中。歎盤心非故，老盡芙蓉。永夜霜砧入破，釵梁卜、心事誰同。燈將燼，西窗夢醒，殘月五更鐘。」哀怨與〈蝶戀花〉一闋同，而沖厚之意微減。

三七

丙戌之秋，余曾賦〈醜奴兒慢〉一篇，極鬱極厚，有感而發也。詞云：「嫩寒破曉，簾外落紅成陣。鎮幾日、花昏柳暗，雨濕雲封。婉娩年華，一時都付鳥聲中。小窗夢冷，西樓月澹，影掠孤鴻。　記否年時，遊絲繫處，不礙簾櫳。嘆此日、飄殘清淚，遺誤花工。寂寞空山，更無人說與殘紅。野煙深鎖，儘伊憔悴，莫怨東風。」

三八

或問余詞較蒿庵如何，余云：「譬挽六鈞之弓，蒿庵已滿十分，余則纔至八九，後日甚長，尚不知究竟如何也。」

三九

閒情之作，雖屬詞中下乘，然亦不易工。「一面發嬌嗔，碎揉花打人。」惡劣已極，無足置喙。即「須作一生拚，儘君今日歡」、「好為出來難，教君恣意憐」，亦失之流蕩忘返。蓋摹色繪聲，礙難著筆。第言姚冶，易近纖佻。兼寫幽貞，又病迂腐。然則何為而可？曰：根柢於〈風〉、〈騷〉，涵泳於溫、韋，以之作正聲也可，以之作豔體亦無不可。宋人詞云：「香滅羞回空帳裏，月高猶在重簾下。」雖薄不佻，尚有可觀。下忽接云：「恨疎狂，待歸來碎揉花打。」責令人噴飯矣。他如「上馬出門時，金鞭莫與伊」，又「莫倚傾國貌，嫁取箇有情郎。彼此當年少，莫負好時光」，又「有時覷著同心結，萬恨千愁無處說。當初不合儘饒伊，贏得如今長恨別」，又「歸去想嬌嬈，暗魂銷」，又「嫁得薄情夫，長抱相思病」，又「照水有情聊整鬢，倚闌無緒更兜鞋」，又「等閒妨了繡工夫，笑問雙鴛鴦字怎生書」，又「旋移鍼線小姑前」，又「又成嬌困倚檀郎，無事更拋蓮子打鴛鴦」，又「待雁卻回時，也無書寄伊」，又「和羞走，倚門回首，卻把青梅嗅」，又「笑摘朱櫻，微揎翠袖，枝上打流鶯」，國朝詞如「欲罵東風誤向西」，又「倦倚檀肩數亂星，數到牽牛住」，又「待他重與畫眉時，細數郎輕薄」，又「笑請檀郎今夜暫分床」，又「起常憎婢早，睡每怨娘遲」，又「曉風殘月命如絲」，又「小桃如綺，命短東風裏」，又「可憐人度可憐宵」，諸如此類，不可枚舉。將婉娩風流，寫成輕薄不堪女子，吾不知此輩是何肺腑。即以之寫歌妓尚不可，況閨襜耶！古人詞如毛熙震之「暗思閒夢，何處逐雲行」，晏元獻之「樓頭殘夢五更鐘，花底離愁三月雨」，林和靖之「羅帶同心結未成，江頭潮已平」，晏小山之「落花人獨立，微雨燕雙飛」，又「當時明月在，曾照彩雲歸」，又「從別後，憶相逢，幾回魂夢與君同。今宵賸把銀釭照，猶恐相逢是夢中。」又「春思重，曉妝遲。尋思殘夢時」，歐陽公之「照影摘花花似面。芳心只共絲爭亂」。秦少游之「欲見迴腸，斷續薰爐小篆香」。賀方回之「初未試愁那是淚，每渾疑夢奈餘香」。無名氏之「為君惆悵，何獨是黃昏」，湯義仍之「不經人事意相關。牡丹亭夢殘。斷腸春色在眉彎。倩誰臨遠山」，國朝王香雪之「鬪草心慵垂手立，兜鞋夢好低頭想」，史位存之「千蝶帳深縈夢苦，倦拈紅豆調鸚鵡」，趙璞函之「東風落紅豆，悵相思空徧」，似此則婉轉纏綿，情深一往，麗而有則，耐人玩味。其次，則牛松卿之「強攀桃李枝。斂愁眉」，又「彈到昭君怨處，翠蛾愁，不抬頭」，牛希濟之「紅豆不堪看，滿眼相思淚」，顧敻之「斂袖翠蛾攢，相逢爾許難」，寇萊公之「愁蛾淺，飛紅零亂。側臥珠簾捲」，晏元獻之「疑怪昨宵春夢好，元是今朝鬪草贏。笑從雙臉生」，范文正之「眉間心上，無計相迴避」，歐陽公之「都緣自有離恨，故畫作遠山長」。周子寬之「傷春還上去年心，怎禁得，時節又燒燈」，無名氏之「怎得西風吹淚去，陽臺為暮雨」，王次回之「善病每逢春月臥，長愁多向花前歎」，又「幾度卸妝垂手望，無端夢覺低聲喚。猛思量，此際正天涯，啼珠濺。」國朝吳梅村之「摘花高處賭身輕」，又「慣猜閒事為聰明」，梁玉立之「拂鏡試新妝。低回問粉郎」。吳薗次之「巫雲昨夜，同騎雙鳳。夢夢夢」。王小山之「燈微屏背影，淚暗枕留痕」，又「小園春雨過，扶病問殘春」，又「眼波低翦篆絲風」，又「一彎愁思駐螺峰」。王香雪之「檻外紅新花有信，鏡中黃淡人微恙」，又「夢短易添清晝倦，晝長慣費黃昏想。」，毛今培之「斜月小屏風，玉人殘夢中」，過湘雲之「游絲不解繫韶華，為誰偏逐香車去」，均不失為風流酸楚。而世人每好讀尤西堂之「不敢罵檀郎，喃喃咒杜康」，又「笑擲竹夫人，無端一面嗔」，又「聊聊私語小窗中，罵春風」，湯卿謀之「倚煙欺雨咒東風」，周冰持之「睡起釵偏髻倒喚娘梳」，又「半醉待郎冠，暗中試小鬟」，又「戲鬮紅豆教郎猜，笑郎呆」，又「倚闌故意教鸚哥，罵兒夫」等類，作者可鄙，讀者尤可鄙。又如牛希濟之「終日劈桃穰，人在心兒裏」，辛稼軒「道無書卻有書中意。排幾個，人人字」，國朝蔣希元之「刺繡恁般鍼腳細，拈詞好箇筆頭尖，錯教夫婿認神仙」，又閨秀秦清芬之「戲剝瓜仁排梵字，閒將盞底印連環」，又有竹影詞人所謂「你看他疏疏密密，整整斜斜，總寫个人兩字」，此類皆一味纖巧，不可語於大雅。又有著力寫去，適形粗鄙者，如柳耆卿之「昨宵裏恁和衣睡，今宵裏又恁和衣睡」，蔡伸道之「我只為相思特特來，這度更休推，後回相見」，辛稼軒之「枕頭兒放處，都不是舊家時，怎生睡」，國朝陳其年之「努力做稾砧模樣」，董文友之「不禁蓮瓣一輕敲」，鄭板橋之「盈盈十五人兒小，慣是將人惱。撩他花下去圍棋，故意推他勍敵讓他欺」，皆是也。若竹垞《靜志居琴趣》一卷，璞函〈祝英臺近〉八章，文友〈東坡引〉、〈鷓鴣天〉諸闋，俱實有所指，又當別論。至贈妓之詞，原不嫌豔至，然擇言以雅為貴，亦須慎之。若孫光憲之「醉後愛稱嬌姐姐，夜來留得好哥哥，不知情事久常麼」，真令人欲嘔。魏承班之「攜手入鴛衾，誰人知此心」，語褻而意呆。林楚翹之「重道好郎君，人見莫惱人」，亦俚鄙可笑。古人詞佳者，如孫光憲之「將見客時微掩斂，得人憐處且生疏，低頭羞問壁邊書」，又「除卻弄珠兼解佩，便隨西子與東鄰，是誰容易比真真」，張子野之「舞徹梁州，頭上宮花顫未休」，陳無己之「彈到斷腸時，春山眉黛低」，劉潛夫之「貪與蕭郎眉語，不知舞錯伊州」，均無害為婉雅。而余所擬者，則張子野之「望極藍橋，正暮雲千里，幾重山，幾重水」，司馬公之「相見爭如不見，有情還似無情」，周美成之「舊時衣袂，猶有東風淚」，賀方回之「芭蕉不展丁香結，枉望斷天涯，兩厭厭風月」，張仲宗之「相見嫣然一笑，眼波先入郎懷」，王漁洋之「今夜夢瀟湘，琴心秋水長」，陳其年之「凝情低詠年時句，人在東風二月初」，周冰持之「尊前譜我淋鈴調，與滴雨新梅一樣酸。看舞餘欲墜，歌餘微喘，不忍催完」，皆極其雅麗，極其淒秀。而尤愛趙璞函之「渾已換款柳心情，猶未減咒桃眉嫵」，下云「選婿窗邊，可憶斷魂柔路，縱尊前不鼓琵琶，算青衫也無乾處」，情深文明，自是絕唱。作贈妓詞者，要當以此違法，則不病詞蕪，亦不換情淺矣。今人不知作詞之難，至於豔詞，更以為無足輕重，率爾操觚，揚揚得意，不自知可恥。此〈關雎〉所以不作也，此鄭聲之所以盈天下也，此則余之所大懼也。

四〇

或問余所作豔詞以何為法，余曰：「余固嘗言之，根柢於〈風〉、〈騷〉，涵泳於溫、韋，以之作正聲也可，以之作豔體，亦為不可。蓋綺語已屬下乘，若不取法乎古，更於淫詞褻語中求生活，則吾豈敢！余舊作豔詞，大半付丙。然如舊作〈菩薩蠻〉十二章，有云：「簫鼓畫船歸，雙雙蝴蝶飛。」又：「太息鏡中緣，當時意惘然。」又：「新愁舊恨年年有，重逢又是春歸後。

靦面悄無言，低頭弄素紈。」又：「心事素娥知，月明三五時。」又：「高梧夜鵲驚飛起，月明簾外天如水。燈背小紅樓，殘鐘咽暮秋（此章係述夢境）。」又：「小立影珊珊，春風羅袖單。」又：「一杯桑落酒，薄醉黃昏後。勸飲意殷勤，低回攏鬢雲。」又：「柳棉吹盡春寒惻。為誰含怨中庭立。」又：「草草理殘妝，春山眉黛長。」又：「花枝嬌欲並，杳杳青鸞信。竹外一枝斜，輪他桃李花。」又：「宛轉繡花枝，當窗理亂絲。」又：「楊柳夜烏飛，愁中音信稀。」又：「夢雲依約無憑據，孤根嫩葉禁風雨。掩袖淚痕多，鬆鬆挽髻螺。」又：「千里雁書來，秋楓落葉哀。」又：「去去莫回頭，煙波江上愁。」雖屬豔詞，似尚不背於古。

四一

余曾作〈倦尋芳．紀夢〉云：「江上芙蓉凝別淚，橋邊楊柳牽離緒。望南天，數層城十二，夢魂飛渡。」下云：「正颯颯梧梢送響，攙入疏砧，殘夢無據。倚枕沉吟，禁得淚痕如注。欲寄書無千里雁，最傷心是三更雨。待重逢，卻還愁彩雲飛去。」又〈齊天樂．為楊某題憑欄美人圖〉後半云：「樊川舊愁頓角，歎梨雲夢杳，鎖香何處。翠袖天寒、青衫淚滿。怕聽楝花風雨。」又〈憶江南〉云：「離亭晚，落盡刺桐花。江水不傳心裏事，空隨閒恨到天涯。歸夢逐塵沙。」皆可與〈菩薩蠻〉十二章參看，措語亦無纖佻浮薄之弊。

白雨齋詞話　卷七

一

國初《十六家詞》（孫默編）獨遺竹垞，殊不可解。其中王士祿、王士禎，於詞一道，並非專長，不知何以列入。又尤侗、董俞、陳世祥、黃永、陸求可、鄒祇謨等詞，根柢既淺，措詞又不盡雅馴，尚非分虎、符曾、藕漁之匹（二李一嚴亦未入選），亦何敢與小長蘆抗哉！去取太不當人意。而紀文達公謂國初填詞之家，約略具是，亦失之不檢也。

二

彭駿孫《詞藻》四卷，品論古人得失，欲使蘇、辛、周、柳兩派同歸。不知蘇、辛與周、秦，流派各分，本原則一。若柳則傲而不理，蕩而忘反，與蘇、辛固不能強合，視美成尤屬歧途。駿孫於詞一道，未能洞悉源委。其所撰《延露詞》，亦未見高妙，故所論多左。

三

國朝《詞綜》之選（王昶編），去取雖未能滿人意，大段尚屬平正，余亦未敢過非。惟《明詞綜》之選，實屬無謂。然有明一代，可選者寥寥無幾（高者難獲一篇，略可寓目者，大約不過數十篇耳），亦不能病其所選之平庸也。

四

《清綺軒詞選》（華亭夏秉衡選），大半淫詞穢語，而其中亦有宋人最高之作。涇渭不分，雅鄭並奏，良由胸中毫無識見。選詞之荒謬，至是已極。

五

《宋七家詞》選甚精（戈載編），若更以淮海易草窗，則毫髮無遺憾矣。

六

皋文《詞選》，精於竹垞《詞綜》十倍。去取雖不免稍刻，而輪扶大雅，卓乎不可磨滅。古今選本，以此為最。若黃樸存《詞選》，則兼採游詞，於〈風〉、〈騷〉真消息，何嘗夢見。

七

近時馮夢華（煦）所刻喬笙巢《宋六十一家詞選》，甚屬精雅，議論亦多可採處。

八

成肇麟《唐五代詞選》，刪削俚褻之詞，歸於雅正，最為善本。唐、五代為詞之源，而俚俗淺陋之詞，雜入其中，亦較後世為更甚。至使後人陋《花間》、《草堂》之惡習，而並忘緣情託興之旨歸，豈非操選政者加之厲乎？得此一編，較顧梧芳所輯《尊前集》，雅俗判若天淵矣。

九

唐明皇〈好時光〉云：「寶髻偏宜宮樣，蓮臉嫩、體紅香。眉黛不須張敞畫，天教入鬢長。莫倚傾國貌，嫁取箇、有情郎。彼此當年少，莫負好時光。」俚淺極矣。而顧梧芳《尊前集》首錄此篇，稱為「音婉旨遠，妙絕千古」，豈非癡人說夢。

一〇

近閱《蓮子居詞話》（海陵吳衡照子律撰），其中亦有可採。然於詞之原委，全未討論。枝葉雖榮，本根已槁，此亦六百餘年之通病也。

一一

《蓮子居詞話》云：「蘇之大、張之秀、柳之豔、秦之韻，周之圓融，南宋諸老，何以尚茲。」此論殊屬淺陋。謂北宋不讓南宋則可，而以秀豔等字尊北宋則不可。如徒曰秀豔、圓融而已，則北宋豈但不及南宋，並不及金元矣。至以耆卿與蘇、張、周、秦並稱，而不數方回，亦為無識。又以「秀」字目子野，「韻」字目少游，「圓融」字目美成，皆屬不切。即以「大」字目東坡，「豔」字目耆卿，亦不甚確。大抵北宋之詞，周、秦兩家皆極頓挫沉鬱之妙。而少游託興尤深，美成規模較大，此周、秦之異同也。子野詞於古雋中見深存，東坡詞則超然物外，別有天地。而江南賀老，寄興無端，變化莫測，亦豈出諸人下哉。此北宋之雋，南宋不能過也。若耆卿詞，不過長於言情，語多淒秀，尚不及晏小山，更何能超越方回，而與周、秦、蘇、張並峙千古也。

一二

《蓮子居詞話》又云：「蘇、辛並稱，辛之於蘇，亦猶詩中山谷之視東坡也。東坡之大與白石之高，殆不可以學而至。」此論尚有可採。惟以「大」字目東坡，終不甚確。

一三

余舊選《詞則》四集二十四卷，計詞二千三百六十首，七易稿而後成。余自序云：「〈風〉、〈騷〉既息，樂府代興。自五七言盛行於唐，長短句無所依，詞於是作焉。詞也者，樂府之變調，風騷之流派也。溫、韋發其端，兩宋名賢暢其緒。風雅正宗，於斯不墜。金元而後，競尚新聲。眾喙爭鳴，古調絕響。操選政者，率昧正始之義，媸妍不分，雅鄭並奏。後之為詞者，茫乎不知其所從。卓哉皋文，《詞選》一編，宗風賴以不滅，可謂獨具隻眼矣。惜篇幅狹隘，不足以見諸賢之面目。而去取未當者，十亦有二三。夫風會既衰，不必無一篇之偶合。而求諸古作者，又不少靡曼之詞。衡鑒不精，貽誤匪淺。余竊不自揣，自唐迄今，擇其尤雅者五百餘闋，匯為一集，名曰《大雅》。長吟短諷，覺南豳雅化，湘漢騷音，至今猶在人間也。顧境以地遷，才有偏至。執是以尋源，不能執是以窮變。《大雅》而外，爰取縱橫排奡感激豪宕之作四百餘闋為一集，名曰《放歌》。取盡態極妍哀感頑豔之作六百餘闋為一集，名曰《閒情》。其一切清圓柔脆急奇鬥巧之作，別錄一集，得六百餘闋，名曰《別調》。《大雅》為正，三集副之，而總名之曰《詞則》。求諸《大雅》固有餘師，即遁而之他，亦即可於《放歌》、《閒情》、《別調》中求大雅，不至入於歧趨。古樂雖亡，流風未闃，好古之士，庶幾得所宗焉。」

一四

序《大雅集》云：「太白詩云：『大雅久不作，吾衰竟誰陳。』然詩教雖衰，而談詩者猶得所祖禰。詞至兩宋而後，幾成絕響。古之為詞者，志有所屬，而故鬱其辭，情有所感，而或隱其義。而要皆本諸〈風〉、〈騷〉，歸於忠厚。自新聲競作，懷才之士，皆不免為風氣所囿，務取悅人，不復求本原所在。迦陵以豪放為蘇、辛，而失其沉鬱。竹垞以清和為姜、史，而昧厥旨歸。下此者更無論矣，無往不復。皋文溯其源，蒿庵引其緒，兩宋宗風，一燈不滅。斯編之錄，猶是志也。錄《大雅集》。」

一五

序《放歌集》云：「息深達亹【音同偉】，悱惻纏綿，學人之詞也。若瑰奇磊落之士，鬱鬱不得志，情有所激，不能一軌於正，而胥於詞發之。風雷之在天，虎豹之在山，蛟龍之在淵，恣其意之所向，而不可以繩尺求。酒酣耳熱，臨風浩歌，亦人生肆志之一端也。杜詩云：『放歌破愁絕。』誠慨乎其言矣。錄《放歌集》。」

一六

序《閒情集》云：「〈閒情〉一賦，白璧微瑕，昭明誤會其旨矣。淵明以名臣之後，際易代之時，欲言難言，時時寄託。閒情云者，閒其情使不得逸也。是以歷寫諸願，而終以所願必違。其不仕劉宋之心，言外可見。淺見者膠柱鼓瑟，致使美人香草之遺意，等諸桑間濮上之淫聲，此昭明之過也。茲篇之選，綺說邪思，皆所不免。然夫子刪《詩》，並存〈鄭〉、〈衛〉，知所懲勸，於義何傷？名以閒情，欲學者情有所閒，而求合於正，亦聖人『思無邪』旨也。錄《閒情集》。」

一七

序《別調集》云：「人情不能無所寄，而又不能使天下同出一途。大雅不多見，而繁聲於是乎作矣。猛起奮末，誠蘇、辛之罪人。盡態逞妍，亦周、姜之變調。外此則嘯傲風月，歌詠江山，規模物類，情有感而不深，義有託而不理。直抒所事，而比興之義亡。侈陳其盛，而怨慕之情失。辭極其工，意極其巧，而不可語於大雅，而亦不能盡廢也。錄《別調集》。」

一八

迴文、集句、疊韻之類，皆是詞中下乘。有志於古者，斷不可以此居奇。一染其習，終身不可語於大雅矣。若友朋唱和，各言性情，各出機杼可也，亦不必以疊韻為能事**（就中疊韻尚可偶一為之。次則集句。最下莫如迴文，斷不可傚尤也）**。古人為詞，興奇無端。行止開合，實有自然而然。一經做作，便失古意。世人好為疊韻，強己就人，必競出工巧以求勝，爭奇鬥巧，乃詞中下品，余所深惡者也。作詩亦然。

一九

迴文、集句、疊韻、變調各體，余於《別調集》中求其措語無害大雅者，擇錄一二。非賞其工也，聊備一格而已。

二〇

《蛸蛣雜記》載粵妓張八〈重頭菩薩蠻〉云：「今宵屋掛前宵月。前年鏡入新年髮。芳心不共芳時歇。草色洞庭南。送君花滿潭。別花君豈堪。　綺窗臨水岸。有鳥當窗喚。水上春帆亂。遊蝶化行衣。行人遊未歸。蓬飛魂更飛。」柔情宛轉，生面獨開，音節之妙，全在增一句，便覺此調應如此作。自我變古，有何不可。又粵妓袁九〈曳腳望江南〉云：「無人到，花外已聞倒掛，一聲聲。往事都隨商女笑，新詩要掩大家名。乞得情人小字，篆雙成。」情絲搖曳，亦變調中之最佳者（二詞余錄入《別調集》）。

二一

詩詞原可觀人品，而亦不盡然。詩中之謝靈運、楊武人，人品皆不足取，而詩品甚高。尤可怪者，陳伯玉掃陳、隋之習，首復古之功，其詩雄深蒼莽中，一歸於純正。就其詩以論人品，應有可以表見者，而諂事武后，騰笑千古。詞中如劉改之輩，詞本卑鄙。雖負一時重名，然觀其詞，即可知其人之不足取。獨怪史梅溪之沉鬱頓挫，溫厚纏綿，似其人氣節文章，可以並傳不朽。而乃甘作權相堂吏，致與耿檉、董如璧輩並送大理，身敗名裂。其才雖佳，其人無足稱矣

（梅溪姓氏，不見錄於《文苑》中，職是之故）。視陳西麓之不肯仕元，當時有海上盜魁之目，甯不愧死。

二二

蔣竹山，至元大德間，臧、陸輩交薦其才，卒不肯起。詞不必足法，人品卻高絕。

二三

馮正中〈蝶戀花〉四章，忠愛纏綿，已臻絕頂。然其人亦殊無足取，尚何疑於史梅溪耶？詩詞不盡能定人品，信矣。

二四

激昂慷慨，原非正聲。然果能精神團聚，辟易萬夫，亦非強有力者未易臻此。國朝為此調者，迦陵尚矣。後來之雋，必不得已，仍推板橋。若蔣心餘、黃仲則輩，醜態百出矣。

二五

國朝閨秀工詞者，自以徐湘蘋為第一。李紉蘭、吳蘋香等相去甚遠。

二六

湘蘋〈踏莎行〉云：「碧雲猶疊舊河山，月痕休到深深處。」既超逸，又和雅，筆意在五代北宋之間。

二七

閨秀工為詞者，前則李易安，後則徐湘蘋。明末葉小鸞，較勝於朱淑真，可為李、徐之亞。

二八

《西青散記》載綃山女子《雙卿詞》十二闋。雙卿負絕世才，秉絕代姿，為農家婦。姑惡夫暴，勞瘁以死。生平所為詩詞，不願留墨跡，每以粉筆書蘆葉上，以粉易脫，葉易敗也。其旨幽深窈曲，怨而不怒，古今逸品也（史梧岡《西青散記》載雙卿事甚詳。或疑其寓言，亦刻舟之見）。十二闋余錄入《別調集》。如〈望江南〉云：「春不見，尋過野橋西。染夢淡紅欺粉蝶，鎖愁濃綠騙黃鸝。幽恨莫重提。　人不見，相見是還非。拜月有香空惹袖，惜花無淚可沾衣。山遠夕陽低。」又〈二郎神．詠菊花〉云：「絲絲脆柳。裊破淡煙依舊。向落日、秋山影裏，還喜花枝未瘦。苦雨重陽挨過了，虧耐到、小春時候。知今夜，蘸微霜，蝶去自垂首。　生受。新寒浸骨，病來還又。可是我、雙卿薄倖，撇你黃昏靜後。月冷闌干人不寐，鎮幾夜、未鬆金扣。枉辜卻開向貧家，愁處欲澆無酒。」此類皆忠厚纏綿，幽冷欲絕。而措語則既非溫、韋，亦不類周、秦、姜、史，是仙是鬼，莫能名其境矣。

二九

雙卿〈惜黃花慢．孤雁〉云：「碧盡瑤天。但暮霞散綺，碎翦紅鮮。聽時愁近，望時怕遠，孤鴻一箇，去向誰邊。素霜已冷蘆花渚，更休倩、鷗鷺相憐。暗自眠。鳳凰雖好，寧是姻緣。」

讀此覺「雖速我訟，亦不汝從」，尚嫌過激，不及此和平中正也。下云：「淒涼勸你無言。趁一沙半水，且度流年。稻粱初盡，網羅正苦，夢魂易警，幾處寒煙。斷腸可似嬋娟意，寸心裏、多少纏綿。夜半聞。倦飛誤宿平田。」此詞悲怨而忠厚，讀竟令人泣數行下。

三〇

雙卿〈薄倖詞．詠瘧〉云（《西青散記》：雙卿夙有瘧疾，體弱性柔，能忍事。即甚悶，色常怡然。一日，雙卿舂穀喘，抱杵而立。夫疑其惰，推之，仆臼傍，杵壓於腰，忍痛復舂。炊粥半而瘧作，火烈粥溢，沃之以水。姑大詬，掣其耳環曰：「出！」耳裂環脫，血流及肩。乃拭血畢炊，於是抒臼俯地而歎曰：「天乎，願雙卿一身，代天下絕世佳人受無量苦。千秋萬世後為佳人者，無如我雙卿為也。」至是為苦瘧詞，以蘆葉書之。歎曰：「誠不如化作彩雲飛」也。）：「依依孤影。渾似夢、憑誰喚醒。受多少、蝶嗔蜂怒，有藥難醫花證。最忙時、那得功夫，淒涼自整紅爐等。總訴盡濃愁，滴乾清淚，冤煞蛾眉不省。去過酉來先午，偏放卻、更深宵永。正千回萬轉，欲眠仍起，斷鴻叫破殘陽冷。晚山如鏡。小柴扉煙鎖，佳人翠袖懨懨病。春歸望早，只恐東風未肯。」日用細故，信手拈來，都成異采。得雙卿詞，足為吾《別調集》生色。

三一

余最愛雙卿〈摸魚兒〉云（《西青散記》：鄰女韓西，新嫁而歸，性頗慧，見雙卿獨舂汲，恒助之。瘧時，坐於床為雙卿泣。不識字，然愛雙卿書。乞雙卿寫《心經》，且教之誦。是時將返其夫家，父母餞之。

召雙卿，瘧弗能往，韓西亦弗食。乃分其所食自裏之遺雙卿。雙卿泣為此詞，以淡墨細書蘆葉。又以竹葉題〈鳳凰臺上憶吹簫〉一闋）：「喜初晴，晚霞西現。寒山煙外清淺。苔紋乾處容香履，尖印紫泥猶軟。人語亂。忙去倚柴扉，空負深深願。相思一線。向新月搓圓，穿愁貫恨，珠淚總成串。　黃昏後，殘熱誰憐細喘。小窗風射如箭。春紅秋白無情豔。一朵似儂難選。重見遠。聽說道、傷心已受慇勤餞。斜陽刺眼。休更望天涯，天涯只是，幾片冷雲展。」纏綿悽惻，隴頭流水，不如是之嗚咽也。又〈鳳凰臺上憶吹簫〉云：「寸寸微雲，絲絲殘照，有無明滅難消。正斷魂魂斷，閃閃搖搖。望望山山水水，人去去、隱隱迢迢。從今後，酸酸楚楚，只似今宵。　青遙。問天不應，看小小雙卿，嫋嫋無聊。更見誰誰見，誰痛花嬌。誰望歡歡喜喜，偷素粉、寫寫描描。誰還管，生生世世，夜夜朝朝。」其情哀，其詞苦。用雙字至二十餘疊，亦可謂廣大神通矣。易安見之，亦當避席。

三二

近時閨秀，仁和趙我佩君蘭，著有《碧桃館詞》，格調未高，措辭亦不免於俗。余獨賞其〈踏莎行．春草〉一篇，可為集中壓卷。詞云：「徑遶苔花，庭飛柳絮。池塘寂寞清明雨。西園蝴蝶故依依，東風吹夢來何處。　別浦魂銷，畫樓人佇。離愁三月長亭路。經年綠遍舊城根，萋萋又送王孫去。」雅麗纏綿，不減陳西麓。

三三

吳蘋香〈浪淘沙〉云：「蓮漏正迢迢。涼館燈挑。畫屏秋冷一枝簫。真箇曲終人不見，月轉花梢。　何處暮砧敲。黯黯魂銷。斷腸詩句可憐宵。欲向枕痕尋舊夢，夢也無聊。」此亦郭頻伽、楊荔裳流亞。韻味淺薄，語句輕圓。所謂隔壁聽之，鏗鏘鼓舞者也。蘋香詞可取者，如〈河傳〉云：「春睡。剛起。自兜鞵。立近東風費猜。繡簾欲鉤人不來。徘徊。海棠開未開。　料得曉寒如此重。煙雨凍。一定留春夢。甚繁華。故遲些。輸他。碧桃容易花。」自寫愁怨之作，宛轉合拍，意味甚長。

三四

蘋香〈祝英臺近．詠影〉云：「曲闌低，深院鎖。人晚倦梳裹。恨海茫茫，已覺此身墮。那堪多事青燈，黃昏纔到，又添上影兒一個。　最無那。縱然著意憐卿，卿不解憐我。怎又書窗，依依伴行坐。算來驅去應難，避時尚易，索掩卻、繡幃推臥。」蘋香父夫俱業賈，兩家無一讀書者，而獨呈翹秀，殆有夙慧也。詞意不能無怨，然其情亦可哀矣。

三五

詞有故作樸直語，而實形粗魯者。如陳小魯〈鬲溪梅令〉云：「庭前竹樹報平安。不平安。一夜西風，吹折兩三竿。缺中來遠山（此五字有景無情，東不住上三句）。　古人只道出門難。入門難。江北江南，也作故園看。玉門何處關（此二句尚可）。」又〈浣溪沙〉云：「一世楊花二世萍。無疑三世化卿卿。不然何事也飄零。」又〈太常引〉云：「水天水地水人家。水上做生涯。一二畝蒹葭。七八畝菱花藕花。　蒹葭活火，菱香藕熟，湖水可煎茶。秋夢有些些。只不管、朝雲暮鴉（此二句尚可）。」此類大抵皆拾黃山谷、蔣竹山唾餘，可厭之極。

三六

金聖歎論詩詞，全是魔道，又出鍾、譚之下。其評歐陽公詞一卷，穿鑿附會，殊乖大雅。且兩宋詞家甚多，獨推歐公為絕調，蓋猶是評《水滸》、《西廂》之伎倆耳。以論詞之例率曲，尚不能盡合。況以論曲論傳奇之例論詩詞，烏有是處。

三七

「深花枝。淺花枝。深淺花枝相並時。花枝難以伊。　玉如肌。柳如眉。愛著鵝黃金縷衣。啼妝更為誰。」歐陽公〈長相思〉詞也。可謂鄙俚極矣。而聖歎以前半連用四「花枝」、兩「深淺」字，歎為絕技。真鄉里小兒之見。

三八

聖歎評傳奇雖多偏謬處，卻能獨出手眼。至於詩詞，直是門外漢。取其所長，棄其所短，是在有識者。

三九

一篇之工，膾炙人口，如「山抹微雲」、「梅子黃時雨」、〈暗香〉、〈疏影〉、「春水」等篇，名實相副，則亦當之無愧色。然〈白雪〉、〈陽春〉，知音必少。有志之士，自宜取法乎上，歷久愈新。若急於求知，如郭頻伽、楊荔裳輩，每作一篇，群焉附和，庸夫俗子，皆言其佳。嗚呼，誠屬高超深厚之作，庸夫俗子，何足以知其佳？庸夫俗子皆言其佳，其不佳也可知矣！

四〇

聰明纖巧之作，庸夫俗子每以為佳。正如蜣螂逐臭，烏知有蘇合香哉！若以王碧山、莊中白之詞，不經有識者評定，猝投於庸夫俗子之前，恐不終篇而思臥矣。

四一

「未睹鈞天之美，則北里為工。不詠〈關雎〉之亂，則〈桑中〉為雋。」徐昌穀《談藝錄》語也。今人論詞，不向〈風〉、〈騷〉中求門徑，徒取一二聰明語，歎為工絕，正坐此病。

四二

無論作詩作詞，不可有腐儒氣，不可有俗人氣，不可有才子氣。人第知腐儒氣、俗人氣之不可有，而不知才子氣亦不可有也。尖巧新穎，病在輕薄。發揚暴露，病在淺盡。腐儒氣、俗人氣，人猶望而厭之。若才子氣，則無不望而悅之矣，故得病最深。

四三

宋無名氏〈九張機〉，自是農臣棄婦之詞。淒婉綿麗，絕妙古樂府也。《詞綜》刪存七首。余《大雅集》中，就〈樂府〉、〈雅調〉兩篇，摘錄十一首。精粹已盡，不啻窺全豹矣。如云：「一張機。采桑陌上試春衣。風晴日暖慵無力，桃花枝上，啼鶯言語，不肯放人歸。」又云：「兩張機。月明人靜漏聲稀。千絲萬縷相縈繫，織成一段，迴文錦字，將去寄呈伊。」又云：「三張機。吳蠶已老燕雛飛。東風宴罷長洲苑，輕綃催趁，館娃宮女，要換舞時衣。」刺在言外。又云：「四張機。鴛鴦織就欲雙飛。可憐未老頭先白，春波碧草，曉寒深處，相對浴紅衣。」又云：「五張機。橫紋織就沈郎詩。中心一句無人會，不言愁恨，不言憔悴，只恁寄相思。」意殊忠厚。又云：「六張機。雕花鋪錦半離披。蘭房別有留春計，爐添小篆，日長一線，相對繡工遲。」又云：「七張機。春蠶吐盡一生絲。莫教容易裁羅綺，無端翦破，仙鸞彩鳳，分作兩邊衣。」苦心密意，不忍卒讀。又云：「八張機。回紋知是阿誰詩。織成一片淒涼意，行行讀遍，厭厭無語，不忍更尋思。」又云：「九張機。雙花雙葉又雙枝。薄情自古多離別，從頭到底，將心縈繫，穿過一條絲。」「雙花」七字，何等親切。「從頭」三句更慎重，可以觀，可以怨。又云：「輕絲，象牀玉手出新奇。千花萬草光凝碧，裁縫衣著，春天歌舞，飛蝶語黃鸝。」歡樂語中含淒感。又云：「春衣，素絲染就已堪悲。塵昏汗汙無顏色，應同秋扇，從茲永棄，無復奉君時。」此章最沉痛，似為貶節者言之，觀次句可見。以一言何況，又加以塵汙也。淒涼怨慕，千古孤臣孽子勞人思婦讀之，皆當一齊淚下。

四四

〈九張機〉純自〈小雅〉、〈離騷〉變出。詞至是，已臻絕頂。雖美成、白石亦不能為。

四五

〈九張機〉全是寄怨之作。其緣起云：「〈醉留客〉者，樂府之舊名。〈九張機〉者，才子之新調。憑戛玉之清歌，寫擲梭之春怨。章章寄恨，句句言情。」詩云：「一擲梭心一縷絲，連連織就九張機。從來巧思知多少，苦恨春風久不歸。」可知其寄意矣。

四六

詞至〈九張機〉，高處不減〈風〉、〈騷〉，次亦〈子夜〉怨歌之匹，千年絕調也。皋文《詞選》獨遺之，亦不可解。

四七

王介甫謂張子野「雲破月來花弄影」，不及李世英「朦朧淡月雲來去」。此僅就一句言之，未觀全體，殊覺武斷。即以一句論，亦安見其不及也。

四八

太白〈菩薩蠻〉、〈憶秦娥〉兩闋，神在箇中，音流弦外，可以是為詞中鼻祖（尋詞之祖，斷自太白可也，不必高語六朝）。

四九

飛卿短古，深得屈子之妙，詞亦從楚〈騷〉來。所以獨絕千古，難乎為繼。

五〇

唐人詞，所傳不多，然皆見作意。即於平淡直率中，亦覺言近旨遠。正如漢魏之詩，語句雖有工拙，氣格固自不同。至五代則聲色漸開，瑕瑜互見，去取不當，誤人匪淺矣。

五一

以詞較詩，唐猶漢魏，五代猶兩晉六朝，兩宋猶三唐，元明猶三唐，元明猶兩宋，國朝詞亦猶國朝之詩也。

五二

香山〈長相思〉云：「暮雨瀟瀟郎不歸，空房獨守時。」（**香山此詞絕佳，惟上半闋詞近鄙褻**）絕不費力，自然淒警。若「黃昏卻下瀟瀟雨」（**朱淑真詞**），便見痕跡。

五三

王仲初〈調笑令〉云：「絃管。絃管。春草昭陽路斷。」結語淒怨，勝似宮詞百首。

五四

鍊字琢句，原屬詞中末技。然擇言貴雅，亦不可不慎。古人詞有竟體高妙，而一句小疵，致令通篇減色者。如柳耆卿「對蕭蕭暮雨灑江天」一章，情景兼到，骨韻俱高，而有「想佳人妝樓長望」之句。「佳人妝樓」四字，連用俗極，亦不檢點之過。又如王君玉〈望江南〉云：「碧瓦煙昏沉柳岸，紅綃香潤入梅天。」可謂精於造句（「紅綃」七字為荊公所愛）。而接語云：「飄灑正蕭然。」（五字意盡）殊病空滑，與上不稱。又如姜白石〈石湖仙〉一闋，自是高境。而「玉友金蕉，玉人金縷」八字纖俗，固不能為白石諱。又如高竹屋「月冷霜袍擁」一篇，旁面取勢，亦可謂思深意遠。惟「想見那」三字，不免粗鄙。此類皆失之不檢，致使敲金戛玉之詞，忽與瓦缶競奏。白璧微瑕，固是恨事。

五五

昔人謂詩中不可著一詞語，詞中亦不可著一詩語，其間界若鴻溝。余謂詩中不可作詞語，信然。若詞中偶作詩語，亦何害其為大雅？且如「似曾相識燕歸來」等句，詩詞互見，各有佳處。彼執一而論者，真井蛙之見。

五六

詩中不可作詞語，詞中不妨有詩語，而斷不可作一曲語。溫、韋、姜、史復起，不能易吾言也。

五七

余鄉能詞者，張猗谷（崇蘭）有《夢溪棹謳》二卷。趙次梅（彥俞）有《瘦鶴軒詞》一卷。兩君之詞，摘錄一二於《詞則》中。而余所服膺者，則莊中白《蒿庵詞》也。他人詞皆不免為風氣所囿，蒿庵則吐棄凡庸，冥心獨往，夐乎不可尚已。

五八

《植庵詞》一卷，余友李子薪（慎傳）所撰也。子薪年逾四十，始習倚聲。學力未充，而才氣甚旺。使天假之年，未始不可為迦陵嗣響。〈賀新涼〉六闋，余錄入《放歌集》中，所以存舊交也。

五九

吾鄉唐少白（煜）與余為中表兄弟。年少工詞。後困於衣食，未能充其學力之所至。年未五十下世，可歎也。猶記其〈金縷曲・登岱〉二章云：「此是擎天柱。峙巖巖、青連不斷，平分齊魯。老柏蒼松高十丈，對著罡風絮語。猶自說、秦皇漢武。欲識前朝興廢事，把山靈、喚起談今古。哭還笑，歌復舞。　望中遙見金閶路。人道是、孔顏師弟，登臨之處。白馬當時疑匹練，只今變為烽火。忍細認、江南故土。天謂此山南北限，為神京、萬古撐門戶。愁飛鳥，尚難度。」次章云：「萬仞丹梯路。其中有、神房阿閣，秦碑漢樹。下視齊州煙九點，上接青天尺五。占膏壤、中居於魯。西望長安東瞰海，更北連燕趙南吳楚。小天下，空寰宇。　一聲長嘯千山暮。卻雜入、村夫樵唱，牧童笛譜。峭壁巉巖雲亂湧，怪石嵯峨如虎。有松柏、淩風而舞。問有仙緣能遇否。已石闆、煙鎖無仙住。收勝境，付〈金縷〉。」筆意豪邁，亦板橋之流亞。

六〇

正定王道農（耕心）天才超逸，博學多能。經史古文詩詞之類，皆能淹貫古今，獨抒己見，而尤精於內典。其論詞亦以大雅為主，而不廢猛起奮末之音。余詞得力處，半由蒿庵一言，半由道農、子薪辯論之功也。

六一

道農以其尊翁龕（蔭祜）姻丈〈滿江紅〉四篇示余（原序云：「咸豐甲寅，客海州，與王子揚、劉子謙、殿頊，許牧生、吳蓮卿、周廉廷、張溥齋朝夕過從，觴詠甚樂。吳介軒用少陵〈飲中八仙歌〉韻賦詩矜寵之。離隔以來，幾陳跡矣。今廉廷便途見過，謂已繪圖留證墮歡，命曰〈海國騷音〉，兼示所作弁言及諸賢題詠。棖觸往夢，不能無言。」）。其一云：「彈鋏悲吟，問誰是、平津侯者。儘年來、懷中刺滅，琴前曲寡。一例空堂棲燕雀，虛名隨處拚牛馬。甚海濱、翻值釣鼇人，爭相迓。延陵季，詞源瀉。高陽裔，才名亞。又客星幾點，攢眉結社。湘漢騷人聯棣萼，張王樂府爭雄霸。鎮多情、把臂到狂奴，論風雅。」其二云：「擊缽聲聲，渾不為、風雲月露。算都是、蒼茫身世，鬱懷噴吐。柳色虹橋驚戰伐，菊花九日傷遲暮。儘旁人、腫背詫駝峰，甘陵部。仙耶怪，予和汝。床上下，人三五。杖綵毫收入，浣花舊譜。杜老風華傳綺季，酒龍序次排詩虎。祇齒牙、余論我難勝，公其誤。」其三云：「顧曲雄才，合放爾、出人頭地。尚關心、西園餘韻，再繙圖記。鴻爪印留修禊帖，龍頭人似催租吏。倚征篷、促和右軍詩，斜陽裏。　君且去，門須閉。儂便學，陳無己。待哀蝯啼徹，恐應出涕。偶破天慳成此會，再聯萍影談何易。看眼中、落落聚星群，還餘幾。」其四云：「對此茫茫，沒著落、愁人一箇。渾不耐、墮歡如夢，亂愁如火。聚合何關神鬼忌，拋離忍使因緣左。誦〈河梁〉、五字斷腸詩，鉛婆墮。　休便說，劉琨臥。休浪炙，淳於輠。怕階前尺地，也難容我。誰續〈罪言〉憐杜牧，枉傳仙侶倅張果。問何年、位業紀真靈，彈冠賀。」感激豪宕，直可摩迦陵之壘。

六二

吾邑馬眉生（尚珍）天資甚優，生有詞癖。充其力量所至，可以卓然成家。己卯秋，會於金陵旅次，暢論詞學源流，並贈以舊錄唐宋詞一本。不見馬生久矣，諒於此中消息，必有所得。他日覿面，再當重與切磋也。

六三

眉生好為豔詞，間作壯語。余友王竹庵（鳳起）亦有此癖。余初為詞，亦不免淫冶叫囂之失。猶憶丙子報罷後，宴竹庵座中，賦〈臨江仙〉云：「落日江干分手處，無端重見雲英。眉稜猶帶遠山青。多卿珍重意，苦語慰飄零。　颯颯西風摧勁羽，蕭郎憔悴而今。賓鴻嘹唳過前汀。紅燈搖客夢，明月碎秋心。」又〈金縷曲・秋江送別，座有歌者，即癸酉春竹庵座中所見也。琵琶三弄，哀怨不勝，為賦此曲〉云：「鵑血凝羅袖。撥檀槽、輕攏漫撚，雙蛾淺逗。訴盡平生恩怨語，颯沓悲風來驟。正鴻雁、初飛時候。一曲琵琶彈未徹，已青衫、為汝重重透。再為我，一揮手。　當年絲竹春江口。惜韶華、良辰莫負，暗拋紅豆。今日雲英還未嫁，我亦杜陵消瘦。又待折、渡頭楊柳。眼底茫茫分南北，也無心、再進當筵酒。江月白，浪花吼。」又〈九日登岳墩感懷賦〉前調後半闋云：「絲絲慘結秋陰候。撫危欄、生平細數，儘多僝僽。三十男兒仍落拓，何論中年以後。況又值、西風重九（**倒插此句見筆力**）。破帽多情偏戀我，問何人、印佩黃金斗。中原望，悲風吼。」又前調云：「箕踞狂呼聊復爾，拭青萍、夜夜光凝紫。便欲擊、唾壺碎。」下云：「黃花小圃饒秋意。掃蒼苔、眠裀藉草，徑須覓醉。得失雞蟲何足數，一笑浮雲富貴。聊自學、田家生計。不信馬周終落拓，倒金尊、且了東籬事。吏不下，窮途淚。」（**余戊子捷南闈，詩題〈金罍浮菊催開宴〉，此亦詞讖也**）此類非無才思，皆不足語於大雅。

六四

余曾作〈羅敷豔歌〉云：「紅橋一帶傷心地，煙雨淒淒。燕子樓西。難道東風不肯歸。青旗冷趁飛鴉起，沽酒人稀。舊恨依依。一樹垂楊裊亂絲。」意境似尚深厚。又〈青門引〉云：「斷腸無奈送春歸，落花時節，妝閣鎮常掩。」下云：「夢魂應苦關山遠。只傍閒庭院。」亦尚有沉至之思。視前〈金縷曲〉諸篇，淺深判然矣。而閱者多遺此錄彼，曲高寡和，自昔已然。蔡以臺文云：「冀得數人譽以堅其信，尤慮不得數人毀以釋其疑。」又云：「不獨得一知己也，顧而色動。即得一不知己也，亦聞而快心。」余讀之，浮一大白。

白雨齋詞話　卷八

一

周、秦詞以理法勝。姜、張詞以骨韻勝。碧山詞以意境勝。要皆負絕世才，而又以沉鬱出之，所以卓絕千古也。至陳、朱則全以才氣勝矣。

二

喬笙巢云：「少游詞寄慨身世，閒雅有情思。酒邊花下，一往而深，而怨誹不亂，悄乎得〈小雅〉之遺。」又云：「他人之詞，詞才也。少游，詞心也。得之於內，不可以傳。雖子瞻之明儁，耆卿之幽秀，猶若有瞠乎後者，況其下耶！」此與莊中白之言頗相合。淮海何幸，有此知己。

三

兩宋詞家各有獨至處，流派雖分，本原則一。惟方外之葛長庚、閨中之李易安，別於周、秦、姜、史、蘇、辛外，獨樹一幟。而亦無害其為佳，可謂難矣。然畢竟不及諸賢之深厚，終是託根淺也。

四

葛長庚詞，風流淒楚，一片熱腸，無方外習氣。余尤愛其〈水調歌頭〉云：「江上春山遠，山下暮雲長。相留相送，時見雙燕語風檣。滿目飛花萬點，回首故人千里，把酒沃愁腸。回雁峰前路，煙樹正蒼蒼。　漏聲殘，燈焰短，馬蹄香。浮雲飛絮，一身將影向瀟湘。多少風前月下，迤邐天涯海角，魂夢亦淒涼。又是春將暮，無語對斜陽。」

五

葛長庚詞，脫盡方外氣。李易安詞，卻未能脫盡閨閣氣。然以兩家較之，仍是易安為勝。

六

宋閨秀詞，自以易安為冠。朱子以魏夫人與之並稱。魏夫人祇堪出朱淑真之右，去易安尚遠。

七

金高仲〈常貧也樂〉云：「城下路。淒風露。今人犁田昔人墓。岸頭沙。帶蒹葭。漫漫昔時流水今人家。　黃埃赤日長安道。倦客無漿馬無草。開函關閉函關。千古如何不見一人閒。」〔按趙聞禮輯《陽春白雪集》載此詞，乃賀方回〈小梅花〉前半闋也，茲從《詞綜》本〕章法句法，不古不今，亦不類樂府，詞中別調也。

八

宋無名氏題項羽廟〈念奴嬌〉一闋，魄力雄大，勁氣直前，更不作一渾厚語。開其年、板橋一派。此學稼軒而有流弊者，稼軒不任其咎也。

九

「浪遠微聽葭葉響，雨殘細數梧梢滴。」竹山〈滿江紅〉語友。上有「小窗幽闃」之句，此二語不是闃寂中如何辨得？竹山詞多粗，惟此二語最細。

一〇

稼軒〈滿江紅．送李正之提刑入蜀〉云：「東北看瞻諸葛表，西南更草相如檄。把功名、收拾付君侯，如椽筆。」又云：「赤壁磯頭千古恨，銅鞮陌上三更月。正梅花、萬里雪深時，須相憶。」龍吟虎嘯之中，卻有多少和緩。不善學之，狂呼叫囂，流弊何極。

一一

稼軒詞有以樸處見長，愈覺情味不盡者。如〈水調歌頭〉結句云：「東岸綠陰少，楊柳更須栽。」信手拈來，便成絕唱，後人亦不能學步。

一二

張孝祥〈六州歌頭〉一闋，淋漓痛快，筆飽墨酣，讀之令人起舞。惟「忠憤氣填膺」一句，提明忠憤，轉淺轉顯，轉無餘味。或亦聳當途之聽，出於不得已耶（**《朝野遺記》云：安國在建康留守席中賦此，魏公為罷席而入**）。

一三

東坡〈西江月〉云：「休言萬事轉頭空，未轉頭時皆夢。」追進一層，喚醒癡愚不少。

一四

東坡〈浣溪沙・遊蘄水清泉寺〉云：「誰道人生難再少，君看流水尚能西。休將白髮唱黃雞。」愈悲鬱，愈豪放，愈忠厚。今我神往（**原注：寺前水西流**）。

一五

趙瑞行〈滿江紅〉云：「三十年前，愛買劍買書買畫。凡幾度詩壇爭敵，酒兵爭霸。春色秋光如可買，錢慳也、不曾論價。任粗豪、爭肯放頭低，諸公下。　今老大，空嗟訝。思往事，還驚詫。是和非未說，此心先怕（**太粗直**）。萬事全將飛雪看，一閒且向貧中借。樂餘齡、泉石在豪盲，吾非詐。」粗豪中有勁直之氣。襲稼軒皮毛，亦蔣竹山流亞，宋詞之最低者（**周公謹《浩然齋雅談》內載此詞**）。然詞品雖不高，而筆趣尚足，不過惡劣。至陸種園〈滿江紅・贈王正子〉云：「同是客，君尤苦。兩人恨，憑誰訴。看囊中罄矣，酒錢何處。吾輩無端寒至此，富兒何物肥如許。脫敝裘、付與酒家娘，搖頭去。」暴言竭辭，何無含蓄至此。板橋幼從種園學詞，故筆墨亦與之化。

一六

劉潛夫〈滿江紅〉云：「空有鬚如潘騎省，斷無面見陶彭澤。便倒傾、海水浣衣塵，難湔滌。」又〈沁園春・夢方孚若〉云：「天下英雄，使君與操，餘子何堪共酒盃。」又云：「使李將軍，遇高皇帝，萬戶侯何足道哉。」又〈贈孫季蕃〉云：「天地無情，功名有數，千古英雄只麼休。平生事、獨羊曇一箇，淚灑西州。」沉痛激烈，幾欲敲碎唾壺。

一七

二帝蒙塵，偷安南渡，苟有人心者，未有不拔劍斫地也。南渡後詞，如趙忠簡〈滿江紅〉云：「欲待忘憂除是酒，奈酒行有盡愁無極。便挽將、江水入尊罍，澆胸臆。」張仲宗〈賀新郎〉云：「夢繞神州路。悵秋風、連營畫角，故宮離黍。底事崑崙傾砥柱。九地黃流亂注。聚萬落千村狐兔。天意從來高難問，況人情、易老悲難訴。更南浦，送君去。」又〈石州慢〉結句云：「萬里想龍沙，泣孤臣吳越。」朱敦儒〈相見歡〉云：「中原亂，簪纓散，幾時收。試倩悲風，吹淚過揚州。」張安國〈浣溪沙〉云：「萬里中原烽火北，一尊濁酒戍樓東。酒闌揮淚向悲風。」劉潛夫〈玉樓春〉云：「男兒西北有神州，莫滴水西橋畔淚。」劉叔儗〈念奴嬌〉云：「其肯為我來耶，河陽下士，正是強人意。勿謂時平無事也，便以言兵為諱。眼底山河，樓頭鼓角，都是英雄淚。功名機會，要須閒暇先備。」劉改之〈沁園春・上郭帥〉云：「威撼邊城，氣吞胡虜，慘淡塵沙飛北風。中興事，看君王神武，駕馭英雄。」又〈八聲甘州・送湖北招撫吳獵〉云：「望中原馳驅去也，擁十州牙纛正翩翩。春風早，看東南王氣，飛繞星躔。」黃幾仲

〈虞美人〉云：「書生萬字平戎策，苦淚風前滴。」王子文〈西河〉云：「天下事，問天怎忍如此。」下云：「縱有英心誰寄，近新來，又報烽煙起。」曹西士〈西河〉云：「漫哀痛，無及矣。無情莫問江水。西風落日，慘新亭、幾人墮淚。戰和何者是良謀，扶危但看天意。」陳龜峰〈沁園春．丁酉歲感事〉云：「誰使神州，百年路沉，青氈未還。悵晨星殘月，北州豪傑，西風斜日，東帝江山。劉表坐談，深源輕進，機會失之彈指間。傷心事，是年年冰合，在在風寒。說和說戰都難。算未必、江沱堪晏安。歎封侯心在，鱣鯨失水，平戎策就，虎豹當關。渠自無謀，事猶可做，更剔殘燈抽劍看。麒麟閣，豈中興人物，不畫儒冠。」方巨山〈滿江紅〉云：「倘只消、江左管夷吾，終須有。」又〈水調歌頭〉云：「莫倚闌干北，天際是神州。」張方叔〈賀新涼〉云：「世上豈無高臥者，奈草廬、煙鎖無人顧。」李廣翁〈賀新涼〉云：「落落東南牆一角，誰護山河萬里。問人在、玉關歸未。老矣青山燈火客，撫佳期、漫灑新亭淚。歌哽咽，事如水。」（**《浩然齋雅談》：淳祐間，丹陽太守重修多景樓，高宴落成，一時席上皆湖海名流。酒餘，主人命妓持紅箋徵諸客詞。秋田詞先成，眾人驚賞，為之擱筆**）此類皆慷慨激烈，髮欲上指。詞境雖不高，然足以使懦夫有立志。

一八

董文友詞祇能言情，不堪論事。其〈望梅花．過鸚鵡洲〉、〈賀新郎．淮陰祠〉兩調，偶為慷慨之詞，立見其蹶。措語固不能圓健，平仄亦有顛倒處。

一九

陳其年〈哨遍〉兩篇，一氣盤旋，排山倒海。論其氣力，幾欲突過稼軒。只是雄而不渾，直而不鬱。故初讀令人色變，再讀令人齒冷矣。

二〇

其年〈讀彭禹峰集〉一篇，後半云：「噫！此世何為，巖疆好以公充餌。麨爨牂牁地。鬼燐生、鼓聲死。猶記靖州城，連營賊火，楚歌帳外淒然起。公左挈人頭，右提酒甕，大嚼轅門殘胔。奈縛他烏獲曬漸離，則女子庸奴盡勝之，論通侯羊頭羊胃。」亦可謂直言不忌。

二一

其年〈東丁飛濤〉一篇，起云：「大叫高歌，脫帽歡呼，頭沒酒杯裏。」又云：「君不見、莊周漆園傲吏。洸洋玩弄人間世。又不見，信陵暮年失路，醇酒婦人而已。」又云：「我勸君、莫負賞花時，幸歸矣，長嘘復奚為，算人生、亦欲豪耳。今宵飲博達旦，酒三行以後，汝為我舞，吾為若語，手作拍張言志。黃鬚笑捋憑紅肌，論英雄、如此足矣。」又〈西平樂．王谷臥疾村居，挐舟過訊〉云：「只須翦燭，無須烹韭，欲與君言，竟上君牀。君不見、石鯨跋浪，鐵馬呼風，今日一片關山，五更刁斗，何處乾坤少戰場。」筆力未嘗不橫絕，惜其一發無餘。

二二

或謂：「漁洋《分甘餘話》云：『胡應麟病蘇、黃古詩不為十九首、建安體，是欲紲天馬之足，作轅下駒也。』子病迦陵詞不能沉鬱，毋乃類是。」余曰：「此不可一例論也。胡氏以皮相論詩，故不足以服漁洋之心。余論詞，則在本原。觀稼軒詞，才力何嘗不大，而意境亦何嘗不沉鬱。如謂才力大者則不必沉鬱，則陳、王、李、杜之詩轉出蘇、黃下矣，有是理哉？」

二三

稼軒詞，於雄莽中別饒雋味。如「馬上離愁三萬里，望昭陽宮殿孤鴻沒。」又，「休去倚危闌，斜陽正在，煙柳斷腸處。」多少曲折。驚雷怒濤中，時見和風曖日。所以獨絕古今，不容人學步。

二四

稼軒詞如「舊恨春江流不盡，新恨雲山千疊」，又「前度劉郎今重到，問玄都千樹花存否」又，「重陽節近多風雨」，又「秋江上，看驚弦雁避，駭浪船回」，又「佳處徑須攜杖去，能消幾兩平生屐。笑塵勞三十九年非，長為客」，又「樓觀甫成人已改，旌旗未卷頭先白。歎人生哀樂轉相尋，今猶昔」，又「秋晚蓴鱸江上，夜深兒女燈前」，又「三十六宮花濺淚，春聲何處說興亡。燕雙雙」，又「布被秋宵夢覺，眼前萬里江山」，又「功成者去，覺團扇便與人疏。吹不斷斜陽依舊，茫茫禹跡都無」，皆於悲壯中見渾厚。後之狂呼叫囂者，動託蘇、辛，真蘇、辛之罪人也。

二五

蘇辛詞，後人不能摹倣。南渡詞人，沿稼軒之後，慣作壯語，然皆非稼軒真面目。迦陵力量，不減稼軒，而卒不能步武者，本原未厚也。後人更欲學之，恐又為迦陵竊笑矣。

二六

或問比與興之別。余曰：「宋德佑太學生〈百字令〉、〈祝英臺近〉兩篇，字字譬喻，然不得謂之比也。以詞太淺露，未合風人之旨。如王碧山〈詠螢〉、〈詠蟬〉諸篇，低回深婉，託諷於有意無意之間，可謂精於比義。」（婉諷之謂比，明喻則非。《隨園詩話》中所載詩如〈詠六月菊〉云：「秋士偶然輕出處，高人原不解炎涼。」〈詠落花〉云：「看他已逐東流去，卻又因風倒轉來。」〈詠茶竈〉云：「兩三杯水作波濤。」等類，皆舌尖聰明語，惡薄淺露，何異劉四罵人？即「經綸猶有待，吐屬已非凡」之句，無不傾倒，然亦不過考試中興會佳句耳，於風詩比義，了不相關。宋人「而今未問和羹事，且向百花頭上開」，自是富貴福澤人聲口，以云風格，視「經綸」句又低一籌矣）若興則難言之矣。託喻不深，樹義不厚，不足以言興。深矣厚矣，而喻可專指，義可強附，亦不足以言興。所謂興者，意在筆先，神餘言外，極虛極活，極沉極鬱，若遠若近，可喻不可喻，反覆纏綿，都歸忠厚。求之兩宋，如東坡〈水調歌頭〉、〈卜算子・雁〉，白石〈暗香〉、〈疏影〉，碧山〈眉嫵・新月〉、〈慶清朝・榴花〉、〈高陽臺・殘雪庭除一篇〉等篇，亦庶乎近之矣。

二七

〈風〉、〈騷〉有比、興之義，本無比、興之名。後人指實其名，已落次乘。作詩詞者，不可不知。

二八

〈風〉詩三百，用意各有所在。仁者見之謂之仁，智者見之謂之智，故能感發人之性情。後人一為臆測，係以比、興、賦之名，而詩義轉晦。子朱子於《楚辭》，亦分章而係以比、興、賦，尤屬無謂。

二九

詞有貌不深而意深者，韋端己〈菩薩蠻〉，馮正中〈蝶戀花〉是也。若厲樊榭諸詞，造語雖極幽深，而命意未厚，不耐久諷，所以去古人終遠。

三〇

樊榭造句多幽深，穀人措詞則全在洗鍊，又不逮樊榭遠甚。

三一

穀人所長者，律賦詩帖耳。古文固非所能，駢文亦不免平庸。詞較勝於駢文，然亦未見高妙。至古今體詩，則下駟之乘矣。大抵穀人先生祇可為近時高手，論古則未也。

三二

朱、陳、厲三家，可謂極詞之變態。以云騷雅，概未之聞。

三三

尤西堂〈更漏子〉云：「五更風，三點雨。并作零鐘斷鼓。殘葉影，落花魂。淒淒來叩門。天涯雁。飛聲亂。叫出傷心一片。倚半枕，擁孤衾。相思睡不成。」前半直似鬼語，後半不免粗浮，殊負此調。

三四

穀人輩工於鍊字耳。迦陵則精於鍊句。如云：「秋色冷并刀，一派酸風捲怒濤」，又「長城夜月一輪孤，沙場戰馬千群黑」，又「水雲轇葛，陽陰雜糅，奇石成獅破空走」，又「秋生海市，紅日一輪孤隱」，又「短鬢颯秋葉，僵指矗枯枒」，又「大江邊，殘照裏，仲宣樓」，又「曼聲長嘯，碧雲片片都裂」，又「輕舟夜翦秋江，西風鱗甲生江面」，又「隱隱前林暝翠，暗結精藍」，又「老松三百本，山雨響遍張鱗甲」，又「想月明千里，戰袍不夜，西風萬馬，殺氣臨邊。」，又「十月疏砧，一城冷雁，不許愁不望鄉」，又「我到中原，重尋舊跡，牧笛吹風起夜波。」，又「一派大江流日夜，捲雲濤、舞上青山髻。」造句皆精警奪目，讀之可增長筆力。

三五

其年〈水調歌頭・雪夜再贈季希韓〉云：「縱不神仙將相，但遇江山風月，流落亦為佳。豈極，如聞熊啼兕吼。

意有今日，側帽數哀笳。」「流落亦為佳」已是難堪，今則並此不能矣。「豈意」五字，悲極憤

三六

稼軒詞云：「而今已不如昔，後定不如今。」即其年〈水調歌頭〉之意，而意境卻別。然讀夢窗之「後不如今今非昔，兩無言、相對滄浪水。」悲鬱而和厚，又不必為稼軒矣。

三七

宋無名氏〈鷓鴣天〉云：「鎮日無心掃黛眉。臨行愁見理征衣。樽前祇恐傷郎意，閣淚汪汪不敢垂。停寶馬，捧瑤巵。相斟相勸忍分離。不如飲待奴先醉，圖得不知郎去時。」語不必深，而情到至處，亦絕調也。惟措詞近曲，終欠大雅。

三八

詞中如佳人、夫人、那人、檀郎、伊家、香肥、心兒、蓮瓣、雙翹、鞵鉤、斷腸天、可憐宵、莽乾坤、哥、奴、姐、要等字面，俗劣已極，斷不可用。即老子、玉人、則個、好個、那個、拌個、元是、嬌嗔、兜鞋、恁、些、他、兒等字，亦以慎用為是。蓋措詞不雅，命意雖佳，終不足貴。

三九

張子野詞，最見古致。如云：「江水東流郎在西，問尺素、何由到。」情詞淒怨，猶存古詩遺意。後之為詞者，更不究心於此。

四〇

黃魯直詞，乖僻無理，桀傲不馴，然亦間有佳者。如〈望江東〉云：「江水西頭隔煙樹。望不見、江東路。思量只有夢來去。更不怕、江闌住。　燈前寫了書無數。算沒個、人傳與。直饒尋來雁分付。又還是、秋將暮。」筆力奇橫無匹，中有一片深情，往復不置，故佳。

四一

詞貴渾涵，刻摯不能渾涵，終屬下乘。晁无咎〈詠梅〉云：「開時似雪。謝時似雪。花中奇絕。香非在蕊，香非在萼。骨中香徹。」費盡氣力，終是不好看。宋末蕭泰來〈霜天曉角〉一闋，亦犯此病。

四二

方回瑞〈鷓鴣〉云：「初未試愁那是淚，每渾疑夢奈餘香。」此種句法，直是賀老從心化出。

四三

美成豔詞，如〈少年遊〉、〈點絳脣〉、〈意難忘〉、〈望江南〉等篇，別有一種姿態。句句灑脫，香匳泛話，吐棄殆盡。

四四

美成以〈少年遊・并刀如水〉一篇，一詞通顯，以〈望江南・歌席上〉一篇，一闋得罪。榮枯皆繫於一詞，異矣。

四五

美成〈蝶戀花〉云：「魚尾霞生明遠樹。翠壁黏天，玉葉迎風舉。一笑相逢蓬海路。人間風月如塵土。翦水雙眸雲半吐。醉倒天瓢，笑語生青霧。此會未闌須記取。桃花幾度吹紅雨。」語帶仙氣，似贈女冠之作。否則故為隱語，已為夢窗「北斗秋橫」、「春溫紅玉」兩篇，開其先路。

四六

詞人好作精豔語。如左與言之「滴粉搓酥」，姜白石之「柳怯雲鬆」，李易安之「綠肥紅瘦」、「寵柳嬌花」等類，造句雖工，然非大雅。

四七

「山盟雖在，錦書難託。莫莫莫」，放翁傷其妻之作也（放翁妻唐氏改適趙士程）。「不合畫春山，依舊留愁住」，放翁妾別放翁詞也。前則迫於其母而出其妻，後之迫於後妻而不能庇一妾。何所遭之不偶也。至兩詞皆不免於怨，而情自可哀。

四八

吳元可〈採桑子〉「一樣東風兩樣吹」。輕淺語，自是元人手筆。國朝陳玉堪之「欲罵東風誤向西」，愈趨愈下矣。

四九

劉龍洲〈沁園春〉，為詞中最下品。元人沈景高有〈和劉龍洲指甲〉一篇，句句扭揑，又不及改之遠甚。而俞焯云：「景高舊家子也。余見此詞纖麗可愛，因定交焉。」當時賞識如此，何怪元詞之不振也。

五〇

明代施浪仙《花影詞》四卷，卑卑不足道。求其稍近於雅者，不獲三五闋。同時馬浩瀾亦有《花影詞》三卷。陳言穢語，又出浪仙之下。而當時並負詞名，即後世猶有稱述之者。真不可解。

五一

遺詞貴典雅。然亦有典雅之事，數見不鮮，亦宜慎用。如「蓮子空房」、「人面桃花」等字，久已習為套語，不必再拾人唾餘。

五二

宋人朱行中〈漁家傲〉云：「拌一醉。而今樂事他年淚。」賀方回〈惜雙雙〉云：「回首笙歌地，醉更衣處長相記。」同一感慨，而朱病激烈，賀較深婉。

五三

柳耆卿〈戚氏〉云：「紅樓十里笙歌起，漸平沙落日銜殘照。」意境甚深，有樂極悲來、時不我待之感。而下忽接云：「不妨且繫青驄，漫結同心，來尋蘇小。」荒謾無度，遂使上二句變成淫詞，豈不可惜。

五四

耆卿「忍把浮名，換了淺斟低唱」，荒謾語耳，何足為韻事。稼軒「悲莫悲生離別，樂莫樂新相識，兒女古今情。富貴非吾事，歸與白鷗盟」。憤激語而不離乎正，自與耆卿迥別。然讀唐人「忽見陌頭楊柳色，悔教夫婿覓封侯」之句，情理兩融，又婉折多矣。

五五

王通叟詞名「冠柳」。北宋詞家極多，獨云冠柳，仍是震於耆卿名，而入其轂中耳。觀其命名，即可知其詞之不足重。嗣後以〈清平樂〉一詞被謫，不亦宜乎。

五六

宋李漢老（謚文敏），有「問玉堂何似，茅舍疎籬」之句，一時膾炙人口。然此語亦似雅而俗。

五七

東坡心地光明磊落，忠愛根於性生，故詞極超曠，而意極和平。稼軒有吞吐八荒之概，而機會不來。正則可以為郭、李，為岳、韓，變則即桓溫之流亞。故詞極豪雄，而意極悲鬱。蘇、辛兩家，各自不同。後人無東坡胸襟，又無稼軒氣概，漫為規模，適形粗鄙耳。

五八

和婉中見忠厚易，超曠中見忠厚難，此坡仙所以獨絕千古也。

五九

岳少保、韓蘄王、文信國俱能為詞，而少保為稍勝。然此皆詞以人傳，並非有獨到處也。淺見者遽歎為工絕，殊可不必。

六〇

《順庵樂府》五卷，康伯可作也。伯可以詞受知於高宗。當其上〈中興十策〉時，何減於賈長沙之洞若觀火。後以諂檜得進（**有「今皇御極，視公宰相為腹心」之對**），富貴熱中，頓改其素。荀攸、荀彧之事操，晦於始而明於終，猶可恕也。伯可之諂檜得進檜，明於始而晦於終，不可恕也。然其詞哀感頑豔，儘有佳者。陳質齋云：「伯可詞，鄙褻之甚。」（**此語論其人則可，論其詞則未盡然也**）此不足以服其心。至王性之云：「伯可樂章，令晏叔原不得獨擅。」此又等於瞽者辨黑白矣。

六一

黍離麥秀之悲，暗說則深，明說則淺。曾純甫詞（**黃叔暘云：純甫東都故老。詞多感慨。如〈金人捧露盤〉、〈憶秦娥〉等曲，淒然有黍離之感**）如「雕闌玉砌，空餘三十六離宮」，又云「繁華一瞬，不堪思憶」，又云「叢臺歌舞無消息。金樽玉管空陳跡」，詞極感慨，但說得太顯，終病淺薄。碧山詠物諸篇，所以不可及。

六二

程正伯與子瞻為中表弟兄，有《書舟雅詞》一卷。余觀其詞淺薄者多，高者筆意尚閑雅，去坡仙何止萬里。

六三

竹垞謂：「正伯詞有與坡仙相亂者。」余謂兩人詞，一洪一纖，一深一淺，如水炭之不相入。無俟辨而可明，何慮其相亂也？

六四

正伯詞，余所賞者惟〈漁家傲〉結處云：「細拾殘紅書怨泣。流水急。不知那個傳消息。」為有深婉之致。其次則〈水龍吟〉云：「算好春長在，好花長見，原只是、人憔悴。」及《詞選》所錄〈卜算子〉一闋，尚有可觀。餘則一篇之中，雅鄭多不分矣。

六五

程正伯〈掩淒涼黃昏庭院〉一篇，後來秀水詞與此種筆路最近。乃竹垞自謂學玉田，未免欺人太甚。

六六

《詞綜》所錄朱晦翁〈水調歌頭〉、真西山〈蝶戀花〉，雖非高作，卻不沉悶。固知不是腐儒。

六七

杜伯高詞氣魄絕大，音調又極諧。所傳不多，然在南宋，可以自成一隊。陳同甫云：「伯高奔風逸足，而鳴以和鸞。」評論甚當。

六八

國初曹潔躬〈滿江紅．錢塘觀潮〉云：「城上吳山遮不住，亂濤穿到嚴灘歇。是英雄未死報讎心，秋時節。」沉雄悲壯，筆力千鈞，讀之起舞。竹垞和作，已非敵手，何論餘子。

六九

尤展成云：「近日詞家，愛寫閨襜，易流狎昵。蹈揚湖海，動涉叫囂。二者交病。」西堂此論，可謂深中詞人之弊。顧自言之而自蹈之，何耶？

七〇

孔季重〈鷓鴣天〉云：「院靜廚寒睡起遲。秣陵人老看花時。城連曉雨枯陵樹，江帶春潮壞殿基。　傷往事，寫新詞，客愁鄉夢亂如絲。不知煙水西村舍，燕子今年宿傍誰。」勝國之感，情文淒豔。較五代時鹿虔扆〈臨江仙〉一闋所謂「煙月不知人世改，夜闌還照深宮。藕花相向野塘中。暗傷亡國，清露泣香紅」者，可以媲美。

七一

「把酒囑東風，種出雙紅豆。」吳薗次詞也，當時有紅豆詞人之號。「郎似桐花，妾似桐花鳳。」王阮亭詞也，京師人呼為「王桐花」。此類皆一時情豔語，絕無關於詞之本原。而當時轉以此得名，何其淺也。

七二

宋人如「紅杏尚書」、「賀梅子」、「張三影」、「山抹微雲秦學士，露華倒影柳屯田」、「曉風殘月柳三變，滴粉搓酥左與言」之類，皆以一語之工，傾倒一世。宋與柳、左無論矣。獨惜張、秦、賀三家，不乏傑作，而傳誦者轉以次乘。豈〈白雪〉、〈陽春〉竟無和者與？為之三歎。

七三

子野弔林君復詩「煙雨詞亡草更青」，蔡君謨寄李良定詩「〈多麗〉新詞到海邊」，此則一篇之工，見諸吟詠。然亦其人並非專家，故不惜以一篇之工，藝林傳播（國朝「崔黃葉」、「崔紅葉」，亦猶是也）。至賀梅子、張三影、秦學士，詞品超絕。而亦以一語之工得名，致與諸不工詞者同列，則亦安用此知己也。

七四

容若《飲水詞》，才力不足。合者得五代人淒婉之意。余最愛其〈臨江仙・寒柳〉云：「疏疏一樹五更寒。愛他明月好，憔悴也相關。」言中有物，幾令人感激涕零。容若詞亦以此篇為壓卷。

七五

樊榭詞筆幽豔，蓋亦知陳、朱之悖乎古，而別出旗鼓以爭勝。淺見者遂謂其從〈風〉、〈騷〉來。其實不過襲梅溪、夢窗、玉田面目，而運以幽冷之筆耳。然不可謂非作手。

七六

陳、朱詞，顯悖乎〈風〉、〈騷〉。樊榭則隱違乎〈風〉、〈騷〉。而不知風騷門徑，必不容與之相背也。

七七

陳以雄闊勝，可藥纖小之病。朱以雋逸勝，可藥拙滯之病。厲以幽峭勝，可藥陳俗之病。不可謂之正聲，不得不謂之作手。

七八

迦陵雄勁之氣，竹垞清雋之思，樊榭幽豔之筆，得其一節，亦足自豪。若兼有眾長，加以沉鬱，本諸忠厚，便是詞中聖境。

七九

位存詞規模較隘，而全篇精粹，亦能拔幟於陳、朱之外。璞函則輕圓俊美，跌宕縱橫，鼓吹陳、朱，正不多讓，皆國朝之哲也。

八〇

「青子綠陰空自好，年年總被東風誤」，璞函送春詞也。意味極厚，詞之可以怨者。

八一

宋詞有不能學者，蘇、辛是也。國朝詞有不能學者，陳、朱是也。然蘇、辛自是正聲，人若學不到耳。陳、朱則異是矣。

八二

學周、秦、姜、史不成，尚無害為雅正。學蘇、辛不成，則入於魔道矣。發軔之始，不可不慎。

八三

板橋論詩，以沉著痛快為第一。論詞取劉、蔣，亦是此意。然彼所謂沉著痛快者，以奇警為沉著，以豁露為痛快耳。吾所謂沉著痛快者，必先能沉鬱頓挫，而後可以沉著痛快。若以奇警豁露為沉著痛快，則病在淺顯，何有於沉？病在輕浮，何有於著？病在鹵莽滅裂，何有於痛與快也？

八四

「投畀豺虎」、「投畀有北」，《三百篇》之痛快語也。然謂《三百篇》之佳者在此，則謬不可言矣。

八五

板橋詞，如「把夭桃斫斷，煞他風景，鸚哥煮熟，佐我杯羹。焚硯燒書，椎琴裂畫，毀書文章抹盡名。滎陽鄭，有慕歌家世，乞食風情」似此惡劣不堪語，想彼亦自以為沉著痛快也（蔣竹山詞如「春晴也好，春陰也好，著些兒春雨越好」，同此惡劣）。

八六

馮正中〈蝶戀花〉云：「誰道閒情拋棄久。每到春來，惆悵還依舊。日日花前常病酒。不辭鏡裏朱顏瘦。」可謂沉著痛快之極，然卻是從沉鬱頓挫來，淺人何足知之。

八七

碧山詞，何嘗不沉著痛快。而無處不鬱，無處不厚。反覆吟詠數十過，有不知涕之何從者。粗心人讀之，戛釜撞翁，何由識其真哉。

八八

余友王竹庵工詩詞，而未造深厚之境。余賦〈秋怨詩〉，有云：「雞鳴欲曙天未曙。此夜知君在何處。紅燈如霧紗如煙，涼月沉沉夢中語。」竹庵歎為幽絕，以為不厭百回讀也。癸酉年與余唱和甚多。余時年二十一，竹庵長余九年。後聞其游楚粵間，援例得縣丞，大吏薦擢知縣。與某公不合，惝怳抑鬱，年未四十下世。可哀也已。甲申秋，余過靖江，懷以詩云：「雲水空濛欲化煙。眼前風物似當年。黃蘆苦竹秋蕭瑟，腸斷江樓暮雨天。」（竹庵著有《江樓暮雨詩鈔》）越三年，過其墓下，是夜旅宿宜陵，復賦二律云：「墓門鬱鬱滿楸梧，獨向秋原哭素車。蕪館空縈孤客夢，秣陵誰報故人書。張勘妻子嗟流落，陶令田園半有無。生死論交吾負汝，不堪回首子雲居。」「〈蒿里〉淒涼曲未終，數聲哀雁月明中。但將清淚愁知己，苦恨浮雲蔽太空。寶劍未追求烈士，文章從古哭西風。江樓暮雨秋蕭瑟，嗚咽寒潮日向東。」又有〈怨歌〉一篇，亦為竹庵作也。詩云：「桃李城南開欲遍，春光已老閒庭院。美人二八泣春風，獨抱芳心君不見。機中織錦雲為裳，頭上金釵雙鳳凰。畫閣熏香嫋沉水，關山明月照流黃。自憐碧玉良家女，卻笑東鄰羡歌舞。寂寂朱扉晝不開，楊花滿地春無主。銀瓶汲井寒照影，素手抽鍼憐夜永。二月東風倚暮花，江樓處處吹簫冷。」詞則倡和者不下十餘首。大半率意之作，都無存稿。僅記〈摸魚子‧甲戌春暮，竹庵將有遠行，賦此留之〉一闋云：「又匆匆、幾聲杜宇，今年花事如許。萬千紅紫都休了，那又送君南浦。王十五（竹庵行十五）。試問汝、天涯芳草歸何處。功名浪語，算四海為家，萍蹤絮影，冷夢狎鷗鷺。　思歸賦，我亦飄零羈旅（時余家在黃巖，余則往來吳越）。浮名慣把人誤。朝吳暮越成何事，冷落高陽舊侶。君莫去。君不見、亂山相向愁無數。留君少住。願剪燭西窗，一杯相屬，同聽夜深雨。」竹庵得詞，憂喜交集。此余十七年前作，現詞境變而益上矣。使竹庵見之，又不知喜慰如何也。

白雨齋詞話　卷九

一

雍乾以還，詞人林立。如南薌、橙里輩，非無磨琢之工，而卒不能超然獨絕者，皆若不知本原所在。故下不至如楊、郭之卑靡，上亦難窺姜、史之門戶。後之為詞者，不根柢於〈風〉、〈騷〉，僅於詞中求生活，又無陳、朱才力，縱極工巧，亦不過南薌、橙里之匹。則亦車載斗量，不可勝數矣。尚安足為貴乎。

二

碧山、玉田而後，得張皋文一揭其旨，而詞以不滅。其間五六百年，亦多傑出之士。竟無溯其源者，亦足異矣。

三

金應圭〈詞選後序〉云：「近世為詞，厥有三蔽：義非宋玉，而獨賦蓬髮；諫謝淳于，而唯陳履舄。揣摩床笫，汙穢中冓，是謂淫詞，其蔽一也。猛起奮末，分言析字。詼嘲則俳優之末流，叫嘯則市儈之盛氣。此猶巴人振喉以和〈陽春〉，黽蜮怒嗌以調疏越，是謂鄙詞，其蔽二也。規模物類，依托歌舞。哀樂不衷其性，慮歎無與乎情。連章累篇，義不出乎花鳥；感物指事，理不外乎酬應。雖既雅而不豔，斯有句而無章，是謂游詞，其蔽三也（此病最深，亦最易犯。蓋前兩蔽則顯侮〈風〉、〈騷〉，常人皆知其非。此一蔽則似是而非，易於亂真。今之假託南宋者，皆游詞也）。原其所昧，厥亦有由。童蒙擷其粗而失其精，達士小其文而失其義，故論詩則古近有祖禰，而談詞則〈風〉、〈騷〉若河漢，非其惑歟。」此論深中世病。學人必破此三蔽，而後可以為詞。

四

《詞選》後附錄諸家詞，大旨皆不悖於〈風〉、〈騷〉。惟冠以仲則一首，殊可不必。仲則於詞，本屬左道。此一詞不過偶有所合耳，亦非超絕之作。

五

左仲甫〈南浦．夜尋琵琶亭〉一章，格調不凡。惟「遶回闌百折覓愁魂」句，終嫌不大雅。

六

鄭善長〈湘春夜月．簾〉一章，意味甚深，可稱佳搆。而結數語云：「從此便、更休論春事，任教銀蒜，終日垂垂。」「便更」二字嫌逗，亦不檢之過。

七

梁應來《兩般秋雨盦隨筆》，除當時人詩詞外，大半掇拾唾餘，並無獨見。其中摘錄諸詞，率是淺薄纖麗之作，最為下品。彼所自撰，如〈金縷曲．春陰〉云云，枝而不物，即金氏所謂游詞也。

八

山歌樵唱，里諺童謠，非無可採。但總不免俚俗二字，難登大雅之堂。好奇之士，每偏愛此種，以為轉近於古。此亦魔道矣（鍾、譚《古詩歸》之選，多犯此病）。〈風〉、〈騷〉自有門戶，任人取法不盡，何必轉求於村夫牧豎中哉？

九

近時興化劉熙載論詞，頗有合處，尚不染板橋餘習。

一〇

作詞貴求其本原，而文藻亦不可不講。求之《詞選》，以探其本。博之《詞綜》，以廣其才。按之《詞律》，以合其法。詞之道幾盡於是。惟本之所，在未易驟探。第求諸《詞選》，尚不足臻無上妙諦。此余不得已撰述此編，推諸〈風〉、〈騷〉，以盡精義。知我罪我，一任天也。

一一

詞有平仄可以通融者，有必不可以通融者。一字偶乖，便不合拍。究心於《詞律》，自無不協之弊。

一二

詞之音律，先在分別去聲。不知去聲之為重，雖觀《詞律》，亦知其然而不知其所以然。知猶不知也**（斯編之作，專在直揭本原。聲調之學，有《詞律》在，余弗贅論。偶拈一條示人，以究《詞律》之捷徑耳）**。

一三

詞中本原，初學難於驟得。宜先多讀唐宋之詞，以植其基。然後上溯〈風〉、〈騷〉，下逮國初，以竟其原委，窮其變態。本原所在，可不言而喻矣。

一四

詩詞一理。然不工詞者可以工詩，不工詩者斷不能工詞。故學詞貴在能詩之後。若於詩未有立足處，遽欲學詞，吾未見有合者。

一五

古人詞勝於詩則有之（如少游、白石皆然），未有不知詩而第工詞者（王碧山、張玉田輩詩不多見，然必非不工詩者。即使碧山輩詩未成家，不能卓立千古，要其為詞之始，必由詩以入門，斷非躐等）。

一六

人知東坡古詩古文，卓絕百代。不知東坡之詞，尤出詩文之右。蓋仿九品論字之例，東坡詩文縱列上品，亦不過為上之中下（七言古為東坡擅長，然於清絕之中雜以淺俗語，沉鬱處亦未能盡致。古文才氣縱橫而不免霸氣，總不及詞之超逸而忠厚也）。若詞則幾為上之上矣。此老生平第一絕詣，惜所傳不多也。

一七

古人詞大率無題者多。唐、五代人，多以調為詞。自增入「閨情」、「閨思」等題，全失古人託興之旨。作俑於《花庵》、《草堂》，後世遂相沿襲，最為可厭。至《清綺軒詞選》，乃於古人無題者，妄增入一題。誣已誣人，匪獨無識，直是無恥。

一八

詠物詞至王碧山，可謂空絕古今。然亦身世之感使然，後人不能強求也。竹垞《茶煙閣體物集》二卷，縱極工致，終無關於〈風〉、〈雅〉。

一九

其年〈長相思・贈別楊枝〉云：「漱金巵。擱金巵。不是樽前抵死辭。今宵是別離。」愈樸直，愈婉曲，愈沉痛。豔詞非其年所長，然此類亦見別緻。

二〇

晏小山〈長相思〉云：「長相思，長相思。若問相思甚了期。除非相見時。　長相思，長相思。欲把相思說似誰。淺情人不知。」此亦《小山集》中別調，與其年〈贈別楊枝〉之作，筆墨相近。

二一

其年〈瑞龍吟・春夜見壁間三絃子，是雲郎舊物，感而填詞〉後半云：「記得蛇皮絃子，當時妝就，許多聲價。曲項微垂流蘇，同心結打。也曾萬里，伴我關山夜。有客向潼關店後，昆陽城下。一曲琵琶者。月黑楓青，輕攏細研。」游絲落絮之情，雲湧風飛之筆，亦一時之雄也。

二二

竹垞豔詞，言情者遠勝文友。而體物諸篇，則文友為工。此亦各有所長，不可相強。如〈美人額〉、〈美人齒〉等篇，竹垞非不工巧，然不及文友之精。

二三

文友詞如〈美人額〉云：「更輾轉愁添，回頭半枕，平安喜報，舉手頻加。卻訝蕭郎，虛稱上客，歲歲龍門忘總睩。」詞意俱勝。又〈美人鼻〉云：「花氣嗅來，歌聲收入，蘊得風前無限春。」又云：「想微亞風櫺，侵寒欲嚏，潛攜月幌，屏息無聞。」〈美人齒〉云：「念襯處參紅，榴編細貝，露時凝素，瓠破明犀。」又云：「曾徼幸，有姓名輕掛，何福消伊。」又云：「更吟費推敲，咬鬆鵵管，繡商深淺，嚼爛絨絲。」皆極其細膩。〈美人肩〉云：「想向月憑時，削成軟玉，將雲護著，襯出明霞。」又云：「愁多處，似相思擔盡，繞遍天涯。」又云：「更昵語羞應，笑時微聳，慵情漫倚，嚲處恒斜。嬌若難勝，瘦如欲脫，寒倩蕭郎半袂遮。」**（此數語稍纖。竹垞賦此題云：「籬弱纔過，牆低乍及，結伴還從影後窺。緣紅索，上秋千小立，恰並花枝。」亦自貼切，而不及文友精細）**〈美人乳〉云：「訝素影微籠，雪堆姑射，紫尖輕暈，露滴葡萄。」又云：「見浴罷銅湹，羅巾掩早，圍來繡襪，錦帶栓牢。逗向瓜期，褪將裙底，天壤何人吮似醪**（此數語太纖鄙）**。幽歡再，為嬌兒拋下，濕透重綃。」**（「寧斷嬌兒乳，不斷郎殷勤。」樂府荒淫語也。似此運用入妙，轉有身分。竹垞賦此題云：「量取刀圭，調成藥裏，寧斷嬌兒不斷郎。」用成語亦呆相）**〈美人背〉云：「浹來紅汗還頻，便浴室潛窺此獨親**（想入非非）**。想郎手遶將，柔鄉熨貼，妹胸擁著，寒夜橫陳**（數語亦太昵）**。剪爪輕搔，靠窗閒曝，問相應封號與秦。偏芒刺，怕無端笑指，向後紛紛。」**（似此運典，則雅有味。竹垞賦此題云：「每到嗔時，拋郎半枕，難豁猩紅一點脣。堪憎甚，縱千呼萬喚，未肯回身。」太褻、太昵，不及此之工雅）**〈美人膝〉：「更愛欲頻登，促來綺席，愁教獨抱，閣盡吟箋。誓月幽窗，拈花法座，屈向氍毹較可憐。如今見，有阿侯旋繞，長在伊前。」此類皆極精麗。劉龍洲〈沁園春〉等篇，不足數矣。

二四

文友為詞中之妖，然卻有妖之神通。後人為豔詞，更欲勝之，亦非易易。故余願學詞者，各究其本原之所在。本原既得，不獨《蓉渡》為糟粕，即〈烏絲〉、〈載酒〉，亦成旒綴。

二五

溫厚和平，詩教之正，亦詞之根本也。然必須沉鬱頓挫出之，方是佳境。否則不失之淺露，即難免平庸。

二六

〈風〉、〈騷〉為詩詞之原。然學〈騷〉易，學《詩》難。〈風〉詩祇可取其意，《楚辭》則並可擷其華。

二七

幽深窈曲，瑰瑋奇肆，《楚辭》之末也。沉鬱頓挫，忠厚纏綿，《楚辭》之本也。捨其本而求其末，遂託名於靈均，吾所不取。

二八

千古得〈騷〉之妙者，惟陳王之詩，飛卿之詞。為能得其神，不襲其貌。近世則蒿庵詞，可與〈風〉、〈騷〉相表裏。此外鮮有合者。

二九

《楚辭》二十五篇，不可無一，不能有二。宋玉效顰，已為不類。兩漢才人，踵事增華，去〈騷〉益遠。惟陳王處骨肉之變，發忠愛之忱。既憫漢亡，又傷魏亂。感物指事，欲語復咽。其本原已與〈騷〉合。故發為詩歌，覺湘間澤畔之吟，去人未遠。嗣後太白學〈騷〉，虛有形體。長吉學〈騷〉，益流怪誕。飛卿古詩有與〈騷〉暗合處，但才力稍弱，氣骨未遒。可為〈騷〉之奴隸，未足為〈騷〉之羽翼也。惟〈菩薩蠻〉、〈更漏子〉諸詞，幾與〈騷〉化矣。所以獨絕千古，無能為繼。繼之者，其惟蒿庵乎。

三〇

或問杜陵何以不學〈騷〉？余曰：此不可一概論也。大約白〈風〉、〈騷〉以迄太白，皆一線相承。其間惟彭澤一源，超然物外。正如巢、許、夷、齊，有不可以常理論。至杜陵，負其倚天拔地之才，更欲駕〈風〉、〈騷〉而上之，則有所不能。僅於〈風〉、〈騷〉中求門戶，又若有所不甘。故別建旗鼓，以求勝於古人。詩至杜陵而聖，亦詩至杜陵而變。顧其力量充滿，意境沉鬱。嗣後為詩者，舉不能出其範圍，而古調不復彈矣。故余謂自風騷以迄太白，詩之正也，詩之古也。杜陵而後，詩之變也。自有杜陵，後之學詩者，更不能求〈風〉、〈騷〉之所在，而亦不得不以杜陵為止境。韓、蘇且列門牆，何論餘子？昔人謂杜陵為詩中之秦始皇（**言其變古也**），亦是快論（**此下六條論詩之正變，偶與論〈風〉、〈騷〉連類及之**）。

三一

世人論詩，多以太白之縱橫超逸為變。而以杜陵之整齊嚴肅為正。此第論形骸，不知本原也。太白一生大本領，全在〈古風〉五十五首。今讀其詩，何等樸拙，何等忠厚。至如〈蜀道難〉、〈行路難〉、〈天姥吟〉、〈鳴皋行〉等篇，粗而不精，枝而不理，絕非太白高作。若杜陵忠愛之忱，千古共見。而發為歌吟，則無一篇不與古人為敵。其陰狠在骨，更不可以常理論。故余嘗謂太白詩，謹守古人繩墨，亦步亦趨，不敢相背。至杜陵乃真與古人為敵，而變化不可測矣。固由讀破萬卷，研琢功深。亦實為古今邁等絕倫之才，斷不能率循規矩，受古人羈縛也。但可為知者道，難與俗人言。

三二

今之尊李抑杜者，每以李之劣處，為李之優。而以杜之優處，為杜之劣。不獨非杜之知己，並非李之知己矣。楊升庵其甚焉者也。

三三

詩有變古者，必有復古者（如陳伯玉掃陳、隋之習是也）。然自杜陵變古後，而後世更不能復古（自〈風〉、〈騷〉至太白同出一源。杜陵而後，無敢越此老範圍者，皆與古人為敵國矣）。何其霸也。

三四

不知古者，必不能變古，此陳、隋之詩所以不競也。杜陵與古為化者也。惟其與古為化，故一變而莫可復興。

三五

杜陵之詩，洗脫漢魏六朝面目殆盡，亦非敢於變〈風〉、〈騷〉也。特才力愈工，〈風〉、〈雅〉愈遠。不變而變，乃真變矣。

三六

自溫、韋以迄玉田，詞之正也，亦詞之古也。元、明而後，詞之變也。茗柯、蒿庵，其復古者也。斯編若傳，輪扶大雅，未必無補。

三七

詞至元、明，猶詩至陳、隋。茍柯、蒿庵，猶陳射洪、張曲江也。嗣後誰為太白，收前古之終？誰為杜陵，別出旗鼓，以開來學哉（朱、陳不能與古化，雖敢於變古，終無少陵手段，不足範圍後學也）？

三八

〈河傳〉一調，最難合拍。飛卿振其蒙。五代而後，便成絕響。

三九

「江上柳如煙，雁飛殘月天。」飛卿佳句也。好在是夢中情況，便覺綿邈無際。若空寫兩句景物，意味便減。悟此方許為詞，不則即金氏所謂「雅而不豔，有句無章」者矣。

四〇

稼軒〈粉蝶兒・落梅〉起句云：「昨日春如十三女兒學繡。」後半起句云：「而今春如輕薄蕩子難久。」兩喻殊覺纖陋，令人生厭。後世更欲效顰，真可不必。

四一

詞中如〈西江月〉、〈一翦梅〉、〈釵頭鳳〉、〈江城梅花引〉等調，或病纖巧，或類曲唱，最不易工（**難得大雅**）。善為詞者，此類以不填為貴。

四二

入門之始，先辨雅俗。雅俗既分，歸諸忠厚。既得忠厚，再求沉鬱。沉鬱之中，運以頓挫，方是詞中最上乘。

四三

「尋尋覓覓，冷冷清清，淒淒慘慘戚戚。」易安雋句也（並非高調）。「鶯鶯燕燕春春，花花柳柳真真，事事風風韻韻，嬌嬌嫩嫩（四字尤不堪），停停當當人人。」喬夢符效之，醜態百出矣。然如雙卿〈鳳凰臺上憶吹簫〉一闋，疊至四、五十字，而運以變化，不見痕跡。長袖善舞，誰謂今人不逮古人！

四四

易安〈聲聲慢〉詞，張正夫云：「此乃公孫大娘舞劍手。本朝非無能詞之士，未曾有一下十四疊字者。」後疊又云：「『到黃昏點點滴滴』，又使疊字，俱無斧鑿痕。『怎生得黑』，『黑』字不許第二人押。婦人有此詞筆，殆間氣也。」此論甚陋。十四疊字，不過造語奇雋耳。詞境深淺，殊不在此。執是以論詞，不免魔障。

四五

雙卿詞怨而不怒，可感可泣。吳蘋香則怨而怒矣，詞不逮雙卿。其情之可憫則一也。

四六

僧之能詞者，除西湖老僧〈點絳脣〉一闋外，鮮有佳者（此詞亦非正聲，然其中有一片化機，未可淺視）。

四七

癸酉、甲戌之年，余初習倚聲，曾選古今詞二十六詞卷，得三千四百三十四首，名曰《雲韶集》。自今觀之，殊病蕪雜。然其中議論，亦有一二足採者。如云：「北宋詞，詩中之〈風〉也。南宋詞，詩中之〈雅〉也。」又云：「東坡不可及處，全是去國流離之思，卻又哀而不傷，怨而不怒，所以為高。」又云：「方回筆墨之妙，真乃一片化工。」又云：「張文潛謂方回詞『妖冶如攬嬙、施之袪，盛麗如入金、張之堂，幽索如屈、宋，悲壯如蘇、李』，此猶論其貌耳。若論其神，則如雲煙縹緲，不可方物。」又云：「稼軒詞非不運典，然運用雖多，而其氣不掩，非放翁所及。劉氏並譏辛、陸，謬矣。」**（劉潛夫云：「放翁、稼軒，一掃纖豔，不事斧鑿。高則高矣，但時時掉書袋，要是一癖。」）**又云：「詞至張仲舉後，數百年來，邈無嗣響南宋者。」又云：「詞衰於元，然猶未亡也。至明而詞乃亡矣。」又云：「竹垞詞豔而不浮，疏而不流，工麗芊綿中而筆墨飛舞。」**（此亦第論其面目）**又云：「其年詞以氣勝，然亦是以情勝。蓋有氣以達情，而情愈出。情為主，貴得其正。氣為輔，貴得其厚。後人徒學其矜才使氣，殊屬無謂。」**（此亦第論形骸。其年詞亦未能到此地步，然其說自可取）**又云：「詞家之病，首在一俗字。破除此病，非讀樊榭詞不可。」又云：「稼軒詞，精者直似一座鐵甕城。堅而銳，銳而厚，縱饒千軍萬馬，亦衝突不入。板橋、心餘輩，一擊瓦解矣。」又云：「五代人詞，不著力而意自勝，而俚淺處亦不少。」以上數條，雖不必盡然，亦未為無見。

四八

詞中連用疊字，或句句用「春」字，或句句用「愁」字，句句用「聲」字、「兒」字、「秋」字、「間」字之類，皆非正道。有志於古者，必不屑為也。

四九

唐人皇甫子奇詞，宏麗不及飛卿，而措詞閒雅，猶厚古詩遺意。唐詞于飛卿而外，出其右者鮮矣。五代而後，更不復見此種筆墨。

五〇

飛卿詞大半託詞帷房，極其婉雅而規模自覺宏遠。周、秦、蘇、辛、姜、史輩，雖姿態百變，亦不能越其範圍。本原所在，不容以形跡勝也。

五一

碧山〈詠蓴〉云：「碧芽也抱春洲怨，雙捲小緘芳字。」下云：「江湖興，昨夜西風又起。年年輕誤歸計。如今不怕歸無準，卻怕故人千里。」玉田〈長亭怨〉云：「故人何許。渾忘了、江南舊雨。」下云：「如今又、京國尋春，定應被、薇花留住。」自甘終隱，而亦不願其友之枉道徇人，同一用意忠厚。

五二

碧山〈醉落魄〉云：「垂楊學畫蛾眉綠。年年芳草迷金谷。如今休把佳期卜。一掬春情，斜月杏花屋。」婉麗中見幽怨，殆亦借題言志耶。

五三

國初諸老，好作閨夜詞。董文友「昨夜天孫罷錦梭」一篇，最為刻骨。他如梅村〈醉春風〉云：「皓腕頻移，雲鬟低擁，羞眸斜睇。」棠邨〈一剪梅〉云：「畫眉人似舊風流，對面溫柔，背面嬌羞。」又云：「雙結燈花兩意投，一晌低頭，半晌迴謀。玉貌煙冷睡還休，倚了香篝，褪了蓮勾。」西堂〈醉花間〉云：「芙蓉帳底眠，春夢同郎續。」棠楨〈兩同心〉：「城上三更漏鼓，春寒太甚，不回頭，媚眼羞開，假生嗔，笑聲難禁。」此類皆麗而淫矣。

五四

「鎮日雙蛾愁不展。隔斷中庭，羞與郎相見。十二闌干閒倚遍。鳳釵壓鬢寒猶顫。　昨日江樓簾乍捲。零亂春愁，柳絮飄千點。上巳湔裙人已遠。斷魂莫唱蘋花怨。」此余〈蝶戀花〉詞也。怨而不怒，尚有可觀。越二日，又賦一闋云：「誰道蓬山天外遠。曉起開簾，重見芙蓉面。躲髻籠雲眉翠斂。低頭不覺朱顏變。　避入花陰藏不見。細拾殘紅，不語思量遍。小院新晴寒尚淺。秋風先已捐團扇。」決絕如此，未免怨而怒矣，然自是憂鬱。

五五

乙酉鄉試，洩瀉委頓，草草完卷，歸舟望月，秋氣泬寥，曾賦〈臨江仙〉云：「八月西風吹客袂，初程少駐征鞍。雁聲嘹唳碧雲端。高城天共遠，回首淚闌干。　短荻長蘆秋瑟瑟，水邊紅蓼花殘。冰輪寂寞夜江寒。迴潮如有恨，嗚咽繞前灘。」意不勝而情勝。明日阻雨，又賦〈洞仙歌〉一闋。上半闋云：「荒江晚泊，蟻蒹葭深處。回首高城墮煙霧。正酒懷落寞，旅途淒迷，愁欲絕、況是短篷疎雨。」亦即上章之意，詞境皆淺，聊寄吾懷而已。

五六

詞有信筆寫去，若不關人力者，而自饒深厚，此境最不易到。余曾賦〈鷓鴣天〉一闋云：「一夜西風古渡頭。紅蓮落盡使人愁。無心再續西洲曲，有恨還登舴猛舟。　殘月墮，曉煙浮。一聲欸乃入中流。豪懷不肯同零落，卻向滄波弄素秋。」書以俟識者。

五七

題詠西湖十景，惟陳西麓感時傷事，得風人之正。草窗〈木蘭花慢〉十闋，泛寫景物，了無深義。張成子〈應天長〉十章，才氣不逮草窗，而時有與西麓暗合處。如〈蘇隄春曉〉云：「草色舊迎雕輦，蒙茸暗香陌。」〈曲院荷風〉云：「田田處，成暗綠。正萬羽、背風斜矗。亂鷗去，不信雙鴛，午睡猶熟。」〈花港觀魚〉云：「禹浪未成頭角，吞舟膽猶怯。湖山外，江海匝。怕自有、暗泉流接。楚天遠，尺素無期，枉誤停楫。」下云：「濠梁興，歸未愜。記舊伴、袖攏留摺。指魚水、總是心期，休怨三疊。」〈南屏晚鐘〉云：「歡娛地，空浪跡。漫記省、五更聞得。」〈柳浪聞鶯〉云：「昆明事，休更說。費夢繞、建章宮闕。」〈兩峰插雲〉云：「喚醒睡龍蒼角，盤空壯商翼。西湖路，成倦客。待倩寫、素縑千尺。」此類皆有亡國之感。不及西麓之深厚，固勝似草窗作。趙聞禮錄入《陽春白雪》集中，未為無見。

五八

趙聞禮輯《陽春白雪》八卷，頗能擷兩宋人之精。而雜入游詞亦不少。未能盡善也。

五九

陸務觀〈風流子〉云：「佳人多命薄，初心慕、德曜嫁梁鴻。記綠窗睡起，靜吟閒詠，句翻離合，格變玲瓏。更乘興、素紈留戲墨，纖玉撫孤桐。蟾滴夜寒，水浮微凍，鳳牋春麗，花研輕紅。　人生誰能料，堪悲處、身落柳陌花叢。翻羨畫堂鸚鵡，深閉金籠。向寶鏡鸞釵，臨妝常晚，繡茵牙版，催舞還慵。腸斷市橋月笛，燈院霜鐘。」蓋放翁傷其妻作也。詞不必高，而情極哀怨。選本皆不登此篇，惟《陽春白雪》集載之。

六〇

「商人重利輕別離」，白香山沉痛語也。江開之〈菩薩蠻・商婦怨〉云：「嫁郎如未嫁，長是淒涼夜。情少利心多，郎如年少何。」俚極笨極，真是點金成鐵。

六一

許魯齋云：「儒者以治生為急務。」真通達之論。其〈沁園春．墾田東城〉云：「為農換卻為儒。任人笑、謀身拙更迂。念老來生業，無他長技，欲期安穩，敢避崎嶇。達士身名，豪家驕蹇，此好胸中一點無。歡然處，有膝前兒女，几上詩書。」亦即治生之義，非泛作農家語。元《草堂詩餘》載之，而詞則未為超妙。

六二

竹山詞云：「萬誤曾因疏處起，一閒且向貧中覓。」自是閱歷語，而詞筆甚雋。魯齋〈書懷〉詞云：「萬事豈容忙裏做，一安惟自閒中得。」效顰無謂。

六三

學以礪而後成，苟違繩墨，何憚鉱規。若以水濟水，則亦何益之有哉？古人詩詞不盡可法，善於運用，何難化腐為奇？若理解不明，貞淫未辨，妄竊古人成語，以為己有。膠柱者寶其唾餘，改弦者失其宗旨。古人亦安恃此知己也。

六四

辛稼軒詞運用唐人詩句，如淮陰將兵，不以數限，可謂神勇。而亦不能牢籠萬態，變而愈工，如腐遷《夏本紀》之點竄〈禹貢〉也。

六五

元《草堂詩餘》載江村姚雲文艮岳詞〈摸魚兒〉云：「渺人間、蓬瀛何許，一朝飛入梁苑。輞川梯洞層崖出，猶帶鬼愁龍怨。窮遊宴。談笑裏、金風吹折桃花扇。翠華天遠。悵莎沼螢黏，錦屏煙合，草露泣蒼蘚。　東華夢，好在牙檣瑀輦。畫圖歷歷曾見。落紅萬點孤臣淚，斜日牛羊春晚。摩雙眼。看塵世、鼇宮又報鯨波淺。吟鞭拍斷。便乞與媧皇，化成精衛，填不盡遺憾。」慨當以慷，亦陳經國之亞匹也。

六六

元人彭元遜〈解佩環．尋梅不見〉云：「江空不渡。恨蘼蕪杜若，零落無數。遠道荒寒，婉娩流年，望望美人遲暮。風煙雨雪陰晴晚，更何須、春風千樹。盡孤城、落木蕭蕭，日夜江聲流去。　日宴山深聞笛，恐他年流落，與子同賦。事闊心違，交淡媒勞，蔓草沾衣多露。汀洲窈窕餘醒寐，遺佩環、浮沉澧浦。有白鷗、淡月微波，寄語逍遙容與。」憂深思遠，於兩宋外，又辟一境。而本原正見相合。出自元人手筆，尤為難得。

六七

元《草堂詩餘》錄彭元遜詞最多。其警句如〈臨江仙〉云：「自結床頭塵尾，角巾坐枕孤松。片雲承日過山東。起聽荷葉雨，行受豆花風。」〈蝶戀花〉云：「無復捲簾知客意。楊花更欲因風起。」語爽朗而意深遠，在元代定推作手。

六八

《葇斐軒詞韻》，以上、去、入三聲均隸於平韻中。蓋專為北曲而設，決非宋人所訂正。惜大晟樂府久已失傳，無從考證其謬。樊榭遽以為宋人詞韻，失之未考也。

六九

玉田《詞源》二卷，上卷精研聲律，探本窮源，繪圖立說。審音者執此以求古樂不難矣。下卷自音譜以至雜論。選詞不多，別具隻眼，洵可為後學之津梁。陳眉公誤以下卷為《樂府指迷》。雲間姚培謙、張景星輯為《樂府指迷》一卷，而刪其十之二三，蓋仍眉公之誤也。

七〇

劉改之〈詠美人指甲〉、〈美人足·沁園春〉兩篇，玉田《詞源》錄附姜史詠物之後。謂「兩詞亦工麗，但不可與前作同日語。」余謂宋人詠物佳篇極多，何必錄此兩詞，有汙大雅。此《詞源》之小疵，不得以玉田所賞而諱其失。

七一

作詞氣體要渾厚，而血脈貴貫通。血脈要貫通，而發揮忌刻露。居心忠厚，託體高渾，雅而不腐，逸而不流，可以為詞矣。

七二

雄闊非難，深厚為難。刻摯非難，幽鬱為難。疏逸非難，沖淡為難。工麗非難，雅正為難。奇警非難，頓挫為難。纖巧非難，渾融為難。古今不乏名家，兼有眾長鮮矣。詞豈易言哉。

七三

李後主、晏叔原皆非詞中正聲，而其詞則無人不愛，以其情勝也。情不深而為詞，雖雅不韻，何足感人？

七四

晏元獻、歐陽文忠皆工詞，而皆出小山下。專精之詣，固應讓渠獨步。然小山雖工詞，而卒不能比肩溫、韋，方駕正中者，以情溢詞外，未能意蘊言中也。故悅人甚易，而復古則不足。

七五

熟讀溫、韋詞，則意境自厚。熟讀周、秦詞，則韻味自深。熟讀蘇、辛詞，則才氣自旺。熟讀姜、張詞，則格調自高。熟爇碧山詞，則本原自衛，規模自遠。本是以求〈風〉、〈雅〉，何必遽讓古人。

七六

向子諲〈梅花引．戲代李師明作〉云：「花如頰。梅如葉。小時笑弄階前月。最盈盈。最惺惺。閒愁未識，無計說深情。一年空省春風面。花落花開不相見。要相逢。得相逢。須信靈犀，中自有心通。　同杯杓。同斟酌。千愁一醉都忘卻。花陰邊。柳陰邊。幾回擬待，偷憐不成憐。傷春玉瘦慵梳掠。拋擲琵琶閒處著。莫猜疑。莫嫌遲。鴛鴦翡翠，終是一雙飛。」此調頗不易工，古今合作，僅此一首。蓋轉韻太多，真氣必減。且轉韻處必須另換一意，方能步步引人入勝。作者多為調所窘。此作層層入妙，如轉丸珠。又如七寶樓臺，不容拆碎（此詞余錄入《閒情集》）。賀方回三闋，陳其年二闋，專集古語以為詞，可稱別調（賀、陳詞余錄入《別調集》）。

七七

張元幹〈樓上曲〉云：「樓外夕陽明遠水。樓中人倚東風裏。何事有情怨別離。低鬟背立君應知。　東望雲山君去路。斷腸迢迢盡愁處。明朝不忍見雲山。從今休傍曲闌干。」意味深長，音調古雅，豔體中〈陽春〉、〈白雪〉也。

白雨齋詞話　卷十

一

黃石牧《香屑集》，古豔古香，集句神境。《痦堂詞》二卷，亦多幽怨之音。如〈翠樓吟・魂〉云：「月魄荒唐，花靈髣髴，相攜最無人處。闌干芳草外，忽驚轉、幾聲杜宇。飄零何許。似一縷游絲，因風吹去。渾無據。想應淒斷，路傍酸雨。　日暮。渺渺愁余。覺黯然銷者，別情離緒。春陰樓外遠，入柳煙、和鶯私語。連江暝樹。願打點幽香，隨郎黏住。能留否。只愁輕絕，化為飛絮。」慘戚憯悽，迷離惝恍，非深於情者，不能道隻字。

二

寇萊公〈點絳脣〉云：「象尺薰爐，拂曉停鍼線。愁蛾淺。飛紅零亂。側臥珠簾卷。」遣詞淒豔，姿態甚饒，自是北宋人手筆。

三

范文正〈御街行〉云：「愁腸已斷無由醉。酒未到，先成淚。殘燈明滅枕頭攲，諳盡孤眠滋味。都來此事，眉間心上，無計相迴避。」淋漓沉著。〈西廂・長亭〉襲之，骨力遠遜，且少味外味。此北宋所以為高、小山、永叔後，此調不復彈矣。

四

張忠武〈臨江仙．憶舊〉云：「千古武陵溪上路，桃花流水潺潺。可憐仙侶剩濃歡。黃鸝驚夢破，青鳥喚春還。回首舊遊渾不見，蒼煙一片荒山。玉人何處倚闌干。紫簫明月底，翠袖暮雲寒。」清詞麗句，不減晏、歐諸賢。從古大英雄，必非無情者，吾於仲疇益信。

五

「燒殘紅燭暮雲合，飄盡碧梧金井寒。」馮正中〈拋毬樂〉詞也。拗一字，更覺宮商一片。知音者原不拘於調。

六

詩以窮而後工，倚聲亦然，故仙詞不如鬼詞。哀則幽鬱，樂則淺顯也。宋代惟白玉蟾脫盡方外氣。陳與義擬〈法駕導引〉三章，亦稱佳搆（原序云：「世傳頃年都下市肆中，有道人攜烏衣椎髻女子，買斗酒獨飲，女子歌詞以侑。凡九闋，皆非人世語。或記之，問一道士，道士驚曰『此赤城韓夫人所製水府蔡真君《法駕導引》也，烏衣女子疑龍』云。得其三而亡其六，擬作三闋。」）。其一云：「朝元路，朝元路，同駕玉華君。千乘載花同一色，人間遙指是祥雲。回望海光新。」其二云：「東風起，東風起，海上百花搖。十八風鬟雲半動，飛花和雨著輕綃。歸路碧迢迢。」其三云：「煙漠漠，煙漠漠，天澹一簾秋。自洗玉舟斟白醴，月華微映是空舟。歌罷海西流。」以清虛之筆，寫闊大之景，語帶仙氣，洗脫凡豔殆盡。

七

王香雪〈天仙子・曉發尚湖〉云：「遠樹驚烏飛不定。煙中漸吐青山影。犬聲荒店未開門，西風緊。霜華凝。半湖殘月蘆花冷。」全首寫景，亦是詞中變格，後人不必效顰。

八

東坡詞全是王道，稼軒則兼有霸氣，然猶不悖於王也。其年則竟似老瞞、石勒一流人物。板橋、心餘輩，不過赤眉、黃巾之流亞耳。後之學詞者，不究本原，好作壯語，復向板橋、心餘詞求生活，則是鼠竊狗偷，益卑鄙不足道矣。

九

其年〈題珂雪詞〉云：「萬馬齊瘖蒲牢吼，百斛蛟螭困蠢。算蝶拍、鶯簧休混。多少詞場談文藻，向豪蘇膩柳尋藍本。吾大笑，比蛙黽。」夫柳誠不足重，蘇則何可厚非？一概抹煞，此蓋其年自道其詞，而特借珂雪一發之也。然竟是老瞞、石勒聲口。

一〇

其年能作壯語，然悲者多而麗者少。惟〈送三韓李若士省親之楚・金縷曲〉一闋（若士尊公，時提督湖廣），最為壯麗。詞云：「秋到離亭暮。羨風前、珊鞭玉靶，翩然竟去。借問此行何所向，笑指巴煙郢樹。是烏鵲、慣南飛處。路入南荒休騁望，有陶公、戰艦空灘雨。釃熱酒，浪花舞。嚴君坐擁貔貅旅。壓下流、一軍下瀨，目無貰祖。昨夜月明親饗士，要奏新填樂府。都不用、陳琳阮瑀。手掣紅旗翻破陣，看郎君、下筆驚鸚鵡。猿臂種，氣如虎。」雄闊壯麗。然在迦陵，自是屈意之作。

一一

《西河詞話》云：「禮部某郎中無子，適其妾有身。已產女矣，匄【音同丐】鄰園尼僧，向城東育嬰堂，懷一血胎內之，遂許言生一男。於彌月宴客，座間各賦賀詞。予同官陳迦陵賦〈桂枝香〉曲二闋。其首闋前截云：『泛浦未既，蘭湯重試。若非釋氏攜來，定是宣尼抱至。』郎中疑迦陵知其事，故誚之。即次闋前截云：『懸弧宅第，充閭佳氣。試聽戶外啼聲，可是人間恒器。』凡『人間』、『戶外』，皆類誚詞，遂大恚恨。其後凡禮部於翰林院衙門有所差擇，必厚抑迦陵，竟至淹滯。始知文字之隙，原有檢點所不及者，然不可不慎也。」按此二詞，《迦陵集》中不載。先生以詞自豪，竟以詞受累。何造化之善弄人耶！

一二

彭駿孫《金粟詞話》云：「詞人用語助入詞者甚多，入豔詞者絕少。惟秦少游『悶則和衣擁』，新奇之甚。用『則』字亦僅見此詞。」按此乃少游惡劣語，何新奇之有！至用「則」字入詞，宋人中屢見。如「拚則而今已拚了，忘則怎生便忘得」，「又憶則如何不憶」之類，亦豈謂之僅見！董文友詞云：「暗笑那人知未，薄倖從前既。」押「既」字穩而有味，似此方可謂善用語助入豔詞者。

一三

讀古人詞，貴取其精華，遺其糟粕。且如少游之詞，幾奪溫、韋之席，而亦未嘗無纖俚之語。讀《淮海集》，取其大者高者可矣。若徒賞其「怎得香香深處，作箇蜂兒抱」等句（**此語彭羨門亦賞之，以為近似柳七語。尊柳抑秦，匪獨不知秦，並不知柳。可發大噱**），則與山谷之「女邊著子，門裏安心」，其鄙俚纖俗，相去亦不遠矣。少游真面目何由見乎？

一四

東坡、稼軒、白石、玉田高者易見。少游、美成、梅溪、碧山高者難見。而少游、美成尤難見。美成意餘言外，而痕跡消融，人苦不能領略。少游則義蘊言中，韻流弦外。得其貌者，如鼴鼠之飲河，以為果腹矣。而不知滄海之外，更有河源也。喬笙巢謂：「他人之詞詞才也，少游詞心也。」可謂卓識。

一五

聲名之顯晦，身分之高低，家數之大小，只問其精與不精，不係乎著作之多寡也。子建、淵明之詩，所傳不滿百首。然較之蘇、黃、白、陸之數千百首者，相越何止萬里。詞中如飛卿、端己、正中、子野、東坡、少游、白石、梅溪諸家，膾炙人口之詞，多不過二、三十闋，少則十餘闋或數闋，自足雄峙千古，無與為敵。近人以多為貴，卷帙裒然，佳者不獲一、二闋。吾雖以之覆酒甕、覆醬瓿，猶恐汙吾酒醬也。吾願肆志於古者，將平昔應酬無聊之作，一概刪棄，不可存絲毫姑息之意。而後真面目可見，而後可以傳之久遠，不為有識者所譏。然則蒿庵四十闋，較古人為已多，正不病其少也。

一六

《小倉山房詩》，詩中異端也。稍有識者，無不吐棄之。然亦實有可鄙之道，不得謂鄙之者之過。假令簡齋當日刪盡蕪詞，僅存其精者百餘首（多存近體，少存古體，不必存絕句。極多以百餘首為止，更不可再多），傳至今日，正勿謂不逮阮亭、竹垞諸公也。惟其不能割捨，誇多鬬靡，致使指摘交加，等諸極惡不堪之列，亦其自取。習倚聲者，尤不可不察。

一七

《小倉山房集》，佳者尚可得百首。《忠雅堂詩》、《甌北詩鈔》，百中幾難獲一。蓋一則如粗鄙赤腳奴，一則如倚門賣笑倡也。近人懾於其名，以耳代目。彼不知駝峰熊掌為何物，宜其如鴟之嚇腐鼠也。哀哉！

一八

袁、趙、蔣盛負時名，而其詩實無可貴。洪稚存、吳穀人等詩，愈趨愈下，儘可不觀。無足深論。

一九

詩詞中淺薄聰明語，余所痛惡。一染其習，動輒可數十首。無論其不能傳，即徼倖傳之後世，亦不過供人唾罵耳。何足為重。

二〇

余友嘗語余云：「有《全唐詩》，不可無《全宋詞》。有能為是舉者，固是大觀。且不患其不傳也。」然余謂：藉以傳一己之名詞可，欲以教天下後世之為詞者則不可。蓋兵貴精不貴多，精則有所專注，多則散亂無紀。如《全唐詩》九百卷，多至四萬八千首。精絕者亦不過三千首，可數十卷耳（余久有《唐詩選》之意，約得三千首，此舉至今未果）。餘則僅備觀覽，供彩掇，資諧笑而已。雖不錄無害也。倚聲一途，既有朱氏《詞綜》，兩宋精華，約略已具，而蒿庵猶病其蕪。更欲集《全宋詞》，則亦不過壯觀鄴架，於本原無涉，亦可不必。

二一

《宋六十家詞》已病蕪雜，識者宜分別觀之。吳氏《宋元百家詞》，竹垞時已失全書，近更無從採訪。然宋、元兩代詞，高者不過十餘家，次者約得三十餘家。合五十家足矣。錄至百家，下乘必多於上駟。博而不精，終屬過舉。

二二

兩宋詞，精絕者約略不過五百餘首。足備揣摩，不必多求也。

二三

白石仙品也。東坡神品也，亦仙品也。夢窗逸品也。玉田雋品也。稼軒豪品也。然皆不離於正。故與溫、韋、周、秦、梅溪、碧山同一大雅，而無傲而不理之誚。後人徒恃聰明，不窮正始，終非至詣。

二四

東坡一派，無人能繼。稼軒同時，則有張、陸、劉、蔣輩，後起則有遺山、迦陵、板橋、心餘輩。然愈學稼軒，去稼軒愈遠，稼軒自有真耳。不得其本，徒逐其末，以狂呼叫囂為稼軒，亦誣稼軒甚矣。

二五

唐宋名家，流派不同，本原則一。論其派別，大約溫飛卿為一體（皇甫子奇、南唐二主附之），韋端己為一體（朱松卿附之），馮正中為一體（唐五代諸詞人以暨北宋晏、歐、小山等附之），張子野為一體，秦淮海為一體（柳詞高者附之），蘇東坡為一體，賀方回為一體（毛澤民、晁具茨高者附之），周美成為一體（竹屋、草窗附之），辛稼軒為一體（張、陸、劉、蔣、陳、杜合者附之），姜白石為一體，史梅溪為一體，吳夢窗為一體，王碧山為一體（黃公度、陳西麓附之），張玉田為一體。其間惟飛卿、端己、正中、淮海、美成、梅溪、碧山七家，殊途同歸。餘則各樹一幟，而皆不失其正。東坡、白石尤為矯矯。

二六

汪玉峰（森）之序《詞綜》云：「言情者或失之俚，使事者或失之伉。鄱陽姜夔出，句琢字鍊（此四字甚淺陋，不知本原之言），歸於醇雅。於是史達祖、高觀國羽翼之。張輯、吳文英師之於前，趙以夫、蔣捷、周密、陳允平、王沂孫、張炎、張翥效之於後。譬之於樂，舞箾【音同碩】至於九變，而詞之能事畢矣。」此論蓋阿附竹垞之意，而不知詞中源流正變也。竊謂白石一家，如閒雲野鶴，超然物外，未易學步。竹屋所造之境，不見高妙，烏能為之羽翼？至梅溪則全祖清真，與白石分道揚鑣，判然兩途。東澤得詩法於白石，卻有似處。詞則取徑狹小，去白石甚遠。夢窗才情橫逸，斟酌於周、秦、姜、史之外，自樹一幟，亦不專師白石也。《虛齋樂府》，較之小山、淮海，則嫌平淺。方之美成、梅溪，則嫌伉墜，似鬱不紆，亦是一病，絕非取徑於白石。竹山則全襲辛、劉之貌，而益以疏快。直率無味，與白石尤屬歧途。草窗、西麓兩家，則皆以清真為宗。而草窗得其姿態，西麓得其意趣。草窗間有與白石相似處，而亦十難獲一。碧山則源出〈風〉、〈騷〉，兼採眾美，託體最高，與白石亦最異。至玉田乃全祖白石，面目雖變，託根有歸，可為白石羽翼。仲舉則規模於南宋諸家，而意味漸失，亦非專師白石。總之，謂白石拔幟於周、秦之外，與之各有千古則可。謂南宋名家以迄仲舉，皆取法於白石，則吾不謂然也。

二七

詞家好分南宋北宋。國初諸老幾至各立門戶。竊謂論詞只宜辨別是非，南宋北宋，不必分也。若以小令之風華點染，指為北宋。而以長調之平正迂緩，雅而不豔，豔而不幽者，目為南宋，匪獨重誣北宋，抑且誣南宋也。

二八

北宋間有俚詞，南宋則多游詞。而伉詞則兩宋皆不免。選擇不可不慎。學者貴求其本原所在，門戶之見自消。否則各執一是，互相攻訐，溯厥本原，卒無託足處。宜乎不得其通也。

二九

余擬輯《古今二十九家詞選》（附四十二家），約二十卷。有唐一家（附一家），溫飛卿（附皇甫子奇）。五代三家（附四家），李後主（附中宗）、韋端己（附牛松卿、孫光憲）、馮延巳（附李珣）、北宋七家（附六家），歐陽永叔（附晏元獻）、晏小山、張子野、蘇東坡、秦淮海（附柳耆卿、毛澤民、趙長卿）、賀方回、周美成（附陳子高、晁具茨）。南宋九家（附八家），辛稼軒（附朱敦儒、黃公度、劉克莊、張元幹、張孝祥、劉改之、陸放翁、蔣竹山）、姜白石、高竹屋、史梅溪、吳夢窗、陳西麓、周草窗、王碧山、張玉田。元代一家（附二家），張仲舉（附彭元孫、末附金之元遺山）。國朝八家（附二十一家），陳其年（附吳梅村、曹潔躬、尤悔庵、鄭板橋）、曹珂雪（附彭駿孫、徐電發、嚴藕漁）、朱竹垞（附李分虎、李符曾、王士禛、董文友）、厲太鴻（附黃石牧）、史位存（附王小山、王香雪）、趙璞函（附過湘雲、吳竹嶼）、張皋文（附張翰風、李申耆、鄭善長）、莊中白（附蔣鹿潭、譚仲修）。自溫飛卿至馮延巳為第一卷。歐陽永叔至張子野為第二卷。蘇東坡至秦淮海為第三卷。賀方回至周美成為第四卷。辛稼軒為第五卷。姜白石至史梅溪為第六卷。吳夢窗為第七卷。陳西麓至周草窗為第八卷。王碧山為第九卷。張玉田至張仲舉為第十卷。陳其年為第十一卷、第十二卷、第十三卷。曹珂雪為第十四卷。朱竹垞為第十五卷、第十六卷。厲太鴻為第十七卷。史位存為第十八卷。趙璞函為第十九卷。而殿以張皋文、莊中白為第二十卷。詞中原委正變，約略具是**（此選大意，務在窮源竟委，故取其正，兼收其變，為利於初學耳。非謂詞之本原即在二十九家中，漫無低昂也。惟殿以皋文、中白，卻寓深意）**。

三〇

溫、韋創古者也。晏、歐繼溫、韋之後，面目未改，神理全非，異乎溫、韋者也。蘇、辛、周、秦之於溫、韋，貌變而神不變。聲色不開，本原則一。南宋諸名家，大旨亦不悖於溫、韋，而各立門戶，別有千古。元、明庸庸碌碌，無所短長。至陳、朱輩出，而古意全失，溫、韋之風，不可復作矣。貞下起元，往而必復。皋文唱於前，蒿庵成於後。〈風〉、〈雅〉正宗，賴以不墜。好古之士，又可得尋其緒焉。

三一

杜陵變古之法，不變古之理。故自杜陵變古後，而學詩者不得不從杜陵。縱有復古者，亦不過古調獨彈，無與為應也。陳、朱變古之理，而並未能盡變古之法。故雖敢於變古，不能必人之中心悅而誠服其詞。且不能禁人之復古。有志為詞者，宜直溯〈風〉、〈騷〉，出入唐、宋，乃可救陳、朱之失，勿為陳、朱輩所囿也。

三二

黃公度《知稼翁詞》，氣格高遠，語意渾厚，直合東坡、碧山為一手。所傳不多，卓乎不可企及。

三三

趙以夫〈龍山會·九日〉云：「西北最關情，漫遙指、東徐南楚。黯銷魂，斜陽冉冉，雁聲悲苦。」感時之作，但說得太顯，不耐尋味。金氏所謂鄙詞也。感時傷事者，必熟讀碧山詞，而後可以作不平鳴。

三四

詩之高境在沉鬱。其次即直截痛快，亦不失為次乘。詞則捨沉鬱之外，即金氏所謂俚詞、鄙詞、游詞，更無次乘也（非沉鬱無以見深厚，唐、宋諸名家，不可及者正在此）。

三五

白石〈長亭怨慢〉云：「閱人多矣，誰得似長亭樹。樹若有情時，不會得青青如此。」白石諸詞，惟此數語最沉痛迫烈。此外如：「最可惜一片江山，總付與啼鴂。」又，「文章信美知何用，漫贏得、天涯羈旅。」皆無此沉至。

三六

「別母情懷，隨郎滋味，桃葉渡江時。」白石〈少年遊・戲平甫詞〉也。「隨郎滋味」四字，似不經心，而別有姿態。蓋全以神味勝，不在字句之間尋痕跡也。

三七

詩外有詩，方是好詩。詞外有詞，方是好詞。古人意有所寓，發之於詩詞，非徒吟賞風月以自蔽惑也。少陵詩云：「甫也南北人，早為詩酒汙。」具此胸次，所以卓絕千古。求之於詞，旨有所歸，語無泛設者，吾惟服膺碧山。

三八

蒿庵曾語余云：「唐以後詩，元以後詞，必不可入目，方有獨造處。」此論甚精。然余謂作詩詞時，須置身於漢、魏（指詩言）、唐、宋（指詞言）之間，不宜自卑其志。若平時觀覽，則唐以後詩，元以後詞，益我神智，增我才思者，正復不少。博觀約取，亦視善學者何如耳。

三九

溫厚和平，詩詞一本也。然為詩者，既得其本，而措詞則以平遠雍穆為正，沉鬱頓挫為變。特變而不失其正，即於平遠雍穆中，亦不可無沉鬱頓挫也。詞則以溫厚和平為本，而措語即以沉鬱頓挫為正，更不必以平遠雍穆為貴。詩與詞同體異用者在此。

四〇

無論詩古文詞，推到極處，總以一誠為主。杜詩韓文，所以大過人者在此。求之於詞，其為碧山乎。然自宋迄今，鮮有知者。知碧山者惟蒿庵。即皋文尚非碧山真知己也。知音不亦難哉**（此條以誠字立論，明乎此，則無聊之酬應與無病之呻吟皆可不作矣。惜不得起蒿庵一證之）**。

四一

碧山有大段不可及處，在懇摯中寓溫雅。蒿庵有大段不可及處，在怨悱中寓忠厚。而出以沉鬱頓挫則一也。皆古今絕特之詣。

四二

情有所感，不能無所寄。意有所鬱，不能無所洩。古之為詞者，自抒其性情，所以悅己也。今之為詞者，多為其粉飾，務以悅人，而不恤其喪己。而卒不值有識者一噱。是亦不可以已乎！

四三

白石、梅溪、碧山、玉田詞，修飾皆極工，而無損其真氣。何也？列子云：「有色者，有色色者。」知此，可以言詞矣。

四四

詞有表裏俱佳，文質適中者，溫飛卿、秦少游、周美成、黃公度、姜白石、史梅溪、吳夢窗、陳西麓、王碧山、張玉田、莊中白是也。詞中之上乘也。有質過於文者，韋端己、馮正中、張子野、蘇東坡、賀方回、辛稼軒、張皋文是也。亦詞中之上乘也。有文過於質者，李後主、牛松卿、晏元獻、歐陽永叔、晏小山、柳耆卿、陳子高、高竹屋、周草窗、汪叔耕、李易安、張仲舉、曹珂雪、陳其年、朱竹垞、厲太鴻、過湘雲、史位存、趙璞函、蔣鹿潭是也。詞中之次乘也。有有文無質者，劉改之、施浪仙、楊升庵、彭羨門、尤西堂、王漁洋、丁飛濤、毛會侯、吳薗次、徐電發、嚴藕漁、毛西河、董蒼水、錢葆酚、汪晉賢、董文友、王小山、王香雪、吳竹嶼、吳穀人諸人是也。詞中之下乘也。有質亡而並無文者，則馬浩瀾、周冰持、蔣心餘、楊荔裳、郭頻伽、袁蘭邨輩是也。並不得謂之詞也。論詞者本此類推，高下自見。

四五

稼軒求勝於東坡，豪壯或過之，而遜其清超，遜其忠厚。玉田追蹤於白石，格調亦近之，而遜其空靈，遜其渾雅。故知東坡、白石具有天授，非人力所可到。

四六

東坡、稼軒，同而不同者也。白石、碧山，不同而同者也。

四七

有長於論詞，而不必工於作詞者。未有工於作詞，而不長於論詞者。古人論詞之善，無過玉田。若公謹之《浩然齋雅談》、《絕妙好詞》等編。所論與所選，均多未洽，其所自作可知矣。吾於南宋諸名家，不得不外草窗。

四八

作詞難，選詞尤難。以我之才思，發我之性情，猶易也。以我之性情，通古人之性情，則非易矣。竹垞《詞綜》，備而不精。皋文《詞選》，精而未備。然與其不精也，寧失不備。古今善本，仍推張氏《詞選》。若選本之盡美盡善者，吾未之見也。

四九

《花間》、《草堂》、《尊前》諸選，背謬不可言矣。所寶在此，詞欲不衰得乎？

五〇

《詞統源流》曰：「詞之〈紇那曲〉、〈長相思〉，五言絕句也。〈柳枝〉、〈竹枝〉、〈清平調引〉、〈小秦王〉、〈陽關曲〉、〈八拍蠻〉、〈浪淘沙〉，七言絕句也。〈阿那曲〉、〈雞叫子〉，仄韻七言絕句也。〈瑞鷓鴣〉，七言律詩也。〈款殘紅〉，五言古詩也。體裁易混，徵選實繁。故當稍別之，以存詩詞之辨。」余於《大雅集》中，近五七言絕句者，概不入選。惟《別調集》，登皇甫子奇〈採蓮子〉一首，〈浪淘沙〉一首，劉采春〈羅嗊曲〉兩首而已。

五一

詩詞和韻，不免強己就人。戕賊性情，莫此為甚。張玉田謂詞不宜和韻，旨哉斯言。

五二

賀老小詞，工於結句。往往有通首渲染，至結處一筆叫醒，遂使全篇實處皆虛，最屬勝境。如〈浣溪沙〉云：「夢想西池輦路邊。玉鞍驕馬小輜軿。春風十里鬬嬋娟。臨水登山漂泊地，落花中酒寂寥天。箇般情味已三年。」又前調云：「閒把琵琶舊譜尋。四弦聲怨卻沉吟。燕飛人靜畫堂深。欹枕有時成雨夢，隔簾無處說春心，一從燈夜到如今。」妙處全在結句，開後人無數章法。

五三

石孝友〈浣溪沙〉集句云：「宿醉離愁慢髻鬟（韓偓）。綠殘紅豆憶前歡（晏幾道）。錦江春水寄書難（晏幾道）。紅袖時籠金鴨煖（秦觀），小樓吹徹玉笙寒（李璟）。為誰和淚倚闌干（李煜）。」集成語尚能自寫其意。然如竹垞之〈浣溪沙・同柯寓匏春望集句〉云：「煙柳風絲拂岸斜（雍陶）。遠山終日送餘霞（陸龜蒙）。碧池新漲浴嬌鴉（杜牧）。閬苑有書多附鶴（李商隱），春城無處不飛花（韓翃）。馬啼今去入誰家（張籍）。」又，前調〈惜別集句〉云：「惜別愁窺玉女窗（李白）。遙知不語淚雙雙（權德輿）。綺羅分處下秋江（許渾）。暮雨自歸山悄悄（李商隱），殘燈無焰影幢幢（元稹）。仍斟昨夜未開缸（李商隱）。」又，前調〈春閨集句〉云：

「十二層樓敞畫簷（杜牧）。偶然樓上卷珠簾（司空圖）。金爐檀炷冷慵添（劉兼）。小院回郎春寂寂（杜甫），朱欄芳草綠纖纖（劉兼）。年年三月病懨懨（韓偓）。」又，〈採桑子・秋日度穆陵關集句〉云：「穆陵關上秋雲起（郎士元），習習涼風（蕭穎士）。於彼疏桐（宋華）。摵摵淒淒葉葉同（吳融）。平沙渺渺行人度（劉長卿），垂雨濛濛（元結）。此去何從（宋之問）。一路寒山萬木中（韓翃）。」又，〈鷓鴣天・鏡湖舟中集句〉云：「南國佳人字莫愁（韋莊）。步搖金翠玉搔頭（武元衡）。平鋪風簟尋琴譜（皮日休），醉折花枝作酒籌（白居易）。日已暮（郎大家），水平流（白居易）。亭亭新月照行舟（張祜）。桃花臉薄難藏淚（韓偓），桐樹心孤易感秋（曹鄴）。」又，〈玉樓春・畫圖集句〉云：「劉郎已恨蓬山遠（李商隱）。金谷佳期重遊衍（駱賓王）。傾城消息隔重簾（李商隱），自恨身輕不如燕（孟遲）。畫圖省識春風面（杜甫）。比目鴛鴦真可羨（盧照鄰）。一生一代一雙人（駱賓王），相望相思不相見（王勃）。」又，〈瑞鷓鴣・別思集句〉云：「春橋南望水溶溶（韋莊）。半壁天臺已萬重（許渾）。心寄碧沉空婉孌（劉滄），語來青鳥許從容（曹唐）。更為後會知何地（杜甫），難道今生不再逢（韓偓）。最憶舊時留讌處（呂溫），桐花暗澹柳惺忪（元稹）。」又，〈臨江仙・汾陽客感集句〉云：「無限塞鴻飛不度（李益），太行山礙并州（白居易）。白雲一片去悠悠（張若虛）。飢鳥啼舊壘（沈佺期），古木帶高秋（劉長卿）。永夜角聲悲自語（杜甫），思鄉望月登樓（魏扶）。離腸百結解無由（魚玄機）。詩題青玉案（高適），淚滿黑貂裘（李白）。」又，〈漁家傲・贈別集句〉云：「花面鴉頭十三四（劉禹錫）。調箏夜坐燈光裏（王諲）。行到階前知未睡（無名氏）。揮玉指（閻朝隱）。弦弦掩抑聲聲思（白居易）。會得離人無限意（鄭谷）。杯傾別岸應須醉（羅隱）。曾向五湖期范蠡

（韋莊）。幾千里（盧仝）。如何遂得心中事（劉言史）。」諸篇皆脫口而出，運用自如，無湊泊之痕，有生動之趣，出古人之右矣。

五四

黃石牧《香屑集》，具有化工，為計中集句絕技，可謂專門名家矣。詞則竹垞《蕃錦集》，亦極集句能事。然視石牧之集詩，不可同日語。

五五

玉田《樂府指迷》云：「詩難於詠物，詞為尤以。體認稍真，則拘而不暢，摹寫差遠，則晦而不明。要須收縱聯密，用事合題。一段意思，全在結尾聲，斯為絕妙。」此論亦確當。然如碧山詠物諸篇，則大矣化矣。又不僅在結尾聲寓意也。

五六

讀白石、梅溪、碧山、玉田詞，如飲醇醪，清而不薄，厚而不滯。元以後詞，則清者失真味，濃者似火酒矣。

五七

言近旨遠，其味乃厚。節短韻長，其情乃深。遣詞雅而用意渾，其品乃高，其氣乃靜。

五八

余曾作〈菩薩蠻〉云：「青山斷續江如帶。孤帆直刺青山外。疏柳短長亭。離人夢未醒。斷雲橫別浦。芳草和煙雨。燕子畫樓西。春歸人不歸。」起二語嫌著力，餘皆悲鬱而和厚，有風人遺意。

五九

「寂寞空城鼓角鳴，敵樓西望旅魂驚。天山月落單于壘，遼海風悽漢將營。萬里金閨空有夢，十年荒戍未休兵。輪臺夜指妖星墮，竚俟秋高返旆旌。」「欃槍燄燄掃天河，大漠雲昏擁鸛鵝。不信前軍皆棄甲，猶能落日一揮戈。鉞旄未假甘延壽，薏苡終憐馬伏波。爭怪扁舟歸隱去，五湖淹水老漁簑。」「兀坐空堂日已曛，摩挲風雨拭龍文。新亭獨下千秋淚，瀚海虛傳百戰勳。邊馬夜嘶胡地月，捷書曉望攏山雲。城頭觱篥聲淒咽，鬼哭天陰不忍聞。」「十上封章願未休，書生何必不封侯。陳陶豈謂悲房琯，酒市憑誰識馬周。談鋏年年成畫餅，書空咄咄亦庸流。弧南星彩中天耀，指日關河雪涕收。」此余丙戌年雜感中四律也，聲調極悲壯，而不免過激，發之於詩尚可，發之於詞則伉矣。故知感時傷事，非如碧山詠物諸篇不可。

六〇

詩詞所以寄慼，非以恂情也。不得旨歸，而徒騁才力，復何足重。唐賢云：「枉拋心力作詞人。」不宜更蹈此弊。

六一

唐、五代小詞，皆以婉約為宗。長調不多見，亦少佳篇。至宋乃規模大備矣。詩至於唐亦然。

六二

唐詩可以越兩晉、六朝，而不能越蘇、李、曹、陶者，彼已臻其極也。宋詞可以越五代，而不能越飛卿、端己者，彼已臻其極也。雖曰時運，豈非人事哉！

六三

宋無名氏〈題項羽廟・調念奴嬌〉云：「鮑魚腥斷，楚將軍、鞭虎驅龍而起。空費咸陽三月火，鑄就金刀神器。垓丁兵稀，陰陵道狹，月暗雲如壘。楚歌喧唱，山川都姓劉矣。　悲泣喚醒虞姬，為伊死別，血刃飛花碎。霸業銷沉騅不逝。氣盡烏江江水。古廟頹垣，斜陽紅樹，遺恨鴉聲裏。興亡休問，高陵秋草空翠。」勁氣直前，不留餘地，此宜興之祖也。

六四

蔣竹山〈賀新郎〉云：「夢冷黃金屋，歎秦箏、斜鴻陣裏，素弦塵撲。化作嬌鶯飛歸去，猶認窗紗舊綠。正過雨、荊桃如菽。此恨難平君知否，似瓊臺、湧起彈碁局。消瘦影，嫌明燭。鴛樓碎瀉東西玉。問芳蹤、何時再展，翠釵難卜。待把宮眉橫雲樣，描上生綃畫幅。怕不是、新來妝束。彩扇紅牙今都在，眼無人、解聽開元曲。空掩袖，倚寒竹。」似此亦磊落可喜。竹山集中，便算最高之作。乃秀水必謂其效法白石，何異癡人說夢耶！

六五

放翁〈蝶戀花〉云：「早信此生終不遇，當年悔草〈長楊賦〉。」情見乎詞，更無一毫含蓄處。稼軒〈鷓鴣天〉云：「卻將萬字平戎策，換得東家種樹書。」亦即放翁之意，而氣格迥乎不同。彼淺而直，此鬱而厚也。

六六

東坡〈八聲甘州．寄參寥子〉結數語云：「算詩人相得，如我與君稀。約他年、東還海道，願謝公雅志莫相違。西州路，不應回首，為我沾衣。」寄伊鬱於豪宕，坡老所以為高。

六七

王阮亭〈浣溪沙．紅橋懷古〉云：「北郭清溪一帶流。紅橋風物眼中秋。綠楊城郭是揚州。西望雷塘何處是，香魂零落使人愁。澹煙芳草舊迷樓。」遣詞琢句，較五代人更覺苕雅。邱季貞和之云：「清淺雷塘水不流。幾聲寒笛畫城秋。紅橋猶自倚揚州。　五夜香昏殘月夢，六宮花落曉風愁。多情煙樹戀迷樓。」婉雅芊麗。漁洋一闋外，斷推此為佳搆。然兩詞皆文過於質。其傳誦一時者，正以文勝也。

六八

詩詞同體而異用。曲與詞則用不同，而體亦漸異。此不可不辨。

六九

五代人詞，高者升飛卿之堂，俚者直近於曲矣。故去取宜慎。《花間》、《尊前》等集，更欲揚其波而張其焰。吾不解是何心也。

七〇

文采可也，浮豔不可也。樸實可也，鄙陋不可也。差以毫釐，謬以千里矣。

七一

情以鬱而後深，詞以婉而善諷。故樸實可施於詩。施於詞者，百中獲一耳。樸實尚未必盡合，況鄙陋乎？

七二

韋端己〈菩薩蠻〉四章，辛稼軒〈水調歌頭〉、〈鷓鴣天〉等闋，間有樸實處。而伊鬱即寓其中。淺率粗鄙者，不得藉口。

七三

六朝詩，所以遠遜唐人者，魄力不充也。魄力不充者，以纖穠損其真氣故也。當時樂府所尚，如〈子夜〉、〈捉搦〉諸歌曲，詩所以不振也。五代詞不及兩宋者，亦猶是耳。

七四

余選《希聲集》六卷，所以存詩也。《大雅集》六卷，所以存詞也。

七五

詩衰於宋。詞衰於元。然自乾嘉以還，追蹤正始者，時復有人。是衰者可以復振，亡者猶有存焉者也。

七六

詩有詩境。詞有詞境。詩詞一理也。然有詩人所闢之境，詞人尚未見者，則以時代先後、遠近不同之故。一則如淵明之詩，淡而彌永，樸而愈厚，極疏極冷，極平極正之中，自有一片熱腸，纏綿往復。此陶公所以獨有千古，無能為繼也。求之於詞，未見有造此境者。一則如杜陵之詩，包括萬有，空諸倚傍，縱橫博大，千變萬化之中，卻極沉鬱頓挫，忠厚和平。此子美所以橫絕古今，無與為敵也。求之於詞，亦未見有造此境者。若子建之詩，飛卿詞固已識之。太白之詩，東坡詞可以敵之。子昂高古，摩詰名貴，則子野、碧山，正不多讓。退之生鑿，柳州幽峭，則稼軒、玉田，時或過之。至謂白石似淵明，大晟似子美，則吾尚不謂然。然則詞中未造之境，以待後賢者尚多也（**皆境之高者，若香山之老嫗可解，盧仝、長吉之牛鬼蛇神，賈島之寒瘦，山谷之桀驁，雖各有一境，不學無害也**）。有志倚聲者，可不勉諸。

《白雨齋詞話》跋

榮翰自束髮受業於亦峰舅氏，親承指受者有年。乙亥歲，補弟子員，旋食廩餼。舅氏喜榮為可造，由是舉業外，兼課詩詞雜藝，時得聞其緒論。然舅氏於書無所不覽，凡習一藝，必造精微，而於詞學為尤深且邃。所著《詞話》八卷，一本溫柔敦厚，以上溯〈國風〉、〈離騷〉之旨，可謂發前人之所未發，俾後學奉為圭臬，卓卓乎詞學之正宗矣。榮請付梓，以公諸世。舅氏不許，謂於是編歷數十寒暑，識與年進，稿凡五易，安知將來不更有進於此者乎。則舅氏之浸潤沉潛於此道，豈尋常詣力所能造也耶。壬辰歲，舅氏遽歸道山。榮懼是編久而散佚，亟與同學諸子刊而傳之。嗚呼，舅氏天資卓越，豐於才而嗇於年，著作林立，是編特其緒餘。榮懼不獲卒業，以底於成，而不能忘諄諄耳提面命時也，悲夫。

受業甥包榮翰謹識

先師陳亦峰先生，宅心孝友，卓然有以自見。既歿二年，太夫子鐵峰先生整其遺著，得若干帙，正詩與同門王雷夏諸君子因有剞劂之請。而鐵峰先生謙抑至再，以為不足傳，僅許刻其《詞話》八卷，並詩詞附焉。嗚呼，此雖不足傳先生，要亦可為諸編之嚆矢，先生有知，慰耶悲耶。刊既成，敬疏其緣起如右，蓋泫然不知涕泗之何從矣。

光緒二十年夏六月，門下士海寧許正詩謹撰

國家圖書館出版品預行編目資料

人間詞話・蕙風詞話・白雨齋詞話/[清]王國維、況周頤、陳廷焯 著 -- 初版. -- 臺北市 : 商周, 城邦文化出版 : 家庭傳媒城邦分公司發行, 民107.6　面；　公分. -- (中文可以更好 ; 44)
ISBN 978-986-477-471-5(精裝)
1.詞論
823.88　　107007867

人間詞話・蕙風詞話・白雨齋詞話

作　　　者／王國維、況周頤、陳廷焯
企 畫 選 書／陳名珉
責 任 編 輯／陳名珉

版　　　權／翁靜如
行 銷 業 務／李衍逸、黃崇華
總　編　輯／楊如玉
總　經　理／彭之琬
發　行　人／何飛鵬
法 律 顧 問／元禾法律事務所　王子文律師
出　　　版／商周出版
城邦文化事業股份有限公司
台北市中山區民生東路二段141號9樓
電話：(02) 2500-7008 傳真：(02) 2500-7759
E-mail：bwp.service@cite.com.tw
Blog：http://bwp25007008.pixnet.net/blog
發　　　行／英屬蓋曼群島商家庭傳媒股份有限公司城邦分公司
台北市中山區民生東路二段141號2樓
書虫客服服務專線：(02)2500-7718・(02)2500-7719
24小時傳真服務：(02)2500-1990・(02)2500-1991
服務時間：週一至週五09:30-12:00・13:30-17:00
劃撥帳號：19863813　戶名：書虫股份有限公司
讀者服務信箱E-mail：service@readingclub.com.tw
歡迎光臨城邦讀書花園 網址：www.cite.com.tw
香 港 發 行 所／城邦（香港）出版集團有限公司
香港灣仔駱克道193號東超商業中心1樓
電話：(852) 2508-6231　傳真：(852) 2578-9337
馬 新 發 行 所／城邦(馬新)出版集團【Cité (M) Sdn. Bhd. (458372U)】
41, Jalan Radin Anum, Bandar Baru Sri Petaling,
57000 Kuala Lumpur, Malaysia
電話：(603)9057-8822　傳真：(603) 9057-6622
Email：cite@cite.com.my

封 面 設 計／黃聖文
版 型 設 計／李莉君
排　　　版／李莉君
印　　　刷／韋懋實業有限公司
總　經　銷／聯合發行股份有限公司
電話：(02) 2917-8022　傳真：(02) 2911-0053
地址：新北市231新店區寶橋路235巷6弄6號2樓

■2018年（民107）6月7日初版
■2023年（民112）9月12日初版2刷
Printed in Taiwan
定價 500元

ISBN　978-986-477-471-5

商周出版

廣	告	回	函
北區郵政管理登記證			
台北廣字第000791號			
郵資已付，免貼郵票			

104台北市民生東路二段141號2樓

英屬蓋曼群島商家庭傳媒股份有限公司　城邦分公司

請沿虛線對摺，謝謝！

商周出版

書號： BK6044C　**書名：**人間詞話・蕙風詞話・白雨齋詞話 **編碼：**

請於此處用膠水黏貼

商周出版

讀者回函卡

不定期好禮相贈！
立即加入：商周出版
Facebook 粉絲團

感謝您購買我們出版的書籍！請費心填寫此回函卡，我們將不定期寄上城邦集團最新的出版訊息。

姓名：＿＿＿＿＿＿＿＿＿＿＿＿＿＿＿＿ 性別：☐男 ☐女

生日：西元＿＿＿＿＿＿＿年＿＿＿＿＿＿＿月＿＿＿＿＿＿＿日

地址：＿＿＿＿＿＿＿＿＿＿＿＿＿＿＿＿＿＿＿＿＿＿

聯絡電話：＿＿＿＿＿＿＿＿＿＿＿＿ 傳真：＿＿＿＿＿＿＿＿

E-mail ：

學歷：☐ 1. 小學 ☐ 2. 國中 ☐ 3. 高中 ☐ 4. 大學 ☐ 5. 研究所以上

職業：☐ 1. 學生 ☐ 2. 軍公教 ☐ 3. 服務 ☐ 4. 金融 ☐ 5. 製造 ☐ 6. 資訊
☐ 7. 傳播 ☐ 8. 自由業 ☐ 9. 農漁牧 ☐ 10. 家管 ☐ 11. 退休
☐ 12. 其他＿＿＿＿＿＿＿＿＿＿＿＿＿＿＿＿

您從何種方式得知本書消息？

☐ 1. 書店 ☐ 2. 網路 ☐ 3. 報紙 ☐ 4. 雜誌 ☐ 5. 廣播 ☐ 6. 電視
☐ 7. 親友推薦 ☐ 8. 其他＿＿＿＿＿＿＿＿＿＿＿＿

您通常以何種方式購書？

☐ 1. 書店 ☐ 2. 網路 ☐ 3. 傳真訂購 ☐ 4. 郵局劃撥 ☐ 5. 其他＿＿＿

您喜歡閱讀那些類別的書籍？

☐ 1. 財經商業 ☐ 2. 自然科學 ☐ 3. 歷史 ☐ 4. 法律 ☐ 5. 文學
☐ 6. 休閒旅遊 ☐ 7. 小說 ☐ 8. 人物傳記 ☐ 9. 生活、勵志 ☐ 10. 其他

對我們的建議：＿＿＿＿＿＿＿＿＿＿＿＿＿＿＿＿＿＿＿＿

＿＿＿＿＿＿＿＿＿＿＿＿＿＿＿＿＿＿＿＿

＿＿＿＿＿＿＿＿＿＿＿＿＿＿＿＿＿＿＿＿

請於此處用膠水黏貼